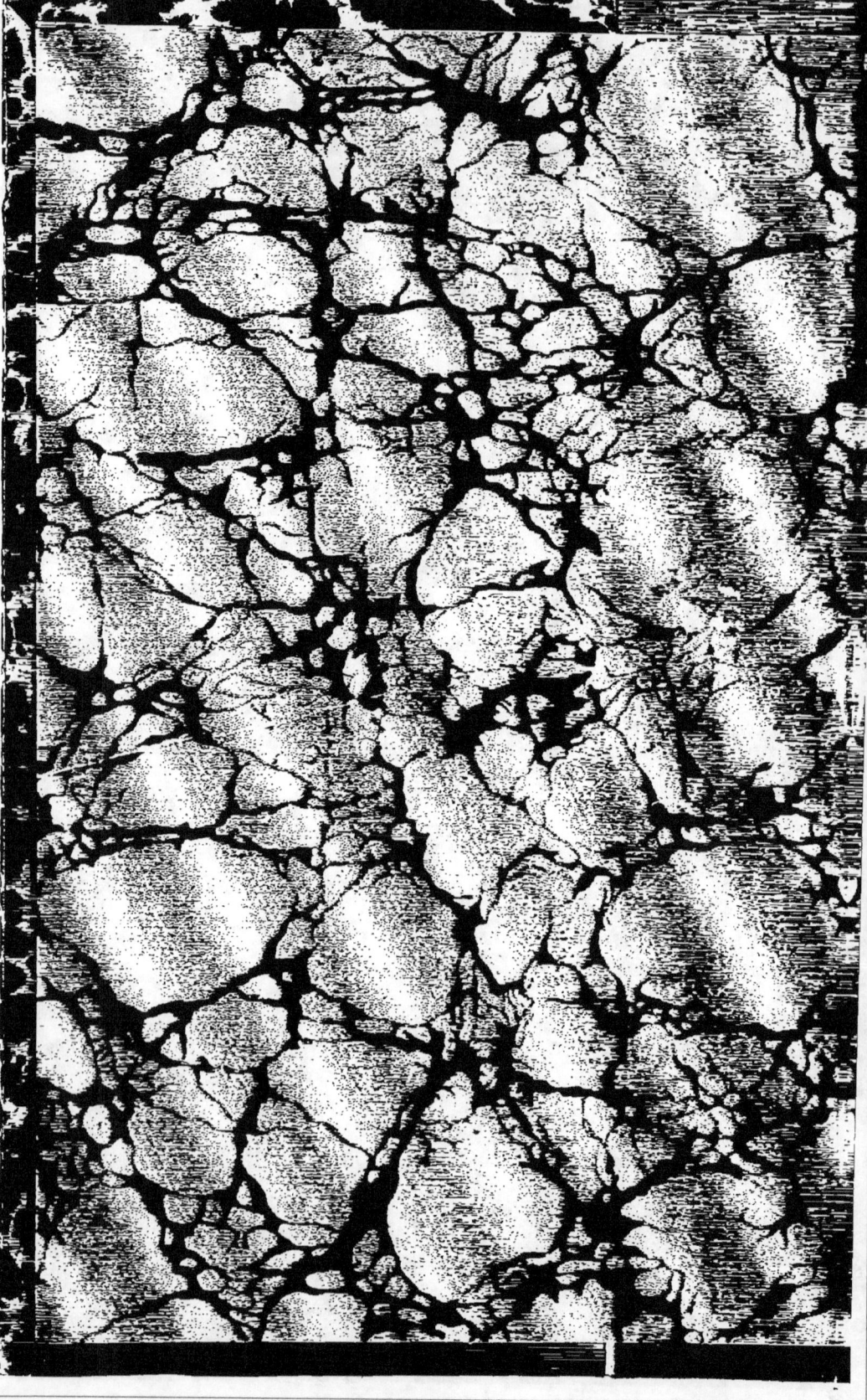

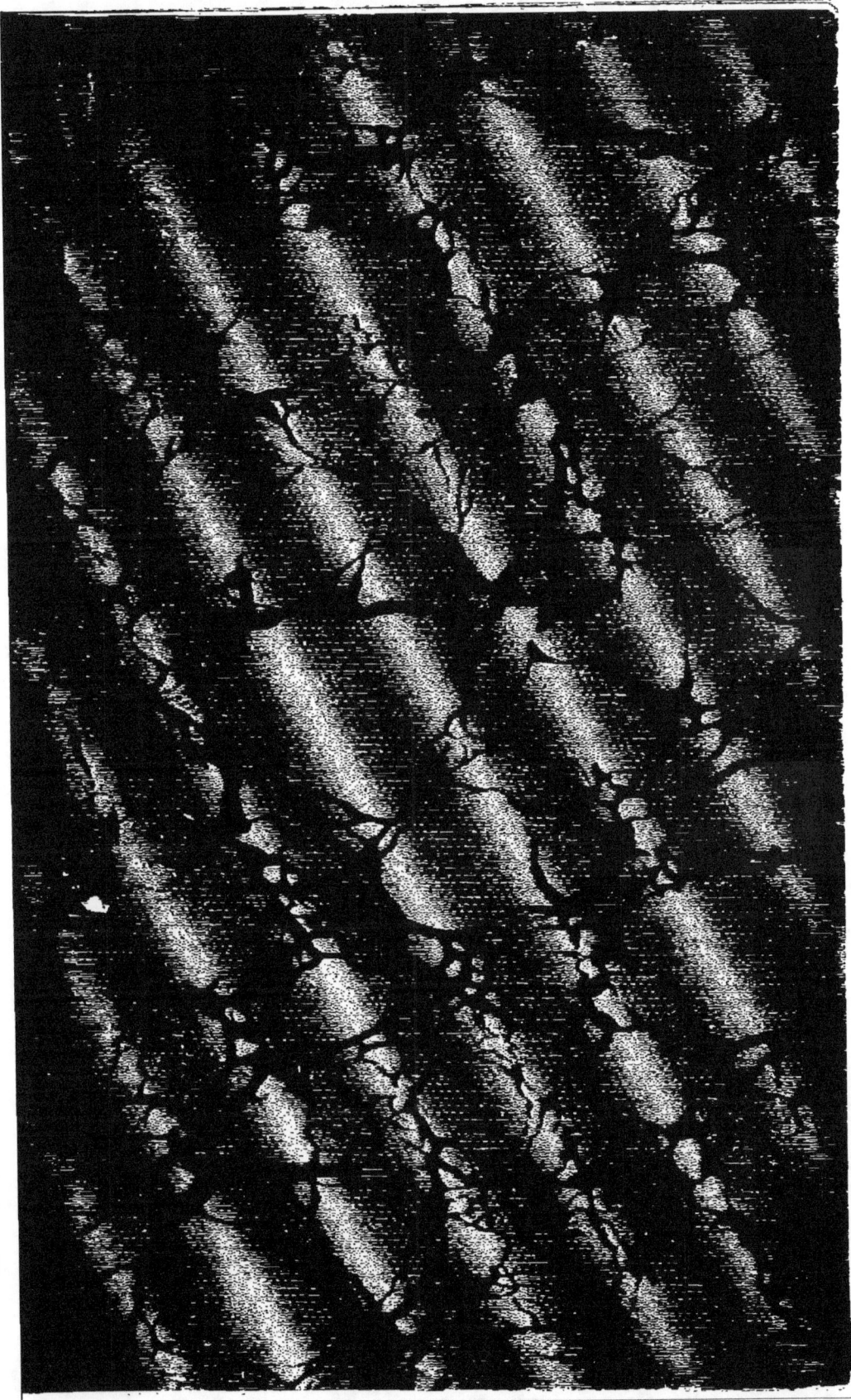

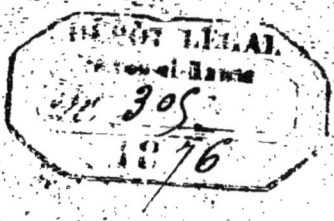
LES MYSTÈRES DU NOUVEAU PARIS

# L'OMNIBUS DU DIABLE

## LIBRAIRIE DE E. DENTU, ÉDITEUR

---

DU MÊME AUTEUR

*Les Gredins*, 2ᵉ édition, 2 vol. gr. in-18.  .  .     6 francs.
*Le Chevalier Casse-Cou*, 2ᵉ éd., 2 vol. gr. in-18.   6  —
*Les Collets Noirs*, 2ᵉ édition, 2 vol. gr. in-18.    6  —
*L'As de Cœur*, 2ᵉ édition, 2 vol. grand in-18.       6  —
*La Tresse Blonde*, 3ᵉ édition, 1 vol. gr. in-18.     3  —
*Le Coup de pouce*, 2ᵉ édition, 1 vol. gr. in-18.     3  —

---

EN PRÉPARATION :

*La Jambe Noire*, 2 vol. grand in-18.  .  .  .     6 francs.

---

F. AUREAU. — IMPRIMERIE DE LAGNY.

LES

# MYSTÈRES DU NOUVEAU PARIS

—

# L'OMNIBUS

## DU

# DIABLE

PAR

## FORTUNÉ DU BOISGOBEY

PARIS

E. DENTU, ÉDITEUR

LIBRAIRE DE LA SOCIÉTÉ DES GENS DE LETTRES

PALAIS-ROYAL, 15-17-19, GALERIE D'ORLÉANS

—

1876

# L'OMNIBUS DU DIABLE

## I

En plein quartier du Temple, au cœur du vieux Paris, entre la rue des Blancs-Manteaux et la rue des Francs-Bourgeois, s'élève, depuis le premier empire, le palais du prêt sur gages, le mont-de-piété, successeur légal des Juifs et des Lombards qui exploitaient jadis les fils de famille.

Tout s'y passe honnêtement et le temps n'est plus où les emprunteurs recevaient d'un usurier, au lieu d'espèces monnayées, *une peau de lézard de trois pieds et demi, remplie de foin, curiosité agréable pour pendre au plancher d'une chambre*, ainsi qu'il est dit dans le mémoire rédigé par le Harpagon de Molière.

On y paye en bon argent, en bon or et en bons billets de banque. L'intérêt y est de 9 pour 100, c'est vrai, mais l'étudiant qui engage sa montre et la mère qui y apporte son matelas sont sûrs d'y trouver, l'un de quoi aller au bal de la Closerie des Lilas, l'autre de quoi acheter du pain à ses enfants.

Aussi, la foule n'y manque pas, une foule qui n'est pas, comme on pourrait le croire, exclusivement composée de pauvres diables. Toutes les catégories sociales y passent, et les plus élevées ne sont pas celles qui le fréquentent le moins. On peut même affirmer hardiment que la véritable indigence n'y vient guère. Pour emprunter, il faut avoir quelque chose à mettre en gage.

En revanche, il n'est pas très-rare d'y rencontrer des riches momentanément gênés, car l'administration oblige plus discrètement qu'un ami, et au rebours de bien des gens du monde, ne reproche jamais à l'obligé le service qu'elle lui a rendu.

Au vrai, la clientèle ordinaire de mont-de-piété se compose du petit commerce, de la petite bourgeoisie, de la galanterie haute et basse, des viveurs, des joueurs et des ivrognes. Composition variée, s'il en fut jamais.

A certains jours, et à certaines heures, c'est par les cours et par les escaliers de cette grande bâtisse dont le style ne fait guère honneur aux architectes de 1805, un va-et-vient des plus curieux.

Des femmes chargées de paquets y coudoient des dames cachant sous leurs paletots de soie un petit sac en cuir de Russie tout gonflé de bijoux. Les heureux qui ont retiré leur gage sortent d'un pas allègre en tâtant le gousset où ils viennent de réintégrer la montre depuis longtemps absente ; les besoigneux qui vont au bureau de prêt marchent la tête basse et regardent d'un œil attristé la bague ou l'épingle dont ils vont se séparer.

Des marchandes à la toilette, empanachées de chapeaux démodés et caparaçonnées de cachemires d'occasion, jacassent, comme d'énormes perruches, à la porte de la salle des ventes. Des juifs au nez crochu rôdent le long des murs, traînant sur le pavé de la cour leurs vastes redingotes aux poches bourrées de lorgnettes, et des Auvergnats crasseux battent lourdement la semelle, en attendant l'ouverture de l'encan des casseroles, des chenets et des chaudrons.

Du haut en bas de l'hôtel et du matin au soir, on emprunte, on rend, on vend, on achète. C'est l'activité incessante d'une fourmilière, mais ce n'est pas la confusion de la tour de Babel, car tous ceux qui entrent là savent très-bien ce qu'ils y viennent faire et les flâneurs y sont inconnus.

Par extraordinaire, le lendemain de l'arrestation de Savinien et de Cécile, un jeudi, deux hommes, que n'attirait en ce lieu ni la spéculation, ni le besoin d'argent, ni le désir de rentrer en possession de leurs joyaux ou de leurs nippes, franchirent vers midi la porte du *chef-lieu*, comme on dit dans le langage administratif de l'endroit, du *grand-clou*, comme l'appellent plus familièrement ses habitués.

Dominique Le Planchais avait reçu dans la matinée la visite de M. Chambras, et, après une longue conférence où il avait été question de bien des choses, l'agent supérieur de la police de sû-

*reté* avait proposé au Canadien de l'accompagner au mont-de-piété où il avait, disait-il, certaines recherches à faire.

Dominique était fort triste, quoique Chambras lui eût apporté officiellement l'assurance qu'il ne serait point inquiété pour son duel à l'américaine. M. Pouliguen, qui n'était plus en danger de mort, avait raconté les faits au chef du cabinet de la préfecture envoyé tout exprès à l'hôtel Dortis pour recevoir les déclarations du blessé, et le généreux commandant avait demandé comme une faveur qu'on ne poursuivît pas son adversaire. Il s'agissait d'éviter un scandale et, par considération pour l'honneur d'un brave officier, le préfet avait consenti à ne pas donner suite à cette affaire.

Mais, si Dominique était rassuré de ce côté, il l'était moins que jamais sur le sort de son ami, car Chambras n'était pas en mesure de lui donner la moindre nouvelle de M. de Colorado. Soixante heures s'étaient écoulées depuis que Marcel avait disparu et les recherches n'avaient fourni aucun indice sérieux, quoiqu'elles eussent été menées avec beaucoup d'activité.

Cette mystérieuse aventure occupait tout Paris. Les journaux ne parlaient plus d'autre chose et ne se faisaient pas faute de déclamer contre la négligence de la police qui ne savait pas retrouver le Californien mort ou vif. Un millionnaire ne se perd pas comme un parapluie et bien des gens, plus sérieux que messieurs les *reporters*, s'étonnaient qu'on pût impunément escamoter un homme du monde au sortir d'une première représentation, en plein boulevard et en plein dix-neuvième siècle.

Chambras laissait dire et agissait avec d'autant plus d'ardeur que ses chefs s'étaient piqués au jeu, et que, personnellement, il se faisait un point d'honneur de réussir. Par ses ordres, on avait déjà fouillé la Seine de Bercy à Grenelle, et la Seine n'avait point rendu le corps de M. de Colorado.

L'opinion du plus habile des *détectives* parisiens était que l'ami de Dominique vivait encore. Il croyait à un enlèvement suivi de séquestration et opéré par des bandits qui se proposaient de faire *chanter* leur prisonnier, comme cela se pratique tous les jours en Italie et en Grèce. Il faut dire qu'il était à peu près seul de son avis et qu'à la préfecture, où on s'y connaît, on ne voulait pas admettre que les procédés de la bande de Marathon se fussent subitement acclimatés en France. Mais, que Marcel eût été assassiné ou simplement enlevé par des brigands, on ne retrouvait point sa trace.

Cependant, la veille, un cocher, ayant lu dans un journal l'histoire de la disparition, était venu déclarer que le lundi soir, vers onze heures, il avait chargé au coin de la rue d'Uzès un bourgeois très-bien habillé et un gamin en blouse qui s'était assis sur le siége, qu'il les avait conduits au bout du boulevard Bourdon, que là ils étaient descendus en lui disant de l'attendre et qu'ils n'étaient pas revenus.

Chambras, qui avait reçu sa déposition, s'était empressé de le conduire à la Morgue et le cocher

avait parfaitement reconnu son gamin exposé derrière le vitrage. Il avait donné aussi le signalement
du bourgeois, et ce signalement se rapportait assez
bien à celui de M. de Colorado.

De ce premier et unique renseignement, Chambras tirait cette conclusion, déjà entrevue par lui lors
de la découverte du cadavre repêché au bas du quai
Henri IV, que Marcel avait été saisi au bord de
la Seine par trois ou quatre malfaiteurs qui y avaient
jeté aussitôt leur complice. Où ces malfaiteurs
avaient-ils emmené M. de Colorado? Il ne le devinait pas encore, mais il comptait fermement qu'un
jour ou l'autre ils se trahiraient.

Évidemment, ces gens-là n'avaient pas enlevé
Marcel pour le plaisir de le séquestrer, et ils voulaient exploiter leur capture. L'agent de police avait
donc pris ses précautions pour le cas où ils se pré-
senteraient à une caisse quelconque, porteurs de
la signature du millionnaire californien.

Il s'était dit aussi qu'ils commenceraient probablement par faire argent des bijoux qu'il portait sur
lui et il avait avisé le mont-de-piété qu'on pourrait
bien venir engager une montre dont le Canadien
lui avait donné une description sommaire. Il y
avait même envoyé un inspecteur de la *sûreté* pour
surveiller le guichet.

L'inspecteur n'avait encore rien signalé de suspect, mais Chambras venait de recevoir une lettre
du directeur, qui le priait de passer immédiatement
au chef-lieu pour une communication relative à
l'objet signalé. Il était allé aussitôt chercher M. Le

Planchais, dont la présence était indispensable pour reconnaître la montre, si on l'avait mise en gage.

Dominique n'avait point fait de difficulté de l'accompagner à la rue des Blancs-Manteaux, mais il prétendait que le voyage serait inutile. Il ne croyait pas du tout que Marcel fût aux mains d'une bande de voleurs, car il était persuadé que le coup venait d'Atkins, et Atkins n'était pas homme à faire argent des dépouilles de sa victime.

Il avait communiqué à Chambras ses appréciations sur le compte du *Yankee*, mais Chambras n'était nullement de son avis, et ils discutaient encore en montant l'étroit escalier qui conduit à l'administration.

— Au surplus, dit l'agent pour clore le débat, nous allons savoir à quoi nous en tenir. Si la montre est ici, vous conviendrez bien qu'elle n'a pu y être envoyée par ce nabab américain ?

Dominique n'insista point, mais il n'était pas convaincu.

Ils furent reçus par le directeur qui dit de prime abord à Chambras :

— La montre a été engagée avant-hier mardi, dans la matinée. Je vous aurais averti plus tôt, mais il a fallu compulser les registres.

— Mardi matin, la surveillance n'était pas encore organisée, puisque je n'ai été informé que mardi soir, murmura Chambras. Les coquins ont été vite en besogne. Mais on a dû exiger une signature et un papier d'identité ?

— Parfaitement. Oh ! nous sommes en règle. La montre a été engagée par M. de Colorado lui-même.

— Par Marcel ? c'est impossible ! s'écria Dominique.

— Qui est monsieur ? demanda le directeur.

— L'ami et l'associé de M. de Colorado, répondit Chambras. Monsieur a bien voulu m'accompagner pour reconnaître l'objet, le cas échéant.

— Le prêt, qui est de trois cent soixante francs, a été consenti sur la production d'un passe-port régulier, délivré à Washington et visé à Paris à la légation des États-Unis, reprit le directeur. Ce passe-port est au nom de M. Marcel Caradoc de Colorado, qui a signé lui-même le reçu. Voyez plutôt, monsieur, ajouta-t-il en s'adressant au Canadien.

Dominique y jeta un coup d'œil et dit aussitôt :

— Ce n'est pas l'écriture de Marcel. La signature est fausse.

— Parbleu ! murmura le sous-chef de la *sûreté*.

— Ainsi, demanda le directeur, vous croyez qu'on a volé cet étranger et qu'on s'est servi de ses papiers pour engager ?

— Je ne le crois pas, j'en suis sûr. On ne porte pas sa montre au mont-de-piété quand on a des millions, répondit Chambras. Le garçon, en recevant l'objet, a-t-il remarqué l'individu qui engageait ?

— Oui, car la montre est fort belle et il n'en reçoit pas souvent de pareilles. Elle a dû coûter au moins douze cents francs. Le commissaire-appréciateur aurait offert un prêt de cinq cents, si elle n'était pas de fabrication anglaise et, par consé-quent, non poinçonnée à la Monnaie de Paris. Du reste, les trois cent soixante ont été acceptés sans discussion par l'*engagiste*, qui est, m'a-t-on dit, un homme jeune, assez proprement vêtu, maigre, blond et très-pâle de visage.

— Marcel est brun de teint et de cheveux, fit observer Dominique.

— Le *peseur* se rappelle aussi que cet homme parlait le français sans accent étranger, mais en grasseyant et en traînant les mots.

— Je le soupçonne d'être originaire de la place Maubert, dit Chambras.

— Et qu'en concluez-vous? demanda le Cana-dien.

— Que je ne me trompais pas. M. de Colorado a eu affaire à des gens de la *pègre*, à des voleurs de profession.

— Une chose m'étonne, reprit le directeur, c'est que la montre ait été apportée ici. Ces messieurs ont tous des recéleurs attitrés, et, en général, ils aiment mieux s'adresser à eux.

— Quand ils n'ont pas de papiers, mais celui-ci avait le passe-port de M. de Colorado, et il savait qu'un *fourgat* ne lui aurait pas donné dix louis de la montre.

— C'est bien possible. Il y a eu négligence de la part de l'employé qui aurait dû vérifier le signa-lement et la signature; mais, ce jour-là, nous avons eu beaucoup de monde, et il était exceptionnelle-

1.

ment pressé. C'est égal, il est en faute, et je...

— La montre a été engagée sans la chaîne, n'est-ce pas? interrompit Chambras.

—- Oui.

— Marcel en avait une, dit vivement Dominique, et un médaillon à son chiffre, un médaillon qui contient des cheveux de sa mère.

— C'est bon à savoir, au cas où notre homme l'aurait gardée pour faire le joli cœur. Ça s'est vu. Maintenant, il ne nous reste plus qu'à montrer l'objet à monsieur, ajouta le policier.

— Il est encore au magasin, car j'ai été prévenu seulement hier soir, et j'allais le faire apporter quand vous êtes arrivé. Mais je vais vous y conduire moi-même. Monsieur est étranger sans doute; la visite l'amusera.

Le Canadien n'était guère d'humeur à s'amuser de quoi que ce soit, mais il suivit le directeur qui les mena par un couloir obscur à la *première division*, c'est le terme technique pour désigner les salles où l'administration du mont-de-piété emmagasine les bijoux, les pendules et autres objets précieux ou fragiles.

Elle est située au premier étage, à portée des bureaux d'engagement. Les paquets encombrants sont serrés au second et au troisième, les matelas sous les combles. Les meubles ne sont reçus qu'à la succursale de la rue Servan.

Dominique pénétra avec ses deux guides dans le magasin qui est précédé par une grande salle où on enregistre les objets, préalablement mis en boîte.

Ce vaste réservoir, où viennent aboutir tant d'é-
paves que charrie le fleuve de la vie parisienne,
est subdivisé en ruelles étroites par des murailles
parallèles garnies de casiers où les gages sont
placés méthodiquement selon leur numéro d'ordre.
De fortes caisses en fer renferment ce qu'on nomme
les *quatre chiffres*, c'est-à-dire les objets précieux
sur lesquels on a prêté au moins 1,000 francs.

L'aspect général est triste et monotone, on ne
voit là que des boîtes, des boîtes et encore des
boîtes.

Ces innombrables cartonnages contiennent des
milliers d'alliances et de pièces de mariage, débris
de bonheurs conjugaux sur lesquels a soufflé le
vent de la misère, et des montres par centaines de
mille.

Paris est probablement la ville du monde qui
achète le plus de montres et qui en met le plus en
gage. On prétend que ce qui étonna surtout le roi
de Prusse, quand il vint en 1867 visiter l'exposi-
tion universelle, ce fut de voir que chaque Français portait une chaîne à son gilet ; et, à la fin du
siècle dernier, Mercier, auteur du *Tableau de Paris*,
affirmait qu'il y avait au moins quarante tonnes
pleines de montres au mont-de-piété de son temps.

Le directeur dit quelques mots à un garçon
muni d'une lanterne, qui se glissa aussitôt le long
des casiers pour chercher le gage demandé et, en
attendant qu'il l'apportât, l'aimable chef de l'immense et bienfaisant établissement de prêts crut
devoir en faire un peu les honneurs à Dominique.

— Si vous aviez le temps, monsieur, lui dit-il gracieusement, de visiter tous les magasins, je vous ferais voir nos curiosités, des jambes et des bras de statues de bronze, le menton d'argent d'un invalide, et le parapluie, le fameux parapluie dont l'engagement a été renouvelé chaque année, depuis quarante-sept ans.

— Vous l'avez encore? demanda Chambras en riant.

— Parfaitement. Il y a six mois, un membre de notre conseil de surveillance le vit, tout chargé de bulletins, qui lui faisaient comme une carapace de papier. Il en eut compassion, il le dégagea et l'expédia au propriétaire, qui se fâcha tout rouge, déclara qu'il n'acceptait pas d'aumônes et nous le renvoya.

— Et on nie qu'il y ait des Parisiens fidèles à leurs amours!

— Nous avons aussi le rideau de calicot blanc qui a été engagé pour six francs, le 5 juin 1823, et qui a déjà payé plus de trente francs de droits, cinq fois sa valeur au moins.

— Ce sont peut-être des souvenirs de famille, dit le Canadien pour dire quelque chose, car son esprit était ailleurs.

— Le parapluie de ses ancêtres, alors, riposta Chambras qui avait le mot pour rire.

— Voici la montre, reprit le directeur en recevant des mains du garçon de magasin une boîte dont il se mit à défaire l'enveloppe.

— C'est bien elle! s'écria Dominique. Voyez les initiales.

C'était un superbe chronomètre, à répétition, à remontoir, à seconde indépendante, un véritable chef-d'œuvre d'horlogerie. Chambras le prit et l'examina avec attention.

— Le boîtier est bossué d'un côté, comme s'il avait reçu un choc, dit-il lentement. M. de Colorado a dû faire une chute. Cependant les ressorts sont intacts, ajouta-t-il en tournant légèrement le remontoir. Tenez! elle marche. Elle était arrêtée à onze heures quarante.

— M. de la Roche-Perrière m'a dit que Marcel avait quitté la loge vers onze heures.

— C'est bien cela... le temps d'aller en voiture au bout du boulevard Bourdon... le coup a dû être fait avant minuit.

— Vous pensez donc que Marcel a été tué? demanda Dominique avec angoisse.

— Je ne pense rien encore. Ce qu'il y a de sûr, c'est que M. de Colorado a été volé, et, pour savoir ce qu'il est devenu, il faut retrouver le voleur. Je m'en charge. M. le directeur voudra bien tenir la montre à la disposition du parquet, car l'affaire va entrer en instruction, et je vais me mettre en campagne dès aujourd'hui. Il est possible que la reconnaissance ait été vendue. Si on se présentait pour dégager...

— Je ferais arrêter le *dégagiste*, c'est entendu.

— Je vais de ce pas chercher mon inspecteur qui est de faction aux engagements où il n'a plus que faire et le mettre dans la salle de *rendition*.

Ayant dit, Chambras remercia poliment le directeur et prit congé de lui pour descendre dans la cour où se trouve le guichet ouvert aux emprunteurs. Son agent y montait la garde depuis l'ouverture du bureau, et il voulait le placer au premier étage.

Le Canadien suivait, fort attristé du résultat de cette première enquête. La montre portant la trace d'un coup ne lui disait rien de bon et il inclinait de plus en plus à croire que Marcel avait été assassiné.

— Eh bien ! lui demanda Chambras, ne pensez-vous pas maintenant que j'avais raison et qu'il ne s'agit nullement dans cette affaire d'une vengeance américaine?

— Je n'en sais rien, dit Dominique. Atkins n'aurait pas pris la montre, c'est vrai, mais il a pu employer des bandits subalternes qui ont dépouillé Marcel.

— Cet Atkins se fait appeler aussi M. de Mariposa, n'est-ce pas ?

— Un nom qu'il a volé comme ses coupe-jarrets ont volé mon pauvre ami.

— On dit qu'il va épouser la fille de M. de Gondo.

— Il fera bien. Qui se ressemble s'assemble.

— C'est sans doute pour cela que je l'ai trouvé dans le cabinet du baron, où j'étais allé demander des renseignements sur l'affaire du jeune Brévan.

— Savinien? que lui est-il donc arrivé?

— Comment ! vous ne savez pas qu'il a été arrêté hier matin ?

— Arrêté! Savinien Brévan a été arrêté ! Et pourquoi?

— C'est vrai, vous ne pouvez pas le savoir, puisqu'il a été mis au secret. J'avais oublié cela et je me figurais qu'il vous avait écrit, à vous ou à M. de Colorado, qui s'intéressait à lui et qui l'avait fait placer chez le baron.

— Mais, enfin, que lui reproche-t-on?

— Il a été arrêté sur la plainte de son patron, qui l'accuse d'avoir soustrait cent mille francs à sa caisse.

— C'est une infamie! Savinien est innocent, j'en réponds, et votre baron est un coquin.

— J'avoue que j'ai été bien étonné quand on m'a mis hier au courant de cette affaire. C'est le commissaire de son quartier qui a reçu la plainte et qui a fait exécuter le mandat d'amener. Les renseignements que j'avais pris, il y a deux mois, sur ce jeune homme étaient excellents.

— Je vous dis qu'il est incapable d'une mauvaise action. Ce Gondo l'accuse parce qu'il s'entend avec Atkins pour persécuter tous les amis et tous les protégés de Marcel. Il est capable de s'être volé lui-même pour perdre Savinien.

— C'est difficile à croire, vous en conviendrez; d'autant plus que le vol... il m'en coûte de vous le dire... le vol est prouvé. On a retrouvé la somme...

à laquelle du reste le coupable n'avait pas eu le
temps de toucher.

— Quoi ! on l'a retrouvée chez Savinien ?

— Non. Il s'était bien gardé de la cacher dans
son domicile ou de la porter sur lui. Il prévoyait
qu'on ferait une perquisition et qu'on le fouille-
rait. Il a confié la liasse de billets de banque à une
jeune fille qui l'a mise tout simplement sous le
traversin de son lit où un de nos inspecteurs n'a
eu aucune peine à la dénicher.

— Une jeune fille, dites-vous ?

— Oui, une ouvrière fleuriste qui habitait rue
Albouy et qu'il voulait épouser, à ce qu'il paraît.

— Cécile ! s'écria Dominique, abasourdi par ce
nouveau coup.

— C'est bien son prénom. Je ne connais pas encore son nom de famille. Je crois même avoir entendu dire qu'elle avait refusé de le donner. Du
reste, ses antécédents sont bons, et il se peut
qu'elle ne soit définitivement accusée que de re-
cel.

— Cécile, recéleuse ! Ah ! c'est trop de calomnies,
et le Gondo aura affaire à moi.

— Peut-être aussi le jeune Brévan ne l'avait-il
pas mise dans la confidence. Cela arrive assez souvent dans ces affaires-là. Un caissier a une maîtresse, il prend dans sa caisse, et il porte l'argent
chez sa bonne amie, s'imaginant qu'on n'ira pas le
chercher là. C'est l'enfance de l'art, mais il y a des
naïfs. C'est pour cela que je conseillerai toujours à

un banquier d'employer de préférence des jeunes. Les vieux retiennent leur place d'avance sur un paquebot transatlantique et prennent l'express du Havre la veille de l'appareillage.

— Et qu'en a-t-on fait de cette pauvre enfant ? Où est-elle ?

— Où vont les femmes en pareil cas, à Saint-Lazare.

— A Saint-Lazare ! avec les voleuses et les filles !

— Elle est à la division des prévenues, c'est-à-dire en cellule, répondit tranquillement Chambras qui paraissait beaucoup moins touché que son interlocuteur du triste sort de la fleuriste.

— Mais il faut qu'elle en sorte, s'écria Dominique, il faut qu'on relâche immédiatement Savinien, qu'on les venge tous deux de cet abominable traitement. Si Marcel était avec nous, il les tirerait de peine. Il irait trouver les magistrats, le préfet, le ministre... il leur prouverait que ces pauvres enfants n'ont rien à se reprocher et que leur accusateur est un misérable... Marcel est mort ou prisonnier... c'est à moi de le remplacer, de réclamer la mise en liberté de deux innocents...

— Je ne vous conseille pas d'essayer. Vous n'obtiendriez rien. Les faits sont là.

— Les faits ! je les nie. Vous me dites qu'on a trouvé les billets de banque chez Cécile ? Je vous dis, moi, que c'est Atkins qui les y a mis.

— Mais, cher monsieur, vous ne parlez pas sérieusement.

— Vous croyez ? Eh bien, je ferai mieux, je démasquerai moi-même tous ces misérables, puisque vous semblez prendre leur parti.

— Je ne prends le parti de personne. Je fais mon devoir et je cherche à m'éclairer.

— Je vous répète que le baron et Atkins se sont concertés pour frapper Marcel dans sa personne et dans celle de ses protégés. Le baron est un loup-cervier qui n'a qu'un lingot à la place du cœur. D'où sort-il, ce voleur de millions ? Le sait-on, seulement ? Voilà comme vous êtes tous à Paris. Quand un homme a beaucoup d'argent, vous ne lui demandez pas ce qu'il a fait pour le gagner. Et cet Atkins, qui s'est fabriqué une noblesse avec le nom d'un district de Californie, vous le prenez pour un honnête commerçant qui vient dépenser sa fortune à Paris. Atkins est un scélérat qui a essayé dix fois, aux mines, de nous assassiner, M. de Colorado et moi, et que j'ai malheureusement manqué, un jour qu'il allait tuer Marcel en traître. Son œil, c'est moi qui le lui ai crevé d'un coup de carabine.

— Diable ! je conçois qu'il vous en veuille mortellement.

— Ah ! vous en convenez ! Nierez-vous maintenant que cet homme soit capable d'avoir attiré mon ami dans un piége pour se défaire de lui et aussi d'avoir dénoncé le jeune Brévan et sa fiancée ?

— Je vous ferai remarquer, dit Chambras avec beaucoup de sens, que l'une des deux suppositions

rend l'autre inadmissible. Si M. Atkins s'était débarrassé de M. de Colorado par un crime, il n'aurait plus eu ensuite aucun intérêt à perdre ce jeune
homme auquel, vous l'avouez vous-même, il n'en
voulait que par contre-coup.

— Et qui vous dit que les Gondo n'avaient pas
aussi leurs raisons pour nuire à Savinien ? C'est
une caverne que la maison de ce banquier. Le père
se livre à toutes sortes d'opérations véreuses. Le
fils est un débauché qui, tout dernièrement, a em-
prunté de l'argent à Marcel.

— Vous êtes sûr de cela ?

— Très-sûr. Il lui doit trente mille francs et il
est sans doute enchanté de sa mort qui lui permet
de les garder. La fille est une coquette qui ne demande qu'à se faire acheter bien cher en mariage
par cet affreux borgne d'Atkins, et, quant à la baronne, elle est folle de Savinien qui la dédaigne.
Cela se voyait assez au bal où Marcel m'a traîné,
là nuit où le chenapan qui m'a jeté par-dessus le
pont d'Asnières a tenté de dévaliser l'hôtel. Je puis
bien supposer qu'elle a accusé Savinien pour se
venger de son indifférence.

L'éloquence de Dominique était si chaleureuse
qu'elle devait finir par produire de l'effet sur le
plus sceptique de tous les policiers. Chambras se
recueillit un instant et dit lentement :

— Il y a, cher monsieur, dans les observations
que vous venez de me faire quelques points qui
me frappent et que j'examinerai certainement. La
réputation financière du baron est médiocre et

son honnêteté douteuse. S'il est vrai que l'Américain dont il veut faire son gendre vaille encore moins que lui, il ne serait pas impossible qu'ils se fussent associés pour commettre une ou deux mauvaises actions. Je vous promets de m'occuper d'eux, et bientôt. Mais je vous demande la permission de terminer ce que j'ai à faire ici. Ce ne sera pas long. Quelques instructions à donner à mon agent.

La conversation, commencée dans l'escalier, se continuait dans la cour, où circulaient beaucoup de gens de toute espèce. L'agent, qui se défiait toujours des oreilles indiscrètes, voulut la terminer.

— Il y a là deux affaires distinctes, dit-il en baissant la voix : votre ami à retrouver et le vol des cent mille francs à expliquer. Il y en a même une troisième dont je suis chargé depuis quelque temps, la poursuite des auteurs du vol Robinier, et celle-là va très-bien, car l'ex-valet de chambre de M. de Colorado et nos *escarpes* des carrières d'Amérique parlent à qui mieux mieux. Depuis quelques jours, ils font une *musique* enragée. Mais, en ce moment, ce n'est pas là ce qui vous intéresse.

— Qui sait si les trois affaires ne se tiennent pas de près, murmura Dominique. Tous les coquins sont de la même famille.

— Moralement, oui, mais ceux de la *haute* ne frayent guère avec ceux de la basse *pègre*. Au reste, j'éclaircirai tout cela, et promptement. A propos, ce passe-port, dont notre filou s'est servi pour en-

gager la montre, M. de Colorado le portait donc
sur lui ?

— Pas habituellement, mais je me souviens qu'il
l'avait mis lundi dans son portefeuille pour établir
son identité chez un notaire où il est allé ce jour-là
signer une procuration.

— Une procuration ! A qui l'a-t-il donnée, et
pourquoi faire ?

— A moi, pour toucher en son absence l'argent
déposé en compte courant chez M. de Gondo.

— Je vous demande cela parce que, dans une
enquête de ce genre, rien n'est indifférent. Votre
ami avait donc l'intention de s'absenter ?

— Non. C'est à la veille de se battre en duel qu'il
a eu l'idée de me remettre un pouvoir général pour
le remplacer.

— De sorte que vous êtes maître de disposer
de tous les capitaux que possède M. de Colorado ?

— Sans doute, mais je n'ai nulle envie d'user de
la permission.

— Il faudra voir. L'argent n'est jamais de trop
pour bien mener une instruction. Mais, dites-moi,
est-il à votre connaissance que M. de Colorado eût
d'autres papiers dans sa poche le jour où il a disparu ?

— Il devait avoir, comme toujours, son livre de
*chèques*.

— Oh ! oh ! voilà déjà que je commence à voir
un peu plus clair dans l'affaire de l'enlèvement.

— Que voulez-vous dire ?

— Je veux dire que cette habitude qu'avait M. de Colorado de porter toujours sur lui un livre de *chèques* devait être connue...

— De tous ses amis, oui. Du reste, c'est l'usage en Amérique et en Angleterre de tout payer avec des *chèques*. Marcel n'avait peut-être pas cinquante louis dans sa poche en or et en billets.

— Alors tout s'explique, et je suis de plus en plus persuadé qu'il est tombé entre les mains de simples voleurs, mais je suis à peu près sûr maintenant qu'il n'a pas été tué.

— Pourquoi?

— Parce que les gens qui l'ont enlevé se proposent de l'exploiter en lui faisant signer un ou plusieurs bons, dont ils viendront toucher le montant à la caisse de M. de Gondo.

— Ils n'ont pas besoin de sa signature, ils peuvent la contrefaire, comme ils l'ont déjà contrefaite ici.

— Ce n'est pas la même chose. Ils savaient bien que M. de Colorado ne viendrait pas engager lui-même la montre qu'ils lui avaient prise, et ces messieurs ne veulent rien perdre ; tandis que, pour palper une grosse somme, sa signature sur un petit carré de papier leur suffit ; mais on la connaît parfaitement chez le baron, cette signature, et le caissier ne s'y tromperait pas. Donc, ils ont intérêt à laisser vivre leur prisonnier.

— Et moi, je vous dis que, s'ils ne l'ont pas encore tué, ils le tueront. Marcel ne fera jamais une lâcheté. Il refusera de signer, et, quand ils verront qu'ils n'en peuvent rien tirer, ils se déferont de lui.

— Je crois que vous vous trompez, car M. de Colorado leur a déjà donné un *chèque*.

— Comment cela?

— Hier, j'ai vu le baron pour l'affaire du vol des cent mille francs, et j'ai appris de sa bouche que la veille, c'est-à-dire mardi, on est venu toucher à la caisse un bon de sept mille neuf cents francs, signé par votre ami. C'est même le dernier payement qu'ait fait le jeune Brévan. A ce moment-là, on ignorait encore l'absence inexplicable de M. de Colorado, mais comme il a disparu le lundi soir, il est évident que le *chèque* a été remis par lui aux chenapans qui le gardent et qui, n'en doutez pas, lui en extorqueront d'autres. Aussi je m'en vais de ce pas organiser une jolie *souricière* dans les bureaux de M. de Gondo et je suis bien sûr que nos *grinches* ne tarderont pas à venir s'y faire prendre.

Dominique réfléchissait. Tout à coup, il se frappa le front et s'écria :

— Je me rappelle maintenant. Le *chèque* de sept mille neuf cents francs a été signé devant moi, dans la journée de lundi. Il est au porteur, et Marcel devait le remettre à son carrossier, qui n'est pas venu. Le bon n'a pas été détaché de la souche. Il est resté dans le livret et les brigands ont dû l'y trouver.

— En effet, cela change la thèse, murmura Chambras d'un air vexé.

Comme tous les diplomates, il détestait les inci-

dents qui dérangeaient ses calculs, et quand son
siége était fait, il ne le recommençait pas volontiers. C'était une faiblesse, mais on n'est pas parfait, et d'ailleurs il l'avouait de bonne grâce, quand
son chef la lui reprochait.

— Oui, reprit-il, si ce bon était signé d'avance,
il est probable que les *grinches* sont allés au plus
pressé. Ils ont commencé par en toucher le montant et par faire argent de la montre. La chaîne ne
peut pas compromettre celui qui la porte. Toutes
les chaînes se ressemblent. Un de ces coquins-là
doit être un faraud, aimant la toilette. C'est une
particularité qui m'aidera à le retrouver.

— Oh! les misérables! dit entre ses dents le Canadien. Voler, tuer peut-être, pour avoir une
chaîne d'or.

— Cela vous étonne. J'en ai vu bien d'autres.
Tenez, en 1847, dans l'affaire de la rue des Moi-
neaux, la femme Dubos, qui avait aidé à assassiner
une vieille rentière, avoua en pleine audience
qu'elle avait risqué la peine de mort *pour se procurer de quoi acheter de beaux bonnets*. Et le valet de
chambre qui avait la passion des primeurs, et qui
tua sa fille parce qu'elle lui coûtait trop cher et
parce que les dépenses qu'elle lui occasionnait le
forçaient à se priver de manger des asperges au
mois de mars!

Mais je m'amuse à bavarder, et j'ai encore deux
choses à faire ici : changer de place l'agent que
j'ai mis en faction aux engagements, et dire deux
mots au père Salomon, un vieux marchand de dia-

mants qui me donne assez souvent des renseignements utiles. Si la *reconnaissance* de la montre a
été vendue, il est capable de la retrouver, car il
connaît tous ceux qui font ce commerce-là, et il a
un flair à nul autre pareil. Justement, c'est jeudi,
jour de la vente des bijoux, et nous le trouverons
à la salle d'enchères.

Dominique ne fit pas d'objection. La nouvelle
de l'arrestation de Savinien et de Cécile l'avait
bouleversé, et cette catastrophe, suivant de si près
la disparition de Marcel, lui enlevait presque la
faculté de penser. Il rêvait d'exterminer Atkins et
les Gondo, qui, selon lui, étaient cause de tous ces
malheurs, mais il s'en rapportait à Chambras pour
débrouiller cet abominable écheveau de scéléra-
tesses.

Le sous-chef de la *sûreté* le conduisit d'abord
au fond de la cour, dans une salle d'aspect déplai-
sant où quelques emprunteurs attendaient leur
tour assis sur des bancs de bois. Une espèce de
cage vitrée où se tenaient les appréciateurs et les
garçons *boîtiers* occupait l'extrémité de cette antichambre du prêt. Chambras frappa d'une certaine
façon aux carreaux dépolis. On lui ouvrit, il entra
et il revint, au bout d'une minute, dire au Canadien qui l'attendait près de la porte du corridor :

— C'est fait. Mon inspecteur va monter à la salle
de *rendition* pour surveiller les *dégagistes*. Venez
avec moi causer avec mon vieux *ioutre*. Ce ne sera
pas long et vous ne vous ennuierez pas.

III                                          2

Chambras connaissait tous les détours du *chef-lieu*, et il mena tout droit Dominique à la rotonde où se tiennent les encans.

Il y avait foule. La vente des bijoux venait de finir, et comme il était de bonne heure, on apportait, pour remplir le reste de la vacation, des lots variés de défroques et de nippes. Il y avait là de tout, des draps et des pincettes, des manchons et des instruments de musique, des dentelles, des marmites et des objets de literie.

Le commissaire-priseur, flanqué de son clerc et d'un employé de l'administration, annonçait les objets, et deux *aboyeurs* criaient à tue-tête les enchères. Les marchandes à la toilette maniaient avec une dextérité sans égale les robes de soie et les châles ; les revendeuses, plus bourgeoises, décousaient les matelas pour en tâter et en flairer la laine. Dans l'argot expressif du lieu, cela s'appelle *balancer la punaise*. Un *Auverpin* facétieux s'amusait à souffler dans une clarinette, sous prétexte de l'essayer, et en tirait des couacs qui mettaient l'assistance en liesse.

Tout ce monde-là formait autour des tables un cercle compacte, et mal en eût pris au naïf étranger qui se serait permis d'enchérir. La *bande noire* se serait coalisée à l'instant même pour l'empêcher d'acheter ou pour lui faire payer ses emplettes six fois leur valeur.

Il faut dire que l'administration clémente permet au propriétaire d'un gage de le retirer jusqu'à la dernière seconde, en payant, cela s'entend de

reste. Tant que le coup de marteau du commissaire n'a pas retenti, une fille peut dégager la
bague de sa mère, une femme son alliance, et il
ne se passe guère de jour où six ou sept objets
ne soient sauvés ainsi, à *l'article de la mort.*

Dominique vit d'un œil indifférent ce curieux tableau et Chambras, qui ne venait point là pour
acheter, eût tôt fait d'aviser son juif, rencoigné
dans une embrasure de fenêtre et fort occupé à
examiner à la loupe une paire de boutons en bril-
lants qu'il venait de payer onze cents francs. Ils en
valaient bien trois mille, et si on l'avait déshabillé,
toute sa dépouille mise en vente n'aurait certainement pas été poussée jusqu'à trois pièces de cent
sous.

Dès qu'il vit venir à lui le sous-chef de la *sûreté*
il enfouit ses diamants dans sa poche, souleva poliment son chapeau graisseux et prit un air humble
et souriant.

— Deux mots, père Salomon, lui dit tout bas
l'agent, si vous entendiez parler d'une *reconnaissance* de 360 francs sur une montre, avertissez-moi
et vous ne perdrez pas votre temps.

— Ça peut se trouver, murmura l'israélite. Il ne
passe pas au *clou*, par an, dix montres sur lesquelles on prête plus de deux cents. J'ai même idée
que je sais à peu près où est le papier vert. Seulement, je ne voudrais pas faire arriver de la peine
à un ami.

Chambras le regarda entre les deux yeux et lui
dit d'un ton bref :

— Si vous me l'apportez avant trois jours, cent francs de gratification pour vous et ma parole que l'ami ne sera pas inquiété, à moins qu'il n'ait trempé dans l'affaire.

— C'est comme si vous l'aviez, dit Salomon dont la figure s'illumina.

Chambras n'avait plus rien à faire là. Il prit le bras de Dominique et l'entraîna rapidement dans la rue des Francs-Bourgeois.

— Cher monsieur, lui dit-il, maintenant je vais vous quitter, car j'ai de la besogne à la préfecture, mais je puis vous assurer que nous avons fait une bonne journée. La nasse est tendue et le poisson viendra bientôt s'y prendre. Laissez-moi faire, et dormez tranquille. Avant la fin de la semaine, vous aurez de mes nouvelles.

— Dormir! répondit amèrement le Canadien, je ne dors plus depuis que j'ai perdu Marcel. Vous me promettez de me le rendre, je veux bien vous croire, mais je veux aussi voir Savinien et Cécile, les interroger... Je suis sûr qu'ils me diront tout, à moi... et par eux je saurai bien découvrir les auteurs de l'infâme machination...

Dominique s'arrêta court. Il venait de s'apercevoir que Chambras ne l'écoutait plus, occupé qu'il était à examiner un homme et une femme arrêtés à quelques pas de là et causant avec animation.

— Eh bien? demanda Dominique en lui poussant le bras.

— Eh bien, dit brusquement Chambras, vous les verrez, je vous le promets, mais je vous supplie de me quitter sur-le-champ, car je crois que je tiens une piste, et vous me gêneriez beaucoup pour la suivre.

Dominique comprit qu'il était inutile d'insister et que mieux valait le laisser agir à sa guise. Il avait pleine confiance dans ses talents et il se défiait beaucoup de sa propre habileté à dépister les coquins. C'est un métier qu'on ne fait bien que lorsqu'on est doué d'aptitudes qui manquaient complétement au Canadien; la chasse à l'homme ne se pratique pas dans les rues de Paris comme dans les prairies américaines. L'ami désolé de Marcel donna donc une poignée de main à Chambras et s'éloigna mélancoliquement dans la direction de la rue Rambuteau.

Chambras, lui, ne bougea point de la place où il s'était arrêté, tout près de l'entrée du mont-de-piété, où il se mit à faire semblant de lire les grandes affiches collées sur la muraille. En même temps, il observait du coin de l'œil le couple qui avait déjà attiré son attention et qui stationnait à quelques pas de là, au coin de la petite rue Aubriot.

L'homme était grand, maigre et montrait en plein une face pâle et ravagée, sur laquelle tranchaient énergiquement des moustaches et des sourcils d'un noir qui contrastait avec la blancheur de ses cheveux. Il portait un chapeau défraîchi et un pardessus râpé; mais sa tournure ne manquait pas d'élégance, et il avait plutôt l'air d'un viveur ruiné que d'un indigent de profession. Détail caractéristique : il avait des gants.

2.

La femme dissimulait sous un ample manteau bordé de fourrures un embonpoint plus que majestueux, et sa voilette rabattue sur son visage cachait à moitié ses traits, mais Chambras avait la vue aussi perçante qu'il avait la mémoire nette. Du premier regard, sans hésiter, il avait reconnu madame de Gondo qu'il n'avait cependant rencontrée qu'une seule fois dans sa vie, au bal de son mari. Chambras aurait rendu des points à *OEil-de-Faucon*, des romans de Fenimore Cooper. Et, avec une promptitude de raisonnement égale à sa clairvoyance, il s'était dit que la richissime épouse du baron ne venait pas là pour le plaisir de causer sur le trottoir d'une rue boueuse avec un homme mal vêtu.

Sa présence dans ce quartier perdu ne pouvait guère s'expliquer autrement que par une affaire à traiter avec le mont-de-piété. Quelle affaire ? l'agent de police se le demandait ; mais il ne s'étonnait pas trop de cette singulière rencontre.

Il connaissait à fond la vie de Paris et l'envers de cette société où le désir de paraître est le plus impérieux des besoins, où les plus hautes situations cachent souvent d'affreuses misères et de honteuses plaies. Il savait que beaucoup de grandes dames connaissaient le chemin du *clou*, et que le magasin de la première division abrite souvent des bijoux de famille et de l'argenterie armoriée. D'autres, plus titrées et mieux nées que cette baronne de finance, franchissent d'un pied furtif le seuil du bureau de prêt et se glissent par les couloirs sombres en se cachant comme si elles couraient à quelque coupable rendez-vous. Cependant, madame de Gondo, femme d'un archi-millionnaire, ne pouvait être amenée là que par une nécessité criminelle ou tout au moins inavouable, car son mari ne devait pas lui marchander l'argent.

Chambras l'avait compris si vite et si bien qu'il s'était tout d'abord juré d'éclaircir ce mystère. En d'autres temps, peut-être ne s'y serait-il pas arrêté, mais la conversation qu'il venait d'avoir avec Dominique lui mettait l'esprit en éveil, et il se disait qu'il devait se passer d'étranges choses dans la maison de ce banquier dont la digne moitié tenait un colloque suspect, à quelques pas de la porte d'une maison de prêt sur gages. Il résolut donc de s'attacher à la baronne jusqu'à ce qu'il sût ce qu'elle venait faire là et, en ces matières, il était passé maître.

Au lieu d'aller rôder autour d'elle, il se contenta de l'observer et de se tenir prêt à manœuvrer suivant les circonstances. Il n'attendit pas longtemps.

Dominique n'était pas encore bien loin, lorsque Chambras vit le couple se disjoindre. L'homme traversa la rue et entra dans un cabaret qui portait cette singulière enseigne : *A la sortie de chez ma tante.* Pas plus singulière après tout que celle de ce marchand de vin où on lit : *A la descente du Père-Lachaise,* ni que celle du café du *Rat mort,* situé sur la place Pigalle et illustré par la fréquentation de diverses célébrités artistiques et politiques.

Au geste que fit l'homme en quittant la baronne, Chambras comprit qu'il allait l'attendre dans ce cabaret, et, dès lors, son plan fut arrêté dans son esprit. Il connaissait le bouge, pour y être allé plusieurs fois surveiller des coquins qui étaient venus boire là le produit d'un objet volé et engagé. Le maître du lieu était à la dévotion de la préfecture, et n'avait par conséquent rien à refuser au sous-chef de la police de *sûreté*.

Cependant, madame de Gondo s'avançait en rasant les murs, plus voilée que jamais, et d'un pas hésitant. Chambras se plaça de façon qu'elle fût obligée de passer tout près de lui, si, comme il n'en doutait pas, elle entrait au mont-de-piété ; et, quand il la vit arrêtée sur le seuil de la grande porte et cherchant une indication utile parmi les inscriptions qui tapissaient le corridor, il s'approcha d'elle le chapeau à la main.

— Madame cherche le bureau des dégagements ? demanda-t-il du ton d'un commissionnaire qui offre ses services.

La dame interpellée recula de deux pas, ramena vivement sur le bas de son visage sa voilette qui s'était un peu relevée, et se mit à regarder attentivement ce personnage obligeant.

Chambras ne craignait pas qu'elle le reconnût, quoiqu'elle l'eût déjà vu, car, la nuit du bal, il était déguisé en homme du monde, et, pour venir au *chef-lieu*, il avait repris sa figure naturelle, qui était celle d'un bourgeois ou d'un employé.

— Non, balbutia la baronne, après quelques se-

condes d'examen, je voudrais, au contraire... engager.

— Le bureau est au fond de la cour, à droite.

— Merci, monsieur. Je vais...

— Il y a beaucoup de monde et madame aime-
rait mieux sans doute un engagement secret.

— Oui... sans doute, mais... est-ce possible ?

— Cela se fait tous les jours, pour les personnes
distinguées. Madame peut s'adresser directement
au chef de l'administration, et, si madame le désire, je vais la conduire à son cabinet.

— Je vous serai très-obligée, monsieur, murmura madame de Gondo.

— Madame n'a qu'à me suivre, dit avec empressement Chambras, qui reprit aussitôt le chemin
déjà parcouru en compagnie de Dominique et guida
la baronne à travers un dédale d'escaliers et de
couloirs jusqu'à la porte du bureau de la direction.

— Madame peut entrer, ajouta-t-il en l'introduisant poliment dans l'antichambre.

Madame de Gondo ne se fit pas prier et chercha
son porte-monnaie pour récompenser ce complaisant *cicerone ;* mais, pendant qu'elle l'ouvrait, Chambras sortit et s'éloigna rapidement sans attendre
un pourboire auquel il ne tenait pas du tout.

Il avait pensé un instant à entrer seul chez le
directeur, à le prévenir de la visite qu'il allait recevoir et même à lui demander de le placer de
façon à tout voir et à tout entendre sans être vu.
Mais il savait que cet honorable fonctionnaire ne
se prêterait point à cet espionnage. L'administra-

tion veut bien, quand il s'agit d'arrêter un criminel, fournir des indications à la police, qui repré-
sente la justice, mais, en dehors de ce cas spécial,
elle est d'une discrétion absolue. Et, jusqu'à preuve
du contraire, la femme du baron de Gondo ne
pouvait pas être signalée comme auteur ou complice d'un méfait.

D'ailleurs, Chambras pouvait se passer de cette
surveillance, car il se réservait de faire prendre,
s'il y avait lieu, des renseignements officiels sur
l'emprunt contracté par la dame, et surtout il
comptait qu'elle allait, en sortant du mont-de-piété,
venir rejoindre au cabaret l'individu qui, tout à
l'heure, causait avec elle dans la rue.

Cependant, par surcroît de précaution, il alla
d'abord trouver l'agent qu'il venait de mettre en
sentinelle dans la salle de *rendition*, et il lui donna
l'ordre d'attendre, à la porte du directeur, une
dame dont il lui dépeignit le costume et la tournure, de la *filer* à la sortie et, au cas où elle n'en-
trerait pas chez le marchand de vin, de pousser la
*filature* jusqu'à ce qu'elle eût regagné l'hôtel du
boulevard Malesherbes. Le numéro de la reconnaissance de la montre volée à M. de Colorado était
signalé aux garçons du bureau des dégagements.
Il n'y avait donc pas grand inconvénient à ce que
l'inspecteur abandonnât momentanément sa faction près du guichet.

Cela fait, Chambras gagna la rue, s'introduisit
par une petite porte, à lui connue, dans le respectable établissement dont l'enseigne invitait si bien

les ivrognes à se désaltérer, *à la sortie de chez ma tante*, et s'aboucha dans un coin avec le cabaretier qui comprit à demi-mot et le fit passer aussitôt dans un cabinet séparé par un vitrage en verre dépoli de celui où attendait l'ami de la baronne.

On avait gratté un des carreaux de façon à permettre à deux yeux indiscrets de regarder ce qui se passait à côté. Chambras y appliqua aussitôt les siens et vit un spectacle curieux.

L'équivoque ami de la baronne était assis à une table tachée de vin et de graisse. Il avait devant lui un carafon d'absinthe à moitié vide et un verre plein où il buvait de temps à autre une gorgée de poison vert. Mais il lisait avec beaucoup d'attention un livre posé sur la table à côté d'un petit sac en peau dont il était assez difficile de deviner le contenu.

Chambras, fort étonné, se demandait à quelles hautes études pouvait bien se livrer ce personnage qui était aussi mal vêtu qu'un savant, mais qui n'en avait pas la figure, lorsqu'il le vit fermer brusquement son livre et défaire les cordons de son sac. Le livre, dont l'espion put lire le titre, imprimé en lettres rouges et noires sur une couverture jaune, était intitulé : *Traité des jeux de trente-et-quarante et de la roulette.*

Du sac, l'inconnu tira un gros paquet de jeux de cartes et une poignée de haricots secs. Il mit les haricots en tas sur la table, mêla les cartes, coupa et commença à *tailler* comme un croupier de Monaco, c'est-à-dire à les étaler l'une à côté de l'autre sur deux rangs parallèles et de longueur variable.

Après chaque coup, il prenait dans le tas un certain nombre de haricots et les plaçait tantôt à sa droite, tantôt à sa gauche, puis il poussait devant lui les cartes étalées et recommençait à en aligner d'autres qu'il prenait sur le paquet.

Un bourgeois naïf qui eût été témoin de ce manége aurait pu prendre celui qui s'y livrait pour un diseur de bonne aventure préparant ses exercices. L'homme au sac, en effet, avait bien la mine d'un sorcier ou d'un faiseur de tours. Mais Chambras ne s'y trompa point. Il avait assez souvent rencontré sur son chemin toutes les passions pour avoir appris à les reconnaître à première vue ; et, la plus terrible de toutes, le jeu, avait marqué d'une empreinte ineffaçable les traits tourmentés de l'ami de madame de Gondo.

Cet ami suivait avec une émotion fiévreuse les variations de cette partie sans adversaire, et, selon que le résultat de chaque coup l'obligeait à déposer à droite ou à gauche les légumes secs qui représentaient évidemment des louis d'or, sa face pâle s'éclairait ou se contractait, comme s'il eût réellement gagné ou perdu.

— Bon ! j'y suis, pensa Chambras, l'amant de la baronne est un de ces joueurs à systèmes, qui dévoreraient des millions pour nourrir une *martingale*, comme les cuisinières nourrissaient un terne du temps de la loterie. Diable ! elle est bien mal tombée cette chère baronne, et, si elle subit l'influence de ce pilier de tripot, elle doit être capable de tout. Il faudra que j'examine de près l'affaire du jeune Brévan.

Cependant l'homme *taillait* toujours et le tas de haricots de droite grossissait à vue d'œil.

Sans doute, c'était le bon, car la figure du croupier amateur rayonnait de joie.

— C'est clair comme le jour, se disait Chambras ; il jouera ce soir avec l'argent que la baronne va lui donner, et, en l'attendant, il exécute une répétition de la *marche* qu'il compte suivre au tapis vert. Reste à savoir à quelle circonstance il doit le pouvoir qu'il exerce sur cette respectable personne, et aussi comment il se fait que la femme d'un des plus riches banquiers de Paris en soit réduite à s'adresser au mont-de-piété pour se procurer des fonds.

Le sous-chef de la *sûreté* eut tout le temps de réfléchir à ces deux problèmes, car la partie dura une grande demi-heure, et, la *taille* étant finie, l'homme achevait de compter ses haricots, quand la porte du cabinet s'ouvrit pour laisser passer la baronne amenée par le cabaretier, qui disparut aussitôt après l'avoir introduite discrètement dans cet asile peu sûr. Elle paraissait fort émue et elle se laissa tomber plutôt qu'elle ne s'assit sur un misérable tabouret.

— Eh bien? demanda le joueur en la regardant avec des yeux ardents.

— J'ai l'argent, murmura la baronne d'une voix éteinte.

— Donne, dit cyniquement l'homme aux haricots.

Madame de Gondo releva sa voilette et Chambras vit de grosses larmes rouler sur ses joues. Elle était bien changée depuis la fameuse nuit du bal où elle présidait si majestueusement le souper des millionnaires. Cette nuit-là, un de ses convives, un financier galant, avait pu, sans trop la flatter, la comparer à Junon; mais, pour le moment, elle ressemblait plutôt à Niobé pleurant ses enfants qu'à la femme de Jupiter.

Au lieu d'obéir à l'injonction que l'inconnu avait appuyée d'un geste avide, elle dit timidement :

— Du moins, tiendras-tu ta promesse? Partiras-tu?

— Puisque je te l'ai juré.

— Tu m'as trompée si souvent.

— Raison de plus pour que je ne te trompe pas cette fois-ci. Donne-moi ce qu'il me faut pour partir et je partirai.

— Ce soir?

— Non. Pas ce soir.

— Pourquoi?

— Parce que c'est impossible.

— Impossible! quand tu devrais déjà depuis un mois être en Amérique! quand tu sais que chaque jour ta présence à Paris peut avoir les conséquences les plus funestes! Est-ce ainsi que tu me récompenses de ce que j'ai fait pour toi?

— Pardon, tu n'es pas venue ici, je suppose, pour récriminer. Ce serait tout à fait inutile. Le passé est passé. Occupons-nous du présent. Donne-moi les cinquante mille francs que je t'ai demandés et compte que tu ne me reverras plus.

— Si j'en étais sûre...

— Sois tranquille. Je n'ai nulle envie de rester à Paris. Les *parties* y sont trop mauvaises, et, de plus, la police y tracasse les *pontes*, tandis qu'à San-Francisco, je le sais de bonne source, il y a vingt banques publiques où, avec le nouveau coup que j'ai inventé, je suis sûr de faire promptement fortune. Mais pour les attaquer ces banques, il me faut des capitaux. Il m'en faut aussi pour le voyage. Ainsi, exécute-toi de bonne grâce, si tu veux que je te débarrasse de ma personne.

— Écoute, Georges, dit résolûment la baronne, je voudrais ne pas douter de toi; mais tu m'as donné malheureusement assez de preuves de ta légèreté pour que j'aie le droit de te demander des garanties.

— Lesquelles, s'il te plaît?

— Je vais aujourd'hui même payer ton passage sur le paquebot qui part demain pour New-York. Ce soir, ma femme de chambre Katinka prendra avec toi l'express du Havre, et là elle te remettra la somme.

— Quand je serai à bord du bateau, n'est-ce pas?

Madame de Gondo fit un signe affirmatif.

— Cette confiance me touche, reprit Georges avec une grimace ironique.

— Et tu acceptes la condition?

— Je la refuse catégoriquement.

La baronne tressaillit et s'écria :

— Tu avoues donc que tes belles promesses n'étaient qu'un leurre et que tu n'a pas sérieusement l'intention de quitter Paris.

— Je n'avoue rien du tout. Le bateau ne mettra en mer qu'à la marée du soir. Je prendrai demain matin le premier train et j'arriverai encore à temps pour m'embarquer. Mais je veux la somme maintenant et je tiens à coucher à Paris cette nuit.

— Dis plutôt que tu veux la passer à jouer.

— Peut-être bien.

— Et tu oses en convenir! Malheureux! Mais demain tu auras perdu cet argent que j'ai eu tant de peine à me procurer... et tu reviendras encore me demander un nouveau sacrifice... me menacer...

— Non, car demain j'aurai cent mille francs de plus. C'est juste la *masse* dont j'ai besoin pour faire sauter une banque en Californie.

— Cent mille francs! Et où les prendras-tu? Comptes-tu les voler? J'aurais dû prévoir que tu finirais ainsi.

— Moi, voler! Pour qui me prends-tu? On ne vole pas quand on a le moyen de gagner une fortune.

— Au jeu, n'est-ce pas?

— Oui, au jeu, puisque tu veux le savoir. Je ne devrais pas te répondre, car les femmes ne comprennent rien aux calculs, et je suis trop bon de prendre la peine de t'expliquer les miens. Si je te disais que j'ai perfectionné *la montante et la descen-*

*dante* de d'Alembert, tu croirais que je parle japonais. Mais je veux bien t'apprendre que j'ai trouvé enfin la *marche* que je cherche depuis vingt ans, que cette marche est sûre, absolument sûre. Elle péchait par un point. Je l'ai rectifiée, et maintenant je paralyse même le *refait*. Je viens de terminer ma dernière expérience. Elle a été décisive. Chacun de ces haricots que tu vois à ma droite se changera ce soir en un billet de mille francs.

— Fou! misérable fou!

— Oui, je sais un endroit où, cette nuit, un banquier mettra quinze mille louis sur table, et demain matin, vrai comme je m'appelle Georges Carinis, je partirai pour le Havre avec une centaine de mille francs dans ma ceinture.

— Ah! c'est trop d'impudence, dit madame de Gondo, et il faudrait que je fusse insensée pour céder encore une fois aux exigences de ton abominable passion..

— Ainsi, tu ne veux pas me donner l'argent?

— Non! Prends-le de force, tue-moi, si tu veux. Je ne te le donnerai pas.

— Fort bien, dit Georges avec une rage froide; je sais ce qu'il me reste à faire.

— Que feras-tu?

— J'irai déposer au parquet une plainte contre ma femme légitime qui a épousé M. le baron de Gondo, sans attendre, pour contracter cette union avantageuse, que je fusse mort, moi, son premier mari.

— Bigame! murmura Chambras qui n'avait pas

perdu un mot de cet édifiant dialogue ; la baronne est bigame ! Parbleu ! voilà qui est bon à savoir, et M. Dominique Le Planchais donnerait gros pour être à ma place.

— Georges ! tu ne feras pas cela, s'écria madame de Gondo. Tu ne me dénonceras pas !

— J'y vais, répondit froidement le joueur en ramassant ses cartes et ses haricots pour les réintégrer dans le sac qui ne le quittait jamais.

— Mais c'est me perdre !

— Parbleu !

— Non, ce n'est pas possible ! Tu réfléchiras... tu auras pitié de moi.

— Pitié de toi ! quand tu refuses de me sauver, alors que tu n'aurais qu'à fouiller dans ta poche pour me mettre à même de devenir riche... dix fois plus riche que le baron de Gondo, ton noble mari ! Allons donc ! il faudrait que je fusse bien lâche.

— Mais tu sais bien que je ne l'ai épousé que parce que tu m'avais abandonnée, que j'étais sans ressources quand je l'ai rencontré à Constantinople.

— Garde ces raisons-là pour le jour où tu passeras en cour d'assises. Ton avocat plaidera les circonstances atténuantes, et ma foi ! qui sait ? tu en seras peut-être quitte pour cinq ou six mois de prison.

— J'ignorais ce que tu étais devenu... Je te croyais mort...

— Tu mens. Trois mois avant ton mariage, tu as

reçu de mes nouvelles et tu m'as répondu au Caire, où je tenais une roulette. J'ai gardé ta lettre.

— Georges! je t'en supplie!... tu m'as aimée autrefois...

— Il y a trop longtemps. Je l'ai oublié.

— Moi aussi, je t'ai aimé... je t'aime encore.

— Vraiment? ricana Georges.

— Mais si je ne t'aimais pas, reprit la baronne d'une voix entrecoupée, crois-tu donc que j'aurais tout sacrifié pour venir à ton secours, comme je l'ai fait si souvent depuis que tu es à Paris?

— De quels sacrifices parles-tu? S'agirait-il par hasard des quelques misérables sommes que tu m'as remises, après me les avoir beaucoup trop fait attendre? Le beau dévouement que tu as montré là, en vérité! Tu n'as eu que la peine de les demander à l'archi-millionnaire que tu m'as donné pour successeur.

— La peine de les demander! mais tu ne connais pas Gondo, tu ne sais pas qu'il ne m'a jamais dit un mot de ses affaires, qu'il me traite comme une servante à gages avec laquelle on se croit quitte quand on lui a payé son salaire; que dans cette maison où les caisses regorgent d'or, je n'ai pas le droit de prendre mille francs pour mon usage personnel.

— A d'autres, ma chère! Je sais parfaitement que ton mari te fait une magnifique pension.

— Il me donne cinq mille francs par mois pour ma toilette et, en dehors de cela, je ne puis pas disposer d'un sou. La plus petite bourgeoise administre son ménage comme elle l'entend. Dans la maison de Gondo, les dépenses courantes sont payées à la caisse, sur des bons visés par le baron lui-même, car il examine tout, jusqu'aux comptes de son maître d'hôtel.

— Cela prouve que ton mari est un cuistre; cela ne prouve pas que tu sois dans l'impossibilité de m'aider. Avec les cinq mille francs que tu dépenses par mois en colifichets, je gagnerais, moi, des millions. J'ai bien fait sauter la banque de Bénazet en partant d'une attaque de dix louis.

— Mais cet argent me suffit à peine. Il faut que je tienne mon rang.

— Ton rang! répéta le premier mari de la baronne en haussant les épaules. Tu parles de ton rang comme si tu étais née princesse! Pardieu! c'est trop fort. Tu as donc oublié que j'eus l'honneur de faire ta connaissance à la table d'hôte d'un hôtel de Bucharest?

— Georges! murmura madame de Gondo, quel cruel plaisir peux-tu prendre à m'humilier en me rappelant le passé?

— Serait-ce par hasard la brillante alliance que tu as contractée qui te rendrait si fière? reprit impitoyablement Georges. Je serais curieux de savoir à quelle chancellerie ont été délivrées les lettres patentes qui ont conféré à ton noble époux le titre de baron; car j'ai pris mes informations depuis que je t'ai retrouvée, et je sais à quoi m'en tenir sur son origine. Il ne s'appelle pas plus Gondo que je ne m'appelle Montmorency. Veux-tu que je te dise son véritable nom, celui qu'il portait quand il arriva à Paris, il y a trente ans ?

— Georges ! je t'en supplie !

— Tu ne l'aurais pas épousé, si tu l'avais rencontré dans ce temps-là ; car il n'avait pas de souliers, et il faisait un commerce qui l'aurait envoyé où tu iras infailliblement, si tu me forces à déposer une plainte. Il quitta la France à temps ; mais, en cherchant bien, on y trouverait encore des gens qui se souviennent de lui. Il se nommait...

— Assez, Georges, assez ! Pourquoi me torturer ainsi, quand tu sais bien que je suis à ta merci ?

— Tu veux que je me taise ? Je ne demande pas mieux. Les affaires du baron ne sont pas les miennes. Donne-moi ce que tu m'as promis, et je te répète encore une fois que tu n'entendras plus jamais parler de moi.

— Eh bien, oui, je vais te la donner cette somme, puisque tu me jures qu'elle te servira à passer en Amérique, à quitter cette affreuse vie qui finira par nous tuer tous deux...

Georges tendit la main sans répondre. Ses yeux brillaient comme s'ils eussent déjà vu ruisseler sur un tapis vert cet or destiné à nourrir sa chimère, la décevante *martingale* qui dévore les joueurs, comme aux temps mythologiques le sphinx dévorait les devineurs d'énigmes. Et, de fait, le secret de gagner au jeu, n'est-ce pas l'énigme éternelle, celle dont on cherche le mot depuis des siècles ? Le sphinx moderne n'est qu'un croupier armé d'un

3.

râteau au lieu de griffes, et ce sphinx-là n'a pas encore trouvé d'Œdipe.

— Oui, reprit amèrement la malheureuse baronne, il est à toi, cet argent, tu vas l'emporter, le risquer, le perdre... je le sais ; je sais que dans quelques jours, demain, peut-être, tu reviendras me menacer encore, et je n'ai pas le courage de te le refuser. Mais je veux du moins que tu saches ce qu'il me coûte.

Le joueur attendit, impassible, comme un homme qui voit venir une averse et qui s'est résigné à la recevoir.

— La première fois que tu t'es présenté chez moi, continua madame de Gondo, tu m'as trouvée prête à te tirer de peine...

— Fort à contre-cœur, car tu m'as très-mal reçu ; mais passons, interrompit Georges avec impatience.

— J'avais économisé un peu d'or sur ma pension, je te l'ai donné, et tant que tes exigences n'ont pas excédé mes ressources, je ne t'ai pas marchandé les secours.

— Parce que tu ne pouvais pas faire autrement. Ensuite ?

— Mais ces exigences ont pris bientôt des proportions telles qu'il m'a été impossible d'y suffire.

— La déveine me poursuivait. Mets-toi à ma place.

— Enfin, un jour tu es venu me demander une somme énorme, quarante mille francs...

— De quoi jouer trois fois le *maximum* à Hombourg, plus deux cents louis pour mes frais de route.

— Cette somme, je ne la possédais pas. Je n'avais plus que mes bijoux. Mais je n'hésitai pas. Je pris mon collier de diamants et je courus chez un usurier qui consentit à me prêter quarante mille francs sur ce gage qui en vaut bien cent mille. Je te les donnai parce que tu m'avais fait le serment de partir.

— Serment de joueur, serment d'ivrogne.

— Le service que je t'avais rendu a failli me perdre, reprit la baronne sans relever ce cynique aveu. Avant-hier, mon mari avait invité à dîner un riche Américain dont il veut faire son gendre. Il me signifia que j'eusse à paraître le soir avec le collier que cet étranger voulait voir pour en acheter un pareil à sa femme. Je n'avais pas un sou pour le retirer des mains de l'usurier et il me restait deux heures pour me procurer cinquante mille francs, car je savais que ce misérable m'en demanderait dix mille d'intérêts.

— Quelle canaille! Comment as-tu fait? demanda Georges, qui, depuis un instant, écoutait avec un intérêt marqué le récit de sa femme.

— J'ai trouvé l'argent par miracle.

— Comment s'appelle-t-il, ton miracle?

— Par le fils de mon mari, Ernest de Gondo.

— Tu vois bien qu'il t'est facile de te procurer des fonds, quand tu le veux sérieusement.

— Que Dieu me préserve de m'en procurer en-

core de la même façon, murmura la baronne, qui
était devenue très-pâle.

Et elle reprit d'une voix tremblante :

— J'ai couru chez le prêteur, au faubourg Saint-
Antoine, je suis entrée une seconde fois dans la
caverne où il reçoit chaque jour des voleurs et des
assassins, car cet homme est un recéleur de la pire
espèce.

— Je vais m'occuper de dénicher ce gaillard-là,
grommela Chambras, qui écoutait toujours.

— Enfin, j'ai obtenu qu'il me rendît mes diamants, continua madame de Gondo ; le baron ne
s'est aperçu de rien, je n'entendais plus parler de
toi, j'espérais que la chance t'avait souri, que tu
avais pu enfin t'embarquer, et je commençais à
respirer, lorsque ce matin j'ai reçu ta lettre.

— Que veux-tu ! J'ai sauté de ma dernière *masse*
sur une série de seize *intermittences*. Ces coups-là
sont faits pour moi. Il est vrai qu'ils n'arrivent pas
deux fois de suite, et, cette nuit...

— Alors, je me suis demandé si je ne ferais
pas mieux de me tuer ; mais j'ai pensé que
tu étais malheureux, j'ai pris les diamants que
j'avais déjà engagés pour toi et je suis venue au
rendez-vous que tu me donnais. Je suis entrée au
mont-de-piété, où il m'a fallu livrer mon nom,
mon adresse... Rien ne m'a arrêtée, ni l'humiliation, ni le danger, et le voilà, cet argent qui doit te
sauver. Prends-le et pars ; si tu le perds, j'en
mourrai.

Georges saisit avidement la liasse de billets que

lui tendait la baronne, les mit dans sa poche, boutonna son paletot râpé et se leva en disant avec un geste que lui eût envié Frédérick Lemaître :

— La fortune ne sera pas toujours contraire.

Chambras aussi se leva et se glissa doucement hors du cabaret. Il en savait assez et il n'avait pas perdu son temps. Son agent flânait dans la rue. Il se dirigea de son côté, et, sans s'arrêter, il lui dit en passant :

— Ce n'est plus la femme qu'il faut *filer*, c'est l'homme, et à fond. Ne le lâche pas que tu ne l'aies *couché*, et dès que tu l'auras *couché*, viens à la *permanence* me dire où il perche.

II

On jouait tous les jeudis chez madame de Marly, née Canoche.

C'était son jour d'Italiens, et comme elle était fort répandue dans le monde des viveurs qui y ont un fauteuil à l'année, elle recevait beaucoup de visites dans sa loge et elle y faisait ses invitations. On les acceptait volontiers, car sa maison était montée sur un très-bon pied depuis que, le règne de Gondo ayant pris fin, Coralie disposait à son gré du patrimoine de René Dortis.

Elle le menait grand train, ce patrimoine si laborieusement acquis par un négociant qui ne prévoyait guère l'usage qu'en ferait son fils unique. Si grand train, qu'en femme prévoyante elle prenait déjà ses précautions pour le jour assez prochain où il aurait totalement disparu.

René s'était fait rendre ses comptes de tutelle et puisait à pleines mains dans son héritage, lequel, malheureusement pour lui, consistait en valeurs mobilières, en actions et en obligations très-faciles à convertir en argent, car M. Dortis le père n'avait fait que d'excellents placements.

Coralie avait payé toutes ses dettes, qui n'étaient pas petites, et tenait chaque jour de longues conférences avec sa respectable tante et fournisseuse, madame Alexis, au grand dommage de la bourse de René, car la marchande à la toilette avait toujours à proposer des bijoux d'occasion que le jeune amoureux ne refusait jamais d'acheter.

Madame de Marly avait un talent particulier pour tout se faire offrir, sans rien demander, et chacun de ses sourires coûtait quelques billets de mille francs à René. La scène des boucles d'oreilles qui lui avait valu le malheureux bonheur d'être admis dans l'intimité de la dame, cette fameuse scène à trois personnages se répétait presque quotidiennement avec un égal succès.

Les braconniers qui tendent des collets savent que les lièvres viennent très-bien se faire prendre au même piége les uns après les autres, et les intelligentes personnes qui exploitent la bêtise humaine ne se donnent guère la peine de varier leurs procédés. Elles n'ont qu'un tour dans leur sac, mais c'est le bon.

Coralie marchait donc à grands pas vers une fortune sérieuse, quand un certain soir elle reçut un billet de M. de Colorado qui lui annonçait pour le lendemain l'arrivée au Grand-Hôtel de M. James Jackson, richissime planteur de la Nouvelle-Orléans. Elle regretta qu'il débarquât à Paris si tôt, car les coupes réglées qu'elle pratiquait dans la fortune de l'héritier des Dortis ne faisaient que commencer, mais la tasse de thé n'en fut pas moins offerte et acceptée par l'Américain. Madame de Marly pensait sagement qu'il est toujours bon d'avoir deux cordes à son arc.

Il était arrivé justement que M. Pouliguen, ayant été rapporté presque mourant à l'hôtel du quai de Valmy, René, qui avait bon cœur, se faisait un devoir de veiller son beau-frère. La sœur de *Pain-de-Blanc* se trouvait donc libre de disposer de ses soirées, et elle ne crut pas pouvoir en faire un meilleur emploi que de les consacrer à un étranger de distinction.

Paris est une ville hospitalière entre toutes, et Coralie était essentiellement Parisienne, puisqu'elle avait vu le jour non loin de la place Maubert.

Elle commença d'ailleurs par étudier son planteur avant de se lier officiellement avec lui, car elle ne voulait trahir René qu'à bon escient, et elle manquait de renseignements sur le caractère des Américains du Sud. Mais M. James Jackson s'était montré sous un jour très-favorable, et, après lui avoir fait subir un examen sommaire, madame de Marly résolut de faire un coup d'État et de détrôner le jeune Dortis au profit de ce citoyen de la Louisiane.

Les choses en étaient là quand, le jeudi qui suivit la disparition de M. de Colorado, vers minuit,
au sortir d'une assez maussade représentation du
*Trovatore*, Coralie rentra dans son coquet appartement de la rue Castellane qu'elle comptait bien ne
plus habiter longtemps, car son nouvel adorateur
parlait déjà de lui acheter un hôtel. Elle venait de
le voir au théâtre, et de l'inviter à sa petite fête,
mais elle s'était bien gardée de lui dire que ses
nombreux amis seraient de la partie, car ce naturel des bords du Mississipi se montrait peu disposé
à faire des connaissances parmi le sexe fort. Elle
lui avait affirmé que la société se composerait
d'actrices, de quelques jeunes gens sans consis-
tance et d'un opulent Américain du Nord, protecteur d'une de ces dames, et très-désireux d'oublier
la guerre de sécession en fraternisant avec un
compatriote des États méridionaux. Mais elle ne
lui avait pas dit qu'on ferait une partie très-
chaude qui se prolongerait sans doute jusqu'au
jour.

Le jeu était une des industries de madame de
Marly. Non qu'elle trichât ou qu'elle prélevât sur
les joueurs cette rétribution connue sous le nom
de *cagnotte* dans les tables d'hôte et dans les tripots ; elle laissait ces procédés mesquins aux lo-
rette vieillies qui n'ont plus d'autres ressources,
car elle professait hautement cette opinion charitable qu'il faut que tout le monde vive, mais les
gens qui jouent gros jeu sont toujours d'excellentes
connaissances et ils se montrent volontiers géné-

reux, surtout quand ils ont gagné. Et Coralie réservait ses préférences pour ceux que la veine avait bien traités, ce qui ne l'empêchait pas de s'acquitter très-règulièrement lorsqu'elle perdait, et d'exiger des amies qu'elle invitait la même exactitude dans les payements.

C'est la mode à présent parmi ces dames d'être sérieuses au tapis vert aussi bien qu'ailleurs. Par la même raison qu'elles ont, comme les honnêtes femmes, leur notaire et leur agent de change, elles se piquent de régler, comme les hommes du monde, leurs dettes d'honneur. C'est même le seul honneur auquel elles tiennent.

Cependant, depuis que le hasard avait jeté dans ses griffes le jeune Dortis, l'intelligente nièce de madame Alexis avait suspendu ses réceptions hebdomadaires. René, qui n'aimait pas le jeu, était horriblement jaloux, et sa belle avait trop d'intérêt à le ménager pour lui imposer tous les jeudis la compagnie de ses nombreux amis. Mais l'entrée en scène de M. Jackson modifiait sensiblement la situation et Coralie comptant sur sa protection, ne se croyait plus tenue aux mêmes égards envers l'adolescent naïf qu'elle avait attelé à son char en attendant mieux.

Ce soir-là, d'ailleurs, elle savait que René serait retenu chez sa mère et ne viendrait pas troubler la fête. De plus, elle était à peu près décidée à déclarer publiquement son amoureux exotique, pour faire enrager ses petites amies d'abord, et aussi pour compromettre le planteur, en laissant colporter dans les cercles, par ses invités, la nouvelle de la brillante conquête qu'elle venait de parachever.

Lorsque, par ordre du roi Louis XV, madame du Barry fut officiellement présentée à la cour, il y eut foule dans les appartements de Versailles. Il y eut foule aussi chez Joséphine Canoche, le jeudi où elle produisit son Américain, car le bruit de sa liaison avec lui commençait déjà à se répandre, et, de plus, on savait que M. Atkins de Mariposa devait poser une banque de trente-et-quarante, avec un capital à faire damner tous les croupiers d'Allemagne.

Il n'en fallait pas davantage pour que le ban et l'arrière-ban des joueurs du *high-life* accourussent à la soirée de madame de Marly. L'annonce d'une partie où un riche étranger allait mettre trois cent mille francs sur table produisit dans les cercles le même effet que si, à Marseille, les chasseurs provençaux apprenaient l'arrivée d'un chevreuil dans les plaines de la Crau. Aussi, à une heure du matin, le salon de Coralie était déjà plein, et la bande joyeuse du club, où elle comptait tant de fidèles, s'y trouvait presque au grand complet.

M. Jackson, naturellement, était arrivé un des premiers, et il avait vraiment fort bonne mine avec ses favoris noirs et ses larges épaules. La dame du lieu le présenta d'abord à M. de Mariposa qui était venu avec sa Valentine et qui se montra fort courtois pour l'homme du Sud.

Les deux citoyens de l'Union s'entretinrent long-

temps en anglais et parurent s'accorder à merveille, à la grande satisfaction de madame de Marly.
Jackson laissa bien voir quelque surprise de rencontrer chez elle si nombreuse société, mais il fit
bonne contenance et il lui témoigna tant d'attentions, qu'elle se crut suffisamment autorisée à l'af-
ficher comme son adorateur attitré.

Il y avait là d'Aldrige, la Roche-Perrière, Valbourg et beaucoup d'autres. Il y avait même Belamer et Ernest de Gondo, qui s'étaient permis d'y
venir sans invitation, l'un, parce qu'il était sûr de
n'y pas rencontrer M. de Colorado, l'autre, parce
qu'il avait entendu dire que M. Dortis, son successeur immédiat, avait déjà fait place à un inconnu.

On causait là, tout comme dans le vrai monde,
car madame de Marly, qui tenait beaucoup aux
apparences, ne souffrait pas qu'on commençât la
partie avant d'avoir pris le thé. Le thé a bon air,
le thé classe tout de suite le salon où on le sert.
On ne boit pas de thé dans les tripots.

Ses amis se prêtaient de bonne grâce à cette
fantaisie innocente. On comptait pourtant parmi
eux quelques impatients, entre autres d'Aldrige,
le vieux beau, qui était joueur comme les cartes
et qui s'approcha de Coralie pour lui dire à l'o-
reille :

— Il me semble, chère amie, que nous perdons
un temps précieux. Qui attendez-vous donc ?

— Léonie, répondit la maîtresse de la maison.
Elle m'a demandé la permission de nous amener
un très-gros joueur. Mais, tenez ! la voici.

En effet, une main gantée de blanc écarta la portière de soie, et la voix d'un domestique en livrée noire annonça successivement :

— Madame de Saint-Florentin !

Monsieur Carinis !

Monsieur le comte de Saint-Planchers !

— Saint-Planchers complète admirablement Saint-Florentin, dit tout bas d'Aldrige ; mais j'ai peur que ces saints-là ne figurent pas plus dans l'annuaire de la noblesse que dans le martyrologe.

Madame de Marly ne releva pas cette observation impertinente et vint à la rencontre de Léonie, qui remorquait ses deux cavaliers.

La maîtresse de la maison fronçait le sourcil, car elle n'en attendait qu'un, et elle s'étonnait que son amie se permît de lui amener quelqu'un sans l'avoir prévenue. En toute autre circonstance, elle n'aurait pas attaché grande importance à cette infraction aux règles de la bonne compagnie ; mais ce soir-là elle tenait à ne présenter à M. Jackson que la fine fleur de ses connaissances, et elle se défiait un peu des gens patronnés par madame Léonie, plus ou moins de Saint-Florentin.

Coralie n'avait pas tout à fait tort, car la dame ne connaissait guère les deux personnages dont elle devait répondre. Moins heureuse que sa camarade, la pauvre Léonie n'était protégée, pour le moment, par aucun Américain, ni du Sud, ni du Nord, et elle ne dédaignait pas de se répandre dans des mondes inférieurs, notamment dans ceux où l'on joue, car elle avait une malheureuse passion pour la dame de pique.

C'était chez une soi-disant vicomtesse, réduite par la dureté des temps à tenir une table d'hôte, qu'elle avait rencontré Georges Carinis, mari légitime de madame de Gondo. Ce déraillé y perdait rageusement l'or qu'il extorquait à la malheureuse baronne, et, comme il paraissait en avoir beaucoup, Léonie s'était intéressée à sa déveine et avait fini par lui promettre de le présenter dans une maison où il trouverait de plus gros enjeux et des *partners* moins suspects.

A l'annonce de la banque de trois cent mille francs que devait tenir M. de Mariposa chez madame de Marly, Carinis avait tressailli d'aise et s'était juré de l'enlever, grâce à son fameux système qu'il perfectionnait tous les jours. Ce serment coûtait cinquante mille francs de plus à madame de Gondo.

Après avoir encaissé l'argent prêté sur le collier de diamants, le mari de la bigame s'était occupé d'abord de réparer les brèches faites à sa toilette par les injustes caprices du sort; puis il avait couru chez Léonie lui rappeler sa promesse et lui dire qu'il viendrait la prendre à minuit et demi pour aller avec elle à la soirée de madame de Marly. Finalement, il était rentré à l'hôtel borgne où il logeait, boulevard de Batignolles, et il y avait attendu l'heure de la grande bataille en exécutant d'innombrables répétitions de sa *martingale* aux haricots.

Comme tous les gens absorbés par une grande passion, Carinis n'avait d'yeux que pour l'objet de la sienne, et il avait couru les rues en combinant de nouveaux coups, sans s'apercevoir qu'il était suivi par un espion. L'habile inspecteur mis à ses trousses par Chambras s'était adroitement renseigné auprès du portier de l'hôtel garni et de la femme de chambre de madame de Saint-Florentin. A sept heures, il en savait assez pour rentrer à la *permanence*, où il fit un rapport complet à son chef, qui prit aussitôt un grand parti.

Depuis qu'*à la sortie de chez ma tante*, Chambras, caché derrière un vitrage, avait assisté à l'entretien de la baronne, il n'était plus éloigné du tout de penser, comme le Canadien, que Savinien et Cécile étaient innocents. Pour satisfaire aux exigences incessantes de son persécuteur, madame de Gondo avait dû recourir à des moyens extrêmes, et peu s'en était fallu qu'elle ne laissât échapper dans le cabinet du marchand de vins l'aveu d'une mauvaise action. Les cinquante mille francs qui lui avaient servi à dégager, — précisément le mardi, le jour du vol commis chez le baron, — son collier, qu'elle devait de nouveau mettre en gage le surlendemain, elle s'était bien gardée de dire comment elle se les était procurés, mais elle n'avait pas caché à Georges qu'ils lui coûtaient bien cher. Il se pouvait donc qu'elle les eût pris tout simplement dans la caisse de son second mari.

Cette supposition, assez admissible, n'expliquait

pas tout, et, même en la tenant pour fondée, Chambras trouvait encore beaucoup de points obscurs dans cette affaire bizarre. Ainsi, la somme soustraite était de cent mille francs et non pas de cinquante mille, et, si la baronne eût été coupable, il lui serait resté la moitié de l'argent, juste de quoi donner à Carinis ce qu'il demandait, sans subir l'humiliation d'une visite à l'établissement de la rue des Blancs-Manteaux. De plus, ce n'était pas elle, assurément, qui avait caché les billets de banque dans la chambrette de la rue Albouy.

On pouvait croire, à la rigueur, qu'elle en voulait à Savinien de l'avoir dédaignée, et le ressentiment d'une injure que les femmes ne pardonnent guère avait pu la pousser à perdre le jeune sous-caissier. Mais elle ne connaissait pas Cécile, même de nom, et elle ne savait pas où elle demeurait.

Et cependant, en dépit de toutes ces invraisemblances, le sous-chef de la *sûreté* avait résolu de ne pas lâcher le fil que le hasard mettait entre ses mains, si ténu qu'il fût, de le suivre jusqu'au bout, et même de donner de sa personne, comme il le faisait toujours dans les occasions graves.

Il faut aussi lui rendre cette justice qu'il n'avait pas perdu une minute pour agir. Ayant fini à huit heures d'écouter le rapport de son inspecteur, à dix heures et demie, il sortait de chez lui en voiture et *camouflé en zig de la haute*, c'est-à-dire en irréprochable tenue de soirée ; à onze heures, il se faisait annoncer chez Léonie sous le nom de

comte de Saint-Planchers, et il entamait avec elle
un de ces colloques brefs et décisifs où il était passé
maître.

Madame de Saint-Florentin n'était pas absolument irréprochable à certains points de vue, et
elle menait une existence trop accidentée pour se
croire à l'abri de l'œil curieux de la police. On ne
cavalcade pas dix ans sur le terrain périlleux de la
haute *bicherie* parisienne sans s'accrocher quelquefois aux épines du chemin, et il était plus d'un
épisode de son passé que Léonie tenait à laisser
dans l'ombre. Aussi, comme beaucoup de ses pareilles, vivait-elle, en quelque sorte, sur la foi des
traités, assurée qu'à moins de nouveaux et trop
gros méfaits, on ne lui susciterait pas de tracasseries, à la condition qu'elle ne refuserait pas, le
cas échéant, de rendre un service à la paternelle
et prévoyante administration qui surveille les ir-
réguliers des deux sexes. Chambras n'eut donc pas
besoin d'user de beaucoup de ménagements avec
cette intelligente personne, et il n'eut qu'à décliner
sa qualité pour obtenir d'être présenté à madame
de Marly.

Lorsque Georges Carinis vint chercher à l'heure
dite la noble dame, qui devait le conduire chez sa
non moins noble amie, il la trouva en conversation avec M. le comte de Saint-Planchers, un
homme charmant, sans morgue, quoique d'excellentes façons, et la connaissance fut bientôt faite,
comme cela se passe entre gens du même monde
que le hasard conduit à une même partie de plaisir.

Pendant le trajet fait en commun dans la voiture de madame de Saint-Florentin, le premier mari de la baronne se montra causeur agréable, et Chambras, qui l'étudiait, put se convaincre que ce joueur effréné n'avait pas toujours vécu dans le triste milieu où sa passion dominante l'avait jeté.

Leur entrée à tous les trois produisit quelque sensation parmi les invités de Coralie, qui leur fit d'abord un peu la moue, mais qui se rasséréna vite en voyant que les deux nouveaux venus avaient très-bonne mine.

Quoiqu'il eût remonté sa garde-robe au *décrochez-moi ça*, ni plus ni moins que *Pain-de-Blanc*, M. Carinis était fort élégamment vêtu et ses manières ne juraient point avec sa toilette. Avec sa figure pâle, ses longues moustaches noires, ses yeux caves et sa physionomie expressive, il avait l'air d'un seigneur italien proscrit pour avoir conspiré contre une tyrannie quelconque.

Quant à Chambras, tout en lui, costume, figure, attitude, était d'une correction absolue. Pas un détail ne clochait dans cette tenue superlative, et tout le monde le prit pour un *riche gentilhomme* de province venu à Paris pour protéger l'art dramatique dans la personne de Léonie de Saint-Florentin, laquelle avait, comme on dit, *traversé* le théâtre en ses jeunes ans. Elle avait même traversé beaucoup d'autres carrières, et de moins brillantes.

Les présentations faites, la glace fut bientôt rompue et la causerie reprit avec entrain, sans de-

venir générale, les invités s'étant partagés en
petits groupes, parmi lesquels circulaient ces
dames offrant la tasse de thé classique, fonction
dont elles s'acquittaient avec beaucoup de grâce
et de dignité. On se serait cru chez une chanoi-
nesse.

M. de Mariposa et M. Jackson étaient fort en-
tourés, et les yeux exercés de Chambras s'atta-
chaient à eux de préférence. Il connaissait Atkins,
pour l'avoir vu au souper de madame de Gondo,
et il se proposait de l'observer attentivement, mais
M. Jackson l'intriguait beaucoup. L'ex-valet de
chambre de Marcel était parfaitement entré dans
son rôle d'Américain sudiste, et il pouvait se
flatter de tromper tout le monde, excepté le sous-
chef de la *sûreté*, qui lui trouvait l'accent trop parisien.

Chambras, du reste, n'avait pas été médiocrement surpris de rencontrer là M. Ernest de Gondo,
dont Atkins devait prochainement, disait-on, épouser la sœur, ce qui ne l'empêchait pas de se produire à cette soirée en la galante compagnie de
mademoiselle Valentine.

Elle était rayonnante, cette artiste incomprise,
et elle semblait avoir totalement oublié les més-
aventures de sa voix de fausset dans le rôle du
page de l'*Ile de Tohu-Bohu*, ou du moins elle comptait bien s'en consoler en grignotant les millions
que son *Yankee* semblait plus que jamais disposé
à lui offrir. Mais Chambras s'occupait peu d'elle.
Le futur gendre du baron, Ernest, son héritier

présomptif, et Georges Carinis, premier et légitime mari de la baronne, tels étaient les trois termes du problème qu'il cherchait à résoudre pour tenir la promesse faite à Dominique d'examiner à fond le cas de Savinien Brévan.

— Quelqu'un a-t-il des nouvelles de M. de Colorado? demanda d'Aldrige en posant sa tasse vide sur la table où madame de Marly surveillait la théière d'argent ciselé qui fumait avec un doux murmure.

— Pas moi, répondit Ernest de Gondo. Mon père m'a encore dit hier qu'il avait télégraphié à tous ses correspondants de l'étranger pour savoir s'ils avaient vu son client, car il supposait que ce monsieur avait pu être appelé à Londres, à Vienne ou à Naples, par une affaire imprévue, mais on ne l'a aperçu nulle part.

— Les affaires imprévues ne se présentent pas à la sortie des Variétés, un soir de première représentation, fit observer M. de la Roche-Perrière.

— C'est vrai, riposta le vieux beau, mais convenez alors que la conduite de ce gentilhomme californien est fort extraordinaire. Hein! ai-je assez raison de prétendre qu'avec les étrangers on ne sait jamais sur quoi compter?

M. d'Aldrige, en s'exprimant ainsi, regardait du coin de l'œil M. Atkins et M. Jackson, et il paraissait enchanté de leur être désagréable, car il s'était fait depuis longtemps une spécialité de l'impertinence.

— Celui-là n'était pas comme les autres, murmura la Roche-Perrière.

— Peuh! dit Ernest d'un ton dégagé, il faisait bien du tapage pour les quelques millions qu'il avait chez nous.

— N'en dites pas de mal, cher ami. Il avait aussi le mérite de payer exactement ses dettes de jeu, riposta d'Aldrige, qui se trouvait créancier pour une centaine de louis de l'héritier du baron.

— Vous me faites souvenir que je suis votre débiteur, reprit lestement le jeune Gondo en tirant un portefeuille très-bien garni où il puisa deux billets qu'il offrit au viveur émérite.

Chambras jaugea d'un regard le contenu du portefeuille.

— Il y a au moins cinquante mille francs là dedans, pensa-t-il. Où les a-t-il pris, lui qui ne pouvait pas, ces jours-ci, rendre les trente mille qu'il avait été obligé d'emprunter à M. de Colorado?

Tout en faisant cette réflexion, le sous-chef de la *sûreté* regardait les causeurs, et il remarqua, non sans quelque surprise, que, depuis un instant, M. Jackson paraissait agité, presque ému.

— J'ignorais que M. de Colorado eût disparu, dit ce citoyen de la Louisiane. Est-ce qu'on le croit mort?

— Hé! hé! il y a de grandes chances pour qu'on ne le revoie jamais, répondit Valbourg.

M. Jackson, cette fois, ne put dissimuler son trouble.

4.

— Vous le connaissiez donc ? lui demanda M. de Mariposa.

— Oui... je... je l'avais rencontré à Charlestown et à Philadelphie, murmura l'ex-valet de chambre tout déconcerté.

La nouvelle que Coralie n'avait pas encore eu le temps de lui apprendre était bien faite en effet pour le frapper désagréablement. Il se demandait déjà si, son maître étant mort ou absent pour très-longtemps peut-être, les subsides continueraient à être payés au faux Jackson et s'il n'allait pas être obligé de renoncer à son rôle de nabab américain auquel il commençait à prendre goût. Il se promit aussitôt d'adresser, dès le lendemain, une demande de fonds à M. Le Planchais pour savoir à quoi s'en tenir sur l'avenir de l'agréable comédie qu'il jouait par ordre de Marcel. S'il recevait l'argent, il était tout disposé à la continuer ; mais, si Dominique le lui refusait, il n'était pas en état de la prolonger à ses frais, et il pensait déjà à chercher une place.

— C'est drôle, se disait Chambras, il me semble que j'ai vu cette tête-là quelque part. Pourquoi a-t-il pâli tout à l'heure quand on lui a dit que M. de Colorado n'était plus de ce monde ? Encore un sujet qu'il faudra *filer* en sortant d'ici. J'ai bien fait de dire à Rabachon de venir flâner dans la rue Castellane sur le coup de cinq heures du matin.

A quelques pas de là, Valentine disait à madame de Saint-Florentin :

— A-t-elle de la veine, cette Coralie ! Elle a mis

la main sur un Américain riche et qui a l'air comme il faut.

— Le fait est que ce Jackson est joliment distingué. En voilà un qu'on ne prendra jamais pour un domestique comme tous ces gens du monde qui *font* tant *leur tête*. Et du *chic* avec ça.

— Ce n'est pas comme ce d'Aldrige qui se croit de l'esprit parce qu'il dit des grossièretés aux femmes. Ah! si le mien ressemblait à M. Jackson, soupira la tendre *Galantine*.

— Je te conseille de te plaindre de ton borgne. Il va t'acheter un hôtel, dit aigrement Léonie. Ce n'est pas à toi de *blaguer* la chance des autres, ma chère.

— Ça, c'est vrai que je compte beaucoup sur M. de Mariposa. Il manque de *galbe*, mais il est grandiose dans tout ce qu'il fait, et original, on n'en a pas idée. Ainsi, tantôt, je lui demandais si l'hôtel était acheté. Il m'a répondu : Ce soir, chez madame de Marly, je ferai une surprise à vous.

— Une surprise! répéta le vieux beau qui s'était approché sournoisement des deux dames du lac et qui avait entendu la fin de la conversation. Il paraît, messieurs, que M. de Mariposa va faire une surprise à Valentine.

— Oui, dit laconiquement M. Atkins.

— Diable! s'écria d'Aldrige, ce sera curieux.

— Très-curieux, répéta l'Américain.

— Gageons qu'après la partie, quand on ira souper, votre belle trouvera sous sa serviette un titre de rente ou un contrat de propriété. A la

bonne heure! voilà un procédé royal. Louis XIV
n'aurait pas fait mieux. Du reste, j'ai toujours
trouvé que notre amie Valentine avait un faux air
de madame de Montespan. N'est-ce pas, monsieur,
ajouta le *clubman* en s'adressant à M. le comte de
Saint-Planchers.

— Madame est charmante, dit Chambras sans
se prononcer sur la justesse de cette comparaison
un peu risquée.

— Je n'ai jamais eu, monsieur, l'honneur de
vous rencontrer dans le monde, reprit d'Aldrige,
qui, depuis l'entrée des deux cavaliers de Léonie,
mourait d'envie de faire leur connaissance.

— Je passe une bonne partie de l'année dans
mes terres de Normandie, répondit tranquillement
le comte d'occasion.

— C'est la vie que je voudrais voir mener à tous
nos jeunes gens, la grande vie de seigneur terrier,
comme la comprennent les Anglais. Moi qui ai
passé l'âge où l'on fait des folies, je confesse que
la campagne m'ennuie à périr, et je puis habiter
Paris sans danger. Il me semble que j'y vieillis
moins vite. Et vous-même, monsieur le comte, je
suis sûr que vous n'êtes pas fâché de temps à autre
de vous retremper ici. Entre nous, ce n'est pas gai
la vie de château, quand la chasse est fermée. Et
puis le trente-et-quarante est totalement inconnu
en Normandie et nous aurons ce soir une banque
superbe que va nous *tailler* cet archi-millionnaire
américain. J'espère bien que vous allez m'aider à
lui donner l'assaut.

— Je ne joue jamais, dit Chambras, qui voulait rester libre de ses mouvements.

M. d'Aldrige le regarda d'un air ironique et ébahi tout à la fois, à peu près comme il aurait regardé un naturel des îles Sandwich. Venir chez Coralie et n'y pas jouer, c'était à ses yeux aussi excentrique et aussi absurde que de se promener sur le boulevard avec une ceinture de plumes de perroquet pour tout costume.

Voyant qu'il n'y avait rien à tirer de ce gentilhomme campagnard, le vieux viveur se rejeta sur M. Carinis, car il s'était juré que tous les nouveaux venus y passeraient. Celui-là n'était pas difficile à étudier, et il eût été tout à fait superflu de lui demander s'il aimait le jeu. Il n'avait pas dit un mot depuis son entrée, mais il tournait autour du salon comme un loup autour d'une bergerie, et il allait à chaque instant soulever la portière de la salle à manger, où l'immense table qui devait servir à la partie était déjà dressée avec le tapis vert divisé en compartiments et les râteaux d'ivoire.

— Quel aimable coup d'œil, s'écria d'Aldrige en montrant ces préparatifs au premier mari de la baronne. On se croirait à Hombourg, dans le bon temps.

— Oui, c'est charmant, dit M. Carinis, mais j'espère bien qu'on ne va pas limiter, comme à Bade, le *maximum* à six mille.

— Fi donc! on fait mieux les choses aux États-Unis et je parierais que le sire de Mariposa va nous tenir des coups illimités.

— Vraiment! s'écria Georges dont les yeux s'allumèrent aussitôt.

— Vous êtes gros joueur, monsieur? lui demanda d'Aldrige.

— Je joue une *marche*, et pour la jouer complète il me faut au moins le coup de douze mille.

— Comment! vous croyez encore aux *martingales*? Mauvais système, monsieur, très-mauvais. Feu le croupier Martin, qui *tailla* trente ans à Paris et à Bade, avait là-dessus un mot profond : « L'administration des jeux, disait-il, devrait réserver des fauteuils dorés à messieurs les *martingaleurs*, car ce sont eux qui la font vivre. » La *série*, cher monsieur, la *série!* Je ne joue que cela et je ne connais pas d'autre moyen de faire des trous à une banque.

— Vous me permettrez de ne pas être de votre avis, répliqua d'un air pincé l'incorrigible manieur de haricots.

M. d'Aldrige allait essayer de le convertir, mais madame de Marly dit, en élevant la voix :

— Vous plaît-il, messieurs, maintenant que le thé est pris, de passer à un autre divertissement?

— Oui, oui, que la fête commence! s'écrièrent en chœur Valbourg et Ernest de Gondo.

— Est-ce votre avis, mon ami? demanda-t-elle d'un ton plus bas et plus doux à M. Jackson.

— Mon avis sera celui de ces messieurs, répondit bravement l'ex-valet de chambre qui n'était point ennemi d'une jolie partie.

Il lui restait en poche, sur le premier versement

de son ancien maître, assez de billets de mille
francs pour tenter la fortune, et l'idée de les tripler
aux dépens de M. Atkins lui souriait fort.

— La mise de trois cent mille tient-elle toujours? demanda d'Aldrige à M. de Mariposa.

— Toujours, répondit flegmatiquement le *Yankee*, et même, si on veut, je mets cent mille dollars
et je tiens le reste à la banque à chaque coup.

— Cinq cent mille francs, messieurs! un demi-
million! dit Belamer, confondu d'admiration ; c'est
splendide!

— Vive l'Amérique du Nord! vive Washington!
vive La Fayette! cria Valbourg en exécutant un
pas de caractère pour exprimer sa joie.

— Il faut que le commerce du lard salé soit
diablement productif, murmura la Roche-Perrière.

Au plus fort de cet enthousiasme, la femme de
chambre de Coralie se glissa dans le salon et vint
dire à l'oreille de sa maîtresse quelques mots qui
la firent pâlir.

Ce colloque à voix basse entre madame de Marly
et sa cameriste fut court, mais il *jeta un froid*,
comme aurait dit Valbourg.

Évidemment, il se passait quelque chose d'in-
solite et de grave, car la dame du lieu était très-
ferrée sur les usages de la bonne compagnie et ne
souffrait pas que sa femme de chambre vînt chu-
choter à son oreille au milieu de son salon rempli
d'invités de distinction.

Léonie et Valentine échangèrent des sourires
ironiques. Elles ne savaient pas de quoi il s'agissait,

mais elles soupçonnaient que leur excellente amie était menacée d'un désagrément quelconque, et cette pensée leur réjouissait le cœur. Les hommes sérieux se regardèrent entre eux pour se consulter sur ce qu'il convenait de faire au cas où la fête viendrait à être interrompue par un de ces scandales assez fréquents dans le monde interlope.

Georges Carinis ne tenait pas en place. Il voyait déjà la police envahissant l'appartement, et il se félicitait de n'avoir pas encore eu le temps de mettre sur table un enjeu voué à la saisie. M. Jackson aussi semblait fort mal à son aise. Il sentait bien où le bât le blessait, et il avait peur d'être obligé de décliner son véritable nom à un magistrat.

Quant à Chambras, il savait fort bien qu'il ne s'agissait pas d'une *descente* d'agents, mais il n'en était pas moins désireux de savoir ce qui se passait dans l'antichambre de Coralie. Car évidemment, il s'y passait quelque chose; on avait entendu des bruits de portes fermées avec violence et, par moments, des éclats de voix arrivaient jusqu'au salon.

Tout à coup, madame de Marly congédia d'un geste royal sa suivante fort troublée et lui dit de façon à être entendue de tous :

— Répétez-lui que je ne peux pas le recevoir, congédiez-le, et, s'il insiste, faites-le mettre dehors par François.

Et, se retournant vers ses invités :

— Ce n'est rien, messieurs, reprit-elle d'un ton tout à fait calme; un jeune homme, M. René Dor-

tis, que je n'ai pas jugé à propos d'inviter, et qui
prétendait entrer ici malgré moi. Je le renvoie à sa
maman.

— Qu'on dise encore que nous débauchons les
fils de famille! s'écria Léonie.

— C'est bien fait. Chacun son tour, dit Ernest de
Gondo qui n'était pas fâché qu'on mît son successeur à la porte.

— Je croyais Coralie plus prudente, murmura
la Roche-Perrière. En renvoyant cet émancipé de
frais, elle brûle ses vaisseaux...

— Pour s'embarquer sur un galion, interrompit
d'Aldrige, sur le Jackson de New-Orléans, doublé
et chevillé en cuivre, chargé de poudre d'or...

— Bravo! vive l'indépendance... américaine!
vociféra Valbourg, qui, ce soir-là, était en veine
d'acclamations.

— Ce Dortis ne sait pas vivre, dit gravement Belamer, et ce n'est pas M. Caradoc, dit de Colorado,
qui aurait pu le lui apprendre.

— Faut-il qu'elle soit sûre de son planteur,
pour lâcher si carrément le petit! soupira Valentine.

Atkins ne dit rien; les affaires de cœur de madame de Marly ne l'intéressaient guère. Carinis
respira. Maintenant qu'il était sûr de ne pas voir
apparaître la terrible écharpe du commissaire, il
s'inquiétait fort peu du reste. Chambras n'était pas
au courant des amours de Coralie, mais il ne né-
gligeait jamais les renseignements que le hasard
lui envoyait, et il nota celui-là dans sa mémoire.

III                                    5

— On apprend beaucoup de choses ici, pensa-t-il. C'est une maison instructive.

Cependant, la camériste était allée signifier au pauvre amoureux l'ultimatum de sa maîtresse, et le silence s'était fait dans l'antichambre.

D'Altorf les chemins sont ouverts,

chanta Coralie en montrant la porte de la salle à manger.

— Allons-y, Alonzo, gloussa Valbourg en prenant par la taille ses dignes amis Belamer et Ernest de Gondo et en les poussant vers la table de jeu.

Les autres invités suivirent avec empressement, y compris les femmes, qui espéraient bien avoir leur part du butin. Madame de Marly les laissa passer et, prenant le bras de M. Jackson, qui ne paraissait pas encore bien remis d'une récente émotion :

— James, lui dit-elle d'une voix langoureuse, il faut que je vous aime bien pour vous sacrifier ainsi l'avenir que m'offrait ce jeune homme.

Son coup d'État était fait, elle voulait en assurer le bénéfice.

— Madame sait que je ne tromperai pas sa confiance, répondit l'ex-valet de chambre dans le langage de son ancienne profession.

Coralie prit cela pour une formule de déclaration usitée chez les amoureux d'outre-mer.

Atkins siégeait déjà au centre de la longue table et empilait méthodiquement devant lui d'énormes

liasses de billets qu'il venait d'extraire d'un portefeuille bien autrement gonflé que celui de l'héritier du baron. Belamer et d'Aldrige décache-
taient le sixain de cartes réglementaire.

Carinis n'étala point ses haricots ; sa *marche* était
gravée dans sa mémoire et il n'avait plus besoin de
répétitions, mais il eut soin de choisir la meilleure
place, en face du banquier, de façon à bien suivre
les coups, sans être gêné par le reflet des bougies
et sans avoir besoin de se pancher pour voir les
cartes s'aligner sur le tapis.

Valentine voulut s'asseoir à côté de son Cyclope,
mais ce *Yankee* la pria sans vergogne d'aller se
mettre un peu plus loin. Il craignait sans doute
l'adresse du page qui *détachait* si bien le roi Trombone XXIX, et il voulait le tenir à distance de ses
billets de banque.

Coralie, plus heureuse, prit place à côté de
son Américain du Sud, et Léonie de Saint-Florentin s'installa entre Belamer et le jeune Gondo.

Chambras se tint debout, adossé à la cheminée,
alluma un cigare et se prépara à jouir du spectacle
émouvant de la lutte qui allait s'engager entre les
*pontes* et le banquier.

— Messieurs, s'écria Valbourg, notre noble adversaire n'avait point exagéré. Les cinq cent mille y
sont. Mémorable soirée, messeigneurs. Napoléon
à la Moscowa s'adressait en ces termes à ses gro-
gnards : « Soldats, un jour on dira de chacun de
vous : Il était à cette grande bataille sous les murs
de Moscou. » Demain, dans tout Paris, on dira de

nous : Ils étaient à cette grande banque, à cette banque fameuse que M. de Mariposa... posa.

Un grognement désapprobateur répondit à l'inepte calembour du *cocodès* surexcité, et d'Aldrige dit en haussant les épaules :

— Vous nous avez déjà fait celui-là au souper de ce pauvre Colorado. Récidive. C'est un cas de galères, comme la polygamie est un cas pendable.

Les dames ne sourcillèrent point. Elles avaient sur la polygamie des idées particulières. Mais Chambras crut voir passer un éclair dans les yeux du premier mari de madame de Gondo.

— Il songe déjà à faire encore une fois *chanter* sa femme en cas de malheur au jeu, pensa-t-il. Ce drôle-là est décidément un homme précieux, et quelque chose me dit que j'arriverai par lui à éclaircir les mystères de la maison du banquier.

Les combattants étaient prêts, leurs munitions devant eux, et le feu s'engagea à grands coups de billets. Il n'y avait que les femmes qui jouaient de l'or. Les hommes dédaignaient cette mitraille précieuse et Carinis lui-même, l'inventeur de systèmes, attaquait sa *martingale* par cinq cents francs.

Atkins *taillait* avec l'adresse et la précision d'un employé de la ferme des jeux, et possédait un coup d'œil d'aigle pour compter les masses sur le tapis. Il ne se trompait jamais, ni sur le *point* à annoncer, ni sur les sommes à payer, et il jouait du râteau comme s'il n'eût de sa vie fait autre chose. Il en jouait même trop souvent au gré des *pontes,* qui, dès la moitié de la taille, étaient tous en perte, à l'exception de M. Carinis.

— Pourvu qu'il ne finisse pas par gagner, se disait Chambras. Cela dérangerait toutes mes combinaisons.

Le sous-chef de la *sûreté* ne perdait pas de vue non plus Ernest de Gondo, qui jouait avec un acharnement sans pareil et une déveine sans égale. Il avait beau aller de la noire à la rouge, de la *couleur* à l'*inverse*, et réciproquement, la mauvaise chance le suivait partout, et les coups les plus désespérants se dessinaient contre lui. Il y a au jeu des moments où l'on dirait que l'aveugle déesse Fortune ôte son bandeau et devient clairvoyante pour frapper plus sûrement le malheureux qu'elle persécute. Du train dont il y allait, l'héritier du baron devait être promptement à sec, et Chambras n'en était pas fâché, car il avait aussi certaines expériences à faire sur Ernest décavé.

M. Jackson, lui, *pontait* modérément, mais avec un certain succès, et on voyait qu'il connaissait à fond le trente-et-quarante. Le lord qu'il avait servi jadis était un habitué de Bade, de Hombourg et autres villes d'eaux d'Allemagne.

Les *clubmen* bataillaient avec des chances diverses. Léonie et madame de Marly gagnaient, mais Valentine en était déjà à ses derniers louis.

La taille finit et il fallut de nouveau mêler les cartes. Pendant cet entr'acte obligé, les causeries reprirent, moins animées, il est vrai, car le combat était sérieux et chacun pensait à ses morts, c'est-à-dire à ses billets de banque restés sur le carreau dans cette lutte engagée entre la vieille Europe et le nouveau monde. Valbourg, très-entamé, ne criait plus : Vive Washington !

— Il est décidément très-bien, ce M. de Mariposa, et comme il a *le point sûr*, dit madame de Saint-Florentin, assez haut pour être entendue d'Atkins.

Valentine, qui n'aimait pas qu'on chassât sur ses terres, lança un regard de travers à son amie, et pria son protecteur borgne de lui prêter mille francs.

— Quand je suis au jeu, je ne prête jamais, répondit brutalement le *Yankee*.

— Ni quand il est ailleurs, dit entre ses dents Ernest, qui sans doute avait déjà essayé inutilement d'emprunter de l'argent à son futur beau-frère.

Tout le monde était si animé, que personne ne remarqua la disparition subite de madame de Marly.

Sa cameriste s'était montrée sous la portière du boudoir et l'avait appelée d'un signe tellement éloquent, que la noble dame s'était levée pour gagner sans bruit l'antichambre. Cette fois, le cas était grave et valait bien qu'elle se dérangeât un peu plus qu'elle ne l'avait fait pour le pauvre René, car l'homme qui voulait à toute force lui parler n'était autre que son frère, Arthur Canoche, dit *Pain-de-Blanc*.

*Pain-de-Blanc* attendait sa noble sœur dans l'an-

tichambre, d'où les gens de madame de Marly
avaient vainement essayé de l'expulser. Il était
somptueusement vêtu d'un paletot noisette recou-
vrant un costume noir complet, chaussé de bottes
vernies trop étroites, coiffé d'un chapeau luisant,
et même ganté de gris-perle.

Toute cette défroque était neuve et faisait le plus
grand honneur au goût du *petit père Rigolo*, qui la
lui avait vendue, pas pour 1 90. Il faut ajouter
qu'elle était assez mal portée. *Pain-de-Blanc* mâ-
chonnait un cigare et avait gardé sur sa tête son
beau chapeau de soie, crânement posé sur l'oreille.
Pour tout dire, il était légèrement aviné, et on peut
croire qu'il fut mal reçu par madame de Marly.

— Je t'avais défendu de venir ici, lui dit-elle
sèchement.

— En blouse et en casquette, oui, répondit
l'amant de Phémie ; mais aujourd'hui que je me
suis *camouflé en rupin*, c'est pas la même chose.

— Finissons-en. Tu viens, je suppose, me demander de l'argent ?

— De la *braise* ? allons donc ! J'en ai pas besoin,
vu que j'en ai plein ma *profonde*, répliqua le drôle
en frappant sur son gousset, qui rendit un son mé-
tallique. J'en ai p't-être plus que toi, Fifine. Et
même... tu sais, ma fille, si t'es en *dèche*, faut pas
te gêner... là, vrai ! je t'en prêterai, aussi sûr que
notre auteur à tous les deux était tripier rue Galande. Veux-tu mille *balles ?* deux mille ? ça m'est
égal, vas-y gaiement. V'là comme je suis, moi... le
cœur sur la main pour ma famille.

— Ah ! tu as de l'argent, reprit Coralie en regardant le drôle dans le blanc des yeux ; où l'as-tu volé ?

— Volé ! Eh *ben*, merci ! volé ! Je mange pas de ce pain-là. J'ai eu ma part dans une affaire, prononça gravement *Pain-de-Blanc*. Oui, ma petite Fifine, je fais des affaires, comme les *zigs* de la Bourse, et des bonnes, et je veux me pousser dans la *haute*, moi. C'est mon idée. J'ai pas les goûts canaille. Je tiens de famille.

— Assez ! Qu'as-tu à me dire ?

— C'te bêtise ! c'est pas malin à deviner. J'avais rien à *goupiner* ce soir. Pour lors, je me suis dit : Fifine reçoit tous les jeudis, et une société un peu *chouette*, qui se réunit chez elle pour faire une petite partie ; pourquoi que j'en serais pas ? J'ai de la tenue, des manières, du *bagout* et je *maquille la brême* comme feu Robert Houdin. Fifine ne refusera pas à son *frangin* de le présenter. Hein ! ça y est-il ? Dis donc, tu sais, si je leur *lève* du *carme*, nous partagerons.

Madame de Marly l'écoutait avec une rage froide, et n'eût été la crainte du scandale, elle l'aurait volontiers fait jeter du haut en bas de l'escalier par son cocher François, qui était spécialement chargé dans sa maison de la débarrasser des importuns. Mais, ivre comme il l'était, *Pain-de-Blanc* pouvait être tenté de résister, et l'effet de cette bataille domestique eût été désastreux. Qu'aurait pensé M. Jackson ? Il fallait donc imaginer un moyen plus doux d'expulser l'intrus, car, bien entendu,

Caroline ne songeait pas à faire droit à son impertinente requête en l'introduisant au jeu. Ce moyen, la connaissance parfaite qu'elle avait de la moralité de son frère le lui suggéra.

— Écoute-moi bien, lui dit-elle sans s'émouvoir. Tu as volé l'argent que tu as dans ta poche et la chaîne que tu portes à ton gilet.

L'allusion était si directe et si juste, que *Pain-de-Blanc* porta involontairement la main à la gourmette d'or qui s'étalait sur sa poitrine.

— C'est pas vrai, j'ai pas *grinché*, grommela-t-il.

— Alors, tu as assassiné; c'est encore pis. N'essaye pas de me *monter des coups*, et suis le conseil que je vais te donner, si tu ne veux pas coucher ce soir au *dépôt*.

— *Aboule* le conseil.

— Sais-tu qui tu trouverais là, dans ma salle à manger, si je t'y faisais entrer?

— Des banquiers, des agents de change, des notaires... tous *rupins*, quoi!

— Oui, et, de plus, un monsieur qui me veut du bien et qui est l'ami intime du préfet de police.

*Pain-de-Blanc* devint vert.

— Son ami intime et en même temps son bras droit. C'est un homme qui est à tu et à toi avec le chef de la *sûreté* et qui ne sort pas des bureaux de la préfecture. Si tu tiens à faire sa connaissance...

— Merci! n'en faut pas, grommela le frère de Coralie en se rapprochant de la porte.

— Tu sais, ça dépend de toi. Il est là, dans la pièce à côté, et comme il ne joue pas, lui, il aura

5.

tout le temps de l'examiner. Tu es bien mis, c'est vrai, mais tu n'as pas pu changer ta tête, et j'ai dans l'idée qu'elle attirera son attention.

— Fallait donc le dire que tu fréquentais des *roussins*. En v'là une société pour une femme comme il faut !

— Viens, si le cœur t'en dit. Je n'ai pas le temps de poser ici. Mes invités m'attendent. Sous quel nom veux-tu que je te présente ?

— *Zut! je me la brise*, dit *Pain-de-Blanc*. Mais, dis donc, *frangine*, pas de bêtises, ne me fais pas *piger*.

— Je ne m'occuperai pas de toi, si tu ne remets jamais les pieds ici. Seulement, file tout de suite. L'ami du préfet n'aurait qu'à venir voir ce que je fais dans mon antichambre...

Le compagnon de l'*Epoulardeur* n'attendit pas la fin de la phrase. Il ouvrit la porte et enfila l'escalier en grommelant :

— Bonsoir, Fifine. J' t'en veux pas tout de même. Si tu vois notre *frangine dabusche*, la mère Alexis, lui dis pas que je suis encore à *Pantin*.

Madame de Marly referma la porte sur son aimable frère, et dit tout bas :

— Va te faire pendre ailleurs, chenapan ! Quelle bonne idée j'ai eue de lui parler d'un employé supérieur de la préfecture ! Il l'a bien *gobée*, l'imbécile ! Faut-il qu'il le soit pour avoir cru que je reçois des gens de la police !

La noble dame ne se doutait pas qu'en inventant cette ruse pour se défaire de *Pain-de-Blanc*, elle avait dit la vérité sans le savoir.

— C'est égal, pensait-elle en regagnant la salle de jeu, je ferai bien de déménager et de ne pas laisser mon adresse ! Le drôle est capable de revenir. Quel fléau que la famille ! Allons, décidément, il faudra que je me fasse acheter un hôtel par Jackson. Si je pouvais l'avoir avant que Valentine ait le sien !

Quand elle rentra dans la pièce où se livrait la bataille, les choses avaient changé de face. La banque, fortement entamée, était menacée de sauter, si la nouvelle taille qu'on allait commencer ressemblait à celle qui venait de finir. Tous les *pontes* gagnaient, hormis l'infortunée Valentine, que personne n'avait voulu obliger de quelques louis pour continuer à tenter la chance, car le jeu rend féroce, et bien des gens qui prêteraient cent louis à un ami en toute autre circonstance ne lui avanceraient pas cent sous au tapis vert.

Georges Carinis avait au moins cent cinquante mille francs devant lui. Sa fameuse *marche* faisait merveille, et les joueurs de série qui s'étaient moqués de lui commençaient à lui témoigner de la déférence.

— Restera-t-il ? Partira-t-il avec son gain ? se demandait Chambras avec une certaine inquiétude.

Malheureusement pour lui et pour la baronne, il resta.

Atkins, qui avait assisté impassible à sa défaite, reprit les cartes mêlées à nouveau et se remit à *tailler* imperturbablement. Les premiers coups n'amenèrent pas de résultats décisifs. La *rouge* passait une ou deux fois de suite, puis c'était la *noire*, sans qu'il se produisît de séries ni d'alternatives régulières.

— Ça m'a l'air d'être une *taille hachée*, dit d'Aldrige. Messieurs, nous n'avons qu'à nous bien tenir.

Les joueurs, en général, ne réussissent qu'en suivant la continuité d'une même chance, et ce qu'ils redoutent le plus, ce sont ces brusques changements qui les déroutent. On dirait, dans ces cas-là, que la fortune va sautillant d'une couleur à l'autre, comme ces feux follets qui dansent sur les marécages et finissent par mener dans une fondrière ceux qui les poursuivent.

Cependant, Carinis tenait bon. Son système résistait à tout, excepté à une *intermittence* trop prolongée. Mais elle ne tarda guère à se dessiner, cette perfide *intermittence*, et bien avant que la taille fût finie, les cent mille francs conquis par le premier mari de la baronne étaient retournés en Amérique.

Il ne se découragea point et poussa devant lui d'une main fiévreuse une somme énorme. C'était sa dernière cartouche. Si le coup qui allait se jouer tournait contre lui, c'en était fait de la *martingale* et du repos de madame de Gondo.

— Gare à la *noire !* dit d'Aldrige, qui observait curieusement l'homme au système.

— Ce serait la dix-huitième *intermittence*, et on

n'a jamais vu cela, dit Carinis d'une voix étranglée par l'émotion.

— Possible, mais on a vu mieux, répliqua le vieux viveur, dont l'érudition était sans limites, en matière de jeu. A Frascati, le 5 décembre 1829, le croupier Martin *taillant*, la *taille* commença par un *refait* de trente et un et se termina par vingt-sept *noires*.

Carinis ne dit rien. Il suivait d'un œil ardent les cartes qui tombaient sur le tapis l'une après l'autre. Il était à *rouge*. La *noire* eut trente-neuf. Un soupir de soulagement sortit de sa poitrine. Il n'y avait plus qu'un seul point qui pût le faire perdre, le fatal point de quarante. Mais il était écrit que cette nuit-là serait funeste à la maison de Gondo.

— Quarante ! *rouge* perd et couleur gagne, dit froidement M. de Mariposa en allongeant son râteau, qui ramena dix masses, avec le tas de billets de Carinis, et entre autres celle d'Ernest, aussi complétement décavé que le vrai mari de sa belle-mère.

Ce fut d'un bout à l'autre de la table un concert d'imprécations, mais Carinis ne dit rien. Il passa sa main sur son front et se leva en chancelant comme un homme ivre.

Le reste de la taille fut moins un combat qu'une déroute des *pontes*, et, quand elle s'acheva, personne n'était plus en état de continuer la lutte, car tout le monde était à sec.

Atkins rassembla sans se presser les dépouilles

des joueurs et empocha sans compter. Puis il se leva, et d'une voix aussi calme que si rien ne se fût passé d'extraordinaire :

— Je vous ai promis une surprise, dit-il, et puisqu'on ne veut plus continuer, je vais vous la faire.

Personne n'y pensait plus, à la surprise annoncée par M. de Mariposa au commencement de la soirée. Les hommes haussèrent les épaules. Ils étaient tous de fort mauvaise humeur, et ils auraient volontiers envoyé à tous les diables d'enfer l'Américain *veinard* qui venait de les dépouiller. Mais les femmes dressèrent l'oreille. Elles espéraient vaguement que le vainqueur du trente-et-quarante, pour célébrer son triomphe, allait faire pleuvoir sur elles quelques largesses.

Valentine était encore plus attentive que ses compagnes, car elle comptait bien que son heureux protecteur se proposait d'annoncer à l'assistance l'acquisition du fameux hôtel dont il devait lui faire don.

Chambras aussi attendait curieusement le coup de théâtre annoncé. Rien de ce qui se passait chez Coralie ne lui était indifférent, puisqu'il y était venu dans l'espoir de recueillir des observations et des indices. Tous ces gens-là se rattachaient plus ou moins à la maison de Gondo, et il avait la conviction que la maison de Gondo abritait de gros mystères.

— Voyons la surprise, dit madame de Marly d'un ton aigre-doux.

Elle avait perdu comme les autres, et elle jaunissait déjà de jalousie en pensant que sa bonne amie Valentine allait recevoir un cadeau princier.

— Est-ce que cet animal-là aurait le projet de nous rendre notre argent ? grommela d'Aldrige.

— Ce serait bien, en effet, la chose la plus surprenante du monde, dit en riant la Roche-Perrière.

— Vous ne voyez donc pas qu'il s'amuse à nous faire *poser*, ajouta tout bas Valbourg. Ce *Yankee* n'est qu'un simple *pignouf*.

— Absolument, appuya Belamer, et il ne m'est pas prouvé qu'il ne triche pas.

— Est-il laid, le monstre ! murmura madame de Saint-Florentin.

Elle l'aurait trouvé charmant s'il lui avait laissé gagner quelques centaines de louis. Quand on joue chez ces dames et qu'on tient à leur plaire, il faut s'arranger pour perdre. C'est du reste à peu près la même chose dans les cercles. Tel qu'on trouvait charmant avant qu'il prît la banque, est unanimement déclaré bon à pendre dès qu'il a décavé les *pontes*.

Georges Carinis aurait bien volontiers étranglé de ses propres mains M. de Mariposa. Mais cet Américain invulnérable ne faisait aucune attention à lui, pas plus qu'il ne s'occupait des grognements de ses victimes. De son œil unique, il regardait Valentine, qui ne se sentait pas d'aise, et un mauvais sourire errait sur ses lèvres minces.

— *Ladies and gentlemen*, commença-t-il d'une voix nasillarde.

— Si la surprise se fait en anglais, je m'en vais, interrompit d'Aldrige.

— Oui, oui, parlez français! crièrent les femmes.

— Mesdames et messieurs, reprit docilement Atkins, je vous annonce une nouvelle qui, je n'en doute pas, fera plaisir à toutes les personnes auxquelles j'ai l'honneur de m'adresser en ce moment.

— Est-il assommant avec son *speech*, dit entre ses dents Valbourg.

— Il a l'air d'un charlatan qui lance un *boniment* pour débiter ses drogues, murmura Belamer.

— Je commence à soupçonner qu'il va nous proposer de nous vendre du lard salé, appuya d'Aldrige.

— Mesdames et messieurs, continua l'imperturbable Mariposa, j'ai l'honneur de vous informer que je me marie.

— Avec *Galantine?* ricana le vieux beau.

— Avec mademoiselle Noémi de Gondo, fille de M. le baron de Gondo, mon noble ami.

— Vous appelez ça une surprise! Depuis trois semaines, c'est le secret de Polichinelle.

— Voilà une rude occasion d'emprunter cent mille à ton beau-frère et de nous en *tailler* une pour que nous puissions nous refaire, dit Valbourg à l'oreille de son ami Ernest, qui ne montrait aucun enthousiasme, pas plus, d'ailleurs, que les autres invités.

Les uns riaient du bout des lèvres, les autres regardaient Atkins pour savoir s'il n'avait pas voulu les mystifier. Carinis pensait à la baronne, que le mariage de sa belle-fille allait peut-être mettre à même de le sauver encore une fois. Le faux Jackson enviait le sort de son prétendu compatriote. Il aurait beaucoup mieux aimé épouser sérieusement l'héritière d'un banquier que de protéger madame de Marly. Chambras notait l'incident et se promettait d'en tirer profit.

Les femmes étaient indignées; Valentine surtout, qui voyait s'écrouler son hôtel avant qu'il fût bâti. Peu s'en fallut qu'elle ne s'évanouît. Mais la colère lui donna des forces. Elle s'avança vers Atkins les bras croisés, et lui dit avec beaucoup de dignité :

— Eh bien ! et moi ?

— Vous? répondit sans broncher l'Américain, vous, je vous...

Il chercha le mot un instant et il le trouva :

— Je vous congédie, reprit-il froidement.

Il y eut dans l'assistance des rumeurs en sens divers, comme disent les comptes rendus des débats législatifs. Les hommes, pour la plupart, riaient, il faut bien l'avouer, de la mine déconfite de l'ex-artichaut. Mais le clan féminin s'insurgea tout entier.

— On n'est pas grossier à ce point-là, dit la maîtresse de la maison.

— C'est une infamie, appuya madame de Saint-Florentin. Ces marchands du Nord manquent totalement d'éducation, ajouta-t-elle en lançant une œillade à M. Jackson qui était du Sud.

— Ainsi, demanda Valentine d'un ton menaçant,

vous me renvoyez comme on renvoie une servante?

— Le fait est, murmura d'Aldrige, que le sire de Mariposa est étranger à nos usages. Il aurait dû lui donner ses huit jours.

— Non, répondit froidement Atkins, je vous congédie comme nous avons congédié nos soldats après la guerre de sécession.

— Pas trop bête pour un *Yankee*, la réponse, dit Valbourg.

— Bon! répliqua la Roche-Perrière, mais la comparaison n'est pas juste, car les gens du Nord ont eu la paix après leur victoire sur le Sud, tandis que le mari de Noémi de Gondo... hum! j'ai bien peur qu'il ne mène une existence agitée.

— Très-bien, reprit Valentine, je me le tiens pour dit, et croyez que ce n'est pas votre personne que je regrette, mais il n'est pas permis en France de se moquer ainsi d'une femme, et ce que vous faites ce soir vous coûtera cher.

— Elle a raison, dit tout bas d'Aldrige, quand on licencie un troupier chevronné, on doit lui servir une pension de retraite.

Heureusement, le page du roi Trombone XXIX n'entendit pas qu'on l'assimilait à un grognard de la vieille garde, car sa colère se serait probablement tournée contre l'insolent *clubman*, et on y aurait perdu des révélations intéressantes.

— Je vous déclare, mon cher, reprit la donzelle, que je ne me gênerai pas pour raconter partout vos tripotages. Ça vous apprendra à vous conduire comme un goujat.

— Oh! oh! pensait Chambras, voilà qui mérite attention. De quels tripotages veut-elle parler?

— Racontez ce qu'il vous plaira, cela m'est tout à fait indifférent, répondit M. de Mariposa en tournant le dos à la délaissée.

— Vraiment? Eh bien, nous verrons ce qu'on dira de vous quand on apprendra que vous entretenez des espions. Vous savez... *Tricoche et Cacolet...* je n'oublie rien, moi, et, si vous avez la mémoire courte, je me charge de vous rappeler vos faits et gestes. Et puis, il y a un témoin, et je ne serai pas embarrassée de le produire, vu que je le vois tous les jours.

Atkins verdissait de rage plus que de peur; il serrait les poings, son œil lançait des éclairs et la scène menaçait de tourner au tragique. Mais madame de Marly intervint. Elle ne voulait pas qu'on se disputât dans son salon comme sur le carreau des halles, et, après avoir dit à l'oreille de son amie un mot qui la calma comme par enchantement, elle s'écria :

— Messieurs, il y a un pâté de foie gras et une salade russe sur la table de mon boudoir, le château-latour que j'ai fait monter de la cave à minuit doit être maintenant à la température voulue, et il y a longtemps que le clicquot est frappé. Si vous m'en croyez, puisque nous perdons tous, nous irons tous noyer nos amers regrets dans les grands vins.

La motion fut acceptée par acclamation. M. de Mariposa était ravi d'échapper aux reproches de sa belle et surtout de mettre fin à ses indiscrétions. Les joueurs espéraient vaguement griser l'Américain et le décider à *tailler* une nouvelle banque où il leur permettrait de *ponter* avec des bons au lieu d'argent comptant.

Seule, la pauvre Valentine, abandonnée comme le fut jadis Ariane, n'était point d'humeur à suivre la bande joyeuse. Elle allait sonner pour demander qu'on lui fît avancer une voiture, lorsqu'elle vit Chambras venir à elle de l'air le plus gracieux.

— Cet Américain a été d'une brutalité sans exemple, dit-il d'un ton pénétré, et je le déclare impardonnable de se conduire ainsi avec une aussi charmante personne que vous.

Valentine, agréablement surprise de ce compliment, adressa à son consolateur un regard reconnaissant. Elle l'avait déjà remarqué et elle le trouvait fort bien. Elle savait d'ailleurs que Léonie, qui l'avait présenté, s'accointait volontiers de messieurs riches. Elle vit aussitôt s'ouvrir de nouveaux horizons et elle répondit avec feu :

— Oh ! monsieur, je suis toute consolée, puisque vous voulez bien prendre mon parti, et j'oublierais bien vite la grossièreté de ce butor, si j'étais assez heureuse pour rencontrer un ami qui sût me comprendre.

— Et moi je serais bien fier de mériter votre confiance ; mais permettez que je vous adresse une question : Est-ce que véritablement cet étranger fait de l'espionnage politique ?

— Pis que cela : il soudoie des misérables pour

épier une pauvre jeune fille, une fleuriste qui ne lui a jamais fait de mal. Ah ! je vous jure que c'est une vilaine histoire.

— Vous plairait-il de me la raconter au café Anglais, si vous ne tenez pas à souper chez madame de Marly ?

— Moi ? ah ! grand Dieu ! je ne demande qu'à sortir d'ici et à n'y plus remettre les pieds. J'accepte votre invitation, monsieur le comte, et de grand cœur.

M. de Saint-Planchers offrit aussitôt son bras et gagna l'antichambre avec la dame.

— Je crois que ce soir je n'ai pas perdu mon temps, pensait-il, pendant qu'elle endossait sa sortie de bal.

III

Pendant qu'on menait joyeuse vie chez madame
de Marly, le malheureux adolescent qu'elle avait
ensorcelé endurait sous ses fenêtres toutes les tortures de l'enfer.

Il fallait qu'il fût bien fou, ce pauvre René Dortis, pour s'être illusionné si longtemps sur la sin-
cérité de la tendresse dont Coralie l'accablait, c'est
le mot, car jamais elle ne s'était montrée plus gracieuse, plus douce et plus aimante que depuis
qu'elle lui avait donné un rival.

Les vieux routiers de la vie parisienne ne s'y
laissent pas prendre. Ils savent très-bien qu'il faut
toujours se défier des redoublements de passion et
que les prévenances de ces dames cachent presque
toujours une trahison accomplie ou méditée. Plus

elles trompent, plus elles s'efforcent de charmer. Leur amabilité monte quand leur fidélité baisse. C'est un thermomètre qui n'a rien de commun avec le petit tube inventé par Réaumur, mais que les sages ne manquent jamais de consulter.

A vingt ans, on n'y songe guère, et on tient pour vraies toutes les comédies, même les plus mal jouées. Heureux âge, et que les intelligentes personnes qui vivent de la sottise de leurs contemporains ont bien raison de préférer à la maturité expérimentée. A la guerre, on aime mieux avoir affaire à des conscrits qu'à des vétérans.

René en avait vingt et un, et c'était bien pis, car, ayant atteint sa majorité, il pouvait signer des billets et dilapider son bien, et jamais collégien ne fut plus naïvement épris d'une femme de chambre que ne l'était de madame de Marly, née Canoche, le frère de la pure et ravissante jeune fille qui avait nom Claire Dortis.

Il croyait à l'amour de cette créature qui comptait dix ans et plus de services actifs dans l'armée de la galanterie, il croyait à son attachement, à son dévouement, à son désintéressement. Peu s'en fallait qu'il ne crût à sa noblesse.

Il ne pensait qu'à elle, il ne vivait que pour elle, et son image le poursuivait partout, même au chevet du commandant Pouliguen.

Pendant qu'il veillait auprès de son beau-frère grièvement blessé, il voyait Coralie, ses grands yeux cerclés de bistre, ses cheveux teints, ses joues enfarinées de poudre de riz, ses lèvres frottées de carmin. C'était comme une vision sinistre qui l'obsédait jour et nuit. Il comptait les heures et il savait qu'à tel moment elle allait au bois, qu'à tel autre elle conférait avec madame Alexis, qu'à tel autre encore elle se livrait à une partie de bezigue avec Léonie de Saint-Florentin.

Il savait, en un mot, beaucoup de détails de la vie habituelle de son adorée, mais il ne les savait pas tous, et cela le désespérait, car le pauvre garçon était jaloux, jaloux du présent et jaloux du passé. A cet âge, on ne fait jamais les choses à demi. Il se serait volontiers coupé la gorge avec quiconque eût soutenu que Coralie lui était infidèle, et il souhaitait sincèrement d'exterminer tous ses prédécesseurs. Mais la réalisation de ce vœu homicide aurait dépeuplé Paris, la province et l'étranger, et il se contentait de les maudire.

Le fils de madame Dortis se repaissait de chimères, comme don Quichotte, qui prenait Maritorne pour une princesse, et sa Dulcinée se moquait de lui tout autant que celle du Toboso se moquait de l'illustre chevalier de la Manche. C'était dans l'ordre, et le monde est ainsi fait que les réalités les plus prosaïques ne désillusionneront jamais les amoureux jeunes ou vieux.

Cependant, depuis quelques jours, René avait conçu, sinon des soupçons, du moins des inquiétudes, à l'endroit de sa chère Coralie. Il se disait qu'elle devait terriblement s'ennuyer le soir depuis qu'il ne venait plus la chercher pour dîner dans un restaurant à la mode et trôner ensuite à l'a-

vant-scène d'un théâtre en vogue. Et il la plaignait, l'innocent!

Aussi le jeudi soir, quand il vit son beau-frère
hors de danger et prêt à s'endormir d'un sommeil
paisible, il n'y tint plus et il courut à la rue Castellane, dans l'espoir de surprendre agréablement
madame de Marly. Espoir des plus fallacieux et
qui devait bientôt être déçu.

Dès l'antichambre de sa belle, René put mesu-
rer toute l'étendue de son malheur en observant la
physionomie narquoise de la cameriste qu'il com-
blait de bienfaits depuis deux mois. Les soubrettes
de ces dames savent parfaitement nuancer leur
accueil, selon le degré d'estime que leur maîtresse
accorde au visiteur, et celle de Coralie reçut le
jeune Dortis comme un huissier de ministère reçoit un préfet destitué. Il voulut insister, et la
réponse que la femme de chambre rapporta ne lui
permit plus de douter de la catastrophe.

Coralie le trompait, Coralie le chassait, car il
respirait à travers les tentures de soie l'odeur de
dix cigares en pleine combustion, et il entendait les
acclamations idiotes de Valbourg, les ricanements
sarcastiques de d'Aldrige et les piaulements aigres
de Valentine.

Il sentit une douleur atroce; il lui semblait qu'on
lui déchirait le cœur. Et, quand il vit paraître
François, le cocher que madame de Marly avait
pris pour exécuteur de ses basses œuvres, il comprit que l'arrêt était sans appel, et, chancelant
comme un homme frappé d'un coup de massue, il

sortit et descendit, en se tenant à la rampe pour ne pas tomber, l'escalier que tout à l'heure il avait monté si joyeusement.

Quand la porte cochère se fut refermée sur lui et qu'il se retrouva dans la rue, l'air frais de la nuit le fit revenir à lui. Il traversa la chaussée, il alla s'adosser aux volets fermés d'une boutique et il se mit à regarder les fenêtres de l'appartement de Coralie.

Il était deux heures du matin. Les bruits de Paris avaient presque cessé; un fiacre attardé remontait la rue Tronchet au pas de ses rosses fatiguées; de rares passants filaient sur le trottoir opposé, le collet de leur paletot relevé, les deux mains dans les poches, sifflant un air à la mode, comme des gens qui vont se coucher après une soirée amusante. Ce calme de la grande ville et cette paisible joie des bourgeois rentrant au logis avaient l'air d'insulter à la douleur de René.

Il était là immobile, les dents serrées, les mains crispées, les yeux obstinément fixés sur ces vitres illuminées derrière lesquelles se dessinaient parfois des ombres errantes. Les clartés le fascinaient, les ombres le narguaient.

Parfois, il croyait reconnaître la taille souple de Coralie s'abandonnant au bras d'un cavalier, et alors son sang se glaçait et il lui prenait des envies folles de ramasser des pierres et de les lancer à ces misérables qui lui volaient son bonheur. Il lui semblait l'entendre, la traîtresse, murmurer à l'oreille d'un autre ces mots doux et fringants qu'elle savait inventer et que, la veille encore, elle lui répétait au coin d'un feu clair, dans ce salon capitonné comme un nid. Il était si jeune qu'il ne songea pas une seule fois à ce que le nid lui coûtait.

Ce n'était pas son argent sottement jeté aux caprices d'une drôlesse qu'il regrettait, c'étaient ses belles amours envolées, ses rêves évanouis. Comme Icare, il avait eu des ailes qui l'emportaient vers l'idéal ; les ailes s'étaient brisées, et il retombait lourdement sur la terre. Il se disait que sa vie était finie... et il avait vingt ans.

Puis, tout à coup, il se souvint que sa mère l'avait embrassé ce soir plus tendrement que de coutume ; il se figura qu'en ce moment elle pensait à lui, qu'elle priait Dieu de lui rendre son fils, et il pleura. Il pleura à chaudes larmes, avec des sanglots, comme un enfant. Joséphine Canoche n'avait pas encore eu le temps de lui gâter le cœur.

Le bruit d'une porte qui se refermait le tira des amères réflexions où il était plongé. Il vit un homme sortir de la maison de Coralie et sa colère se ralluma.

Cet homme, il aurait pu le voir entrer, peu d'instants auparavant, mais, abîmé qu'il était dans sa douleur, il n'avait pas remarqué *Pain-de-Blanc*, quand cet aimable personnage s'était introduit dans l'immeuble habité par sa sœur. Car c'était *Pain-de-Blanc* qui venait d'apparaître de l'autre côté de la rue, *Pain-de-Blanc* expulsé comme René par madame de Marly, mais pour des motifs très-différents.

Le drôle ne s'aventurait jamais sur une voie publique sans regarder autour de lui, et il avait de bons yeux. Il aperçut aussitôt le jeune homme qui venait à sa rencontre, poussé par le désir de s'en prendre de sa déconvenue au premier qui sortirait de chez Coralie.

L'amant de Phémie fut tenté d'abord de fuir à toutes jambes, mais il réfléchit bien vite que le moyen infaillible de se faire poursuivre, c'est de se sauver, et que mieux valait aller droit à l'inconnu qui s'avançait, sauf à détaler, si cet inconnu se trouvait être un agent de police.

— Monsieur serait-il assez bon *de* me donner du feu ? dit-il en tirant un cigare de la poche de son paletot, dès qu'il fut à portée de demander un service qui ne se refuse guère entre fumeurs.

René l'examinait et, à sa cravate blanche, il le prenait pour un invité de Coralie. Par un effet bizarre de l'agitation de son esprit, sa fureur s'apaisa subitement et il n'eut plus d'autre idée que de demander à cet homme ce qui se passait chez la perfide et le nom des gens qui s'y trouvaient. C'était absurde, insensé, stupide ; c'était même avilissant. Mais les amoureux sont lâches.

— Vous venez de chez madame de Marly ? dit-il d'une voix étranglée.

— Un peu que j'en viens, répondit *Pain-de-Blanc* déjà très-rassuré.

Ce langage manquait de distinction, et l'accent faubourien du personnage qui le tenait fit hésiter un instant René.

— Vous la connaissez donc ? demanda-t-il après un court silence.

— *Je vous crois que* je la connais. C'est ma sœur, riposta impudemment Arthur Canoche.

— Votre sœur ! Coralie est votre sœur ! s'écria René.

— Apparemment que c'est pas ma laitière, puisque je mets une cravate blanche pour venir la voir, dit *Pain-de-Blanc* d'un ton qui ne permettait pas de croire qu'il eût été élevé sur les genoux d'une duchesse.

Et il reprit en se dandinant avec grâce :

— Pourquoi donc que je ne serais pas son frère, à c'te bonne Coralie ?

— Elle ne m'a jamais dit qu'elle en eût un, murmura l'amoureux.

— C'est pas une raison. Des fois, on a des querelles de famille ; on se brouille et puis on se raccommode. Coralie m'en a voulu dans les temps, parce que je me suis marié et que je ne l'ai pas invitée à la noce. Une idée que j'ai eue comme ça, à cause qu'elle *fait* un peu *sa tête* quand elle va dans le monde. Vous le savez bien, puisque vous la connaissez ; car vous la connaissez, hein ! jeune homme ?

— Oui, je la connais, répondit d'une voix sourde le malheureux René.

Il aurait pu ajouter : Je la connais trop ; mais il garda pour lui ses appréciations sur la sœur de cet inconnu dont les façons l'étonnaient fort.

6.

Coralie, en effet, s'était bien gardée de lui parler d'Arthur Canoche. Et pourtant, elle l'avait entretenu quelquefois de sa noble famille. Elle lui avait raconté une histoire où figurait le brave colonel de Marly, tué en Afrique, avant d'avoir eu le temps de reconnaître sa fille. Cet accident funeste l'avait empêchée, disait-elle, d'être élevée à la Légion d'honneur à Saint-Denis, où on exige des papiers réguliers qui lui faisaient absolument défaut. Les papiers jouent toujours un grand rôle dans la vie de ces dames, généralement dépourvues d'actes de mariage et souvent d'actes de naissance.

Cette fable, du reste, est une de celles qu'elles inventent le plus volontiers, car elles sont très-friandes d'origines honorables. On n'a jamais su pourquoi, à moins que cette ambition ne soit un hommage involontaire à la vertu.

Et René avait écouté, sans y contredire, ces grotesques mensonges, et, dans certains moments d'enthousiasme, il n'était pas éloigné d'y croire. L'amour est aveugle.

*Pain-de-Blanc*, lui, y voyait très-clair, et il sut parfaitement lire sur la figure bouleversée du jeune Dortis les sentiments qui l'agitaient.

— On dirait que vous avez de la peine à cause d'elle? demanda-t-il d'un air compatissant.

René ne répondit pas. L'émotion et le dégoût l'étranglaient. Cette parenté de la main gauche avec un drôle que son paletot noisette ne déguisait pas assez l'humiliait profondément, et pour la première fois depuis qu'il aimait Coralie, il respirait l'odeur fangeuse du bourbier où sa folle passion l'avait plongé.

— Eh *ben,* non, là, vrai ! c'est pas gentil ce qu'elle a fait, ma *frangine,* s'écria Arthur Canoche.

Et s'apercevant aussitôt qu'il venait de lâcher un mot d'argot, il reprit vivement :

— Ma sœur a bon cœur, mais elle est étourdie. Faut pas lui en vouloir, c'est la jeunesse. Elle n'écoute pas assez mes conseils. Je lui dis toujours : Fréquente des gens comme il faut, Joséphine, ça te portera bonheur.

— Joséphine ! répéta douloureusement l'amoureux de Coralie.

Toutes ses illusions s'envolaient une à une. Son adorée l'avait trompé jusque sur son nom de baptême.

— Ah *ben,* oui, je t'en souhaite ! continua *Pain-de-Blanc,* j'arrive chez elle pour passer la soirée. Je m'étais *camouflé...* habillé, c'est-à-dire. J'avais idée aujourd'hui d'aller dans le monde. Ça ne me prend pas souvent, par exemple, mais quand ça me prend, faut que je m'en passe l'envie. Je suis mal tombé, j'ai fait *four.* Joséphine recevait ses petits amis. Un tas de *cocodès* qui viennent boire son kirsch, et elle en a du fameux, c'est pas pour dire. Des *rien du tout* qui la grugent. Quand j'ai vu ça, je lui ai dit : Ma fille, c'est pas mon genre, ta société. Et *je me la suis brisée.* Parce que moi, vous comprenez, ça ne me va pas, les maisons où c'est si mêlé que ça. On aime sa sœur, mais on a son amour-propre, quoi ! Parions un litre que vous avez fait comme moi. Vous vous êtes *cavalé*, parce que les *cocodès* vous offusquent.

— Il sont donc... beaucoup, balbutia René, qui, cherchant à s'accrocher à une espérance, aurait voulu se figurer que la fête de Coralie n'était pas donnée pour un seul.

— Il doit y avoir tous les amis de son banquier, vous savez, ce petit qu'a les cheveux frisés et un nez en bec de perroquet, dit *Pain-de-Blanc*, qui se rappelait à merveille la scène de la place de la Roquette où le fils du baron figurait à côté de madame de Marly à la fenêtre du cabaret.

Ses informations retardaient de deux grands mois, et il ne savait pas qu'il y avait eu bien du changement depuis ce temps-là. On pouvait d'ailleurs l'excuser d'ignorer ce détail, car il ne voyait pas souvent sa sœur, et le cœur de Joséphine Canoche était comme l'*Annuaire militaire*, qu'il faut annoter tous les jours, si on veut se tenir au courant des mutations.

— M. de Gondo ! elle revoit M. de Gondo ! s'écria René, qui avait toujours soupçonné Coralie de ne pas avoir rompu franchement avec Ernest.

— Un vilain *coco*, ça c'est vrai. Une fois déjà, dans le temps, il m'a fait *flanquer* à la porte de Joséphine, et je mettrais ma tête à couper que c'est encore lui qui l'a empêchée ce soir de me laisser entrer.

— Elle m'avait juré qu'elle ne le reverrait jamais, murmura l'amoureux trahi.

— Dites donc, jeune homme, demanda *Pain-de-Blanc*, vous me faites l'effet de ne pas le porter dans votre cœur, le *banquemuche*. Je vois ce que c'est: vous en tenez pour Fifine, et elle vous aura fait des misères à cause de ce *daim*-là. Faut-il qu'elle ait mauvais goût, de lâcher pour lui un joli garçon comme vous. Dieu de Dieu! est-il laid, avec sa *tignasse* crépue qu'est couleur de poêle à frire et sa *binette* couleur de fromage à la crème. On dirait une salade de cresson sur une tête de veau.

Le portrait était ressemblant, mais cette comparaison saugrenue n'eut pas le pouvoir de dérider M. Dortis.

— J'ai dans l'idée que ça ne vous fâcherait pas si on lui cassait les reins, dit Arthur Canoche.

Et il ajouta en baissant la voix :

— Ça peut se faire. Combien *que* vous donneriez pour ça ?

Cette ignoble proposition tomba sur la colère de René comme une douche d'eau froide. Il s'avisa tout à coup que cette causerie familière avec un chenapan de bas étage était aussi dégradante qu'inutile, et il eut honte de lui-même. Lui, le fils d'un honnête homme, il s'était abaissé jusqu'à écouter ce drôle, jusqu'à l'interroger sur sa sœur. Il y avait bien de quoi rougir d'une telle lâcheté et arracher de son cœur un tel amour.

— Ah ! dit-il entre ses dents, il me manquait cette dernière humiliation.

Et, repoussant d'un geste dédaigneux M. Arthur,

qui se flattait déjà de recevoir un à-compte sur le prix qu'il demandait pour assommer Ernest de Gondo, il lui tourna le dos et s'enfuit, en maudissant Coralie qu'il méprisait, mais qu'il aimait encore.

*Pain-de-Blanc*, assez déconcerté, le suivit des yeux et le vit disparaître au coin de la rue Tronchet.

— Tous ces *rupins*-là, c'est des *fainéants* et des *propres à rien*, grommela-t-il en rajustant sa cravate. Décidément, Fifine s'encanaille. Elle fréquente des *gandins* qui sortent de nourrice et elle reçoit des *roussins*. Mauvaise affaire. J'aurais mieux fait de passer ma nuit tranquillement à boire du vin sucré avec les amis.

Il en avait déjà bu beaucoup, car il était arrivé passablement gris chez madame de Marly, mais son ivresse commençait à se dissiper.

— Je crois qu'il est temps de *m'esbigner*, reprit-il. L'ami du préfet n'aurait qu'à sortir et à me trouver flânant dans la *trime*. Ça doit être un *roublard*. Il serait capable de venir me *frimer* sous le nez. Et puis, les *roussins de la haute*, ça ne va jamais en soirée sans laisser des *cognes* en faction à la porte.

Le frère de Coralie se trompait en ce point. Chambras n'avait donné d'ordres à son subalterne Rabachon que pour cinq heures du matin.

— Tonnerre! s'écria-t-il tout à coup, si c'était *Caoutchouc*, le *roussin* que Fifine a invité! Hier, chez le *mastroquet*, à côté de la boutique au père Rigolo, il y en avait deux de la *pègre* qui disaient que *Caout-chouc* était revenu d'Amérique. Si c'était vrai, pourtant ! c'est moi qui *décarrerais* de *Pantruche* pour aller retrouver les amis sur le *Barbillon*. Sans compter que je ne ferais pas mal, vu qu'ils doivent m'en vouloir à mort, *rapport* à ce que je *me la passe douce icigo* avec le *carme* du *pante*. Phémie doit-elle rager ! pauv' Phémie !

Le roulement de plusieurs voitures tournant le coin de la rue Castellane interrompit ce monologue au moment où *Pain-de-Blanc* commençait à s'attendrir sur le sort de la douce compagne qu'il avait vilainement abandonnée. Le coupé de d'Aldrige et le vis-à-vis de Léonie de Saint-Florentin vinrent se ranger à la file devant la porte cochère de madame de Marly, suivis par deux ou trois fiacres dont les cochers flairaient une soirée et des pratiques à *charger*.

L'aimable Canoche se dit que c'était le vrai moment de quitter la place, et il s'en allait vers la rue de Greffuhle, lorsqu'il vit venir à lui un passant de robuste apparence. Ce promeneur de nuit était enveloppé dans une longue houppelande et coiffé d'une sorte de capuchon, si bien qu'il était difficile, à six pas de distance, de distinguer à quel sexe il appartenait. *Pain-de-Blanc* aurait bien voulu l'éviter, mais il était trop tard pour reculer, et il en prit son parti. Il le croisa donc tout justement sous un bec de gaz, et deux exclamations de surprise partirent à la fois.

— Arthur !

— Phémie !

L'écho du marché de la Madeleine, devant la grille duquel avait eu lieu la rencontre, répéta ces deux noms.

La surprise d'un côté, la joie de l'autre avaient arraché un cri à chacun des deux amants, cri d'étonnement de *Pain-de-Blanc*, cri du cœur de Phémie. Car c'était bien la femme colosse qui promenait sa majestueuse personne sur le trottoir de la rue Castellane. Elle portait crânement une vaste capote qui lui tombait jusqu'aux pieds, et elle abritait sa grosse tête sous une ample capeline de laine. Ainsi s'expliquait l'hésitation d'Arthur à reconnaître le sexe de l'individu qu'il avait aperçu au moment où il faisait volte-face pour regagner des quartiers plus propices aux gens de mauvaise vie.

Maintenant il était certain de ne pas avoir affaire à un ennemi, au contraire, car il ne pouvait pas douter de la tendresse de sa plantureuse amante, mais il ne s'expliquait pas du tout comment elle se trouvait là, et il ne se souciait nullement de tenir un colloque avec elle à quelques pas d'une maison où on recevait l'ami intime du préfet de police.

— Nous *jaspinerons* plus loin, dit-il vivement ; viens, il n'est que temps de nous *cavaler*. La *rousse* est dans la *tôle*.

Et il continua son chemin, sans s'arrêter et même sans regarder derrière lui. Phémie emboîta le pas avec la précision d'un vieux grenadier. Elle était accoutumée à ne jamais discuter les ordres de son homme.

Quand ils furent arrivés au bout de la rue de l'Arcade, *Pain-de-Blanc*, qui conduisait la marche, se mit à remonter la rue de Rome, fort déserte à cette heure de nuit, et, aussitôt qu'il eut dépassé l'entrée latérale de la gare de l'Ouest, il s'arrêta court et dit sèchement à sa compagne :

— Qu'est-ce que c'est que ce genre-là ? Pourquoi te permets-tu de venir me relancer jusqu'à la porte de ma sœur ?

Quand il voulait fasçiner Phémie, le drôle avait soin de ne pas parler argot.

— Je vas te dire, mon homme, balbutia la géante, c'est que je cherchais après toi.

— Je m'en doute bien, nom de nom ! Mais d'abord, comment ça se fait que je te trouve flânant sur le pavé de *Pantin*, quand tu devrais être à bord du *Barbillon*, avec les camarades ?

— Je m'en vas te dire, mon homme...

— Pas de *blagues!* on ne me *monte pas le coup*, à moi. T'es venue retrouver ton *pitre* qui va travailler un de ces jours à la foire au pain d'épice.

— Moi ! s'écria Phémie interloquée ; moi, te faire des traits, Arthur !

— Fais-m'en si tu veux, je m'en *bats l'œil*, mais *fiche*-moi la paix. Je suis en train de me faire une position, j'aime pas qu'on me dérange.

— Mais tu sais bien que je me mettrais au feu pour toi. Si je suis revenue à *Pantruche*, c'est parce

que j'y tenais p'us... je séchais sur pied de ne pas
te voir.

— Ça ne t'a toujours pas maigrie ! Mais c'est pas
tout ça. Comment *que* t'as su que j'allais ce soir
dans le monde chez Joséphine?

— C'est le père Rigolo qui me l'a dit.

— T'as donc été chez lui?

— Oui, tout droit en arrivant. Je pensais bien
que tu devais loger à la nuit chez le *mastroquet* d'à
côté.

— Si j'avais su, j'aurais *enquillé* dans une autre
*tôle*. D'abord, ton amour, c'est une *couleur*. Tu as
*aboulé* à *Pantin*, parce que Jacques t'y a envoyée.

— Ça, c'est vrai. Lui et la blonde, ils voulaient
avoir de tes nouvelles, et, comme tu ne nous écrivais pas...

— Oui, et puis ils avaient peur que je mange
la grenouille.

— Dame! t'avais promis de rattraper le *Barbillon*
dès que tu aurais mis la *toquante* au *clou* et *levé* le
*carme* du *banquemuche*.

— Eh *ben!* après? J'ai engagé la montre et touché l'argent du *chèque*, mardi ; ce soir, c'est jeudi;
je suis pas si en retard que ça. Mâtin! vous êtes
pressés, vous autres. Quand on a *grinché* un *pante*
aussi *rupin* que le millionnaire de la place de l'Europe, on peut bien se donner un peu de bon
temps.

— T'as raison, mon homme. Mais l'*Epoulardeur*
s'embête là-bas, dans la cabine. Il dit qu'il veut sa
part du *fade*.

— Sa part! de quoi? est-ce qu'il ne l'a pas, sa part? Puisqu'il tient le *pante* et son livre de *chèques*, il n'a qu'à battre monnaie.

— Le *pante* ne veut pas *casquer*.

— Allons donc! vous ne savez pas vous y prendre.

— Jacques l'a menacé de le jeter dans la Seine avec une pierre au cou; il a haussé les épaules. On ne lui donne que du pain noir et de l'eau. Ça n'y fait rien, il tient bon, et quand on regarde par le trou qui donne dans sa niche au fond de la cale, il nous crie que nous serons tous *fauchés* comme *Casse-Dos* et il nous crache à la figure. Il est enragé, ce *rupin-là*, et on le ferait cuire à petit feu qu'on n'en tirerait rien.

— Faudra donc le *buter*, grommela *Pain-de-Blanc*.

— C'est *ben* ce que dit Jacques, et c'est pour ça qu'il rage de ne pas te voir arriver avec la *braise*. Il jure que t'as *levé* au moins dix mille *balles* et il voudrait sa moitié, comme de juste.

— Il a eu les treize cents que le *pante* avait dans sa *profonde*. C'est assez pour un *pochard* comme lui. Quoi qu'il en ferait, des dix mille *balles*? Il les boirait. Au lieu que moi je m'en servirai pour mes affaires. J'ai envie de me mettre dans le commerce.

— Avec moi, pas vrai, Arthur? Ah! si tu voulais, nous serions heureux comme des bourgeois cossus. Nous achèterions une *roulante* et nous voyagerions. J'ai encore mon permis. Je travaillerais

comme phénomène et tu ferais le *boniment* à la
porte de la baraque. Ça vaudrait joliment mieux
que de *battre l'antif* avec Jacques Crambard qui ne
*dessaoûle* pas et avec c'te traînée d'Amanda qu'a
fréquenté des *roussins* dans les temps et qui *man-
gera le morceau* un de ces jours.

*Pain-de-Blanc* tarda quelque peu à répondre. Il
réfléchissait. Le doux langage de Phémie l'impres-
sionnait, quoi qu'il fît pour se cuirasser d'indifférence. Et il se disait qu'il vaudrait peut-être mieux
réaliser le rêve de la géante, en courant les foires
avec elle, que de braver les dangers d'un plus
long séjour à Paris.

Il y était resté pour faire de l'argent avec le
*chèque* et les bijoux que lui et ses complices avaient
enlevés à M. de Colorado encore tout étourdi de
sa chute dans la cale du *Barbillon*, et il avait été
convenu avec l'*Epoulardeur* qu'il rejoindrait le
bateau à Andresy, entre Maisons et Poissy, et qu'il
rapporterait intact le premier produit du vol, sauf
à revenir ensuite toucher les sommes qu'on extor-
querait au prisonnier, en le forçant à signer de
nouveaux bons sur la caisse de M. de Gondo. Mais
*Pain-de-Blanc* n'avait pas su résister à cette furieuse
soif de jouissance qui s'empare des voleurs, aussitôt qu'ils ont fait un bon coup. Sans les passions
de ces messieurs de la *pègre*, la police serait souvent fort en peine de les retrouver, mais elle sait
que l'attrait du plaisir ou plutôt de la débauche les
conduira infailliblement dans des bouges, presque
toujours les mêmes, où elle est sûre de les saisir.

Le frère de Coralie avait cédé comme les autres à ces entraînements crapuleux. Il était allé s'habiller richement chez le père Rigolo, puis se loger dans un taudis voisin, et, là, depuis trois jours, il régalait des coquins de son espèce et il leur faisait des largesses. Il avait même entrevu un instant l'espoir de se pousser dans le beau monde, dans la *haute*, comme il disait, sous le patronage de sa noble sœur, madame de Marly. Il s'apercevait un peu tard qu'il en fallait bien rabattre de ses ambitions. Coralie venait de le mettre à la porte sans pitié et l'avait menacé de le dénoncer, s'il osait se montrer encore chez elle. Et maintenant Phémie lui annonçait que son complice l'*Epoulardeur* s'impatientait et s'irritait de son absence prolongée.

Elle lui apportait une autre nouvelle plus fâcheuse encore. Marcel, enfermé dans la cale du *Barbillon*, refusait de signer le moindre *chèque* et les brigands qui le retenaient allaient se trouver dans la triste nécessité de renoncer à exploiter leur captif.

De plus, *Pain-de-Blanc* commençait à concevoir des doutes sur la possibilité de se présenter de nouveau à la caisse du baron sans y être immédiatement arrêté. La première fois, c'était très-facile, puisque le bruit de la disparition de M. de Colorado n'avait pas encore commencé à se répandre dans Paris. Le *chèque* que Marcel destinait à payer son carrossier était rempli d'avance pour la somme de sept mille neuf cents francs et signé. Il suffisait de le détacher de la souche et de le toucher dans la journée, pour n'avoir rien à craindre.

Ainsi avait fait *Pain-de-Blanc*, mais depuis il lisait tous les matins des journaux qui parlaient de l'étrange aventure d'un riche étranger qu'on n'avait plus revu depuis sa sortie des Variétés, le soir de la première représentation de l'*Ile de Tohu-Bohu*. Il soupçonnait fort que les plus fins limiers de la police de sûreté devaient s'être mis en campagne pour retrouver le millionnaire disparu, et il se disait que le séjour de Paris devenait très-dangereux pour ceux qui avaient trempé dans cette mauvaise affaire.

Fort mauvaise, en vérité, car elle ne pouvait donner tous les résultats attendus par la bande que si, dès les premières heures de sa captivité, Marcel consentait à payer une énorme rançon. Or, il y avait trois jours qu'il résistait courageusement aux tortures et aux menaces, et maintenant, tout individu qui viendrait toucher un bon signé de M. de Colorado courait grand risque d'être arrêté. Donc, le grand coup était manqué, et Arthur Canoche songeait sérieusement à changer ses batteries.

Il était déjà bien revenu des grandeurs, et la proposition de Phémie lui souriait assez; quoique ses récentes orgies eussent entamé son capital, il lui restait de quoi exercer honnêtement l'industrie de saltimbanque et mener avec sa puissante compagne une vie errante et lucrative. Mais, avant de se décider, il voulait éclaircir certains points sur lesquels il lui importait d'être fixé avant d'arrêter un plan définitif.

— A quel endroit de la Seine as-tu laissé le ba-chot? demanda-t-il à la femme colosse.

— J'ai laissé le *Barbillon* à une lieue au-dessous de Triel, répondit Phémie. Je voulais que nous restions à Andresy pour t'attendre, mais Jacques a dit que, si nous n'arrivions pas à Rouen avant la fin de la semaine, le père Machin le saurait et qu'il nous ferait arriver de la peine. J'ai été à pied à Meulan et j'y ai pris le *roulant vif*.

— Alors, en partant aujourd'hui par le premier train, nous serions sûrs de le *repiger* à Mantes? dit *Pain-de-Blanc*.

— Oh! oui, pour sûr. T'as donc envie de revoir Jacques?

— Faut croire.

— Et après?

— Après, nous le lâcherons et nous travaillerons à notre compte.

— T'as raison, mon homme; mais...

— Eh *ben!* de quoi?

— L'*Époulardeur* te laissera pas te *cavaler* sans partager la *douille*.

— Nous verrons ça.

— C'est tout vu. Il m'a encore dit pas plus tard *qu'à* ce matin qu'il te casserait les reins si tu ne lui *casquais* pas son *fade*. Méfie-toi, mon homme, il est fort comme un bœuf et méchant comme un âne rouge.

— Possible, mais je suis plus malin que lui. Si je voulais me *cavaler* tout de suite en Belgique ou en Angleterre, c'est pas l'*Époulardeur* qui m'en empêcherait.

— En Belgique, ça m'irait. Je la connais, la Belgique. J'ai travaillé à la kermesse de Gand. Mais, vois-tu, mon homme, quand tu n'y es pas, Jacques fait des bêtises. Il est *poivre* du matin au soir. Il rosse Amanda et il se *peigne* avec tous les mariniers qu'il rencontre. Un de ces jours il se fera *ramasser*, et, une fois au *bloc*, il n'en sortira que pour aller à la Roquette. Et, en attendant, gare qu'il ne *casse* sur toi.

— Si je ne lui ferme pas le bec.

— Et, si on le pince, on trouvera le *pante* à fond de cale, et le *pante* fera des *potins*. Il dira que Jacques n'était pas seul le soir de l'affaire.

— Je fermerai aussi le bec au *pante*.

— Et Amanda, l'empêcheras-tu aussi de *jouer du chiffon rouge*?

— Tout de même.

— Alors t'as un idée?

— Mets que j'en ai une, et n'en parlons plus.

— T'as pas confiance en moi.

— Pas plus que ça.

— T'as tort, mon homme. Et, si tu veux m'écouter, t'iras pas te fourrer dans les pattes de l'*Époulardeur*, parce que, vois-tu, là, vrai, il y aurait du *coton*. T'es rusé, t'as du vice, tu lui *feras voir le tour*, je ne dis pas non; mais, quand bien même tu l'enverrais au fond de l'eau avec sa Margot et le *rupin* par-dessus, t'en serais bien avancé. Ça te ferait une mauvaise affaire de plus. Pense

donc ! si on allait te *piger* et te *gerber à la passe* (1) !
quoi que je deviendrais, moi, ta Phémie ? C'est-il
donc pas assez d'avoir *buté* le *Tafouilleux* ? ajouta-
t-elle en baissant la voix, quoiqu'il n'y eût personne à portée de les entendre.

— C'est pas vrai ! dit vivement le frère de Coralie, j'ai pas *buté* le *Tafouilleux*, il est tombé à l'eau
tout seul, le salé crapaud !

— En se *cognant* avec toi, mon homme. Si les *curieux* fourraient leur nez dans c'te affaire-là, ça
serait comme si tu l'avais *buté*.

— Personne ne m'a vu que toi.

— Si ; Jacques et la blonde y étaient.

— Puisque je t'ai dit que je leur fermerais le bec.

*Pain-de-Blanc* prononça cette phrase d'un ton
tellement significatif, que la tendre Phémie crut
entendre l'arrêt de mort de ses complices. Elle en
conçut une profonde admiration pour l'esprit ingénieux d'Arthur qui trouvait toujours le moyen
de se tirer des plus mauvais pas ; mais elle n'en
était pas plus rassurée pour cela, car l'exécution
de ses sinistres projets lui semblait très-difficile.
Cependant, comme elle était habituée à l'obéis-
sance passive, elle ne se permit pas d'insister. Seulement, elle demanda, non sans frissonner un peu :

— Est-ce qu'on l'a repêché, le *Tafouilleux* ?

— Paraît que oui, répondit *Pain-de-Blanc*. Hier,
chez le *mastroquet*, il y avait un *roulottier* qui disait
qu'il l'avait *frimé* à la Morgue.

(1) Te condamner à mort.

7.

— Tu y as été ?

— Moi, pas si *sinve !* La Morgue, c'est plein de *roussins.*

— Dis donc, mon homme, si on allait le reconnaître ?

— Pas *mèche.* Il sort des *mômes sans dab* (1), le *Tafouilleux.* C'est toujours pas ses parents qu'iront le réclamer. Et les *camaros* de la *pègre* s'amuseront pas à dire qu'ils l'ont fréquenté. Du reste, ajouta le chenapan qui connaissait fort bien les usages administratifs, on l'a repêché mardi ; les soixante-douze heures sont passées. Il doit être enterré.

— C'est égal, grommela Phémie. J'ai le *trac* tout de même.

— T'as toujours le *trac,* toi, que c'en est dégoûtant. A quoi *que* ça sert donc de se choisir une épouse qu'a la taille d'un tambour-major et du biceps comme Arpin, le terrible Savoyard, pour qu'elle *planche* à propos de rien ?

— Moi, *plancher !* jamais ! grommela Phémie en se redressant.

— Tu ne fais que ça. Tiens, veux-tu que je te dise ? Amanda qu'est grosse comme une mauviette est plus crâne que toi.

— Oh ! si on peut dire ! mais je lui tordrais le cou comme à un poulet à c'te *chipie,* dit la géante blessée dans son amour-propre.

— C'est pas moi qui t'en empêcherai. La blonde et Jacques, c'est une mauvaise société et je veux

---

(1) Enfants trouvés.

m'*en tirer les pieds*. Mais c'est pas tout ça. Où que t'as *grinché* c'te *pelure d'invalo* (1) que tu t'as *collée* sur le dos ?

— Ça, une *pelure d'invalo !* c'est le paletot du *rupin* que Jacques m'a prêté pour voyager.

— En v'là une idée ! c'est donc pour te faire *agrafer* par le premier *roussin* venu. Dieu de Dieu ! faut-il que tu sois *sinve* pour te laisser entortiller comme ça !

— Dame ! tu comprends, mon homme, j'avais pas de toilette, et, pour prendre le *roulant-vif*, je pouvais pas me présenter en jupon et en camisole. J'aime pas à me faire remarquer, moi.

— Si tu te figures qu'on ne te remarquera pas avec ce paletot-là, tu te mets le doigt dans l'œil jusqu'au coude. Et, si on te ramassait, ton compte serait bon et le mien aussi. Je parierais un litre de *dur* que le nom du tailleur est écrit sous le collet.

— Pas possible ! en v'là une invention pour faire *piger* le monde.

— C'est comme ça. Tous les tailleurs *chic* signent leurs œuvres, dit gravement *Pain-de-Blanc*, qui avait juré d'ébahir Phémie. 

— C'est pas le père Rigolo qui ferait c'te bêtise-là, murmura la géante.

— Non, pour sûr, et la preuve, c'est que tu vas venir avec moi *bazarder* tes *frusques* chez lui.

— Eh *ben !* avec quoi que je *battrai l'antif* dans *la trime* (2) ?

(1) Capote d'invalide.
(2) Que je me promènerai dans la rue.

— As pas peur, je t'en achèterai d'autres et des plus *rup*.

— Merci, mon homme, t'es gentil tout plein, dit joyeusement la femme colosse. Comme ça, au moins, la blonde ne me *blaguera* plus, si nous revenons à bord du *Barbillon*.

Le frère de Coralie ne répondit pas à son amante. La conversation les avait menés jusqu'au point d'intersection de la rue de Rome et du boulevard des Batignolles. Il prit à droite et Phémie le suivit sans mot dire.

*Pain-de-Blanc* savait parfaitement où il allait, car, tout en causant, il avait conçu un plan qu'il voulait mettre à exécution sur-le-champ. *Pain-de-Blanc* était comme les grands capitaines qui réfléchissent mûrement avant d'agir et qui, dès que leur résolution est prise, ne perdent pas une minute pour entrer en action. Il conduisit tout droit Phémie au cabaret qui communiquait avec l'établissement du père Rigolo, à ce cabaret où il s'était réfugié naguère après avoir jeté Dominique dans la Seine au pont d'Asnières, et où il avait pris domicile depuis l'enlèvement de Marcel.

La géante le connaissait ce bouge où se rassemblaient la nuit les gens de la *pègre*. C'est là qu'elle s'était adressée en arrivant et qu'on lui avait donné des nouvelles de son homme.

Le couple y fut reçu à merveille; depuis trois jours, le maître de l'établissement faisait avec *Pain-de-Blanc* d'excellentes affaires, et le traitait avec beaucoup d'égards. Le père Rigolo lui-même

mit beaucoup de bonne grâce à se lever pour recevoir sa fidèle pratique et le marché fut bientôt
conclu, car le frère de Coralie ne marchandait jamais, quand il était en fonds.

Il échangea ses beaux habits de soirée contre
une tenue de campagnard aisé, et il fit habiller
Phémie à neuf, simplement, mais proprement.
N'eût été sa maturité, on l'aurait prise pour une
nourrice en quête d'un nourrisson. Le paletot de
M. de Colorado fut laissé gratis au père Rigolo, qui
s'occupa aussitôt d'en faire disparaître les marques
compromettantes.

Quand le jour se leva, Arthur et sa compagne,
absolument méconnaissables, sortirent du cabaret,
après avoir largement régalé les amis, et s'ache-
minèrent vers la gare de l'Ouest.

Au milieu de la rue d'Amsterdam, *Pain-de-Blanc*
avisa une boutique d'épicier qui venait de s'ouvrir. Il y entra, laissant Phémie dans la rue, et au
bout de dix minutes, il revint, portant avec peine
une énorme cruche en grès, au ventre arrondi,
ornée de deux anses dont il fit tenir l'une par son
épouse, tandis qu'il s'emparait de l'autre. Elle
n'osa pas même demander ce que contenait ce
vase, la timide géante, et elle se laissa conduire au
chemin de fer où *Pain-de-Blanc* prit deux billets de
troisième classe pour Mantes.

Un quart d'heure après, ils roulaient tous deux
vers la Normandie, avec leur cruche que le prudent Canoche n'avait pas voulu mettre aux bagages.

## IV

La nuit est noire et le vent d'ouest souffle par rafales, chassant de gros nuages qui crèvent parfois et laissent tomber des torrents de pluie. La Seine, refoulée par la bourrasque et fouettée par l'averse, a des vagues courtes qui secouent le *Barbillon* amarré près de terre, entre Méricourt et Mousseaux, à quelques lieues au-dessous de Mantes.

La rive gauche contre laquelle s'est rangé le bateau est absolument déserte. Personne ne s'aventure dehors par un temps pareil, et dans les hameaux voisins tout le monde dort depuis bien des heures, car il est minuit, et les campagnards se couchent comme les poules à la chute du jour.

Pas une lumière sur la berge, pas d'autre bruit que le craquement des grands arbres secoués par la tempête. Mais le *Barbillon* est éclairé à *giorno* et on y chante à gorge déployée.

L'équipage de cette embarcation d'eau douce fête le retour de l'enfant prodigue. *Pain-de-Blanc* est rentré au bercail le matin, avec sa douce compagne Phémie que l'*Époulardeur* avait envoyée à sa recherche ; *Pain-de-Blanc* repentant de ses fredaines, que Jacques Crambard lui a déjà pardonnées, *Pain-de-Blanc* plein de confiance et d'espoir dans le résultat final de l'entreprise.

Il a annoncé à ses amis qu'il a combiné un plan dont le succès est certain, un plan qui doit leur procurer une somme énorme, et dès le lendemain. Il ne lui faut, dit-il, que le livret de *chèques* du prisonnier. Peu importe que le millionnaire de la place de l'Europe refuse obstinément de le remplir. *Pain-de-Blanc* a un ami, calligraphe de premier ordre, qui possède le talent précieux d'imiter toutes les signatures, et cet ami a déjà pris copie de celle qui figure sur le bon de sept mille neuf cents francs que *Pain-de-Blanc* affirme, du reste, ne pas avoir encaissé.

Il revient le chercher, ce livret indispensable, et le lendemain matin il retournera à Paris pour rentrer le soir même, chargé d'or et de billets de banque, lesquels seront partagés séance tenante.

La docile Phémie a prêté à ces audacieux mensonges la complicité de son silence, et l'*Époulardeur* y a cru sans hésiter. Seulement, comme il n'a qu'une très-médiocre confiance dans la probité de son acolyte, il a déclaré qu'il voulait être du voyage, et *Pain-de-Blanc* n'a fait aucune opposition à ce projet. Amanda aussi tient à en être. La blonde a besoin de remonter sa garde-robe, et la toilette neuve de la géante lui fait envie.

*Pain-de-Blanc* a trouvé ce désir tout naturel, et il a été convenu qu'on ferait l'excursion à trois, Phémie restant seule préposée à la garde du bateau. Elle a bien essayé de réclamer, cette pauvre Phémie, mais son homme lui a dit à l'oreille :

— Laisse-moi *maquiller* ça. J'ai mon idée.

Et l'obéissante créature s'est résignée.

Une grave question a été agitée, celle de savoir ce qu'on ferait de M. de Colorado ; car, après le partage du butin, la bande compte bien planter là le *Barbillon* et les marchandises du père Machin, pour s'en aller de l'autre côté de la frontière jouir en paix du fruit de ses travaux.

Phémie, qui est toujours pour les moyens doux, a proposé de laisser le prisonnier mourir de faim dans la cale où il est enfermé. Jacques et Amanda ont soutenu que ce serait une grave imprudence, que les gens du pays ne manqueraient pas de visiter un jour ou l'autre le bateau abandonné et qu'ils y trouveraient Marcel mort ou vif. Mieux valait, selon eux, se défaire avant de décamper d'un dangereux témoin, l'ensevelir dans un sac avec beaucoup de pierres et le déposer au fond de la rivière. *Pain-de-Blanc* a émis une opinion mixte. Il a déclaré que rien ne pressait, puisque la police n'était pas à leurs trousses, et qu'il serait temps d'aviser au retour de l'expédition projetée. Il a cependant laissé entrevoir qu'il se rangerait alors à l'avis le plus radical.

On est tombé d'accord de différer encore et de passer joyeusement la nuit en attendant le départ matinal. Les provisions solides et liquides abondent, liquides surtout. Jacques a acheté une barrique de vin à chaque escale, et le *Barbillon* est chargé à couler bas, chargé de futailles pleines, que l'équipage se fait fort de mettre à sec avant l'arrivée à Rouen. Tout est en perce, et on oublie quelquefois de boucher les trous, de sorte que la cale est inondée, et ce n'est pas l'eau qui la remplit.

Depuis le départ du quai Henri IV, l'*Époulardeur* et la blonde n'ont pas cessé de se maintenir dans un état d'ébriété qui les rend peu propres aux manœuvres de batellerie, et sans Phémie, qui porte mieux l'alcool et qui a tenu la barre du gouvernail d'une main ferme, la barque se serait déjà échouée dix fois.

Le retour de la géante et l'arrivée d'Arthur Canoche ont été l'occasion d'un redoublement de réjouissances bachiques. Le digne couple a rejoint les camarades à Mantes, qu'on s'est empressé de quitter, et on a décidé d'un commun accord qu'on jetterait l'ancre dans un endroit désert, au commencement de la boucle que forme la Seine entre Rolleboise et Bonnières. Là on n'a pas à craindre d'être dérangé par des visiteurs indiscrets, et le lendemain soir les voyageurs, retour de Paris, n'auront qu'à descendre à la station de Rosny, à suivre à pied le chemin de halage en laissant à gauche le tunnel du chemin de fer pour rejoindre promptement leur bateau.

A la nuit tombante, on a mis le couvert dans la cabine d'arrière et on a attaqué un plantureux repas, composé d'un énorme jambon et d'un plat de pommes de terre au lard préparées par la main habile de Phémie, qui se multiplie et qui suffit à tout. Pilote dans le jour et cuisinière le soir, la géante semble prendre à tâche de montrer à son adoré ses talents divers, comme pour lui donner un aperçu de l'agréable vie qu'elle lui fera mener quand ils courront le monde ensemble. Du reste, elle ne se demande pas ce qu'il va faire ; elle a foi en lui et elle attend qu'il dispose d'elle comme il lui plaira. Elle l'a aidé à déposer dans la cale l'énorme bonbonne achetée chez l'épicier de la rue d'Amsterdam, et à la blonde qui lui demandait ce que le grès recélait dans ses flancs, elle a répondu que son Arthur lui a défendu de le dire, parce qu'au dessert il veut faire une surprise à ses amis.

Amanda, qui adore l'absinthe, pense que la cruche en est pleine et que *Pain-de-Blanc* est un aimable drôle. Elle a toujours eu un faible pour lui et elle ne désespère pas de l'enlever tôt ou tard à la femme colosse. Mais, pour le moment, elle est toute à la joie de boire à sa soif, qui est inextinguible et qu'elle a depuis longtemps contracté la funeste habitude d'apaiser avec des liqueurs fortes. Jacques a peine à lui tenir tête, à cette frêle créature, et pourtant le diable seul sait ce que son corps d'hercule peut supporter de vin frelaté et d'eau-de-vie poivrée.

Il y a cinq heures que la bande est attablée, et l'orgie est à son paroxysme. Mais *Pain-de-Blanc* s'est ménagé et il a plus d'une fois poussé le coude à Phémie, qui buvait trop longuement à même le large bidon de fer-blanc dont on se sert en guise de bouteille à bord du *Barbillon*. Il est visible qu'il tient à conserver son sang-froid et qu'il ne veut pas que sa chère compagne se laisse aller non plus à une ivresse intempestive.

Évidemment il a son plan, le fameux plan qu'il n'a pas jugé à propos de confier à Phémie. Quel qu'il soit d'ailleurs, ce plan si soigneusement dissimulé, rien n'empêchera sans doute le frère de Coralie de l'exécuter, car l'*Époulardeur* et la blonde ne se sont pas aperçus qu'il se modérait sur la boisson, tandis qu'eux voguaient à pleines voiles vers ce port où les ivrognes s'endorment d'un sommeil aussi profond que la mort.

Jacques Crambard est déjà couché sur le flanc, mais Amanda lutte encore. Elle pousse de temps à autre l'Hercule terrassé par Bacchus et lui crie d'une voix enrouée qu'il ne faut pas dormir, puisqu'on doit se mettre en route au petit jour pour la gare de Rosny. Puis elle hurle un refrain idiot qu'elle a appris dans un café chantant de la barrière d'Italie, un bouge musical fréquenté par les voleurs.

Tout à coup, *Pain-de-Blanc* lui fait signe de se taire et il se met à prêter l'oreille aux bruits du dehors.

— Fais pas attention, lui dit Amanda, c'est le *rupin* qui se bat avec les rats.

— On dirait qu'il gratte contre la muraille, murmura le frère de Coralie.

— C'est comme ça tout le temps, dit la géante. Si on lui avait laissé seulement un *eustache* de deux sous, je croirais qu'il fait un trou avec.

— Pas de danger, reprit la blonde. Jacques l'a *barbotté* (1) pendant qu'il *pionçait* du coup qu'il s'était donné en tombant. Il aura beau gratter avec ses ongles, il ne sortira pas de sa *boîte;* t'inquiète pas de ça et va-t'en nous chercher le cruchon que t'as apporté tantôt. V'là le vrai moment de faire une surprise aux *camerluches*.

— T'as raison, ma fille, dit *Pain-de-Blanc*. Je vas dans la cale prendre la fiole. Veille sur Jacques et attends-moi, ça ne sera pas long. Viens m'aider, Phémie, ajouta-t-il en se levant, la bonbonne est lourde, et je pourrais pas la monter tout seul.

Phémie obéit aussitôt, et ils sortirent ensemble de la cabine.

Dès qu'il se trouva sur le pont du bateau avec sa compagne, *Pain-de-Blanc* se mit à fouiller dans sa poche et il en tira un énorme cadenas, dont il passa doucement la branche à travers deux pitons plantés à côté l'un de l'autre dans les deux battants de

(1) Fouillé.

la porte de la cabine. Puis il le ferma à clef tout doucement, et il empocha la clef.

Le vent faisait rage et Amanda chantait à tue-tête, si bien que ni elle, ni l'*Époulardeur*, à moitié endormi, n'entendirent que leur bon camarade les claquemurait dans le réduit qui leur servait de salle de festin. Il n'y avait à cette cahute d'autre ouverture qu'une fenêtre étroite où Jacques n'aurait pas pu passer la tête et la porte était solidement close. Ils étaient pris comme des rats dans une ratière.

Phémie regardait son homme d'un œil hébété et brûlait d'envie de lui adresser une question, mais il lui dit brusquement :

— Tais-toi et reste là.

Elle alla s'asseoir sur le plat-bord du bateau et elle ne bougea plus.

Alors *Pain-de-Blanc* leva la trappe de l'écoutille et se glissa dans la cale où il avait déposé la fameuse cruche.

La naïve géante s'imagina qu'il allait chercher ce vase à deux anses pour faire aux amis la surprise annoncée. Elle fut bien tentée de le suivre afin de l'aider, car elle savait qu'il ne brillait pas par la force musculaire et elle était en tout temps disposée à lui prêter l'appui de son robuste bras pour lui épargner une fatigue. Mais elle était clouée à sa place par l'ordre qu'il venait de lui donner et aussi par une espèce de terreur vague. La nuit, la tempête, le clapotement de l'eau, la figure menaçante d'Arthur, tout cela lui faisait peur.

Elle n'était pourtant pas nerveuse, cette vaillante Phémie qui luttait au besoin dans les foires avec les sapeurs de bonne volonté et qui en avait *tombé* plus d'un; mais elle avait le pressentiment qu'il allait se passer quelque chose d'effrayant.

Et de fait *Pain-de-Blanc* ménageait à ses complices une surprise qui n'était pas du tout du genre bachique. Le drôle connaissait les détours de la cale du *Barbillon* pour l'avoir souvent habitée, les nuits où il n'avait pas six sous pour se payer un matelas dans un garni et où il pleuvait trop pour qu'il eût envie de coucher dans les fours à plâtre des buttes Chaumont. Il sut donc parfaitement se diriger sans lumière à travers les ballots de toute espèce entassés dans ses profondeurs.

Il y avait là les marchandises les plus variées, car le recéleur de la rue Traversière acceptait tout ce que lui apportaient les voleurs qui composaient sa clientèle, les tuyaux de plomb et les boutons de sonnette de cuivre arrachés par les rôdeurs nocturnes, les habits enlevés aux étalages, et les caisses de quincaillerie dérobées sur les camions. Tout ce butin venait s'entasser dans le magasin du *fourgat* et s'écoulait trois ou quatre fois par an dans la bonne ville de Rouen, où le père Machin avait un correspondant aussi peu scrupuleux que lui.

Pour se débarrasser sans risque de ses produits mal acquis, il avait acheté au rabais le *Barbillon*, vieux bachot hors de service; il y avait mis un équipage de bandits recruté parmi les *carapatas* les plus mal famés, et il le frétait périodiquement pour la capitale de la Normandie, où il trouvait, grâce à son associé de province, un débouché large et sûr.

Depuis six mois, cet armateur interlope avait confié la conduite de son navire à l'*Époulardeur*, qui redevenait volontiers marin d'eau douce à ses moments perdus et dont il n'avait pas à craindre les indiscrétions.

*Pain-de-Blanc* n'était pas né navigateur, mais il avait bien son prix aussi, surtout pour les rapports d'affaires à entretenir avec le complice rouennais, et Phémie le remplaçait avantageusement quand il fallait manier la perche ou tirer l'aviron. Il s'ennuyait cependant à bord, et, pour tout dire, le métier, quoique assez lucratif, ne lui plaisait pas. Arthur Canoche appréciait par-dessus tout les plaisirs de la capitale. Il ne manquait jamais une première de drame à l'Ambigu, et préférait à la plus belle forêt les arbres en toile peinte des féeries de la Gaîté. Aussi l'espoir de revenir un jour habiter Paris n'avait-il pas peu contribué à lui inspirer le dessein qu'il ruminait en ce moment. Il se disait que tout s'oublie dans la grande ville, et qu'après quelques années, quelques mois peut-être de vie nomade en compagnie de sa femme-phénomène, il pourrait y rentrer sans que personne lui demandât compte de la disparition de M. de Colorado, pas plus qu'on ne l'interrogerait sur le sort de Jacques Crambard et d'Amanda la blonde.

Le moment lui semblait venu d'en finir avec tous

ces gens-là, et c'était dans la louable intention de régler leur compte, comme il disait, qu'il venait de s'introduire dans la cale.

Il commença par s'approcher à pas de loup de la soute où Marcel souffrait mort et passion depuis quatre jours.

Cette prison improvisée était une espèce de cage à poules garnie d'énormes barreaux de bois. Au précédent voyage, elle avait servi à loger un porc volé par l'*Époulardeur* aux environs de Pont-de-l'Arche, et elle semblait avoir été construite tout exprès pour recevoir un captif qu'on se proposait de traiter comme Louis XI traita jadis, dit-on, le cardinal de La Balue.

M. de Colorado, que les bandits y avaient jeté évanoui après sa chute, y recevait plusieurs fois par jour la visite de ses bourreaux qui venaient l'insulter et le menacer en toute sécurité, car le grillage était solide. Ils lui jetaient sa maigre pitance à travers cette clôture à claire-voie et il ne dépendait que d'eux de le tuer à coups de croc sans qu'il pût se défendre. *Pain-de-Blanc* n'avait donc rien à craindre de lui, et cependant il rampait dans l'ombre avec beaucoup de précaution, car il ne voulait pas que Marcel l'aperçût et, en même temps, il était curieux de savoir d'où provenait le bruit qu'il avait entendu de la cabine d'arrière.

Il fut servi à souhait. Le bruit, qui avait cessé un instant, recommença de plus belle, et l'amant de Phémie reconnut, à n'en pas douter, le grince-

ment d'une scie très-fine mordant le bois humide
des barreaux.

— Paraît que j'arrive à temps, pensa-t-il. L'oiseau allait s'envoler. S'il avait filé, nous étions propres ! Quelle brute que ce Jacques ! C'est lui qui a
*barboté* ses poches et il lui a laissé un *surin* à vingt-
cinq lames, de l'herbe à couper le fer, quoi ! Tra-
vaillez donc avec un imbécile de c'te force-là ! Non,
merci, j'en ai assez.

Et il se traîna jusqu'à l'endroit où il avait caché
la cruche, dont il se mit aussitôt en devoir d'enlever le bondon.

Cependant, l'instrument manœuvré par Marcel
grinçait toujours sourdement.

— Oui, dit entre ses dents le frère de Coralie,
scie, mon bonhomme, scie et n'aie pas peur de te
fatiguer. Tu te reposeras tout à l'heure.

Et dès qu'il eut débouché la bonbonne, il commença à s'en servir comme d'un arrosoir, versant
doucement, dans tous les coins de la cale, le liquide
qu'elle contenait. Les marchandises du père Machin en furent entièrement aspergées, et la cage en
eut sa part.

Cette opération faite, *Pain-de-Blanc* se chargea
sans peine du vase aux trois quarts vide et remonta
doucement sur le pont, où il trouva la géante toute
transie de froid et de peur.

On n'entendait plus les vociférations de l'*Époulardeur*, qui devait être ivre-mort, mais la voix
aigre d'*Amanda* chantonnait encore par intervalles

III                                                           8

la stupide ritournelle d'une chanson de matelots de
rivière :

> Tas de *chicards,*
> Tas de *flambards,*
> Les canotiers de la Seine
> Sont bien vus, bien reçus,
> Et dansent partout le *chahut.*

— Chante, ma fille, chante, grommelait Canoche, tu danseras dans cinq minutes.

En même temps il vidait le reste du liquide sur
la porte et sur les parois de la cabine, Phémie regardait sans comprendre.

— T'es donc *toqué* que tu laves le pont avec de
la bonne absinthe ? murmura-t-elle.

— Ça de l'absinthe ! c'est du pétrole, ricana
*Pain-de-Blanc.*

Et saisissant par le bras la femme-colosse, il la
conduisit au bord du bateau, et lui dit d'un ton qui
la fit frissonner des pieds à la tête :

— A terre ! et plus vite que ça.

Phémie, épouvantée, enjamba le bordage et
sauta lourdement sur la berge.

Alors le misérable revint à l'écoutille ouverte,
prit dans son gousset une allumette qu'il frotta sur
la semelle de son soulier, puis il tira un vieux
journal qu'il mit en contact avec le soufre enflam-
mé et qu'il laissa tomber dans la cale.

Une vive lueur éclaira aussitôt les profondeurs
du *Barbillon ;* un cri s'éleva, un cri d'angoisse
suivi presque aussitôt d'un craquement dont *Pain-*

*de-Blanc* ne s'attarda point à rechercher la cause. Ayant mis le feu à sa machine infernale, il ne pensa plus qu'à déguerpir, et il eut tôt fait de rejoindre la géante sur la rive.

— Le tour est fait, dit-il avec un horrible sang-froid, le *carme* est à nous, le *rupin* ne peut plus faire de *potins*, Jacques ne peut plus me casser les reins, Amanda ne peut plus *manger le morceau*. Quand je te disais que je leur fermerais le bec. *Cavalons*-nous.

Il entraîna Phémie, qui sentait ses jambes se dérober sous elle, et ils s'enfuirent à travers champs.

Cependant de rouges clartés illuminaient au loin la campagne ; une immense gerbe de flammes montait vers le ciel noir ; le vieux bateau, arrosé de pétrole, brûlait tout entier comme une boule de résine, et de la cabine d'arrière s'échappaient d'affreux hurlements.

Ce fut court et terrible. Vingt minutes après le commencement de l'incendie, les débris calcinés du *Barbillon* s'engloutissaient dans la Seine, dont les rives étaient redevenues silencieuses.

Le plan d'Arthur Canoche avait réussi.

V

Le lendemain de sa visite au mont-de-piété, dans la matinée, Dominique se promenait tristement dans la serre de l'hôtel de l'Europe en pensant à Marcel.

Il fumait une grosse pipe qui s'éteignait à chaque instant et qu'il oubliait souvent de rallumer. Parfois, il venait s'accouder à la fenêtre qui donnait sur la gare où il avait fait naguère une si terrible culbute, et il suivait d'un œil mélancolique les trains qui se croisaient à ses pieds. Et il se prenait à espérer que l'un de ces trains allait lui ramener l'absent, car, par moments, il s'illusionnait encore au point de croire que Marcel était subitement parti pour le Havre, où il avait un correspondant. Mais ces rêves n'étaient que passagers, et il en revenait bien vite à se convaincre que son malheureux ami ne reparaîtrait jamais, qu'il fût déjà mort ou seulement tombé dans les mains de scélérats qui devaient certainement finir par le tuer.

Car le Canadien ne faisait pas grand fond sur les promesses de Chambras. Accoutumé de longue date à marcher droit au but qu'il poursuivait et à se faire justice lui-même, il ne comprenait pas grand'chose aux rouages compliqués de la machine policière et il s'irritait contre ses lenteurs. Toutes ces difficultés administratives et légales auxquelles il se heurtait à chaque pas, le rebutaient et le décourageaient à ce point, qu'il pensait sérieusement à abandonner la partie et à regagner le Canada.

Paris, qu'il n'avait jamais beaucoup aimé, n'avait plus aucun attrait pour lui depuis qu'il s'y trouvait seul, sans amis, sans relations d'aucune sorte.

A la catastrophe qui le privait de Marcel était venu s'ajouter, pour l'accabler, le malheur arrivé à Savinien et à Cécile. Certes, il ne les croyait pas coupables, mais il désespérait de les tirer de peine, car il ne suffisait pas d'accuser Atkins d'avoir machiné leur perte, il fallait encore convaincre d'imposture ce ténébreux coquin, et la chose ne paraissait pas aisée. C'est pourquoi, ayant eu toute sa vie beaucoup de propension à imiter Alexandre le Grand, qui trancha le nœud gordien au lieu de le dénouer, Dominique se disait que le plus simple

8.

serait encore de provoquer son ancien ennemi le *Yankee*, de le tuer en duel ou autrement, et de partir pour l'Amérique en laissant une forte somme pour doter les fiancés, quand la justice aurait reconnu leur innocence, ce qui ne manquerait pas d'arriver tôt ou tard.

Il était armé de toutes pièces pour remplir ce ministère des bienfaits que M. de Colorado lui avait confié jadis, car sans parler de la part qui lui revenait comme associé dans la fortune de son ami, il pouvait disposer de la totalité des millions déposés chez M. de Gondo, puisqu'il était nanti de la procuration de Marcel. Rien ne l'empêchait donc de les retirer de la caisse du banquier, d'en donner un ou deux au jeune Brévan, de secouer la poussière de ses souliers sur cette ville où il se commettait tant d'iniquités et de regagner au plus vite ses forêts natales.

Les vengeances que le fils de Paul Robinier voulait y exercer sur les persécuteurs de son père intéressaient médiocrement le Canadien. Que lui importaient, à lui, le banqueroutier Carpatz, qui avait dépouillé jadis M. Robinier, Fertugues, le caissier qui l'avait volé, et les bandits qui avaient dévalisé sa boutique? Tous ces gredins devaient avoir depuis longtemps rendu leurs comptes à Dieu ou aux hommes ; s'ils vivaient encore et s'ils couraient le monde, ils étaient introuvables, puisque Chambras n'avait pu recueillir sur eux que des renseignements très-vagues. Le Canadien manquait absolument de vocation pour le métier de justicier, et il était bien résolu à laisser à la police le soin de les punir.

Il y avait cependant à Paris une jeune fille qu'il aurait voulu revoir avant de quitter la France pour toujours. C'était Claire Dortis, la charmante enfant dont Marcel Robinier se proposait de demander la main.

Marcel avait confié ce secret à Dominique quelques heures avant de partir pour ce fatal théâtre des *Variétés*, d'où il n'était pas revenu, et Dominique se disait que la disparition de son ami lui léguait le devoir de se dévouer à Claire. Mais d'abord Claire n'avait pas besoin de sa protection et, de plus, elle le connaissait à peine, ne l'ayant vu qu'une seule fois, le jour où elle était venue chercher M. de Colorado de la part de sa sœur Clotilde.

Néanmoins, il serait allé volontiers lui parler de celui qu'ils aimaient tous deux, la rassurer, la consoler, se mettre à sa disposition et aux ordres de sa mère. Malheureusement, cette visite lui était interdite. Sous quel prétexte se serait-il présenté à l'hôtel du quai de Valmy? Marcel n'avait pas eu le temps de déclarer ses intentions à Claire, encore moins à sa mère. Comment Dominique aurait-il osé aborder madame Dortis, qui ignorait probablement qu'il existât, et lui offrir son amitié au moment où le mari de Clotilde gisait encore sur le lit de douleur où il l'avait couché? Il est admis qu'on peut, après un duel, envoyer prendre des nouvelles d'un adversaire blessé, mais quand on lui a cassé un

bras et logé une balle dans les côtes, il est peu
séant de chercher à s'introduire dans l'intimité de
sa famille. M. Pouliguen, il est vrai, avait fait dire
à son vainqueur qu'il ne lui en voulait pas; il était
peu présumable qu'il eût pardonné aussi à M. de
Colorado.

Le Canadien n'avait jamais su au juste ce qui
s'était passé entre son ami et la femme du capitaine de vaisseau, mais il n'ignorait pas que celui-
ci accusait Marcel de l'avoir indignement trompé.
C'en était bien assez pour qu'il se bornât à la démarche polie qu'il n'avait pas négligé de faire, par
l'intermédiaire d'un valet de pied, dès le lendemain
de la rencontre.

Ainsi, l'unique motif qui aurait pu le retenir en
France n'existant plus, Dominique n'aspirait qu'à
s'embarquer sur un paquebot transatlantique,
aussitôt que le faible espoir qui lui restait de
retrouver Marcel serait définitivement perdu.

L'hôtel de la place de l'Europe lui était devenu
odieux et les gens qui le servaient insupportables.
Toute cette valetaille dont il n'avait que faire lui
déplaisait à l'excès, et il lui tardait de s'en débarrasser.

Quoiqu'il inspirât une terreur salutaire aux domestiques de Marcel, il sentait bien qu'ils devaient
se livrer à toutes sortes de commentaires sur l'é-
trange aventure de leur maître et à mille déplai-
sants et nuisibles bavardages. Il se proposait donc
de faire promptement maison nette, et de commencer par supprimer le crédit ouvert au valet de

chambre déguisé en planteur de la Louisiane.

Il n'avait pas encore eu le temps de lui signifier son congé, mais il était décidé à l'aller trouver le jour même au Grand-Hôtel, afin de lui annoncer que la comédie était finie et de le renvoyer avec une indemnité convenable.

Le remède imaginé par M. de Colorado pour guérir René Dortis avait toujours paru très-risqué au tueur d'ours gris, qui n'entendait rien au jeu des passions parisiennes et qui détestait par-dessus tout les intrigues. D'ailleurs, il ne portait pas à ce jeune fou le moindre intérêt, et peu lui importait qu'il se ruinât ou non pour madame de Marly. Il s'était prêté au désir de Marcel comme on cède à la fantaisie d'un enfant, pour ne pas le contrarier, et parce qu'il n'y attachait aucune importance.

Maintenant que Marcel n'était plus là, le travestissement de maître Pierre, le valet de chambre, n'avait plus de but, et il devenait inutile de lui laisser jouer plus longtemps le rôle du marquis de Mascarille. Tel était du moins l'avis du Canadien qui n'avait jamais lu Molière.

Après avoir longuement réfléchi à toutes les difficultés de la situation que lui faisait l'absence de son ami, Dominique prit le parti de s'habiller et de sortir pour aller mettre ordre à diverses affaires.

Il comptait se présenter d'abord chez le banquier pour lui notifier les pouvoirs qu'il tenait de M. de Colorado, puis passer au Grand-Hôtel afin de s'expliquer avec le faux Jackson et enfin se mettre à la recherche de M. Chambras, qu'il espérait rencontrer à la préfecture de police. Il l'avait quitté brusquement la veille dans la rue des Francs-Bourgeois et il s'étonnait un peu que le sous-chef de la *sûreté* ne lui eût pas donné signe de vie depuis près de vingt-quatre heures.

Chambras, en se séparant de lui, s'était vanté de tenir une bonne piste et il devait avoir quelque chose à lui apprendre. D'ailleurs, il s'était engagé à ouvrir à Dominique les portes de Mazas et de Saint-Lazare, et celui-ci voulait lui rappeler sa promesse et le prier de l'aboucher sans délai avec Savinien et avec Cécile. Il lui en aurait trop coûté de partir sans les revoir.

Sa toilette fut bientôt expédiée et il ne fit point atteler, ravi qu'il était de l'occasion de courir la ville à pied. Quand le Canadien marchait, il oubliait toujours un peu ses chagrins.

Bien lui en prit, du reste, de n'être pas sorti en voiture, car, au coin de la rue de Rome, il se trouva nez à nez avec M. Chambras.

Le chasseur d'hommes était vêtu comme il l'était la veille pour visiter le mont-de-piété, et dans toute sa personne il ne restait plus trace du comte de Saint-Planchers, consolateur de Valentine. Du reste, il paraissait radieux et il débuta par dire à Dominique :

— Je vous apporte, cher monsieur, d'excellentes nouvelles.

— Marcel est retrouvé? s'écria Dominique.

— Pas encore, malheureusement.

Le Canadien eut un geste de désappointement et murmura :

— Le reste ne m'importe guère.

— Je croyais que vous vous intéressiez beaucoup à ce jeune caissier, reprit Chambras.

— C'est donc de lui qu'il s'agit?

— Oui, et de l'ouvrière qu'il veut épouser.

— Oh! alors, parlez, je vous en prie... Ces pauvres enfants... justement, j'allais passer chez vous pour vous demander de me conduire près d'eux. Vous savez que vous me l'avez promis.

— Et je n'oublie jamais ce que je promets, soyez tranquille. Vous les verrez tous deux et peut-être plus tôt que vous ne le pensez.

— Auriez-vous obtenu qu'on les mît en liberté?

— Nous n'en sommes pas là; mais je ne désespère pas d'y arriver, car j'ai maintenant de fortes raisons de croire à leur innocence.

— Alors, qu'attendez-vous? Pourquoi les retient-on en prison, si on a la preuve qu'ils ne sont pas coupables?

— La preuve, non. Il n'y a encore que des présomptions en leur faveur et ce n'est pas tout à fait la même chose. Mais cette preuve, nous l'aurons peut-être aujourd'hui même; et, si vous n'avez rien de mieux à faire de votre journée, je vous propose de m'accompagner dans certains endroits où vous apprendrez des choses curieuses.

— Oh! bien volontiers; j'allais au Grand-Hôtel,

de là chez M. de Gondo, et ensuite je me proposais de passer chez vous.

— Alors, cela se trouve à merveille ; nous allons, si vous le voulez bien, prendre une voiture, car nos courses seront longues, mais je vous réponds qu'elle ne vous ennuieront pas.

Dominique soupira. Il avait rêvé de faire quelques lieues à pied avant le dîner, et la perspective de se confiner dans un fiacre ne lui souriait guère. Pourtant, il n'osa pas réclamer de peur de contrarier M. Chambras, qui avait déjà hélé un cocher conduisant un coupé vide.

— A propos de M. de Gondo, dit le sous-chef de la *sûreté*, quand ils furent montés dans la voiture, savez-vous les bruits qui courent sur lui ?

— Où diable voulez-vous que je les aie appris ? grommela le Canadien. Depuis mon affaire avec le commandant, je n'ai parlé à personne qu'à vous.

— Eh bien, on dit qu'il vient de perdre à la Bourse des sommes énormes.

— Ça m'est tout à fait égal, dit Dominique en haussant les épaules.

— Pardon, mais M. de Colorado n'a-t-il pas ses fonds déposés chez le baron ?

— Sans doute.

— Alors, il est doublement regrettable que votre ami n'ait pas encore été retrouvé ; car, s'il était ici, je lui donnerais le conseil de retirer son argent le plus tôt possible.

— Ce qu'il ferait, je puis le faire à sa place.

— Comment cela ?

— Marcel m'a laissé une procuration nota-
riée.

— C'est vrai, j'avais oublié que vous me l'aviez
dit hier, au mont-de-piété. Alors, il ne tient qu'à
vous de sauver les millions de M. de Colorado
et les vôtres, peut-être, car vous êtes associés, je
crois?

— Oui, de fait. Nous n'avons rien écrit, mais
c'est entendu entre nous.

— Ce serait insuffisant devant un tribunal de
commerce, dit M. Chambras en souriant de cette
façon naïve de régler la communauté d'une immense fortune ; mais, puisque vous avez les pouvoirs de votre ami, vous ferez sagement d'en user.
Aujourd'hui vous aurez de l'occupation ; mais dès
demain, si vous m'en croyez, nous irons faire ensemble une visite à M. de Gondo. Vous le prévien-
drez que vous voulez reprendre vos fonds, et moi
j'aurai avec lui un entretien auquel il est bon que
vous assistiez.

— Alors, vous pensez que ce Gondo va faire
faillite?

— C'est à craindre, à moins que la chance ne lui
revienne, car il continue, dit-on, à spéculer sur
une grande échelle.

— S'il se ruine, ce sera un châtiment du ciel. Ce
baron est un coquin.

— Je puis vous apprendre que M. de Mariposa
va épouser sa fille.

— Quand je vous disais que ces deux bandits
s'entendaient! Qui se ressemble s'assemble. Soyez

sûr qu'ils se sont concertés pour faire assassiner Marcel et emprisonner Savinien.

— Vous allez un peu loin. Je crois qu'ils ne sont pour rien dans la disparition de M. de Colorado. Mais j'ai aussi des raisons de penser que l'Américain n'est pas étranger à l'arrestation du jeune Brévan.

— C'est cela! il aura acheté le commissaire, soudoyé les agents...

— Ces choses-là ne se passent que de l'autre côté de l'Océan, mon cher monsieur, interrompit Chambras un peu piqué. Le commissaire et les agents n'ont fait que leur devoir, mais je soupçonne que le Mariposa a pu corrompre d'autres personnes. J'en ai appris très-long sur son compte, depuis hier.

— Vraiment? qui vous a dit...

— J'ai beaucoup causé avec une certaine Valentine, une soi-disant artiste dramatique, à laquelle il vient de retirer sa protection pour épouser mademoiselle de Gondo. Cette jeune personne est furieuse d'avoir été plantée là et elle a bien voulu me signaler certaines accointances suspectes de M. de Mariposa. Ces petites dames du demi-monde sont véritablement précieuses pour faire pincer les coupables. On a bien tort de les traiter de grues... à moins que ce ne soit en souvenir des grues d'Ibycus.

— Ibycus! répéta le Canadien, qui n'était pas de la force de M. Chambras en histoire grecque.

C'est une anecdote un peu ancienne. Un vol

de grues qui fut cause jadis que les assassins d'un certain Ibycus se dénoncèrent eux-mêmes. Mademoiselle Valentine a certainement quelque parenté avec ces oiseaux-là.

— Mais enfin, que vous a-t-elle révélé sur ce scélérat d'Atkins ?

— Vous allez le savoir, car nous voici arrivés.

Le fiacre venait de s'arrêter devant la porte d'une allée, dans une rue étroite et sombre, que Dominique ne connaissait pas, car il n'était jamais venu chez Cécile, et M. Chambras l'avait amené devant la maison habitée par l'ouvrière jusqu'à la catastrophe de l'avant-veille.

Le sous-chef de la *sûreté* descendit, pria le Canadien de le suivre et s'engagea dans l'escalier en homme qui sait parfaitement où il va. Au second palier, il s'arrêta devant une porte entre-bâillée, — madame Alexis n'avait pas perdu l'habitude d'espionner les gens qui montaient aux étages supérieurs, — et il entra sans frapper.

Dominique entra après lui et vit une grosse femme assise devant une table chargée d'objets hétéroclites et occupée à plier des dentelles anciennes. Elle se leva en les apercevant et ouvrit la bouche pour leur demander en termes peu parlementaires de quel droit ils envahissaient son domicile sans avertissement préalable, mais elle vit tout de suite qu'elle avait affaire à des gens convenablement vêtus, et sa physionomie se radoucit aussitôt.

— Ces messieurs viennent pour acheter ? demanda-t-elle de l'air obséquieux et insinuant qu'elle savait prendre quand elle flairait de bonnes pratiques.

— Non, dit Chambras en la regardant bien en face, nous venons pour vendre.

— Ça peut se faire, répliqua la rèvendeuse d'un ton moins engageant. Qu'est-ce que vous avez à *bazarder*?

— Une *reconnaissance*.

— Voyons-la.

Chambras tira de sa poche un papier de couleur verte et le tendit à la marchande. A peine y eut-elle jeté les yeux qu'elle fit un mouvement de surprise.

— Qu'est-ce que ça veut dire? grommela madame Alexis en détachant à son interlocuteur un coup d'œil soupçonneux; j'ai vendu cette *reconnaissance*-là ce matin.

— Oui, au père Salomon, de la rue Vieille-du-Temple.

— Et il vous l'a recédée en gagnant dessus, le vieux *ioutre*?

— Je l'ai payée cent francs.

— Alors, papa, vous n'êtes pas malin, s'écria la brocanteuse qui avait déjà retrouvé son aplomb; elle n'en vaut pas trente, et, si vous croyez que je vas vous faire gagner sur votre marché! ah *ben*, non, pas si bête!

— Je l'ai achetée cent francs parce que c'était celle-là et pas une autre.

— Comprends pas.

— Parce que celui qui vous l'a vendue est un voleur, peut-être un assassin.

— Allons donc !... des bêtises ! balbutia madame Alexis tout interloquée.

— Et parce que c'est une pièce de conviction qui me servira à le retrouver, reprit froidement Chambras.

— Comment ! vous êtes donc...

Chambras ouvrit son portefeuille et fit voir à la revendeuse un petit carton d'une forme particulière.

— Excusez-moi, monsieur l'inspecteur, s'écria la tante de Coralie, je ne savais pas... si vous m'aviez dit tout de suite que vous *en étiez*, je vous aurais répondu autrement.

Elle avait reconnu sur-le-champ ce passe-partout que les agents de la *sûreté* portent toujours sur eux, et, quoi qu'elle fît pour dominer son émotion, elle réussissait assez mal à la dissimuler.

— Que m'auriez-vous répondu ? demanda Chambras imperturbable.

— Que je ne connais pas l'individu qui m'a apporté ce malheureux papier... mais je suis en règle... je peux vous montrer mes livres...

— Nous verrons cela tout à l'heure. Maintenant, j'ai autre chose à vous demander.

— Tout ce que vous voudrez, monsieur l'inspecteur. Je suis une honnête femme, moi. Il y a vingt ans que je suis connue à l'hôtel Drouot et au grand Mont, et personne ne dira que je lui ai seulement fait tort d'un sou. Je peux marcher le front levé, je ne crains rien.

— Je vous crois, mais pourriez-vous me donner des renseignements sur une ouvrière fleuriste qui habitait dans votre maison, au sixième, et qu'on a arrêtée avant-hier, parce qu'on a trouvé cent mille francs cachés *dans son armoire à glace?*

— Je crois bien que je peux vous en donner des renseignements, monsieur l'inspecteur, s'écria madame Alexis tout à fait rassurée. La petite Cécile, du sixième... je ne connais que ça. Une chipiè, une pas grand'chose ! Ah ! c'est pas dommage qu'on l'a *collée* à Saint-Lazare. Il y a longtemps qu'elle aurait dû y pincer de la guitare aux barreaux. Faisait-elle assez sa madame, c'te sucrée-là avec son caissier que, soi-disant, elle devait épouser ! Paraît que c'est ce gueux-là qui les a volés les cent mille francs.

— C'est probable, puisqu'il fréquentait cette fille.

Le Canadien, que madame Alexis prenait sans doute pour un agent subalterne, le Canadien bondit d'indignation en entendant Chambras qualifier ainsi sa chère Cécile, et il allait certainement réclamer tout haut, mais Chambras, d'un regard éloquent, lui imposa silence et reprit :

— C'est même certain, puisqu'on a retrouvé les billets de banque dans l'armoire à glace de la fleuriste.

— Faites excuse, monsieur l'inspecteur, dit la revendeuse, c'est pas dans une armoire à glace qu'elle les avait cachés, la coquine, vu qu'en fait de glace elle n'a jamais eu qu'un miroir de trente

sous; c'est dans son lit, sous son traversin. Maintenant, si vous voulez que je vous dise comment le
tour s'est joué, c'est bien facile. Son amant est venu
de bon matin, le lendemain du jour où il a eu fait
le coup, et...

— Assez ! je sais ce que je voulais savoir, interrompit Chambras d'un ton qui fit pâlir la tante de
*Pain-de-Blanc*. Vous coucherez ce soir au Dépôt,
ma grosse mère.

— Moi ! murmura madame Alexis d'une voix
étranglée. Qu'est-ce que j'ai fait pour ça, mon
Dieu ?

— Je vous le dirai quand vous m'aurez dit comment vous avez deviné que les billets étaient sous
le traversin.

— Mais, je... je croyais...

— Ce n'est pas le commissaire qui vous l'a raconté, ni l'agent non plus. Ils vous ont vue faire le
guet à votre fenêtre, mais ils ne vous ont pas
parlé.

— Monsieur l'inspecteur, c'est... c'est une supposition... on racontait ça dans le quartier.

— Vous mentez. Personne dans le quartier n'a
su comment l'affaire s'est passée, puisque personne n'assistait à la perquisition.

— Mais c'est si naturel... la petite n'a pas d'armoire à glace, c'est connu... alors, j'ai pensé au
lit... c'est pas un crime, si je me suis trompée.

— Vous ne vous êtes pas trompée et vous ne
pouviez pas vous tromper, car c'est vous qui avez
mis les cent mille francs là où on les a trouvés.

— Où *que* je les aurais pris, Seigneur ! s'écria la revendeuse en riant d'un rire forcé. Si je les avais jamais eus une fois dans ma pauv' vie, je me serais pas amusée à jouer à cache-cache avec, au lieu de les placer sur l'État ou sur la Ville. Allez, monsieur l'inspecteur, cent mille francs et moi, nous n'avons jamais passé par la même porte, comme on dit. C'est malheureux, mais c'est comme ça.

Chambras laissait couler tout ce verbiage, comme un chasseur laisse filer une perdrix pour la tirer à bonne portée.

— Y a-t-il longtemps que vous n'avez vu M. de Mariposa ? demanda-t-il tout à coup.

Le coup toucha juste et madame Alexis, qui ne ressemblait pourtant guère à une perdrix, faillit tomber, ni plus ni moins que si le plomb l'eût frappée en plein corps.

— Qué que c'est que ça, Mariposa ? demanda-t-elle en s'efforçant de ricaner. Ça va-t-il sur l'eau ? C'est-il un homme ou une jument de course ?

— C'est le protecteur de mademoiselle Valentine, des Variétés, que vous fournissez à crédit depuis trois ans.

— Ah ! il n'y a pas qu'elle, allez ! si vous saviez ce qu'elles me doivent, les artistes, et les plus huppées encore ! Toutes mauvaises payes, monsieur l'inspecteur. Avec elles, il n'y a que de l'eau à boire.

— Possible, mais avec les Américains c'est une autre affaire. Celui de Valentine vous donne cinq cents francs par mois.

— Oh ! si on peut dire ! Et pour quoi faire, mon Dieu ! qu'il me donnerait cinq cents francs par mois, ce vilain *caliborgne* ?

— Tiens ! je croyais que vous ne le connaissiez pas.

— Je l'ai vu chez Valentine, ça, c'est vrai. Quand vous avez dit son nom, je ne me suis pas rappelé d'abord. Mais c'est pas une raison pour soutenir qu'il m'entretenait. Je suis une honnête femme, moi ; je porte pas des diamants aux oreilles comme sa Valentine, même qu'elle me les doit encore ; et jamais on n'a jasé sur moi, ni du vivant de défunt Alexis, ni depuis que je suis veuve... Et si j'avais envie de prendre un amoureux, c'est pas cet orang-outang-là que je choisirais, avec sa barbe de bouc et son œil à la coque.

La revendeuse essayait d'une diversion, mais M. Chambras ne s'y laissa pas prendre, et, en vérité, personne n'aurait imaginé que cette quadragénaire massive fût capable d'inspirer une passion illicite à un *Yankee* millionnaire.

Dominique suivait avec une attention fiévreuse toutes les péripéties du duel engagé entre le sous-chef de la *sûreté* et madame Alexis. Il tressaillait à chaque botte bien poussée par Chambras, et il lui semblait que le voile qui cachait les infamies d'Atkins se levait peu à peu.

— Les cinq cents francs par mois étaient pour espionner la fleuriste du sixième, reprit l'habile jouteur.

— Il ne l'a jamais vue de sa vie, s'écria la bro-

9.

canteuse sans s'apercevoir qu'elle s'enferrait encore. Pourquoi donc qu'il l'aurait surveillée?

— Pour savoir à quel moment il pourrait la faire
accuser injustement d'un vol. Vous n'avez pas besoin de me le demander, vous êtes fixée là-dessus,
puisqu'en sus de vos appointements vous avez touché une prime hier, et vous l'aviez gagnée en portant les billets de banque là-haut.

— Est-il capable de vous avoir conté des horreurs
pareilles! Non! c'est pas Dieu possible! Après ça,
ces *Goddem* du pays des singes, c'est si traître
qu'il peut bien avoir inventé des abominations sur
mon compte.

— Ce n'est pas lui qui m'a dit que vous étiez à
sa solde, c'est Valentine.

— Ah! la *poison!*

Ce cri du cœur échappa à madame Alexis, qui
essaya aussitôt de l'expliquer.

— Excusez-moi si j'ai lâché le mot, monsieur
l'inspecteur. Dame! vous comprenez, ça me tourne
les sangs d'apprendre que Valentine cherche à me
faire du tort. Une fille que j'ai lancée! Quand je
l'ai connue, elle n'avait seulement pas de bottines
à se mettre aux pieds et elle devait vingt-sept francs
à sa blanchisseuse, que c'est moi qui lui ai avancé
de quoi la payer, qui l'ai habillée, chaussée... et
tout.

— En effet, il faut qu'elle soit bien ingrate, dit
tranquillement Chambras, car, ce matin, elle m'a
tout raconté. Elle m'a appris que, depuis quelques
semaines, vous étiez à la solde de son amant et qu'il

vient de vous congédier, parce que son but était
atteint. Il l'a, du reste, renvoyée aussi, et...

— Il l'a *lâchée !* s'écria la revendeuse emportée
par la colère ; c'est bien fait, elle n'a que ce qu'elle
mérite, la gueuse.

— A chacun selon ses œuvres, en effet. M. de
Mariposa s'est débarrassé d'une femme qui se
moquait de lui ; c'est pour mademoiselle Valentine une punition suffisante ; mais vous n'en serez
pas quitte à si bon marché.

— Ah ! mon Dieu, qu'est-ce qu'on peut me faire ?

— On vous dira ça demain dans le cabinet du
juge d'instruction.

— Mais, monsieur l'inspecteur, c'est pas juste...
pourquoi donc qu'on m'arrêterait pour des *mani-
gances* d'un Américain... et qu'on ne lui dirait rien
à lui ?

— Qu'en savez-vous ?

— A la bonne heure ! arrêtez-le, mettez-le en
prison, faites-le condamner aux galères... et Valentine aussi... c'est pas moi qu'y trouverai à reprendre... Mais je peux pas répondre pour eux...
est-ce que c'est de ma faute s'il en voulait à la
petite ou à son amoureux ? J'ai jamais rien compris à ces histoires-là. D'abord, moi, je ne me mêle
que de mon commerce.

— Votre commerce ne consiste pas à vous charger de certaines commissions...

— Tout de même, répondit impudemment madame Alexis, qui venait de se décider à changer ses
batteries. Quand il y a de l'argent à gagner, je ne

boude jamais... pourvu que ça soit permis par la loi... et ça ne se trouve pas dans le code, l'article qui défend de donner des renseignements sur une voisine.

— Ainsi, vous avouez que vous espionniez la vôtre ?

— Mettez que j'aurais conté à l'Américain ce que faisait la fleuriste, ça ne prouverait pas que je lui aurais joué le tour de cacher de l'argent dans son lit. Je la voyais passer tous les jours, c'est vrai, et je rencontrais souvent son amoureux dans l'escalier, même qu'il me regardait en chien de faïence, mais je n'ai jamais mis les pieds chez elle, ni elle chez moi.

— En êtes-vous bien sûre ?

— Pardine ! je *reste* au second, comme vous voyez, monsieur l'inspecteur, et elle perche au sixième au-dessus de l'entre-sol. J'allais pas perdre mon temps à grimper jusqu'à son taudion ! Quoi que j'y aurais été *fiche*, je vous demande un peu ? Il n'y avait pas de danger qu'elle m'achète des robes ou des bijoux, vu qu'elle n'avait pas le sou et que son gringalet d'employé ne lui donnait pas un radis.

— Oh ! je pense bien que vous n'avez pas choisi, pour faire le coup, le moment où elle était dans sa chambre.

— Et quand elle n'y était pas, avec quoi donc que j'y serais entrée ? Ah ! elle avait *ben* soin de fermer sa porte quand elle sortait, allez ! C'est pas une sans soin, c'te petite-là.

Chambras, au lieu de répondre, prit une clef qui se trouvait sur la table de madame Alexis, parmi les cartons à dentelles et les boîtes à bijoux, une clef toute neuve et n'ayant presque pas servi, car elle était encore brillante et polie, comme si elle venait de sortir des mains du serrurier qui l'avait fabriquée.

Chambras jouait négligemment avec cette clef neuve, en regardant madame Alexis, qui pâlissait à vue d'œil.

Dominique était radieux. Il comprenait que le dénoûment approchait, et il aurait volontiers embrassé l'habile tacticien dont les manœuvres avaient acculé la revendeuse, en dépit de ses dénégations, à un aveu décisif.

— Je parierais, dit le sous-chef de la *sûreté*, que cette clef doit aller à la serrure de la chambre du sixième.

— Je... je ne sais pas, balbutia la marchande à la toilette.

— Vraiment, vous ne savez pas ? Eh bien, c'est un essai à faire, et je m'en charge. Vous allez monter avec nous, car je tiens à ne pas vous quitter, et, si ce passe-partout ouvre la porte de votre voisine, vous conviendrez, je pense, que vous avez pu entrer chez elle.

— Monsieur l'inspecteur, je vous jure sur la tombe de ma mère...

— Nous saurons ensuite où vous l'avez fait fabriquer, cette clef. C'est important, car ce que vous avez fait là, c'est tout bonnement du *carou-*

*blage*, et j'ai connu des femmes qui sont allées à la *centrale* pour moins que ça.

Madame Alexis était pâle. Elle devint verte.

— Allons, reprit Chambras, suivez-moi là-haut, en attendant que je vous emmène là-bas.

Cette fois, la revendeuse n'y tint plus. Elle tomba à genoux, ni plus ni moins qu'une héroïne de mélodrame, et s'écria d'une voix mouillée de larmes :

— Grâce, monsieur l'inspecteur, grâce! je vais tout vous dire.

— A la bonne heure ! je savais bien que vous finiriez par entendre raison. Contez-moi votre affaire.

— Et..... vous ne m'enverrez pas à la préfecture ?

— Non, si vous êtes franche ; mais on ne me met pas dedans, moi ; je connais les couleurs. Au premier mensonge, je vous arrête net, et l'explication se terminera au *Dépôt*. Et puis, pas de scènes, hein ? Nous ne sommes pas venus ici pour voir jouer *la Grâce de Dieu*. Remettez-vous sur vos pattes et causons tranquillement, si c'est possible.

Madame Alexis comprit que les poses théâtrales ne lui serviraient à rien avec un homme blasé par état sur les effets dramatiques. Elle se releva, non sans peine, car son embonpoint nuisait beaucoup à son agilité, et elle murmura tout essoufflée :

— C'est l'Américain, c'est ce gredin-là qui a fait le coup.

— Vous voulez dire qu'il vous a payée pour le faire, rectifia Chambras. Combien vous a-t-il donné pour cacher les billets de banque sous le traversin ?

— Deux malheureux billets de mille francs, le ladre.

— C'est peu, en effet, car enfin vous auriez pu garder les cent mille.

— Oh ! ça ne tenait qu'à moi, mais on est honnête... et voilà comme on vous récompense.

— C'est de l'ingratitude ou je ne m'y connais pas, dit ironiquement Chambras. Maintenant, j'ai besoin de savoir quel jour et de quelle façon la somme vous a été remise.

— Mardi soir, monsieur l'inspecteur, mardi entre onze heures et minuit, même que j'étais couchée depuis longtemps, et *je tapais de l'œil*, fallait voir, quand j'ai entendu carillonner à ma porte. Pour lors j'ai allumé une chandelle et j'ai regardé par mon judas, parce que je n'ouvre pas comme ça la nuit, *rapport* aux voleurs. Qu'est-ce que je vois ? mon borgne de *goddem* avec sa figure de pain d'épice.

— Comment était-il habillé ?

— Oh ! sur son trente-et-un. Cravate blanche, habit noir, bottes vernies. Pour sûr, il sortait de soirée. Faut-il qu'il ait du vice de venir faire des affaires pareilles après un bal, au lieu de s'en aller souper avec sa margot de Valentine.

Dominique piétinait d'impatience. Il ne comprenait pas pourquoi M. Chambras s'amusait à entrer

dans des détails qui lui paraissaient tout à fait su-
perflus. Mais celui-ci lui décocha un coup d'œil si
expressif qu'il se dit :

— Il a peut-être ses raisons pour bavarder ainsi.

— Très-bien. Continuez, reprit le sous-chef de
la *sûreté*.

— Pour lors, il m'a remis le paquet. Il l'avait
dans sa poche avec sa boîte où il met ses *chiques*...
car il *chique*, le sauvage !... J'aurais pas cru que
cent mille francs, ça tenait si peu de place...
Dame ! vous comprenez, j'en avais jamais vu
autant....

— Au fait ! quels ordres vous a-t-il donnés?

— L'ordre de guetter le moment où la petite
sortirait et de monter chez elle avec les papiers
bleus, dès qu'elle aurait tourné le coin de la rue
Albouy. Et croiriez-vous, monsieur l'inspecteur,
que ce monstre-là n'a pas voulu décamper de chez
moi jusqu'à temps que le tour soit joué... à
preuve qu'il m'a empoisonnée toute la nuit en fumant des cigares gros comme des asperges et que
ça empeste encore le tabac ici.

— Il se défiait de vous, c'est clair, et il me paraît que vous n'avez pas eu grand mérite à ne
pas le voler. Maintenant, à quel moment avez-vous
opéré?

— L'amoureux est venu, le matin, sur le coup
de huit heures; il est resté à peu près dix minutes chez la fleuriste et il est redescendu avec elle.
Alors le gueux d'Américain m'a dit : V'là l'instant!... et j'y ai été.

— Vous aviez donc fait faire d'avance la fausse clef?

— C'est lui qui l'a fait faire, le scélérat.

— Sur des empreintes à la cire molle que vous aviez prises vous-même, n'est-ce pas?

Madame Alexis se tut, mais son silence était un aveu.

— Vous êtes revenue lui dire que l'argent était caché, il vous a payée et il est parti...

— Oui, et, avant de s'en aller, voulait-il pas me fouiller? rien que ça de méfiance! Ah! je l'ai relevé comme il faut, le vieux macaque! Il l'a bien vu, depuis, que j'étais une honnête femme, incapable de le *flouer*.

— Fort honnête, en effet. Grâce à vous et à lui, votre voisine et le jeune homme qu'elle doit épouser sont en prison.

Madame Alexis baissa le nez et murmura :

— Vous m'avez promis qu'on ne me ferait rien.

— Si vos aveux étaient complets, oui; mais nous ne sommes pas au bout.

— J'ai tout dit, monsieur l'inspecteur, aussi vrai que l'Américain est un chenapan.

— Pardon, il me faut encore le nom de celui qui vous a vendu la *reconnaissance*.

La brocanteuse tressaillit et se mit à réfléchir. Évidemment elle pesait le danger d'un refus de répondre et les inconvénients qui pourraient résulter pour elle d'une confession sans réserves.

— Tant pis! s'écria-t-elle après une courte mé-

ditation ; ce saripant-là me ferait arriver de la
peine... je le lâche. Il a beau être mon neveu, ça
n'y fait rien... j'ai pas envie de pâtir pour ma famille... avec ça que je n'en ai jamais eu que du
désagrément... et puis, je l'ai assez averti... fallait
pas *qu'y aille*...Oui, monsieur l'inspecteur, il m'est
*déboulé* ici mardi, le propre à rien. En v'là une de
journée... l'après-midi, mon neveu ; le soir, l'A-
méricain...

— Et nous disons qu'il s'appelle , ce joli
neveu ?

— Canoche, monsieur l'inspecteur, Arthur Canoche, fils de défunt mon frère qu'était établi tripier, rue Galande. Ah! il nous en a fait du chagrin, ce *fainiant*-là, à moi et à sa sœur... S'il attrape dix ou quinze ans de *pré*, allez! c'est pas nous
qui irons le chercher à Cayenne.

—L'adresse de cette sœur? interrompit M. Chambras

— Sa sœur ! elle en a honte. Pensez donc ! une
femme si comme il faut, qu'a chevaux , voiture et
tout, et qui ne reçoit que des hommes du grand
monde... *Mame* de Marly...

— Rue de Castellane ?

— Tiens ! vous la connaissez ?

— Je les connais toutes. Qu'est-ce qu'il fait votre
Canoche ?

— Tous les métiers, excepté les bons. Il a *gouapé*
toute sa chienne de vie. Dans les temps il vendait
des contre-marques à la porte des *bouis-bouis* du
boulevard du Temple... et puis, il s'est fourré dans

les *carapatas*, sous prétexte qu'il aimait la marine et qu'étant *moutard* il voulaît être mousse.

— Bon ! où demeure-t-il ?

— Ah ! pour ça, monsieur l'inspecteur, j'en ignore. Je le voyais une fois tous les trente-six du mois et j'ai toujours eu dans l'idée qu'il couchait sous les ponts six nuits sur sept. Mais s'il a fait un mauvais coup, je le connais ; il est *fouinard* comme un lièvre, et il y a du temps qu'il a dû passer la barrière.

— Prenez garde. Si vous mentez, je le saurai, et il vous en coûtera cher.

— Quand on devrait me brûler à petit feu, je ne pourrais pas vous en dire plus long, vu que cette canaille d'Arthur ne m'a jamais conté ses affaires.

Chambras regardait la brocanteuse dans le blanc des yeux et il y lut qu'elle disait, à peu de chose près, la vérité.

— Écoutez-moi, reprit-il d'un ton bref. Je veux bien tenir compte de votre franchise et ne pas vous emmener au *Dépôt*.

La figure de madame Alexis s'épanouit.

— Mais c'est à une condition, reprit le sous-chef de la *sûreté*.

— Oh ! tout ce que vous voudrez, monsieur l'inspecteur.

— Vous vous tiendrez à ma disposition jusqu'à nouvel ordre, et quand je vous ferai appeler, vous répéterez tout ce que vous venez de me dire, vous le répéterez sans y changer un mot, soit devant un juge d'instruction, soit devant l'Américain.

— Oh ! si ce n'est que ça ! je ne le ménagerai pas, n'ayez pas peur, et je lui dirai son fait, à son nez et à sa barbe.

— Très-bien. Je vous avertis que votre maison est déjà en surveillance et que je saurai jour par par jour tout ce que vous ferez. Ainsi, marchez droit.

La marchande à la toilette allait protester encore de la pureté de ses intentions, mais Chambras lui imposa silence d'un geste et sortit avec Dominique, sans oublier de mettre la fausse clef dans sa poche. Il descendit rapidement l'escalier, suivi par le Canadien qui ne se sentait pas de joie et qui mourait d'envie de le questionner.

Le fiacre les attendait à la porte et Chambras s'y jeta en criant au cocher :

— A l'hôpital Necker, rue de Sèvres.

— Comment ! s'écria Dominique, nous n'allons pas délivrer Cécile et Savinien ?

— Cela ne tardera pas, je l'espère, répondit Chambras en se frottant les mains.

— Pourquoi pas tout de suite ?

— Eh mais, parce que les ordonnances de non-lieu ne se délivrent pas comme cela, au pied levé. Il faut d'abord que l'innocence des prévenus soit clairement démontrée.

— Ne l'est-elle donc pas par les aveux de cette femme ? que vous faut-il de plus ?

— Nous n'avons pas perdu notre temps chez

madame Alexis, je le sais bien, et je suis à peu près sûr qu'elle n'a pas menti. Mais il faut que je fasse partager cette conviction à un magistrat.

— Et quel magistrat refuserait d'ouvrir les yeux devant l'évidence ?

— Ce qui est évident, c'est que M. de Mariposa est un gredin qui a soudoyé cette vieille coquine pour commettre une action abominable. Je n'ai pas sur ce point l'ombre d'un doute, et je vois même parfaitement comment les choses ont dû se passer.

Le *Yankee* méditait ce coup-là depuis le jour où un premier vol fut commis chez M. de Gondo, il y a environ deux mois. C'est à partir de cette époque qu'il a pris à sa solde la mère Alexis. Il se doutait qu'il y aurait, un jour où l'autre, un nouveau détournement, et il attendait cette occasion pour perdre les protégés de M. de Colorado. Les cent mille francs ont été volés chez le banquier mardi, de trois à quatre ; mardi soir, le Mariposa a dîné chez le baron et il y a naturellement appris la chose. C'est pourquoi, vers minuit, il est tombé chez la revendeuse, habillé comme un homme qui sort du bal. Vous avez dû remarquer que j'ai insisté sur ce point.

— Oui, et maintenant je m'explique pourquoi.

— Les faits s'enchaînent donc très-bien, et tout cela est on ne peut plus clair. Il n'en est pas moins très-difficile de persuader à un juge d'instruction qu'un étranger, bien posé dans le monde, a, pour satisfaire un désir de vengeance presque inexpli-

cable, sacrifié de gaieté de cœur une somme de
cent mille francs. Car n'oubliez pas que cet argent,
étant censé avoir été soustrait à la caisse de M. de
Gondo, lui a été restitué, et que M. de Mariposa
n'en reverra jamais un sou, attendu qu'il se gar-
dera bien de le réclamer.

— Il est riche à je ne sais combien de millions.
Quand il a envie de faire du mal à un ennemi,
cent mille francs ne lui coûtent rien. Il en donnerait le double pour me voir pendre, et vingt fois
plus pour pouvoir assassiner impunément Marcel.

— Je ne dis pas non et je conviens que ce qu'il
a fait là est très Américain. Je crois même que,
s'il épouse mademoiselle de Gondo, c'est en partie
pour se rattraper de ce léger sacrifice. Mais, je
vous le répète, personne, sans preuves certaines,
incontestables, n'admettra qu'un homme paye si
cher le plaisir de nuire à son prochain. Supposez
qu'on fasse comparaître le Mariposa, qu'on l'in-
terroge. Il niera comme un beau diable, il accu-
sera madame Alexis de faux témoignage, en disant
qu'elle a été poussée par Valentine à le calomnier.
Convenez que la chose paraîtra très-plausible. De
plus, il jurera qu'il ne connaît pas du tout la fleuriste et qu'il n'a fait qu'entrevoir une ou deux fois
le sous-caissier. Quel motif aurait-il de leur en
vouloir?

— Je raconterai nos anciennes querelles en Californie, nos batailles dans la Nevada. Je dirai
qu'en France même, à la chasse chez le baron, il
a voulu tuer Marcel.

— La Californie est trop loin pour qu'on y fasse une enquête et, quant à la tentative dont vous parlez, il est à peu près impossible de l'établir. Je sais bien que j'ai la fausse clef, que je parviendrai peut-être à retrouver le serrurier qui l'a fabriquée, et que, si cet homme reconnaît M. de Mariposa pour lui en avoir fait la commande...

— Ce sera une preuve, j'espère.

— Assurément oui ; et, alors, l'affaire de nos jeunes gens prendrait une meilleure tournure. Mais il resterait encore à éclaircir un point capital.

— Lequel ?

— Il faudrait savoir par qui le vol a été commis. Car enfin il y a eu vol. Les cent mille francs du baron ne sont pas sortis tout seuls de sa caisse.

— Qui sait s'il ne s'est pas volé lui-même ?

— Dans quel but ? Et puis il lui aurait fallu mettre trop de gens dans la confidence. Oui, quelqu'un a volé, c'est certain. Qui? C'est ce que je cherche à savoir, et, croyez-moi, c'est ce qu'il faut découvrir pour démontrer l'innocence de vos amis. Si je m'occupais d'abord de l'Américain, je ferais fausse route, car je n'arriverais à rien de positif, tandis que, si je puis trouver le voleur, le reste ira de soi, et M. de Mariposa ne perdra rien pour attendre.

— Je crois que vous avez raison, murmura Dominique, frappé de cette logique. Mais ce voleur ne viendra pas se dénoncer lui-même, et...

— Peut-être, dit Chambras. Dans tous les cas, je vais le serrer de près, car j'ai de fortes raisons de croire qu'il est dans la maison même du baron. Fiez-vous à moi et laissez-moi faire. Pour le moment, si vous le voulez bien, je vais m'occuper de M. de Colorado.

Savez-vous que, pour commencer, j'ai eu la main heureuse. Tomber justement sur la propre tante d'un des brigands qui l'ont dévalisé. Interroger cette brocanteuse sur l'affaire de l'Américain et sur la *reconnaissance* que le père Salomon m'a apportée ce matin, ça s'appelle faire d'une pierre deux coups. Et, à présent que je sais le nom et la profession du neveu de madame Alexis, je tiens le fil et je ne le lâcherai plus. Dès ce soir, je vais commander une râfle générale des *carapatas*.

Dominique le regarda. Il ne comprenait pas ce mot baroque.

— Ce sont des mariniers de contrebande, des écumeurs de rivière, reprit Chambras. Et voyez comme tout se tient. Je supposais que M. de Colorado avait été attiré sur le bord de la Seine. Maintenant, je suis à peu près sûr qu'il est prisonnier dans un bateau, et ce bateau, je vous réponds que je le trouverai.

— Que Dieu vous entende ! soupira le Canadien.

— Je parierais même que le guet-apens a dû être tendu dans les environs du pont d'Austerlitz. Vous vous rappelez que le gamin qui est venu chercher votre ami aux *Variétés* a été repêché sous le quai Henri IV ?

— L'a-t-on reconnu ?

— Non, malheureusement, et il a fallu procéder

à l'inhumation dans les délais réglementaires, mais nous avons le signalement. Pour en revenir à l'autre drôle, imaginez que je connais sa sœur, cette cocotte qui s'intitule madame de Marly ; c'est chez elle que j'ai passé une partie de la nuit et que j'ai rencontré mademoiselle Valentine, qui m'a appris tant de choses intéressantes. M. de Mariposa y était, M. de Gondo fils aussi, et un personnage assez curieux, un Américain du Sud, un M. Jackson qui me fait l'effet d'être né dans les parages de la rue Mouffetard. Il a beau parler anglais, il a un accent auquel je ne me trompe jamais. Je me propose de surveiller ce gaillard-là. Autre coïncidence. La Marly en question est justement la maîtresse du jeune Dortis, le fils du fabricant qui a employé jadis Paul Robinier, et elle le trompe avec ce Jackson.

— Jackson ! mais c'est le valet de chambre de Marcel, s'écria Dominique, celui qui avait remplacé l'autre, le voleur.

— Bah ! au fait, j'aurais dû me douter que cet homme était un domestique. Il a la manie de parler toujours à la troisième personne.

— Oui, Marcel l'a déguisé en gentleman, l'a logé au Grand-Hôtel et lui fait une grosse pension, pour qu'il entretienne cette créature. Il paraît qu'elle ruinait M. Dortis, et Marcel, qui s'intéresse à ce jeune homme...

— A voulu le débarrasser d'elle. Je comprends.

— Une singulière idée qu'il a eue là. Mais je compte mettre fin à cette comédie, et, quand je vous ai rencontré, j'allais justement congédier maître Pierre.

— Gardez-vous-en bien. Sa liaison avec la fille Canoche, dite de Marly, pourra nous servir. Nous saurons par lui si elle revoit son frère.

— C'est juste, murmura le Canadien, qui commençait à perdre la tête au milieu de tous les fils de l'écheveau si embrouillé que M. Chambras déroulait devant lui. D'ailleurs, aujourd'hui, je n'aurais pas le temps de le voir, puisque vous m'emmenez, je crois, à l'autre bout de Paris.

— Oui, rue de Sèvres, à l'hôpital Necker.

— Qu'allons-nous faire là?

— Ah! voilà! un bonheur n'arrive jamais seul. Vous vous rappelez peut-être que, la première fois que j'eus l'honneur de voir M. de Colorado, je lui parlai d'un bandit surnommé l'*Époulardeur?*

— Oui.

— Eh bien, ce bandit que je soupçonne fort d'avoir pris part jadis au vol qui ruina M. Robinier et que je n'avais jamais pu retrouver, je crois que je vais enfin le dénicher.

Cette déclaration laissa Dominique assez indifférent. Il se préoccupait beaucoup plus du sort de Marcel que des gens qui avaient volé M. Robinier.

— Pierre Touillard est *entré dans la musique...* vous savez, l'ancien valet de chambre de M. de Colorado... l'*escarpe* qui voulait nous faire cuire dans le four des buttes Chaumont commence à *chanter* aussi... c'est un vrai concert. J'ai amadoué Touillard en lui faisant servir du café au lait le matin...

il est comme Troppmann, il adore le café au lait ; l'autre, je l'ai décidé à causer en lui laissant espérer que ses révélations pourraient lui valoir une commutation de peine... il sera certainement condamné à mort... Eh bien, ces deux coquins-là m'ont appris beaucoup de choses ; je sais par eux que l'*Époulardeur*, de son vrai nom Jacques Crambard, était le chef d'une bande qui travaille de préférence sur les bords de la Seine ou sur les quais du canal. Il n'y aurait rien d'impossible à ce qu'il eût trempé dans l'affaire de M. de Colorado.

— Et vous savez où est ce misérable ?

— Pas encore, mais je sais où est sa femme, une honnête créature qui était *époulardeuse* à la manufacture de tabacs du Gros-Caillou et que je cherchais inutilement depuis trois mois. Je viens d'apprendre qu'elle est à l'hôpital Necker, malade, presque mourante. Il paraît qu'elle n'a jamais cessé de voir de temps en temps son mari qui venait lui extorquer de l'argent. Elle a été prise de remords et elle a demandé à faire des révélations sur les crimes que Crambard a commis ou qu'il se proposait de commettre. Ces révélations, je vais les recevoir, et j'espère qu'elle me dira où est notre bandit.

VI

Le fiacre qui voiturait Chambras et Dominique traversa le boulevard des Invalides, et, après avoir suivi pendant quelques instants le prolongement de la rue de Sèvres, il ne tarda pas à s'arrêter devant la modeste façade de l'hôpital, fondé en 1776 par M. Necker, qui lui a donné son nom et qui fut ministre du roi Louis XVI.

Ce n'était pas jour de visite, et la porte n'était point assiégée, comme elle l'est le jeudi et le dimanche, par les parents et les amis des malades. Dominique n'eut donc pas le curieux et touchant spectacle de cette foule de braves gens qui, deux fois par semaine, consacrent une heure de leur temps à ceux qui souffrent, une heure prise sur leur travail presque toujours, une heure prise sur leurs plaisirs quelquefois, et ce dernier sacrifice n'est pas le moins méritoire.

Ce Paris où on s'amuse tant, ce Paris où on rit de tout, est une ville étrange. On n'y respecte guère que deux choses tristes, la maladie et la mort. Tout le monde y salue un corbillard qui passe, et de préférence le corbillard du pauvre; chaque fois que les hôpitaux s'ouvrent aux visiteurs, les concierges ont fort à faire pour mettre un peu d'ordre dans la pieuse cohue qui envahit les salles, et surtout pour arrêter au passage les victuailles et les boissons qu'on cherche à introduire en fraude.

Les spiritueux sont impitoyablement proscrits, mais on laisse toujours entrer les fleurs, même celles qui dégagent un parfum trop violent.

Personne ne s'en plaint. Elles réjouissent le cœur des malheureux que la fièvre cloue sur leur triste couchette, loin des champs, loin du soleil, loin de toute cette joie des yeux que Dieu donne chaque printemps aux plus humbles de ses créatures.

L'homme s'attache davantage aux biens qu'il va quitter pour toujours. On a vu plus d'une fois, dans les hôpitaux, un moribond pleurer en regardant un bouquet apporté par une main amie.

M. Chambras se fit reconnaître du portier, qui prit sans doute le Canadien pour un agent subalterne, et leur indiqua le cabinet du directeur.

Ils n'y trouvèrent point ce fonctionnaire, lequel avait été appelé à la *salle de repos*, c'est le nom

10.

qu'on donne dans le langage administratif à l'endroit où on dépose provisoirement les corps des décédés. Ils y séjournent vingt-quatre heures et passent de là dans la salle des morts, où on les met en bière s'ils sont réclamés. S'ils ne le sont pas, ils servent aux études anatomiques, et, dans l'argot des garçons d'amphithéâtre, le cadavre voué à la dissection devient une *falourde*.

Un employé conduisit Dominique et le sous-chef de la *sûreté*, à travers une cour spacieuse et carrée, jusqu'au pavillon affecté à cette destination funèbre, au fond d'une seconde cour assez éloignée des bâtiments occupés par les malades.

— Pourvu que nous n'y trouvions pas celle que nous venons voir, dit Chambras à l'oreille de son compagnon. Je ne me consolerais pas d'être arrivé trop tard.

La salle de repos, dont l'employé leur ouvrit la porte, était une grande pièce pavée dont l'aspect n'avait rien de lugubre. Les dalles où reposaient les corps étaient cachées sous des rideaux. Cela ressemblait à un dortoir. On y respirait pourtant une odeur fade et écœurante qui ne permettait pas de s'y tromper, et qui fit reculer Dominique.

— Le directeur vient de sortir. Il est monté à la salle de garde, dit un infirmier qui achevait de coucher un mort sur la pierre nue.

Il fallut reprendre le chemin du corps de logis principal, et le Canadien n'en fut pas fâché. Cette fois, l'employé leur fit traverser un petit jardin charmant, plein de gazons, de plates-bandes fleuries, de berceaux de clématites, planté de grands arbres et garni de bancs où des malades vêtus de la houppelande grise et coiffés de l'affreux bonnet de coton causaient en fumant leur pipe. On entendait, de l'autre côté d'une palissade, rire et jouer les petits convalescents de l'hôpital des enfants qui est contigu à Necker, dont ce promenoir fait la gloire.

Necker est le plus gai de ces tristes asiles. L'Hôtel-Dieu est sombre comme une vieille maladrerie du moyen âge, la Pitié est délabrée comme une masure qui va s'écrouler, Lariboisière est solennel et froid : c'est le Versailles de l'Assistance publique. La maison bâtie par le Genevois philosophe et philanthrope qui fut le père de madame de Staël est presque riante. Les hommes ne ressemblent pas toujours à leurs œuvres.

En sortant du préau, les visiteurs suivirent un large corridor et montèrent à l'entre-sol, toujours guidés par l'employé, qui poussa une porte peinte en gris.

Dans une petite chambre meublée d'un lit de fer, d'une table de bois noir et d'un poêle de faïence, avec une fontaine de cuivre et de longues pipes de terre accrochées au mur blanc, à côté d'une grande ardoise où s'étalait une indication écrite à la craie, le directeur causait avec un interne en tablier blanc.

Chambras se nomma, exposa brièvement le but de sa visite, et Dominique crut s'apercevoir que l'interne, qui avait entendu, les regardait avec plus de curiosité que de bienveillance. Le directeur hocha la tête et dit, en désignant le Canadien :

— Monsieur *en est* ?

— Monsieur m'accompagne, répondit évasivement le sous-chef de la *sûreté*.

— Très-bien. La femme que vous voulez voir est à la salle Sainte-Eugénie. Vous avez eu raison de venir aujourd'hui, car demain vous ne l'auriez peut-être pas trouvée. Elle est phthisique au dernier degré, n'est-ce pas, monsieur Bernard ? demanda-t-il à l'interne.

— Le numéro 26, hein ? celle qui est entrée d'urgence, il y a trois jours ?

— Oui, elle a été reçue sur une lettre de votre chef de service.

— Bon ! je sais. Elle n'en a pas pour vingt-quatre heures. Ses poumons fondent comme du sucre dans un verre d'eau. Elle a déjà, dans le lobe inférieur du côté droit, une caverne à y fourrer le poing.

— Diable ! il était temps, murmura Chambras.

— Oui, vous ferez bien de vous dépêcher et de la fatiguer le moins possible, grommela l'interne en tournant le dos sans cérémonie.

Au quartier latin, les agents, supérieurs ou non, ne sont pas en odeur de sainteté.

— Venez, messieurs, dit le directeur.

Et ils recommencèrent à suivre des escaliers et des corridors.

Sur un palier, ils virent des femmes qui s'ados-

saient peureusement à la muraille pour laisser
passer deux infirmiers portant les brancards
d'une espèce de malle jaunâtre à couvercle
bombé.

— La *boîte à dominos!* murmuraient les malades
en faisant le signe de la croix.

— Encore une de nos opérées qui s'en va, dit le
directeur. Notre salle de chirurgie n'est pas heureuse ce mois-ci. Nous les perdons toutes. Le mois
passé, on en sauvait quatre sur cinq. Il y a des
veines comme ça.

Dominique ne souffla mot. Il sentait un malaise
indéfinissable. Cette façon dégagée de parler des
pauvres mortes le choquait. La *boîte à dominos* le
révoltait. Chambras enjambait les marches quatre
à quatre pour ne pas se laisser gagner de vitesse
par l'agonie de l'*Époulardeuse.*

Ils arrivèrent bientôt à l'entrée d'une longue
salle éclairée des deux côtés par de hautes fenêtres et garnie d'une double rangée de lits.

Tout était blanc et propre, d'une propreté et
d'une blancheur éclatantes. Le parquet ciré à ou-
trance luisait comme un miroir, les vitres soigneusement lavées étaient claires comme du cristal, les
rideaux étaient frais comme ceux d'une chambre
de jeune fille. La lumière d'une claire journée de
printemps jouait sur les brocs d'étain poli et sur
les chandeliers d'argent d'un petit autel élevé à la
Vierge par les sœurs de Saint-Vincent de Paul.

Il y avait là tant d'ordre, tant de clarté, tant de
paix, la toilette de la souffrance y était si bien

faite, que Dominique n'éprouva d'abord ni horreur ni tristesse. Il se disait qu'après tout, il était plus doux de finir là qu'au pied d'un sapin dans les solitudes désolées de la Nevada.

A droite, en entrant, deux femmes couchées causaient d'un lit à l'autre.

— Dites donc, madame quatre, souffla l'une à voix basse, je crois que votre voisine du six va passer.

— C'est fait, madame deux, répondit l'autre. Il y avait une demi-heure qu'elle ramassait ses draps. C'est fini. Pauvre madame six ! c'est sa petite fille qui aura de la peine quand elle viendra dimanche et qu'elle trouvera une autre figure dans le lit de sa mère.

Dominique regarda madame six ; — à l'hôpital, on s'appelle par son numéro de lit. Il entrevit une tête pâle renversée en arrière, les yeux creux, le nez pincé, la bouche toute grande ouverte.

Une infirmière s'approcha, tira les rideaux des deux côtés de la couchette et enleva la pancarte encadrée au pied du lit dans une planchette de fer, — la feuille de route pour l'autre monde, — où on inscrit l'état civil du malade à son entrée, et qui disparaît avec lui. A l'hôpital, l'agonie est discrète et on meurt sans faire de bruit.

Le Canadien pensa à son père, qu'il avait vu rendre son âme à Dieu, au milieu de ses enfants en larmes ; il entendait encore les sanglots de sa mère ; il se revoyait à genoux auprès du lit, pleurant et priant. Et le silence indifférent qui s'était fait si vite autour de l'abandonnée lui donna froid.

Le directeur s'avançait entre les deux files de couchettes, salué au passage par les filles de service. Quelques malades saisissaient le morceau de bois en forme de manche de vrille qui pend à portée de leur main, au bout d'une forte corde, et se soulevaient à l'aide de ce point d'appui pour regarder curieusement les deux visiteurs étrangers.

Ils arrivèrent bientôt au lit qui portait le numéro 26.

Dans ce lit était couchée une femme d'une pâleur effrayante. Elle avait les yeux caves, les joues creusées par la souffrance, le teint livide d'une morte. Elle vivait encore cependant, car on entendait passer à travers ses lèvres entr'ouvertes un souffle rauque, et on voyait tressaillir son corps amaigri sous le drap qui moulait des formes anguleuses.

Elle dormait de ce sommeil des moribonds, un sommeil troublé par des soubresauts convulsifs, hanté par des rêves terribles. On dirait qu'ils voient déjà ce qu'il y a au delà de la vie et que l'éternité les épouvante.

Le directeur s'approcha doucement et appela la femme par son nom. Elle ouvrit les yeux et les referma presque aussitôt en voyant des figures étrangères. Elle avait compris que ceux qu'elle avait fait appeler étaient là et qu'ils venaient lui demander les révélations promises. Et maintenant, elle tremblait, elle se repentait, la pauvre créature, car ce misérable qu'elle allait dénoncer, elle l'avait aimé, elle l'aimait peut-être encore.

Chambras s'avança doucement, se pencha sur la mourante et lui dit tout bas :

— Pensez à votre enfant.

La femme se souleva péniblement sur son oreiller et murmura :

— Mon enfant!... mon Charles!... il le perdra... il fera de lui un voleur... un assassin...

— Aidez-nous à le sauver, reprit Chambras de sa voix pénétrante.

— Vous voulez que je vous dise où est son père... pour l'arrêter... pour l'envoyer à...

Elle s'arrêta étouffée par l'émotion, et deux grosses larmes coulèrent lentement sur ses joues hâves.

— Ecoutez-moi, ma brave femme, dit le sous-chef de la *sûreté*; je sais tout ce que Jacques Crambard vous a fait; je sais qu'il vous a réduite à la misère, qu'il vous a abandonnée avec un enfant au maillot, que cet enfant, qui a le malheur d'être son fils, a été élevé par vous au prix des plus durs sacrifices, que vous l'avez mis en apprentissage et qu'il sera bientôt en état de gagner honnêtement sa vie, si on peut le soustraire à l'influence de ce misérable qui cherche à le revoir... qui l'a revu, n'est-ce pas?

— Oui, il a osé l'attendre... le soir... à la sortie de l'atelier... lui prendre le peu qu'il avait gagné... il voulait l'emmener... l'associer de force à l'affreuse vie qu'il mène... le pauvre enfant a eu peur... il s'est sauvé... mais Jacques est revenu... il l'a menacé... Charles m'a tout dit... Alors, je suis allée le supplier... je me suis jetée à ses genoux... devant l'ignoble créature qu'il traîne avec lui...

— Il y a une femme! Je m'en doutais, pensa Chambras.

— Il a été impitoyable... il m'a dit qu'il voulait partir... quitter Paris... la France... pour toujours... que son fils était à lui... qu'il l'emmènerait de gré ou de force. Alors... j'ai perdu la tête... mes forces s'en allaient... j'ai été obligée d'entrer à l'hôpital... Ah! si vous saviez ce que je souffre depuis que j'y suis!... Oh! ce n'est pas de mourir... mais l'idée que mon Charles est seul maintenant... sans protection... sans défense contre son père... chaque fois que je le vois, je me dis que c'est peut-être la dernière... Tenez! dimanche... il est venu, le cher petit... il m'a apporté une orange... j'avais bien envie de pleurer et je ne voulais pas... parce que, voyez-vous, il ne sait pas, lui, que je suis condamnée... que je n'ai peut-être pas trois jours à vivre...

— Ne vous mettez pas ces idées-là dans la tête... vous en reviendrez...

— Oh! non, hier encore, j'ai entendu le docteur dire à l'interne... je comprends leurs mots de médecine, maintenant... c'est fini... je voudrais bien pourtant aller jusqu'à lundi... parce que, après demain, dimanche, c'est jour de visite... et je pourrais encore embrasser mon enfant...

Elle s'arrêta, épuisée, et on n'entendit plus que

III                                                        11

le bruit déchirant de sa respiration qui ressemblait
à un râle.

Dominique, le cœur serré, les yeux humides,
étreignait d'une main crispée une des tringles du
lit où agonisait la femme de l'*Epoulardeur*. Chambras lui-même était ému.

— Oui, reprit-il après un silence, votre mari le
perdra, si on ne le lui arrache pas, et vous l'avez
si bien compris, que vous avez réclamé vous-même
l'appui de l'administration, qui peut seule vous
délivrer de Jacques Crambard. Je me suis rendu à
votre appel, mais je dois vous dire que Crambard
nous est signalé, que nous le cherchons, que nous
sommes sur sa trace, et qu'il sera pris tôt ou tard.
Mieux vaut qu'il le soit dès aujourd'hui. Du moins,
il n'aura pas le temps d'entraîner son fils au crime.

— Son fils! et que deviendra-t-il quand son père
aura été jugé... condamné... à mort peut-être?
murmura la moribonde en frissonnant de tout son
corps.

— Crambard, jusqu'à présent, n'est accusé que
de vol... On est sûr qu'il a pris part à l'effraction
de la boutique d'un bijoutier, dans la rue Saint-
Martin... C'est une vieille affaire et il y a prescription... Il a bien été soupçonné aussi d'être complice
d'un meurtre commis sur une vieille femme dans
la rue de Vaugirard, mais les preuves manquent...
seulement, s'il n'a pas encore assassiné, il assassi-
nera certainement un jour ou l'autre... il est sur
le chemin qui mène à la Roquette... il dépend de
vous de l'empêcher d'y arriver.

— Oui... mais... le bagne... Charles sera le fils d'un forçat.

— Crambard sera envoyé à la Nouvelle-Calédonie, à quatre mille lieues d'ici. Personne ne se souviendra de son nom, et votre fils pourra devenir un honnête homme.

— Si je pouvais croire que Charles ne sera pas déshonoré... que la condamnation de son père ne l'empêchera pas de gagner son pain... car c'est là ce qui me tue... penser que mon enfant, ce pauvre cher innocent, sera chassé de partout... que je ne serai plus là pour l'aider... pour veiller sur lui... pour le préserver de la misère et des tentations... Si vous saviez ce que c'est pour un enfant que d'avoir faim... d'avoir froid... et puis, il y a des moments où je me dis que le crime... c'est dans le sang... et que mon fils a du sang de Jacques dans les veines... Ah! si j'étais sûre seulement qu'il aura toujours à manger...

— Je vous le promets, dit une grosse voix étranglée par l'émotion, la voix de Dominique pleurant à chaudes larmes.

La moribonde leva sur lui des yeux où on lisait le doute. Chambras devina sa pensée et lui dit doucement :

— Monsieur n'appartient pas à la police. Monsieur est étranger; il est riche et il peut...

— J'adopte l'enfant, interrompit le Canadien.

— Dites-vous vrai, monsieur? murmura la pauvre femme en joignant les mains.

— Dites-moi où il est; je vais le chercher, je

vous l'amène, et, si vous voulez me le confier, je vous jure par sainte Anne de Québec qu'il ne manquera jamais de rien et que j'en ferai un brave garçon.

— Dieu vous bénira... comme je vous bénis... Charles travaille dans une scierie, rue du Chemin-Vert, 185... Si je pouvais le voir... aujourd'hui... car je sens que je n'irai pas jusqu'à dimanche... je lui dirais...

Le directeur fit un signe à Chambras. Il était accoutumé à voir mourir et il s'apercevait que la malade s'éteignait peu à peu.

— Nous allons vous le ramener, dit le sous-chef de la sûreté. Soyez sans inquiétude, son avenir est assuré, si... vous faites en sorte que nous puissions le délivrer de son père.

La femme de l'*Époulardeur* passa ses mains décharnées sur son front où perlait une sueur froide ; une teinte terreuse montait sur son visage, gagnant peu à peu les joues, puis les tempes, comme le flot terne d'une marée d'hiver s'étend sur le sable. On aurait dit que la main invisible de la mort passait lentement sur cette face pâle et y laissait son empreinte.

— Je vous comprends, murmura la moribonde, vous voulez savoir où est Jacques... je vais vous le dire... Depuis six mois, il couche sur un bateau... près de l'entrée du canal... dans la Seine... contre le quai Henri IV.

Chambras regarda Dominique d'un air qui signifiait : Vous voyez que j'avais deviné.

— Il y était l'autre jour quand il est allé attendre Charles à l'atelier, reprit la femme, si bas, qu'on l'entendait à peine. Il voulait l'y conduire... l'emmener avec lui... car il va partir... conduire le bateau à Rouen... il l'a dit à Charles... le bateau s'appelle le *Barbillon*.

—Ça suffit! nous le trouverons, s'écria Chambras.

— Vous m'avez promis qu'on ne le ferait pas mourir... qu'on l'enverrait... là-bas, au loin... pour qu'il ne revoie plus son fils... et puis, je vous le jure, il n'a pas tué... le vol chez le bijoutier... c'est vrai... il venait de m'abandonner... des scélérats l'avaient entraîné... et depuis... j'ai essayé de le ramener au bien... je n'ai pas pu... mais je suis sûre... j'espère qu'il n'a pas versé le sang... et si je vous ai dit où il est... si je l'ai dénoncé... car je l'ai dénoncé, moi, sa femme... la mère de son enfant... c'est que je ne veux pas que Charles soit le fils d'un assassin...

— Non... non... soyez tranquille, murmura le Canadien qui ne savait plus du tout ce qu'il disait.

— Vous avez promis, répéta la mourante; vous tiendrez votre promesse... Si vous me trompiez... oh! ce serait trop cruel... vous ne voudrez pas que ma dernière pensée soit un remords... Dites-moi encore que vous n'avez pas menti... dites-moi que vous épargnerez Jacques... dites-moi qu'il n'ira pas... à l'échafaud... dites-moi...

La voix s'éteignit dans un spasme suprême, les bras levés retombèrent et se roidirent, les yeux se voilèrent.

Le directeur prit Chambras par le bras et le tira doucement en arrière. Dominique s'était déjà écarté pour pleurer sans qu'on le vît.

Une sœur grise s'approcha, posa un crucifix de bois sur la poitrine de la morte, et s'agenouilla.

— Tiens! dit une femme couchée dans le lit voisin, madame vingt-six qui a fini de *ramasser ses draps*.

Chambras et Dominique sortirent de la salle, précédés par le directeur, qui leur dit avant de descendre l'escalier :

— Vous ne croiriez pas que cela m'a remué !

— Vous n'êtes pas le seul, murmura le sous-chef de la *sûreté*. On fait son devoir, mais on a du cœur.

Le Canadien n'articula pas un mot. Il étouffait.

— Si je ne me trompe, vous êtes arrivé à temps pour remplir votre mission, reprit le directeur.

— Oui, répondit Chambras, et il ne me reste plus qu'à vous remercier, monsieur, de m'en avoir facilité l'accomplissement.

On se salua avec une froideur toute administrative et on se sépara.

— Nous allons chercher cet enfant, n'est-ce pas? demanda Dominique en montant dans le fiacre.

— Oui, dit Chambras, qui donnait ses ordres au cocher, nous y allons... en passant par le quai Henri-IV.

Dominique se tut. Il avait hâte de remplir la promesse faite à la pauvre morte ; mais il comprenait aussi qu'il n'y avait pas un instant à perdre pour retrouver le bateau où, il commençait à le croire, des bandits avaient attiré Marcel. Les conjectures de l'ingénieux agent venaient d'être changées en certitudes par les dernières déclarations de l'*Epoulardeur*, et le Canadien se disait qu'il n'avait plus qu'à se laisser conduire par ce sagace chercheur de pistes. Chambras, remis d'une émotion passagère, semblait enchanté du résultat de sa visite à l'hôpital.

Le trajet, qui se fit rapidement, fut silencieux jusqu'au quai. Là, Chambras cria d'arrêter, sauta à terre et courut à la berge, où, du premier coup d'œil, il s'assura qu'aucun chaland n'était amarré. Il n'y avait pas même un simple canot ; la rivière était libre jusqu'au pont d'Austerlitz. Mais le sous-chef de la *sûreté* avisa un homme en uniforme qui se dirigeait, en longeant le fleuve, vers l'embouchure du canal. Il reconnut un inspecteur de la navigation, et il alla droit à lui.

— Avez-vous connaissance d'un bateau nommé le *Barbillon*, qui stationnait ici la semaine passée? demanda-t-il après s'être fait connaître.

— Le quai Henri-IV n'est pas de mon arrondissement, répondit l'employé à la surveillance des ports. Je suis du troisième ; mais mon collègue du quatrième m'a justement parlé hier du *Barbillon*. C'est un mauvais bachot qui devrait être *déchiré* depuis longtemps, si le service se faisait bien, mais qu'est-ce que vous voulez?... à la préfecture, on a des complaisances.

— Bon! je sais ça... on y mettra ordre... mais quand est-ce qu'il est parti, ce vieux sabot?

— Ma foi! je ne pourrais pas vous dire au juste... pourtant, il me semble bien que c'est mardi... oui, c'est ça... mardi matin. Je me rappelle maintenant que j'ai rencontré mon camarade ce jour-là, qu'il m'a invité à prendre un vermout et qu'il m'a dit que le *Barbillon* avait démarré avant l'aube... et même il a ajouté que les mariniers qui le conduisaient étaient tous des pas grand'chose... des *carapatas*, quoi!

— Merci, dit vivement le sous-chef de la *sûreté*. C'est tout ce que je voulais savoir.

Et, entraînant le Canadien qui l'avait suivi, il regagna la voiture arrêtée sur le quai et dit au cocher :

— Rue de Jérusalem et à fond de train.

— Comment! nous n'allons pas chercher ce pauvre petit? demanda Dominique.

— Tout à l'heure, répondit Chambras. Je veux d'abord donner des ordres pour qu'on me retrouve le *Barbillon*. Dès ce soir, deux de mes meilleurs agents seront en route pour Mantes. Je calcule que le bateau n'a pas dû aller bien vite et qu'il doit être encore dans ces parages-là. Du reste, à Mantes, mes hommes prendront langue et se mettront en quête en suivant la rivière. Je parierais que demain, au plus tard, ils rattraperont l'*Époulardeur* et sa bande.

— Et vous êtes sûr que Marcel est à bord ?

— Parbleu ! la chose est claire et je vois ce qui s'est passé comme si j'y avais été. M. de Colorado est enfermé à fond de cale depuis quatre jours et il a dû avoir de vilains moments ; mais, soyez tranquille, il est vivant, j'en réponds.

— Alors, vos agents le délivreront ?

— Je ne les envoie que pour cela. Ils vont emporter une réquisition écrite pour toutes les brigades de gendarmerie du parcours. Et je ne crois pas trop m'avancer en vous promettant que demain, à pareille heure, vous serrerez la main de votre ami. Et, de plus, si le cœur vous en dit, vous pourrez vous régaler de la vue des brigands qui l'ont enlevé, car on les ramènera à Paris, les menottes aux mains.

— Laissez-moi vous embrasser, s'écria Dominique en se tournant vers Chambras pour lui sauter au cou.

— Volontiers, quand M. de Colorado sera de retour, dit celui-ci en se dérobant modestement à l'accolade.

Le brave Canadien ne se sentait pas de joie. Il se livra, pour l'exprimer, à un monologue interminable où les actions de grâces qu'il rendait à Chambras se mêlaient aux imprécations contre l'*Époulardeur*, contre madame Alexis, contre Atkins et contre tous les ennemis de Marcel, connus et inconnus. Il conclut en jurant que, si, comme il l'espérait bien, il avait le bonheur de revoir M. de Colorado, il le forcerait à s'embarquer, sans plus

11.

tarder, pour l'Amérique. Il en avait assez de Paris et il n'était pas éloigné de se rallier pleinement à l'avis de Babouc en déclarant qu'il fallait détruire cette capitale maudite.

On arriva bientôt à la préfecture. Le cocher savait qu'il menait un employé supérieur de la police et il ne ménageait pas sa rosse.

Chambras jugea inutile de faire assister Dominique à sa conférence avec ses subalternes, et il le laissa dans la voiture à la porte de la *permanence;* mais il ne fut pas longtemps absent. Un quart d'heure après, il reparut souriant et la mine satisfaite, donna au cocher l'adresse de l'atelier où travaillait le fils de Jacques Crambard et reprit place à côté du Canadien.

— L'affaire est dans le sac, dit-il en se frottant les mains. C'est Rabachon qui va commander l'expédition, et Rabachon est presque de ma force. Il ne me reste plus maintenant qu'à trouver le voleur des cent mille francs du baron. Quand ce sera fait, le jeune Brévan et sa bonne amie ne moisiront pas en prison, je vous le promets.

— S'ils pouvaient être délivrés quand Marcel arrivera ! murmura Dominique.

— Ce n'est pas probable, mais ce n'est pas impossible non plus. J'ai un plan que je vais mettre à exécution dès ce soir. Pour le moment, nous n'avons qu'à nous occuper du fils de l'*Époulardeur.*

— Pauvre enfant ! murmura Dominique. Je l'emmènerai avec moi au Canada, et j'en ferai un homme.

— Peut-être aurez-vous de la peine. Les gamins de Paris, voyez-vous, mon cher monsieur, c'est de la mauvaise graine et qui ne se transplante guère.

— Bah ! quand il aura chassé le bison et le castor...

— J'ai bien peur qu'il ne chasse... de race.

— N'importe. J'ai promis à sa mère de me charger de lui et je tiendrai ma promesse. Qui m'aurait dit pourtant que je protégerais l'enfant d'un voleur !

— Vous pouvez ajouter : d'un assassin, car son respectable père était de l'affaire de la rue de Vaugirard,. quoi qu'en ait dit cette malheureuse femme.

Dominique ne se repentait certainement pas d'avoir juré à la moribonde de prendre soin du petit, mais il n'était pas sans appréhension sur les suites que pouvait avoir sa générosité.

— Bah ! pensa-t-il après d'assez longues réflexions, Marcel aurait fait comme moi ; Marcel m'approuvera.

Et il se mit à savourer par avance le bonheur qu'il aurait le lendemain à revoir son ami, car il ne doutait pas du prompt succès de la campagne si habilement ouverte et si rondement menée par le sous-chef de la *sûreté*.

Le fiacre commençait à monter la rue du Chemin-Vert qui aboutit par une pente assez rude au boulevard extérieur, non loin de la colline du Père-Lachaise ; il s'arrêta bientôt devant la porte ouverte d'une grande cour où s'élevaient en piles symétriques d'énormes amas de planches.

Une cheminée en briques roses dominait la fabrique et se couronnait d'un panache de fumée. On entendait résonner les coups de piston d'une puissante machine à vapeur et le grincement régulier des scies qu'elle faisait mouvoir.

Chambras s'adressa à un ouvrier qui fumait sa pipe, assis sur une borne, à côté de l'entrée, et il lui dit :

— N'avez-vous pas ici un apprenti nommé Charles Crambard?

— Faut demander ça au *contre-coup*, répondit l'ouvrier ; justement il cause avec une femme, là-bas, au fond de la cour.

— Le *contre-coup!* répéta Dominique étonné.

— Oui, c'est le contre-maître, dit Chambras en se dirigeant vers l'homme qu'on venait de lui désigner et qui était en effet engagé dans un colloque très-animé avec une grosse dame en chapeau.

Elle tournait le dos aux deux visiteurs, mais, au bruit de leurs pas, elle fit volte-face, et Dominique, en l'apercevant, ne put retenir une exclamation de surprise. Il venait de reconnaître madame Alexis.

Chambras savait se contenir et les rencontres les plus inattendues ne lui arrachaient jamais la moindre exclamation. Il était assurément aussi étonné que Dominique de trouver là madame Alexis, mais il ne le fit pas voir. Il s'approcha d'elle, la salua poliment comme on salue une per-

sonne de connaissance, et, s'adressant au contre-
maître, il lui demanda s'il pourrait parler à l'apprenti Charles Crambard.

La revendeuse, en cette occasion, montra moins
de sang-froid que le sous-chef de la *sûreté*. Elle pâlit et balbutia quelques mots inintelligibles. Evidemment, elle se sentait prise en faute et elle voulait aller au-devant d'une explication.

— Crambard? je ne connais pas ça, répondit
assez grossièrement le contre-maître. Je ne suis
que depuis hier dans la fabrique. Qu'est-ce que
vous lui voulez, à cet apprenti?

— Sa mère est morte ; monsieur et moi nous venons le chercher.

— Bon débarras ! il y en a toujours trop de ces
crapauds-là. Venez avec moi, je vas vous l'appeler.

Et le brutal personnage se dirigea vers un immense hangar où se trouvait la scierie.

— Je ne m'attendais pas au plaisir de vous revoir si tôt, dit Chambras à l'oreille de madame
Alexis, qui faisait mine de vouloir s'en aller.

— J'étais venue causer d'une affaire... avec
M. Tolbiac, murmura la marchande à la toilette.

— M. Tolbiac?

— Oui, le contre-maître.

— Bon ! vous allez me faire le plaisir de rester
avec nous. Je vous dirai deux mots tout à l'heure.

— A votre service, monsieur. Oh ! je ne crains
rien... je vous ai tout raconté tantôt...

Elle se tut, car elle s'aperçut que le contre-maître la regardait, mais elle suivit.

On entra dans l'atelier où s'agitaient de nombreux ouvriers au milieu des scies gigantesques et des roues énormes qui s'élevaient, s'abaissaient, tournaient avec un bruit infernal et une rapidité prodigieuse.

Dominique ne put s'empêcher de prendre un certain intérêt à ce spectacle, car le débitage du bois est une des grandes industries du Canada et il avait maintes fois visité dans sa jeunesse les immenses exploitations qui avoisinent la cascade de la Chaudière, près d'Ottawa. Mais cette vulgaire baraque du faubourg du Temple n'avait rien de commun avec les immenses usines qui bordent le Saint-Laurent et la rivière Rouge du Nord.

Aussi, après avoir donné un rapide souvenir aux magnifiques paysages de sa patrie, le Canadien reporta sa pensée sur les nécessités présentes et se mit à examiner les visages enfantins des apprentis. Il lui semblait que le fils de l'*Époulardeur* devait être un affreux drôle, portant sur sa physionomie tous les mauvais instincts d'un méchant Gavroche. Il ne fut donc pas médiocrement surpris de voir le contre-maître, qui venait de se renseigner auprès d'un ouvrier, prendre par le bras un jeune garçon d'une douzaine d'années, blond, frais et bien découplé, qu'il traîna devant Chambras en disant :

— Voilà le Crambard demandé. Emmenez-le si ça vous fait plaisir. Il ne sera pas difficile à remplacer, car c'est un propre à rien.

Le petit regardait avec de grands yeux étonnés ces deux messieurs qu'il n'avait jamais vus.

— Veux-tu venir avec nous, mon garçon ? lui demanda doucement Chambras.

— Je... je ne sais pas, balbutia l'orphelin; il faudrait que je demande la permission à maman.

— C'est elle qui nous envoie, dit aussitôt Dominique.

— Vous l'avez vue ? s'écria l'enfant tout ému.

— Oui, répondit le Canadien en baissant la voix.

— Elle me demande, n'est-ce pas ?... elle est donc plus malade ?

Dominique chercha une réponse et ne trouva rien.

— Ah ! je comprends, murmura le petit garçon. Elle est morte.

Et il éclata en sanglots.

— Ah çà dit le contre-maître, as-tu fini de geindre, toi ? On ne s'entend plus ici. Fais-moi le plaisir d'aller pleurer dehors.

Et il fit un pas vers l'enfant pour le saisir et le jeter à la porte.

Malheureusement pour lui, il portait une longue redingote dont les pans se prirent dans un engrenage, au moment où il passait devant une des scies monstrueuses qui fonctionnaient tout près de là. On entendit un cri épouvantable et on vit une masse noire tourbillonner un instant.

— Arrêtez la vapeur, commanda un chef d'escouade.

Le commandement fut exécuté aussitôt, mais

pas assez vite pour sauver le misérable, et, quand la scie cessa son terrible mouvement de va-et-vient, le corps du contre-maître gisait presque coupé en deux sur le sol ensanglanté. Tolbiac était mort de la plus affreuse des morts.

Les ouvriers se précipitèrent pour le ramasser; Chambras profita du tumulte pour entraîner l'enfant et Dominique les suivit.

Madame Alexis avait déjà décampé, mais elle n'avait pas pu aller plus loin que la cour, car le cœur et les jambes lui manquaient à la fois. Le sous-chef de la *sûreté* la trouva s'appuyant au mur pour ne pas tomber.

— Emmenez le petit, dit-il vivement à Dominique, emmenez-le chez vous et attendez-moi demain dans la matinée. J'espère que je vous apporterai des nouvelles de M. de Colorado. Servez-vous du fiacre, je n'en ai plus besoin, car il faut que j'aie une explication avec cette femme.

Le Canadien ne demandait pas mieux que de s'éloigner, et l'apprenti se laissa conduire machinalement jusqu'à la voiture. Frappé d'horreur par le spectacle auquel il venait d'assister, éperdu de douleur depuis qu'il avait deviné que sa mère était morte, le malheureux garçon ne pouvait mieux faire que de suivre le protecteur inconnu que Dieu lui envoyait.

— A nous deux, maintenant, dit Chambras en revenant à madame Alexis.

Et il lui prit le bras pour l'emmener dans la rue.

La tante de *Pain-de-Blanc* n'essaya pas de résister. Elle commençait à se remettre de ses terreurs. On aurait dit même qu'elle n'était pas fâchée de causer en tête à tête avec le sous-chef de la *sûreté*. Après les aveux qu'elle lui avait faits, elle n'avait plus grand'chose à lui cacher, et elle venait d'avoir une idée. Tolbiac n'était plus là pour là démentir, et elle pensait à se décharger sur lui de la responsabilité de la vilaine action qu'elle avait commise.

— Comment connaissiez-vous cet homme ? lui dit à brûle-pourpoint Chambras.

— Ah ! monsieur, s'écria-t-elle, c'est pour mon malheur que je l'ai connu.

— Pas de phrases, s'il vous plaît. Expliquez-vous nettement.

— C'est l'Américain qui en est cause... car enfin... je n'avais jamais vu M. Tolbiac, quand je l'ai rencontré sur le quai de Valmy... un jour que j'avais suivi ma petite voisine... pauvre innocente ! Ah ! je m'en veux bien de lui avoir fait arriver de la peine.

— Finissons. Je n'ai pas le temps d'écouter vos jérémiades.

— Eh bien, donc, c'est pour vous dire que M. Tolbiac était, comme qui dirait, homme de confiance chez madame Dortis, la veuve d'un fabricant, qui *reste* là sur le quai...

— Continuez, dit vivement Chambras que ce récit intéressait fort.

— Pour lors, cette dame a une fille qui avait connu Cécile, je ne sais pas où, par exemple, et qui la faisait venir pour apprendre à travailler dans les fleurs artificielles... une drôle d'idée qu'elle avait là. Paraît que M. Tolbiac avait été renvoyé de chez madame Dortis, se hâta de reprendre la brocanteuse aiguillonnée par un geste d'impatience que fit Chambras, c'est pourquoi il n'était pas content, et il m'a accostée sans cérémonie. Il avait bien vu que j'en voulais à la protégée de la demoiselle, et il m'a proposé de nous entendre pour la surveiller.

— Et vous l'avez mis en rapport avec l'Américain ?

— Il s'y est bien mis tout seul. J'avais eu la bêtise de lui donner l'adresse. Il est allé le trouver, et il a dû lui soutirer de l'argent, car, depuis ce temps là, il était toujours sur les talons de la fleuriste.

— Très-bien. Vous vous partagiez la besogne, à ce que je vois.

— Ah ! monsieur, il est bien plus fautif que moi, car enfin je ne savais pas où le borgne voulait en venir avec la petite, au lieu que Tolbiac et lui, ils s'entendaient comme larrons en foire.

— Vous n'étiez pas mal non plus avec le contremaître, puisque tout à l'heure, quand je vous ai surprise causant avec lui, vous veniez lui apprendre que la mèche était éventée et l'avertir de se défier.

— Non... non, ce n'est pas ça. J'avais peur qu'il ne me joue un tour... Il n'était pas bon, M. Tolbiac, et je me disais comme ça : S'il allait lui prendre l'idée de faire des cancans sur moi.

Madame Alexis ne savait plus du tout ce qu'elle disait, et Chambras lui rendit service en l'arrêtant au milieu de ses mensonges maladroits.

— Taisez-vous, dit-il en lui lançant un regard à la faire rentrer sous terre. Vous mériteriez de coucher ce soir en prison ; je veux bien ne pas appeler un sergent de ville pour vous arrêter, mais n'oubliez pas que je n'ai qu'un mot à dire pour vous envoyer à la correctionnelle. Rentrez chez vous et n'en bougez plus.

La marchande à la toilette ne se le fit pas dire deux fois ; elle fila, en rasant les murs, dans la direction de son domicile.

— Trois heures, murmura M. Chambras en regardant sa montre. J'ai déjà fait de bonne besogne aujourd'hui. J'ai encore le temps d'en faire de meilleure.

## VII

Il est trois heures passées. La Bourse vient de finir et M. de Gondo est dans son cabinet occupé à méditer sur les nombreuses dépêches qu'il a reçues depuis que le coup de cloche a annoncé la clôture du marché des valeurs.

Il a l'air fort soucieux, ce prince de l'argent, et les cours que lui annonce le télégraphe ne paraissent pas le satisfaire. Il aligne des chiffres sur le papier ; il compulse de nouveau ses télégrammes, puis il se remet à chiffrer, et il a beau recommencer dix fois ces deux opérations, il n'en devient pas plus gai. Son front chargé de nuages ne s'éclaircit point ; au contraire, sa bouche se contracte, ses sourcils se froncent et on serait tenté de croire que son nez se recourbe encore davantage, tant il accuse de tendance à rejoindre son menton.

C'est que, pour la première fois de sa vie, le baron s'est trompé dans ses spéculations. Il a acheté des quantités énormes d'actions du Crédit mobilier espagnol. Le Mobilier espagnol a haussé dans des proportions inouïes, il en a acheté encore. Le Mobilier espagnol a atteint des cours extravagants, il en a acheté le double; il en achèterait toujours. Il a tout à fait oublié que les citoyens de ce beau pays d'Espagne n'ont généralement ni crédit ni mobilier, et il rêve une cote impossible.

Par malheur, depuis quelques jours, ce fonds capricieux baisse, baisse... comme cet archevêque de Grenade qui consultait Gil Blas sur ses sermons. Il s'affaisse, il se disloque, il s'effondre. Chaque jour il tombe de cent, de deux cents, de trois cents francs. De chute en chute, il finira par redescendre au point d'où il est parti et peut-être à zéro.

Et le baron s'obstine à le soutenir. Il lui jette des millions pour l'étayer, et les millions, emportés par la débâcle, fondent avec une rapidité effrayante. N'importe. Le baron ne se décourage pas. Il en a vu bien d'autres. Il lutte avec une énergie indomptable. Mais il ne se dissimule plus que s'il ne réussit pas à arrêter la dégringolade, sa ruine est au bout.

Encore deux ou trois batailles comme celle qu'il vient de livrer aujourd'hui même, de une heure à trois, et les munitions vont lui manquer. Et de ses prospérités passées, il ne lui restera rien, et il aura tout perdu, même l'honneur, car il ne pourra plus payer ses différences. La Bourse lui avait donné son immense fortune; par un juste retour des choses d'ici-bas, la Bourse va la lui reprendre, et il ne dira pas : que le nom de la Bourse soit béni.

Il a bien essayé de se créer des alliés pour combattre avec moins de désavantage. Il espérait que son futur gendre l'appuierait dans cette campagne désespérée et arriverait à la rescousse avec ses dollars.

Car M. Atkins de Mariposa va prochainement épouser Noémi de Gondo et l'épouser sans dot. L'hôtel où doit s'installer le ménage mal assorti est acheté, un charmant hôtel tout voisin de celui du baron, un vrai nid d'amoureux, bâti entre cour et jardin, dans l'avenue de Messine. Il n'est pas encore payé, c'est vrai, mais il le sera dans quelques jours, et, en attendant, la baronne et sa belle-fille l'ont déjà somptueusement meublé.

Par malheur, M. de Mariposa ne partage pas les idées de son beau-père sur l'avenir financier de la péninsule espagnole. Il ne montre aucun enthousiasme pour cette valeur élastique, trop élastique, hélas ! et il n'aide pas du tout M. de Gondo à la soutenir.

Le baron le soupçonne même de jouer secrètement contre lui et d'empocher une partie des sommes qu'il jette chaque jour dans la gueule de ce monstre dévorant qu'on appelle : la baisse. Il lui en veut beaucoup de cette manœuvre, qu'il considère comme une trahison; mais il se garde bien de lui

rompre en visière; car il commence à avoir besoin
de tout le monde, et, particulièrement, des gens
qui ont déposé de l'argent dans sa maison de
banque. La possibilité d'une demande de rem-
boursement des millions de M. de Colorado le
préoccuperait même très-fort, s'il ne savait que ce
richissime client a disparu et qu'il passe pour
avoir été assassiné.

En sus des graves soucis qui l'assiégent, il est
encore en butte à des tracasseries d'intérieur, ce
pauvre baron. Sa fille lui envoie quotidiennement
à solder, sous prétexte de trousseau, des notes ef-
frayantes; sa femme est venue le matin même crier
misère et lui demander une grosse somme, qu'il lui
a d'ailleurs refusée assez brutalement; son fils fait
des dettes, et, pour comble de malheur, les soustractions ont recommencé à la caisse. La veille encore, quelques billets de mille francs ont manqué
lorsqu'on a vérifié les opérations de la journée, et
M. de Gondo, exaspéré, a fait prévenir de ce vol
la préfecture de police.

Du reste, il ne lui est pas venu à l'esprit que le
jeune Brévan pourrait bien être innocent du crime
qu'on lui impute. Il aime mieux croire que Savinien avait un complice dans les bureaux et que ce
complice continue ses détournements. Le baron
est ainsi fait, qu'il voit partout des coupables. Si le
hasard eût voulu qu'il entrât dans la magistrature,
il aurait condamné les accusés sans les entendre.

Trois heures et demie venaient de sonner, et il
venait de terminer ses calculs, dont le résultat l'a-

vait mis de très-méchante humeur, quand l'huissier qui veillait dans son antichambre vint lui annoncer qu'un monsieur qui refusait de dire son nom insistait pour être introduit, en affirmant qu'il avait à entretenir monsieur le baron d'une affaire importante.

En temps ordinaire, M. de Gondo aurait certainement fermé sa porte à un visiteur anonyme, mais, depuis que le malheur l'avait touché, il était un peu moins inaccessible. Il lui passa par la tête que cet inconnu venait peut-être lui apporter un renseignement intéressant sur le Mobilier espagnol et il donna l'ordre de le faire entrer.

Il vit un homme jeune encore et convenablement vêtu, mais qui n'avait pas du tout l'air ni les façons d'un boursier.

— A qui ai-je l'honneur de parler? lui demanda-t-il sans lui offrir de s'asseoir.

Le personnage prit un siége, s'y installa commodément et dit en regardant le banquier entre les deux yeux :

— Je m'appelle Georges Carinis.

Le baron eut un haut-le-corps et dit d'un ton sec :

— Quelle est cette plaisanterie?

— Je ne plaisante pas.

— C'est possible, mais, dans tous les cas, vous prenez un nom qui ne vous appartient pas. Madame la baronne de Gondo, ma femme, a été mariée en premières noces à M. Georges Carinis, qui est mort sans laisser d'enfants. Ainsi...

— C'est moi qui suis le premier mari de madame la baronne, dit le visiteur sans s'émouvoir.

— En voilà assez! s'écria M. de Gondo, sortez à l'instant même ou je sonne pour vous faire jeter dehors.

— Je ne sortirai pas, répliqua froidement l'homme, et je vous conseille de ne pas sonner, car vous ne tarderiez pas à vous en repentir. Je ne crains pas le scandale, moi, et vous avez, vous, toutes sortes de raisons pour l'éviter. Vous ferez donc bien de m'écouter jusqu'au bout.

Quand vous avez, à Constantinople, épousé madame Carinis, elle vous a dit qu'elle était veuve; elle vous a trompé, à moins que, de votre part, l'erreur n'ait été volontaire, et cela ne rendrait pas votre situation meilleure, car, dans ce cas-là, vous seriez son complice. Or, j'ai là, dans ma poche, tout ce qu'il faut pour l'envoyer en cour d'assises : mon acte de mariage, mon acte de naissance, le sien... il ne manque au dossier de madame de Gondo que mon acte de décès, et je suis décidé à le lui faire attendre le plus longtemps possible. Vous voyez, monsieur le baron, que votre femme est bel et bien bigame et qu'il dépend absolument de moi de la faire condamner.

— Fort bien, dit le banquier, pâle de colère. Admettons pour un instant que tout cela soit vrai. Dans quel but venez-vous me le dire?

— C'est très-simple. Je pourrais me prévaloir de mes droits, qui sont incontestables, mais telle n'est point mon intention, madame de Gondo le sait bien.

— Vous l'avez vue? Vous avez eu l'impudence...

— Pas d'injures, s'il vous plaît. J'ai en effet vu ma femme et elle n'a fait aucune difficulté de me reconnaître pour son mari légitime. Je n'ai même eu qu'à me louer de ses procédés, et si cela n'avait dépendu que d'elle, je n'en serais pas réduit à faire auprès de vous une démarche... pénible. Mais la baronne a épuisé ses ressources pour me venir en aide, et c'est à vous que je suis obligé de m'adresser.

— Ah! je comprends enfin, s'écria le baron en se levant. C'est de l'argent que vous voulez? Vous venez me proposer d'acheter votre silence...

— Oui, dit cyniquement Carinis, et pas trop cher, deux cent mille francs. La baronne m'en a déjà donné près de cent mille et elle n'a rien, tandis que vous êtes riche à millions.

— Eh bien, dit le banquier furieux, je vous déclare que vous n'aurez pas un sou de moi. Vous avez cru me faire *chanter*, vous vous êtes trompé, entendez-vous? Alors même que j'aurais quelque chose à craindre de vos menaces, je n'y céderais pas. Mais apprenez que je n'ai rien à redouter. Je me suis marié à l'étranger devant le consul, et je n'ai pas fait régulariser mon mariage en France. Donc, il n'est pas valable. Vous pouvez reprendre madame Carinis, si cela vous convient. Vous ne m'escroquerez pas deux cent mille francs.

— Misérable! vociféra Carinis exaspéré par cette phrase injurieuse, tu oses me traiter d'escroc! mais tu ne sais pas que je te connais, tu ne sais pas que je n'ai qu'un mot à dire pour te démasquer !

— Sortez ! sortez ! vous dis-je.

— Ah ! c'est comme ça, soit ! je m'en vais de ce pas trouver le préfet de police et lui apprendre que le baron de Gondo a été usurier, qu'il a fait jadis une faillite frauduleuse, qu'il s'appelle de son vrai nom Salomon Carpatz, que...

M. Carinis s'arrêta au milieu de sa tirade, car la porte du cabinet s'ouvrit brusquement.

L'huissier avait entendu, de l'antichambre, les éclats de voix des deux maris de la baronne, et pensant que son maître avait peut-être besoin qu'on le secourût, il se précipitait à son aide.

D'ailleurs, il n'était pas seul. Juste au moment où la dispute atteignait au diapason le plus élevé, M. Chambras se présentait dans la salle d'attente et demandait à parler d'urgence à M. de Gondo de la part du préfet de police. Jugeant l'occasion bonne pour débarrasser le baron d'un visiteur dangereux ou tout au moins gênant, l'huissier s'était empressé d'introduire le nouveau venu, si bien que celui-ci ne perdit pas un mot de la dernière phrase lancée par Georges Carinis, et, de plus, se trouva nez à nez avec ce personnage, lorsque la porte s'ouvrit.

Chambras ne laissa point paraître que cette rencontre le surprît. Il était accoutumé à dissimuler ses impressions, et, d'ailleurs, après ce qu'il avait vu et entendu au cabaret de la rue des Francs-Bourgeois et dans le salon de madame de Marly, il n'était pas étonné de voir M. Carinis chez le baron. Il s'expliquait même très-bien que le joueur décavé, le viveur sans vergogne, n'attendant plus rien de madame de Gondo, eût essayé de soutirer de l'argent à son mari, en le menaçant d'un éclat, et il devinait à peu près ce qui venait de se passer entre eux.

Seulement, le sous-chef de la *sûreté*, en arrivant à point, venait de faire une découverte importante. Le baron s'appelait Salomon Carpatz de son vrai nom. L'homme qui avait emporté jadis la fortune de Robinier père, l'usurier, le failli dont on avait perdu la trace depuis vingt ans, était retrouvé. Et ce misérable était riche à millions, à même, par conséquent, de restituer l'argent qu'il avait volé autrefois.

Chambras se proposait déjà de lui faire rendre gorge très-prochainement.

— Voilà une bonne nouvelle à annoncer à M. de Colorado quand il reviendra, pensait-il.

Il est vrai qu'il ajoutait mentalement : s'il revient, car il était moins certain de le revoir vivant qu'il ne l'avait dit à Dominique.

Georges Carinis, plus accessible aux émotions que l'employé supérieur de la police, fut stupéfait de se heurter, en sortant du cabinet de M. de Gondo, au personnage que Coralie et ses compagnes appelaient M. le comte de Saint-Planchers, et il y avait bien de quoi, car ce gentilhomme avait complétement changé d'allures et de physionomie. Quand il prenait part à la petite fête de la rue Castellane, il avait la mine d'un galant sérieux, d'un protecteur de jolies femmes. Chez le baron, il avait l'air d'un chef de bureau ou d'un parfait notaire.

Carinis eut tout de suite l'idée que cet homme à deux visages pouvait bien être un agent secret, mais il ne songea pas un instant à lui dénoncer, séance tenante, le passé de monsieur et de madame de Gondo. Il voulait leur donner, et se donner à lui-même, le temps de la réflexion. C'est pourquoi, refoulant sa colère et coupant court aux explications orageuses qu'il avait avec le banquier, il enfonça rageusement son chapeau sur sa tête, et se jeta dans l'antichambre en refermant la porte avec violence.

Personne ne courut après lui. Le baron faisait des efforts inouïs pour reprendre sa gravité fortement dérangée par l'accès de colère qu'il devait aux insolences de M. Carinis, et Chambras, impassible, attendait, pour lui exposer l'objet de sa visite, qu'il fût en état de l'écouter.

— Monsieur vient de la préfecture de police, dit l'huissier tout interloqué du spectacle auquel il venait d'assister.

— Laissez-nous, articula péniblement M. de Gondo.

Et il ajouta quand il se trouva seul avec Chambras :

— Voilà à quoi expose la fortune. Un drôle que je ne connais pas vient me demander deux cent mille francs et cherche à m'intimider par des menaces ridicules.

12.

— Le cas, monsieur le baron, est de ma compétence. Je suis tous les jours chargé d'intervenir dans des affaires de *chantage*. Pour peu que vous le désiriez, je vais ouvrir une enquête sur cet individu, et je vous promets que je vous en débarrasserai très-vite.

— Non, c'est inutile, dit vivement le baron, qui avait ses raisons pour ne pas ébruiter ses différends avec M. Carinis. Je suis habitué aux tentatives de ces gens-là, je les méprise et j'aviserai moi-même à ce que celle-ci ne se renouvelle plus. Occupons-nous, si vous le voulez bien, de l'objet de ma lettre au préfet.

— Je suis à vos ordres, monsieur le baron. Un vol a été commis hier à votre caisse, m'a dit mon chef.

— Oui, on a pris cinq mille francs dans le tiroir de l'employé qui était au guichet. C'est la troisième fois qu'une somme disparaît du portefeuille depuis deux mois. D'abord, dix mille francs. J'ai cru alors qu'il s'agissait d'une erreur de caisse et je n'ai pas fait de recherches. Puis, un peu plus tard, cent mille. Ceux-là, on sait qui les a pris, puisqu'on les a retrouvés chez la maîtresse d'un jeune homme, un sous-caissier que j'avais admis dans mes bureaux sur la recommandation d'un de mes clients, un étranger très-riche...

— M. de Colorado, qui a disparu d'une façon mystérieuse. Nous nous occupons beaucoup de lui depuis quelques jours.

— Espérez-vous le retrouver ?

— Pas beaucoup. Il y a de grandes chances pour qu'il ait été assassiné.

— Ah! vraiment? c'est bien regrettable, dit tranquillement le baron qui paraissait peu touché du triste sort de M. de Colorado.

— Vous me faisiez donc l'honneur de me dire, reprit Chambras, qu'après l'arrestation de votre sous-caissier, les soustractions ont recommencé.

— Oui, et je ne sais en vérité à qui m'en prendre; tous mes commis sont d'anciens employés dont la probité est au-dessus du soupçon.

— On n'est jamais sûr de ces choses-là, monsieur le baron.

— Vous avez raison, car enfin j'étais loin de penser que ce jeune Brévan, patronné par M. de Colorado, était un coquin. J'étais fort content de lui et j'allais augmenter ses appointements.

— Ce qui se passe ici depuis son arrestation ferait supposer qu'il n'était pas le seul auteur du vol.

— C'est ce que je me suis dit, et cependant ce garçon ne fréquentait aucun de ses camarades, de sorte que je ne vois pas trop comment il aurait pu s'entendre avec l'un d'eux.

— Voulez-vous me permettre de vous demander quelques détails sur la façon dont les détournements ont été commis?

— Tous de la même manière et presque à la même heure, un peu avant la fermeture de la caisse.

— Il n'y a pas eu d'effraction?

— Non ; les billets ont été enlevés soit dans le tiroir où le sous-caissier les dépose à l'ouverture du bureau, soit sur la tablette du guichet.

— Personne n'entre dans la pièce où se font les payements ?

— Personne que les employés, et ils ne sont pas nombreux.

— Et vous dites que les vols se font à la fin de la séance ?

— Oui, entre trois et quatre heures. Depuis l'affaire du sieur Brévan, mon caissier fait deux vérifications par jour, une à midi et une autre à trois heures. Hier, à trois heures, la caisse courante était en règle. A quatre heures, il y manquait cinq mille francs. Les deux premières fois, les choses ont dû se passer à peu près de même.

— Existe-t-il à côté de la caisse un endroit fermé où je pourrais me placer sans être vu des commis ?

— Oui, il y a un cabinet où je m'installe quelquefois, dans certaines occasions ; par exemple, les jours où on paye le coupon des fonds d'Etat dont je suis le banquier, et... j'ai fait percer des trous dans la cloison, ajouta M. de Gondo d'un air assez embarrassé.

Il lui en coûtait d'avouer que, pour des motifs qu'il ne se souciait pas d'expliquer, il lui était arrivé de se livrer à des espionnages domestiques.

M. Chambras regarda sa montre et dit :

— Il est quatre heures moins dix. C'est le mo-

ment. Voulez-vous, monsieur le baron, me mettre
en faction dans ce cabinet?

— Oh ! très-volontiers, répondit le banquier. Mais
je vous préviens qu'aujourd'hui vous ne découvri-
rez rien, car c'est mon fils qui tient le guichet ; il
remplace mon sous-caissier, que l'émotion du vol
d'hier a rendu malade ; je lui ai recommandé de
faire bonne garde et il a d'aussi bons yeux que les
miens.

— Cela ne fait rien. Je m'assurerai toujours des
facilités que peut offrir cette embuscade pour organiser une surveillance, et demain...

— Venez, je vais vous y conduire. Il y a un corridor qui y mène sans passer par les bureaux.

Le baron ouvrit une petite porte et précéda
Chambras dans un couloir obscur qui aboutissait,
par d'assez longs détours, à la cachette dont le
maître avait seul la clef. Ce réduit était garni de
tapis épais qui amortissaient le bruit des pas, et
Chambras put y prendre position sans que personne
dans la salle où travaillaient les employés s'aperçût de sa présence.

— Vous viendrez me retrouver dans mon cabinet, quand vous aurez fini, lui dit tout bas M. de
Gondo, en s'éloignant sur la pointe du pied.

Chambras, resté seul, alla droit aux deux trous
percés dans le mur capitonné et y appliqua ses yeux.

La première figure qu'il aperçut ce fut celle
d'Ernest de Gondo, debout dans le bureau à trois
pas de lui. Il ne le voyait que de profil, mais il ne
perdait pas un seul de ses mouvements.

Le guichet allait fermer et l'héritier présomptif
du baron était fort occupé à empiler des liasses de
billets de banque et à les compter avant de les serrer dans un vaste portefeuille.

Les employés, courbés sur des registres, grif-
fonnaient avec ardeur sans lever les yeux et sans
tourner la tête. Le caissier en chef, plongé dans
des calculs ardus, ne s'occupait pas du tout
de ce qui se passait autour de lui. Quatre heures
allaient sonner dans quelques minutes et il n'y
avait plus personne au guichet. Rien ne troublait donc Ernest de Gondo dans l'opération de
comptage qu'il exécutait avec une prestesse sans
égale.

On voyait bien qu'il avait hâte de clore la séance
et de s'en aller faire un tour au Bois. Son *stick* était
posé sur la tablette à côté de son chapeau, et
Chambras, en traversant la cour de l'hôtel, avait
aperçu, gardé par un groom, le *hack* de promenade
de l'héritier du baron.

Tout annonçait que ce jour-là les choses se passeraient régulièrement et que la caisse n'aurait
pas à suporter de nouveau déficit. Chambras n'en
resta pas moins à son poste. Il avait son idée, et il
ne perdait pas de vue M. Ernest.

Ce jeune financier s'acquittait de ses fonctions
intérimaires avec une désinvolture dédaigneuse,
comme il convient à un *gommeux* qu'une nécessité
fortuite force à faire la besogne d'un honnête employé. Pendant que les paquets de billets de banque
voltigeaient sous ses doigts agiles, M. de Gondo

fils avait l'air de se demander de quoi son père s'avisait de le commettre ainsi avec des subalternes. Cependant, il ne s'était pas fait prier pour accepter la mission temporaire à lui confiée par le baron, et il semblait qu'il n'eût de sa vie fait autre chose que de manier des valeurs. Ces talents-là, c'est dans le sang, et il avait de qui tenir.

Il classait les précieux papiers en sifflant une fanfare de chasse et il allait achever de remplir le portefeuille, lorsque Chambras le surprit lançant rapidement autour de lui un coup d'œil circulaire. Personne ne bougea et les plumes des commis continuèrent à grincer sur le papier. Alors, avec une dextérité que lui eût enviée Robert-Houdin, Ernest saisit les trois dernières liasses de billets empilés sur la tablette, en laissa tomber une dans son chapeau qu'il avait eu soin de placer devant lui, et fourra les deux autres dans le portefeuille en maroquin noir.

— Le compte y est, papa Gardon, cria-t-il au caissier; venez un peu ici vérifier après moi.

En même temps il mettait son chapeau sur sa tête et il s'armait de son *stick*.

— Je suis à vous dans un instant, monsieur, dit le caissier sans quitter ses additions. Le temps de retrouver une erreur sur ma balance...

— Ça peut durer jusqu'à demain matin... merci! je vous lâche. Voilà quatre heures, et à cinq j'ai rendez-vous à la Cascade. Je n'ai pas envie d'éreinter ma jument.

— Mais, monsieur, puisque l'encaisse est d'accord avec le carnet, il n'est pas nécessaire que vous restiez jusqu'à ce que j'aie fini...

— Alors je file. Voilà le portefeuille et le livre de caisse, se hâta de dire Ernest en déposant les deux objets sur le coin du bureau. Les rouleaux d'or sont dans le tiroir.

— Oui, monsieur, je vais... allons, bon! voilà que j'ai perdu le chiffre que j'avais retenu au bas de la troisième colonne... et toute mon addition est à recommencer.

— Du calme, papa Gardon, du calme! Il faut prendre les additions comme les femmes... par la douceur. Du reste, tranquillisez-vous, je n'ai pas un centime de différence. C'est comme ça que je travaille, quand je m'en mêle, et, si ça continue, je demanderai des appointements... dix louis par jour, c'est pour rien. Sur ce, bonsoir! que les colonnes de la balance vous soient légères.

Et, sans saluer ses camarades d'un jour, M. de Gondo fils sortit du bureau d'un pas allègre.

Chambras fut prompt à quitter sa cachette et à se jeter dans le corridor, où il devait forcément rencontrer Ernest, et où il le rencontra en effet au moment où il allait ouvrir une porte vitrée qui donnait sur la cour de l'hôtel où sa jument favorite piaffait d'impatience.

Ernest reconnut aussitôt M. le comte de Saint-Planchers qu'il avait vu à la partie de trente-et-quarante, et son premier mouvement fut pour le saluer avec empressement, mais il se ravisa à temps. Son chapeau resta vissé sur sa tête, et pour cause.

— Monsieur, lui dit Chambras qui jouissait de son embarras, voulez-vous avoir l'obligeance de m'accompagner chez monsieur votre père?

M. de Gondo fils avait bien envie de refuser. On l'attendait à la Cascade et surtout il lui tardait d'insérer dans son portefeuille le paquet très-gênant qu'il portait dans la coiffe de son couvre-chef. Mais le comte de Saint-Planchers lui inspirait une certaine révérence. Il le prenait pour un personnage important et même pour un des plus vieux représentants de la noblesse française. Il devait donc tenir à lui être agréable, car autant il était arrogant avec les petits, autant il était obséquieux avec les grands.

Il pensa qu'après tout le cabinet de son père n'était pas loin, et qu'il en serait quitte pour garder cinq minutes de plus ses billets de banque sur sa tête et pour ne pas se découvrir en route.

— Je suis à vos ordres, monsieur le comte, dit-il en s'inclinant. Vous nous avez quittés de bien bonne heure à la petite fête de cette nuit.

— Mon Dieu, oui, répondit Chambras. J'ai le malheur de ne pas aimer le jeu...

— Vous préférez les jolies femmes et vous avez raison. Madame de Saint-Florentin est charmante. Que n'ai-je fait comme vous? ajouta-t-il. Le café Anglais m'aurait coûté moins cher que le *refait*.

— En effet, vous avez dû perdre beaucoup.

— C'est-à-dire que M. de Mariposa m'a enlevé jusqu'à mon dernier sou. Heureusement, ça ne sort pas de la famille, puisqu'il va épouser ma

sœur, s'écria Ernest en riant d'un rire un peu
forcé.

Ce dialogue à bâtons rompus se tenait dans le
couloir qui menait chez le baron et qu'arpentaient
à grands pas Chambras et son guide.

Tout en causant, M. de Gondo fils remarqua,
non sans quelque surprise, que le comte avait complétement changé de tenue et même de physionomie depuis la veille. Mais cette métamorphose ne
lui donna aucun soupçon. Il en conclut seulement
que la vie de province était funeste à l'élégance,
puisqu'elle faisait descendre un noble châtelain
jusqu'à sortir dans la journée vêtu comme un chef
de bureau.

Ils arrivèrent ensemble dans l'antichambre du
banquier, et Ernest allait prendre congé du comte,
lorsque celui-ci lui dit à l'oreille :

— Je vous serais très-reconnaissant si vous vou-
liez entrer avec moi. Je viens entretenir M. le baron
d'une affaire qui vous concerne.

M. de Gondo fils eut comme un pressentiment
que l'entretien annoncé allait rouler sur des sujets
désagréables pour lui, mais il lui était impossible
de refuser l'invitation de M. de Saint-Planchers.
C'eût été manquer à toutes les règles de la bien-
séance et d'ailleurs il était curieux de savoir de
quoi il s'agissait. Il s'inclina donc poliment, ouvrit
la porte lui-même, fit passer M. le comte et entra
après lui dans le cabinet.

Le baron s'était plongé de plus belle dans ses
chiffres, mais, en voyant reparaître l'agent du pré-

fet de police, il se leva vivement et vint à lui en
disant :

— Eh bien?

— C'est fait, monsieur le baron, répondit modestement Chambras.

— Quoi! vous avez découvert le voleur?

— Comment! quel voleur? s'écria Ernest stupéfait.

— C'est monsieur qu'on m'a envoyé de la préfecture pour l'enquête sur les détournements commis à la caisse, lui répondit M. de Gondo. Tu dois
bien le savoir, puisque tu me l'amènes... tu as eu
le temps de causer avec lui.

— Mais non, balbutia l'héritier présomptif, je
ne... j'ignorais complétement... je croyais que monsieur était le comte de Saint-Planchers, et je...

— Peu importe, interrompit le baron qui semblait fort irrité contre son fils. Fais-moi le plaisir
de te taire et d'écouter. Veuillez maintenant, monsieur, me dire ce que vous savez sur...

— Puisque vous avez à parler d'affaires, je m'en
vais, dit Ernest avec empressement.

Et il fit un pas vers la porte.

— Pardon, monsieur, dit Chambras en lui bar-
rant le chemin, il est indispensable que vous entendiez ce que je vais avoir l'honneur d'apprendre
à M. le baron.

Le père et le fils échangèrent des regards où on
pouvait lire d'un côté l'inquiétude et de l'autre le
soupçon. Puis, d'un geste impérieux, le père
ordonna au fils de rester, et le fils resta.

— Monsieur le baron, commença Chambras, vous avez eu une excellente idée de faire percer des trous dans la cloison de votre cabinet du rez-de-chaussée. C'est le meilleur moyen de surveiller les commis et il faudra que je le recommande à vos collègues de la haute finance quand ils me feront l'honneur de m'appeler. Je n'étais pas à mon poste depuis cinq minutes que j'ai vu, comme je vous vois, celui de vos employés qui tenait le guichet laisser tomber adroitement dans son chapeau une liasse de billets de banque, se coiffer aussitôt et sortir.

— Et vous l'avez laissé partir? s'écria M. de Gondo. Vous ne l'avez pas pris au collet pour le traîner ici?

— Ç'eût été tout à fait inutile. Il est venu avec moi de son plein gré.

— Que signifie...

— Monsieur le baron, voudriez-vous prier votre fils d'ôter son chapeau?

Le baron tressaillit et s'avança vers son fils, l'œil en feu, la menace à la bouche.

Ernest, pâle et tremblant, recula stupéfait et, si M. Chambras n'eût pas pris d'avance la précaution de se placer entre lui et la porte, il se serait certainement enfui. Mais la retraite lui étant coupée, il dut se résigner à soutenir le choc.

M. de Gondo saisit d'une main son héritier au collet et de l'autre lui enleva le chapeau recéleur. Le paquet de billets de banque tomba sur le tapis et le sous-chef de la *sûreté* le ramassa avec une parfaite courtoisie pour le remettre à son propriétaire légitime.

— Misérable ! cria le baron en poussant Ernest contre la muraille. Il ne te manquait plus que de voler.

Le jeune financier, quand son père l'eut lâché, rajusta son col et sa cravate, dont les violences paternelles avaient fortement dérangé la correction, passa sa main dans ses cheveux et dit entre ses dents :

— Voler son père, cé n'est pas voler.

— Coquin ! je ne sais ce qui me retient de...

— Ce que dit monsieur est parfaitement exact, répondit Chambras ; le Code n'a édicté aucune peine contre le fils qui vole son père... pas plus que contre la femme qui vole son mari.

— D'ailleurs, je ne voulais pas garder cet argent, reprit Ernest qui commençait à retrouver son aplomb. C'était un emprunt...

— La somme en valait la peine, dit Chambras en remettant les billets au baron après les avoir comptés. Il y a là cent mille francs. Il paraît que c'est votre chiffre... C'est un prix fait comme les petits pâtés.

— Vous, je ne vous parle pas. Vous pouvez retournez d'où vous venez, dit le jeune homme avec une rare impudence. Je me charge d'apprendre aux personnes parmi lesquelles vous vous êtes faufilé cette nuit que le soi-disant comte de Saint-Planchers est un mouchard.

— Tais-toi, drôle !

— Laissez, monsieur le baron. Les injures de monsieur votre fils ne m'offensent pas. Mais j'espère qu'il ne fera pas difficulté d'avouer que l'autre somme de cent mille francs, celle qui a disparu mardi dernier, a été soustraite par lui.

— Ce n'est pas vrai. Mardi, je n'étais pas chargé du guichet.

— Non, c'était le sous-caissier, M. Brévan. Aussi n'avez-vous pas procédé de la même façon qu'aujourd'hui. Vous êtes entré dans le bureau lorsque l'employé venait d'en sortir, laissant son encaisse parfaitement intact sur la tablette intérieure, et vous n'avez eu que la peine d'enlever une liasse de cent mille, pendant que le caissier principal avait le dos tourné.

— Ah ! elle est trop forte, celle-là ! Comme s'il n'était pas prouvé que c'est ce joli Brévan qui a fait le coup.

— Vous vous trompez, monsieur, dit le baron à Chambras. La somme a été retrouvée chez la maîtresse de cet employé, qui a été arrêtée comme recéleuse.

— Je sais cela, répondit froidement le sous-chef de la *sûreté*, mais je sais aussi comment cet argent a été caché dans le lit de cette jeune fille pour la perdre. Je dirai plus tard à monsieur votre père, ajouta-t-il en s'adressant à Ernest, le nom de l'homme qui a commis cette infamie. En attendant, je vais lui prouver que vous seul êtes coupable de ce vol, qui, d'ailleurs, n'était pas le premier.

Mardi, le jour où il a été commis, vous étiez sans un sou.

— Je n'ai pas compté avec vous, que je sache, ricana le jeune financier.

— Cela est si vrai que vous alliez être *affiché* au cercle pour quelques centaines de louis que vous aviez perdus au jeu et que vous ne pouviez pas payer. Vous étiez hors d'état aussi de rendre une somme de quarante mille francs que vous aviez empruntée quelque temps auparavant à M. de Colorado.

Le baron lança à son fils un coup d'œil furieux et regarda d'un air interrogateur M. Chambras, qui continua ainsi :

— Mes renseignements sont exacts. Je les tiens de bonne source et je suis sûr que vous ne les contesterez pas. Vous vous trouviez donc très-gêné mardi matin. Mais mardi soir, vous vous ac-quittiez de six mille francs dus par vous à M. d'Al-drige, et cette nuit, c'est-à-dire deux jours après le vol, vous avez joué et perdu chez une femme entretenue, qui se fait appeler madame de Marly, une très-grosse somme. J'assistais à la partie, et je puis vous dire au juste combien elle vous coûte. Vous avez laissé sur le tapis vert quarante-deux mille francs.

— Quarante-deux et six font quarante-huit, dit ironiquement Ernest, vous m'accusez d'avoir pris cent mille. Nous sommes encore bien loin de compté.

— Pardon, vous avez pris en effet cent mille

francs, mais vous avez été obligé de partager avec une personne que je connais. Le vol ne vous a donc procuré que la moitié de la somme soustraite. Vous voyez bien que mon compte est exact, à cent louis près.

— Allons donc! j'ai gagné à la Bourse.

— Non, vous y avez fait au contraire des pertes énormes. Ne niez pas. J'ai vu votre agent de change et les deux coulissiers qui opèrent pour vous. Croyez-moi, monsieur, avouez, reprit Chambras en voyant qu'Ernest commençait à baisser le nez devant cette accumulation de preuves. L'un des deux vols est prouvé; confessez l'autre. Il ne vous en coûtera pas davantage, puisque vous ne pouvez pas être poursuivi.

Ernest suait à grosses gouttes et ne se pressait pas de répondre. Tout à coup il prit son parti, et, profitant de ce que M. Chambras s'était un peu écarté de la porte, il s'y précipita, l'ouvrit et disparut en criant :

— Croyez ce qu'il vous plaira et allez au diable.

Le sous-chef de la *sûreté* ne courut point après lui. M. de Gondo aussi le laissa partir et dit d'une voix agitée :

— Je ne doute plus, monsieur, de la culpabilité de mon malheureux fils, et il ne me reste qu'à vous demander de garder le silence sur cette triste affaire. M. le préfet comprendra, j'en suis sûr, qu'il est de ces plaies qu'une famille honorable tient à cacher.

— Parfaitement, monsieur le baron, répondit Chambras en s'inclinant.

— Puis-je vous demander maintenant à quelle personne vous faisiez allusion quand vous disiez que les cent mille francs avaient été partagés ?

— Rien de plus facile. La personne qui a reçu la moitié de la somme est madame la baronne de Gondo.

— Ma femme ! c'est impossible.

— Monsieur le baron, voici comment les choses se sont passées. Mardi, vous avez invité à dîner M. de Mariposa, et vous avez prié madame de Gondo de paraître à ce dîner avec tous ses diamants.

— Sans doute, mais... je ne vois pas.

— Madame de Gondo n'avait plus son collier. Elle l'avait mis en gage. Il le lui fallait le soir même. Elle a fait appeler M. Brévan et elle lui a demandé de prendre cinquante mille francs dans la caisse et de les lui apporter.

— Si je croyais cela...

— Madame la baronne ne le niera point quand elle sera interrogée. Elle dira aussi que M. Brévan a refusé, comme c'était son devoir. Sur ces entrefaites, monsieur votre fils s'est présenté chez sa belle-mère et il a eu avec elle un colloque très-court, mais très-animé, à la suite duquel il a couru à la caisse pendant qu'elle retenait M. Brévan. Je pense, monsieur le baron, que vous devinez le reste.

13.

— Mais c'est absurde ! ma femme n'a pas besoin d'argent. Pourquoi aurait-elle engagé ses diamants ? comment aurait-elle consenti à se faire complice de mon fils... qu'elle déteste ?

— Je puis vous le dire, si vous tenez à le savoir.

— J'y tiens tellement que je vous somme de vous expliquer sur-le-champ.

— Madame de Gondo subit, depuis trois mois, les exigences d'un homme...

— Qu'osez-vous dire ?

— D'un homme que j'ai rencontré tout à l'heure dans votre cabinet, et qui se nomme Georges Carinis.

Le baron fut obligé de s'asseoir sur le coin de son bureau. L'émotion lui coupait les jambes.

— Je ne vous apprendrai pas, reprit Chambras, à quelle malheureuse circonstance cet homme doit l'influence qu'il exerce sur madame de Gondo. Il a sur elle des droits... imprescriptibles, et il en abuse singulièrement, car, à ma connaissance, il lui a déjà extorqué plus de cent mille francs. Le collier a été encore une fois mis en gage, hier, au mont-de-piété, et Carinis a perdu cette nuit au jeu tout l'argent prêté sur ces magnifiques pierres... que madame la baronne n'est plus en mesure de vous montrer, si vous lui demandiez de nouveau à les voir.

Le banquier ne répondit pas. Il se mit à se promener furieusement à travers son cabinet en maugréant des injures et des menaces à l'adresse de son fils et de sa femme.

— Je vous crois, monsieur, dit-il en s'arrêtant devant Chambras, je vous crois et je vous jure que les coupables seront punis. Mais vous comprenez qu'il s'agit ici d'une affaire de famille où l'intervention de la police serait superflue. Souffrez donc que je la règle moi-même et portez mes remercîments à M. le préfet.

En dépit de ce congé peu dissimulé, Chambras ne bougea point.

— Pardon, monsieur le baron, dit-il sans s'émouvoir, vous oubliez que M. Brévan et sa fiancée, injustement accusés, sont encore en prison.

— Et que voulez-vous que j'y fasse ? riposta brutalement M. de Gondo.

— Je veux, reprit Chambras en appuyant sur le mot, je veux que, sur-le-champ, sans perdre une minute, vous veniez avec moi chez le juge d'instruction, que vous lui déclariez en ma présence que votre fils est l'auteur du vol. Je me charge, moi, de lui apprendre par qui a été imaginé et exécuté le tour odieux qui a égaré la justice. Mais il faut que l'ordonnance de non-lieu soit rendue et que ces jeunes gens soient mis en liberté aujourd'hui même.

— Certes, je ne refuserai pas de témoigner en leur faveur, dit le baron avec embarras, mais la démarche que vous me demandez me serait pénible, vous devez le comprendre, et...

— Cette démarche est indispensable, et je ne vous la demande pas, je l'exige.

— Ah! vous le prenez sur ce ton-là. Eh bien, je refuse.

— C'est votre dernier mot?

— Oui, et je vous prie de sortir.

— Fort bien, monsieur le baron. Je sors. Dans une heure, Salomon Carpatz aura de mes nouvelles.

— Que dites-vous? murmura le banquier épouvanté.

— C'est Georges Carinis qui m'a appris tout à l'heure, et très involontairement sans doute, que vous vous appeliez ainsi. Je vais de ce pas à la préfecture consulter le dossier de Salomon Carpatz, l'usurier qui emporta jadis la fortune d'un honorable commerçant, nommé Paul Robinier...

— Conduisez-moi chez le juge, s'écria M. de Gondo; je suis prêt à faire tout ce que vous voudrez.

— Allons donc! je savais bien que je vous déciderais, dit froidement Chambras. Venez, monsieur le baron, venez vite. Il ne faut pas faire attendre les innocents.

## VIII

Dominique compte les heures depuis qu'il est rentré la veille, ramenant avec lui le fils de l'*Époulardeur*. Chambras lui a promis de lui apporter des nouvelles de M. de Colorado, et Chambras ne paraît point, quoiqu'il soit midi passé.

Le Canadien se désole encore plus qu'il ne s'impatiente, car il se dit que ce retard est de mauvais augure et que, sans doute, Marcel est mort.

Sa douleur s'augmente de celle du pauvre enfant dont il s'est chargé et qui n'a pas cessé de pleurer en demandant à voir sa mère. Et Dominique ne sait que lui répondre, car il ne se sent pas le courage de le conduire à l'hôpital, où la malheureuse femme est sans doute déjà couchée sur les dalles humides de la salle de repos.

Pour lui donner le courage d'entreprendre ce

triste voyage, il faudrait que Chambras fût là,
Chambras qui l'a déjà soutenu dans les épreuves
qu'il traverse depuis la disparition de son ami,
Chambras qui ne désespère jamais, Chambras
que rien ne trouble, que rien n'arrête, et qui marche d'un pas ferme et sûr à travers les complica-
tions les plus inattendues. Il a déjà déjoué bien
des embûches, éclairci bien des mystères; il fera
le reste. Il démasquera successivement tous les
ennemis de M. de Colorado, il atteindra ses ravis-
seurs, mais Dieu seul sait s'il pourra le sauver.

Vingt fois, Dominique a été sur le point de courir
chez lui pour savoir si les agents qu'il a envoyés à
la recherche du *Barbillon* n'ont pas donné signe de
vie. Mais il a réfléchi qu'il ne le trouverait probablement ni à son domicile, ni à la *permanence*, car
le sous-chef de la *sûreté* a promis de s'occuper,
toute affaire cessante, de Savinien et de Cécile. Sa
matinée a dû être employée à achever de mettre
en lumière les preuves de leur innocence, à découvrir l'auteur du vol, à obtenir une ordonnance
de non-lieu, à délivrer les prisonniers peut-être. Le
Canadien se dit tout cela, il cherche à se rassurer
et il n'y réussit guère.

S'il n'était pas de fer, il serait déjà mort de fatigue et de chagrin, car depuis le premier jour de
la fatale semaine qui va finir, il n'a pas pris un
instant de repos. Le lundi, son vieux camarade a
disparu. Le mardi, il s'est battu en duel avec
M. Pouliguen. Le mercredi, il a couru les rues de
Paris comme un chien qui a perdu son maître. Le

jeudi, il est allé au mont-de-piété avec Chambras qui lui a appris un nouveau malheur, l'arrestation des chers fiancés. Le vendredi, il a vu mourir une femme et couper en deux un coquin.

On est au samedi, et il se demande quelle catastrophe va marquer cette sixième journée, car il sait par expérience que le proverbe ne ment pas et que les désastres s'enchaînent et se succèdent presque toujours quand ils ont commencé à fondre sur un homme.

Il y a des séries dans la vie comme au jeu, des séries bonnes ou mauvaises, et Dominique est tombé sur la pire de toutes. Il le sait, il le croit du moins, et il maudit l'idée qu'a eue Marcel de quitter la Californie pour venir poursuivre des vengeances chimériques dans cet infernal Paris où il n'a rencontré que des déceptions. Il maudit même ce ministère des bienfaits qu'il a sollicité et qu'il a eu si rarement l'occasion d'exercer depuis que M. de Colorado le lui a confié.

Pour peu qu'il se laissât aller aux idées noires qui l'assiégent, il se ferait sauter la cervelle après avoir cassé la tête à Atkins, car il commence à désespérer de la justice divine aussi bien que de la justice humaine. Autour de lui, les bons sont persécutés et les méchants triomphent. Savinien et Cécile sont en prison, Atkins est au comble de la prospérité. Il est vrai que Tolbiac a été cruellement puni de ses méfaits, trop cruellement même, puisqu'il n'a jamais été qu'un coquin subalterne, mais ce châtiment providentiel ne console pas Dominique des triomphes de l'abominable *Yankee*.

Si du moins les bandits qui ont enlevé Marcel étaient pris et traités selon leurs mérites, ce serait une compensation à tant d'injustices. Le Canadien les hait tellement, qu'il serait capable de surmonter ses répugnances pour l'affreux spectacle d'une exécution, et de retourner à la Roquette pour leur voir couper le cou.

Il en était là de ses sombres réflexions, lorsque Chambras parut. Le sous-chef de la *sûreté* avait sa figure des mauvais jours, et Dominique comprit tout de suite qu'il n'avait rien de bon à lui annoncer.

— Vos agents n'ont rien trouvé, n'est-ce pas ? lui demanda-t-il d'une voix étranglée.

— Si, répondit tristement Chambras. Ils ont retrouvé la trace et les débris du bateau où M. de Colorado a été enfermé.

— Mais... lui ?

— Je désespère de le revoir.

— Ah ! il est mort ! mes pressentiments ne m'avaient pas trompé !

— Il n'y a à cet égard aucune certitude.

— Il est mort, vous dis-je. Mon pauvre Marcel ! murmura Dominique.

Et de grosses larmes roulèrent sur ses joues basanées.

— Voici comment les choses se sont passées, reprit Chambras, beaucoup plus ému qu'il ne voulait le paraître. Mes hommes sont arrivés à Mantes hier soir, assez tard, et ils y ont appris qu'un ba-

teau dont le signalement se rapportait à celui du
*Barbillon* en était parti dans la matinée. Ils ont
pensé qu'il avait fait du chemin et ils ont cru agir
pour le mieux en prenant le premier train, qui les
a déposés à Vernon. Là ils ont constaté que le bateau n'était pas encore arrivé, et ils en ont conclu
qu'ils n'avaient qu'à remonter la rivière pour le
rencontrer. Ils se sont mis en route bravement, à
pied, malgré la nuit, malgré la pluie, car il faisait
un temps affreux et on n'y voyait goutte.

A dix heures, ils arrivaient à Bonnières sans avoir
aperçu le *Barbillon*, quoiqu'ils eussent toujours
suivi la berge. Malheureusement la Seine, en cet
endroit, fait un détour énorme. La côte de Rolleboise la rejette fort loin, et elle va passer devant le
gros bourg de la Roche-Guyon. Sous peine de
manquer le but, il fallait contourner cette boucle
interminable, et il en est résulté qu'à deux heures
du matin seulement ils arrivaient en face d'un village nommé Vétheuil, qui est situé sur l'autre bord.

Là, ils ont entendu le tocsin, et ils ont vu la lueur
d'un incendie. Ils ont pris le pas de course, quoiqu'ils fussent exténués, et une heure après ils arrivaient au village de Mousseaux, dont tous les
habitants étaient sur pied. Ce n'était pas une maison qui brûlait, c'était un bateau.

— Le *Barbillon*? demanda Dominique avec angoisse.

— Hélas! oui, dit tristement Chambras.

— Alors, Marcel est mort, puisque les brigands
l'y avaient enfermé.

— Ce n'est pas certain, répondit le sous-chef de la *sûreté* d'un air peu convaincu.

— Il est mort... vous le savez bien... Pourquoi me le cacher?

— Je vous jure que je dis la vérité. Il n'est que trop probable que M. de Colorado a péri, mais je n'en ai pas la preuve. Le feu a pris ou a été mis au bateau vers deux heures, et il a très-rapidement consumé cette vieille carcasse pourrie. Les amarres ont été brûlées, et le bateau s'en est allé à la dérive, de sorte que les paysans des environs n'ont pu être d'aucun secours. Ils ont vu les derniers débris du *Barbillon* s'enfoncer et disparaître dans le fleuve au moment où mes agents arrivaient.

Rabachon a ouvert sur-le-champ une enquête, et il a appris que ce bateau s'était arrêté là le soir, contrairement aux usages des mariniers, qui préfèrent passer la nuit dans une ville, et que les gens qui le montaient n'avaient fait que boire et chanter jusqu'à une heure très-avancée. C'était l'*Époulardeur* et sa bande, il n'y a pas à en douter.

Du reste, on en a eu bientôt la certitude. Rabachon a fait fouiller avec des crocs et des perches la rivière, qui n'est pas très-profonde à cette place-là, et on a retiré deux corps à moitié carbonisés : celui d'une femme d'abord, puis celui d'un homme que mes agents ont reconnu à sa forme et à son costume plutôt qu'à son visage, car il était complétement défiguré. Ils sont sûrs que c'est l'*Époulardeur*. La femme devait être sa maîtresse, une drôlesse qu'il traînait avec lui depuis quelques mois.

— Et... les autres... que sont-ils devenus ?

— On n'en sait rien encore. Rabachon avait hâte de rentrer à Paris pour me faire son rapport, mais il a prévenu la gendarmerie et les recherches continuent.

— Je vais partir, s'écria Dominique. Je veux être là quand on retirera de l'eau mon pauvre Marcel... je veux le revoir... l'embrasser encore une fois...

— Vous feriez un voyage inutile. L'opération doit être terminée à l'heure qu'il est, et j'ai donné des ordres pour que le corps de M. de Colorado fût rapporté à son hôtel, si, par malheur, on le retrouve. Mais je vous répète que j'espère encore.

— Moi, je n'espère plus, soupira le Canadien. Si Marcel, par miracle, avait réussi à s'échapper, il serait déjà ici. Le bateau a brûlé cette nuit, à quelques lieues de Paris...

— Quinze lieues, à peu près.

— Et il y a un chemin de fer. S'il vivait, il serait de retour depuis longtemps.

Ce raisonnement fit impression sur Chambras, qui baissa la tête et ne répondit pas.

— Oui, il est mort, reprit douloureusement Dominique, ils me l'ont tué. Cela devait finir ainsi dans cette ville exécrable. Je sais maintenant ce qu'il me reste à faire, ajouta-t-il en montrant le poing à un ennemi invisible.

— Je viens de vous annoncer une bien mauvaise nouvelle, reprit doucement Chambras. Je vais vous en apprendre une bonne. M. Brévan et la jeune fille qu'il doit épouser ont été mis en liberté ce matin.

— Savinien et Cécile sont libres! s'écria Dominique; leur innocence a été reconnue!

— Oh! pleinement, dit Chambras. A la suite de l'audience qu'il m'a accordée hier, le juge d'instruction n'a fait aucune difficulté de rendre une ordonnance de non-lieu.

— C'est vous qui les avez sauvés. Merci, dit le Canadien, qui saisit les deux mains du sous-chef de la *sûreté* et les serra cordialement. Que n'avez-vous pu aussi délivrer mon pauvre Marcel! murmura-t-il en pleurant.

— J'ai fait ce que j'ai pu... la fatalité s'en est mêlée.

— Oui, il était écrit là-haut que Paris nous porterait malheur. Dorénavant, je ne veux plus penser qu'à assurer l'avenir de ces pauvres enfants et à punir ceux qui les ont persécutés. Je sais déjà que c'est Atkins qui a fait cacher les billets de banque chez Cécile. Apprenez-moi, je vous prie, le nom du voleur... vous devez le savoir, puisque vous avez pu prouver au juge que Savinien n'était pas coupable.

— Le voleur, c'est M. Ernest de Gondo.

— Le fils du baron?

— Lui-même. J'ai été assez heureux pour le prendre hier en flagrant délit, car il a recommencé à alléger la caisse de son père, et si je n'ai pas pu lui faire avouer catégoriquement le premier vol, j'ai du moins décidé le baron à m'accompagner chez le magistrat chargé d'instruire l'affaire et à lui déclarer la vérité.

— Voilà qui me réconcilie avec lui.

— Oh! vous n'avez pas beaucoup de gré à lui savoir de cette démarche. Il ne l'a faite que contraint et forcé. Je vous engage même à retirer le plus tôt possible les fonds que M. de Colorado lui a confiés.

— Je les retirerai aujourd'hui même. Je suis pressé de régler mes comptes avec tous ces gens-là, car je veux partir dès que j'aurai arrangé les affaires de Savinien et de Cécile. Il me tarde de les embrasser. Pourquoi ne les avez-vous pas amenés?

— Ce n'était pas possible, dit Chambras d'un air assez embarrassé. Vous comprenez qu'après ce qui s'est passé, la jeune fille ne devait plus rentrer dans cette maison de la rue Albouy, où elle aurait rencontré madame Alexis. M. Brévan a dû s'occuper sur-le-champ de lui trouver un nouveau domicile. Il ne pouvait pas l'emmener chez lui, puisqu'ils ne sont pas encore mariés.

— Oui, je comprends. Alors, à cette heure, ils sont ensemble, cherchant un logement...

— Non, M. Brévan cherche seul. Sa future avait à s'acquitter d'un devoir de reconnaissance. Si M. de Colorado eût été ici, assurément elle serait d'abord venue avec son fiancé le remercier, mais...

— Vous leur avez appris à tous deux la mort de Marcel?

— Sa mort, non, mais sa disparition; et leur douleur m'a profondément touché. Madame Dortis s'intéressait à la jeune fille. Le jour où l'arrestation a eu lieu, cette dame était à la veille de lui avancer la somme nécessaire à l'achat d'un fonds. Elle allait la mettre à la tête d'une maison de fleurs artificielles.

— Cécile, en sortant de prison, a commencé par aller la voir. Elle a bien fait.

— Oui, certes, et le jeune homme m'a dit qu'il irait l'y rejoindre cette après-midi.

— Pensez-vous qu'il y soit maintenant?

— C'est probable, répondit Chambras, après avoir regardé sa montre.

— Eh bien, je veux y aller aussi. Madame Dortis a une fille que Marcel aimait; je tiens à lui dire adieu avant de quitter la France, et puisque nous devons trouver chez elle les pauvres enfants que vous avez sauvés...

— Vous ferez, comme on dit, d'une pierre deux coups; c'est très-bien, mais vous oubliez que vous vous êtes battu en duel avec le commandant Pouliguen et que vous l'avez grièvement blessé. Se présenter chez sa belle-mère quand il est à peine hors de danger... diable! c'est peut-être un peu risqué.

— Bah! le commandant est un franc et loyal marin qui m'a déjà pardonné. Et même je ne serai pas fâché de le voir pour lui dire qu'il a eu grand tort d'accuser Marcel. Quand je lui aurai donné ma parole d'honneur que Marcel, au lieu de chercher à séduire sa femme, l'a protégée contre les entreprises d'un fat, il me croira. D'ailleurs, il doit savoir que Marcel est mort, et il ne le poursuivra pas jusque dans l'autre monde de ses injustes soupçons.

— Qui sait? la jalousie est une passion aveugle.

— J'ai le moyen de lui prouver que la sienne était mal fondée. Marcel, avant d'aller à cette fatale représentation des Variétés, avait écrit à madame Pouliguen... J'espère qu'elle aura conservé la lettre... Vous verrez... car vous venez avec moi, n'est-ce pas?

— Volontiers. J'ai précisément des explications à demander à la fiancée de M. Brévan sur un fait qu'il importe d'éclaircir.

— Alors, partons. Le coupé doit être attelé. Le temps d'embrasser l'enfant de cette malheureuse femme, et je suis à vous.

— Le fils de Jacques Crambard. Le voilà orphelin de père et de mère, le pauvre petit diable. Que comptez-vous en faire?

— L'emmener en Amérique. Vous savez bien que j'ai promis de me charger de lui. A propos, j'entends que la pauvre morte ait des funérailles décentes; mais j'ignore les formalités qu'il faut remplir pour... voudriez-vous me rendre le service de passer à l'hôpital?

— C'est fait, dit simplement Chambras. Elle sera enterrée demain matin, et je suivrai le convoi.

— Nous le suivrons. L'enfant sera entre nous

deux. Ah! tenez, il faut que je vous dise encore une fois que vous êtes un brave homme, ajouta Dominique en se jetant au cou du policier, qui ne chercha point, comme il l'avait fait la veille, à se dérober à cette marque d'estime et d'amitié.

Il la reçut même avec une émotion visible, et il faut dire qu'il la méritait bien.

Le Canadien rentra, après une courte absence, et passa son bras sous le sien pour le conduire à la voiture qui attendait dans la cour. Il l'aimait, cet excellent sous-chef de la *sûreté*, que ses terribles fonctions n'avaient point rendu impitoyable, qui savait protéger les faibles et compatir à leurs souffrances. Il aurait voulu l'emmener avec lui en Californie, quand ce n'eût été que pour avoir un compagnon à qui il pût parler de Marcel. Mais Chambras n'était point disposé à repasser les mers. Son métier l'attachait au rivage, et il ne s'en plaignait pas trop, attendu qu'il l'exerçait par vocation.

Arthur Canoche, dit *Pain-de-Blanc*, et beaucoup d'autres coquins auraient sans doute gagné à son départ. Les honnêtes gens y auraient assurément perdu, car le service qu'il dirigeait en sous-ordre avec tant d'habileté est, comme le dit un éminent écrivain, *l'organe même* de la sécurité de Paris.

Il venait précisément d'accomplir des miracles d'intelligence et d'adresse pour démontrer l'innocence de Savinien et de Cécile, et s'il n'avait pas pu préserver M. de Colorado, c'est qu'il y a des occasions où le hasard semble prendre à tâche de déjouer tous les calculs et de mettre en défaut la vigilance la plus active et la prudence la plus consommée. Encore avait-il exécuté un véritable tour de force en retrouvant, dans l'espace d'une nuit, les traces du *Barbillon* et des bandits qui le montaient. Mais il croyait n'avoir rien fait tant qu'il lui restait quelque chose à faire, et, en ce moment même, il méditait d'achever son œuvre et d'employer pour cela des moyens qu'il jugeait inutile d'exposer à Dominique.

Le coupé s'arrêta bientôt devant l'hôtel du quai de Valmy, et Chambras eut soin de dire au vieux serviteur qui les reçut à la grille que lui et son compagnon venaient pour entretenir madame Dortis d'une affaire importante ; mais il ne crut devoir ni s'expliquer davantage, ni donner son nom, et encore moins celui de M. Le Planchais.

Selon la coutume hospitalière de la maison, le domestique les conduisit tout droit au salon où Marcel avait vu Claire pour la première fois.

Elle y était encore, à côté de sa mère, la charmante jeune fille dont M. de Colorado avait rêvé de faire sa femme, et le Canadien la reconnut parfaitement, quoiqu'il l'eût à peine aperçue le jour où elle était venue à l'hôtel de la place de l'Europe, envoyée par sa sœur. Il la reconnut et il remarqua qu'elle était vêtue de noir, comme si elle eût porté le deuil de Marcel. Il lui sembla même qu'elle le reconnaissait aussi, car une vive émotion se peignit sur son doux visage lorsqu'il entra. Mais, à vrai dire, le bon Dominique n'eut d'yeux, tout d'abord, que pour ses chers protégés.

Savinien et Cécile étaient là, asssis côte à côte, à deux pas et en face de l'excellente veuve, qui les interrogeait avec sa bonté accoutumée. Il courut à eux et se mit à les embrasser, sans aucun souci des convenances, car il oublia complétement de saluer madame Dortis.

Il est vrai que l'apparition de deux personnages qu'on n'attendait guère produisit un véritable coup de théâtre dans ce paisible intérieur. Les fiancés laissèrent bien volontiers Dominique les serrer dans ses bras et lui rendirent même largement ses accolades, mais Claire pâlit et sa mère se leva d'un air offensé.

Il fallut que Chambras, qui avait conservé tout son sang-froid, lui expliquât en très-bons termes le double but de leur visite.

— Madame, dit-il, veuillez nous excuser de nous présenter ainsi. M. Brévan vous apprendra qui je suis. J'ai contribué, je crois, à le justifier d'une accusation inique, et, sachant que je le rencontrerais ici, je me suis permis de venir l'y chercher. Monsieur qui m'accompagne est l'ami intime de M. de Colorado, qui avait l'honneur d'être connu de vous...

— Qui avait!... murmura Claire. C'est donc vrai! M. de Colorado est mort!

— Oui, mademoiselle, dit brusquement Dominique en s'avançant vers la jeune fille, il est

mort, et il a dû mourir en pensant à vous, car je
vous jure devant Dieu qu'il vous aimait d'amour.

Le bon Canadien avait fait sans songer à mal
cette déclaration aussi sincère que déplacée, et il
ne se doutait nullement de l'effet qu'elle allait produire. Claire pâlit, ferma les yeux et mit la main
sur son cœur, que Dominique venait de toucher
cruellement.

— Monsieur! s'écria madame Dortis, choquée
d'entendre interpeller sa fille de la sorte. De quel
droit vous permettez-vous ..

— Excusez-moi, madame, interrompit le chasseur d'ours gris; je parle comme un sauvage que
je suis, et je ne sais pas faire des phrases pour
exprimer ce que je pense. Mais si mon pauvre
Marcel était là, il vous dirait ce que je viens de
vous dire, ce qu'il me disait encore le jour où il
m'a quitté... le jour fatal où il est parti... pour ne
plus revenir.

— Eh bien, monsieur, reprit sévèrement la veuve
du fabricant, si M. de Colorado était là et qu'il me
tînt ce langage, je lui répondrais qu'entre ma fille
et lui l'inégalité de fortune est telle, qu'un mariage
est impossible, et, dès lors, l'aveu des sentiments
que vous venez d'exprimer en son nom est presque
une insulte.

— Une insulte ! répéta Dominique stupéfait. Ah !
Dieu m'est témoin que je ne songe pas à insulter
celle que mon ami chérissait. Vous parlez de la
différence de fortune... je n'y ai jamais pensé, ni
Marcel non plus, je vous le jure. Que voulez-vous !

je suis d'un pays où on se marie quand on s'aime et où on ne s'inquiète pas du reste.

— Je ne doute pas, monsieur, de vos bonnes intentions, dit madame Dortis un peu radoucie, mais je vous prie de m'expliquer le but de votre visite.

— Le but? Chambras vient de vous dire que nous espérions rencontrer ici M. Brévan et mademoiselle Cécile. Je voulais vous remercier de ce que vous avez fait pour eux. Mais je venais aussi pour autre chose. Marcel m'a laissé son testament. Je l'ai ouvert et je vous l'apporte. Il me laisse tout ce qu'il possède en Amérique et il partage l'argent qu'il a en France entre M. Savinien Brévan et mademoiselle Claire Dortis.

— Je refuse, murmura la jeune fille.

— Et moi, monsieur, s'écria madame Dortis, je vous prie de considérer comme nul le legs inexplicable que contient ce testament. Ma fille n'a aucun droit aux générosités de M. de Colorado, et je rougirais d'elle si elle les acceptait.

Dominique regarda Savinien, et tirant de sa poche un papier enfermé dans une enveloppe décachetée :

— Le nom de mademoiselle Dortis n'y figure pas seul, dit-il lentement.

— Moi aussi, je refuse ! s'écria le jeune Brévan.

— Je n'ai donc plus de raison pour conserver cet écrit, qui ne profiterait qu'à moi, conclut froidement le Canadien.

Et après avoir déchiré le testament, il en jeta les morceaux dans le feu de la cheminée.

— Que faites-vous? dit la veuve très-émue. Vous n'avez pas le droit de vous dépouiller ainsi... de priver M. Brévan...

— Savinien m'approuve, et quant à la part que Marcel me laissait, je suis bien le maître d'y renoncer, répondit Dominique. Et maintenant, madame, je n'ai plus qu'une seule chose à vous demander.

— Parlez, monsieur.

— Je voudrais voir le commandant Pouliguen. Oh! je sais ce que vous allez me dire. Mais j'ai aussi à remplir auprès de lui une mission sacrée, et si vous voulez bien le faire prévenir que je suis là et que je désire lui parler, je suis sûr qu'il me recevra.

Madame Dortis sonna et dit quelques mots à voix basse au vieux serviteur, qui était sans doute resté dans le corridor, car il fut prompt à se montrer.

Quand il eut disparu pour s'acquitter de la commission dont sa maîtresse le chargeait, il se fit dans le salon un grand silence. Chacun des acteurs de cette scène singulière se recueillait sous l'impression de sentiments très-divers. Claire pleurait à l'écart, et Cécile, assise près d'elle, lui serrait affectueusement les mains et mêlait ses larmes aux siennes.

Les deux jeunes filles savaient maintenant qu'elles ne reverraient plus M. de Colorado. L'une

14.

regrettait amèrement son bienfaiteur ; l'autre ne cherchait plus à cacher qu'elle avait aimé Marcel, et ses sanglots équivalaient à un aveu que sa mère n'avait pas le courage de lui reprocher.

Savinien, exalté par les terribles péripéties qu'il traversait depuis trois jours, les bras croisés, la tête haute, regardait Dominique comme s'il eût voulu lui dire : Vous voyez que j'étais digne des bienfaits de votre ami, car je vous approuve d'avoir détruit le testament qui m'enrichissait.

Dominique, lui, ne s'enorgueillissait pas de son action, qu'il trouvait toute simple. Il ne pensait qu'à s'acquitter du devoir qu'il s'était imposé, c'est-à-dire à réconcilier M. Pouliguen avec sa femme, afin d'être libre ensuite de quitter la France, non pas, bien entendu, sans avoir cassé la tête à Atkins.

Chambras seul était resté calme au milieu de toutes ces agitations, et ce fut lui qui parla le premier.

— Madame, dit-il à la veuve, j'espère encore que M. Le Planchais n'aura pas à regretter d'avoir anéanti le titre qui lui assurait une immense fortune, car...

— Je ne regrette rien, interrompit le Canadien. Les biens que mon pauvre ami Marcel laisse en Amérique retourneront à l'État de Californie, où il les avait gagnés. C'est justice, et tout est pour le mieux, car je n'aurais su qu'en faire. Regardez-moi et dites si j'ai la mine d'un archi-millionnaire. Non, non, je n'en veux pas de cette fortune, pas même de l'argent qui est chez M. de Gondo, puisque personne ici ne consent à le partager avec moi. Je le retirerai demain et je le donnerai moitié aux hôpitaux et moitié à un orphelin de ma connaissance.

Maintenant, j'avoue que je serais bien contrarié si cette canaille d'Atkins s'emparait du filon de la Nevada que nous avons eu tant de peine à défendre autrefois contre les coupe-jarrets qu'il commandait, mais je réglerai mes comptes avec ce misérable avant de m'embarquer pour le Canada.

— Vous ne m'avez pas laissé achever, reprit Chambras. Je voulais dire que tout espoir n'est pas perdu, car il n'est pas prouvé que M. de Colorado soit mort.

Claire leva sur celui qui parlait ainsi ses yeux pleins de larmes et joignit les mains pour prier Dieu de lui rendre Marcel.

— Dites-vous vrai, monsieur? demanda vivement Savinien.

— Je n'affirme rien. Je doute.

— Quelque chose me dit que je le reverrai, murmura Cécile.

— Quoi qu'il arrive, dit madame Dortis, je tiens à assurer M. Le Planchais de ma sympathie, et à lui affirmer que je n'ai jamais suspecté ses intentions.

— Oh! je ne vous en veux pas, s'écria Dominique. C'est ma faute. Au lieu de vous dire brutalement ce que pensait mon pauvre Marcel, j'aurais dû vous remercier de ce que vous faites pour ses amis. Savinien vous devra son bonheur et...

— M. Brévan m'honore en acceptant mes offres·
et c'est moi qui resterai son obligée, car j'ai à cœur
de réparer le mal que lui a causé, à lui et à mademoiselle Cécile, un homme que j'ai trop longtemps
gardé chez moi et que Dieu, je viens de l'apprendre, a châtié de ses mauvaises actions. Grâce à
vous, monsieur, ajouta la veuve en s'adressant à
Chambras, il a été fait justice des calomnies de
ce Tolbiac.

— Quoi! s'écria le Canadien, ce contre-maître
qui a été tué hier dans la scierie...

— Avait été l'homme d'affaires de madame Dortis, interrompit Chambras. Sa complice, madame
Alexis, me l'a dit après sa mort, et je n'ai pas pensé
ce matin à vous le répéter.

— Mais alors c'est lui qui a calomnié aussi Marcel... Marcel et la femme du...

Le Canadien se souvint à temps que Claire était
là et s'arrêta court. Au même instant, le domestique reparut et fit signe que le commandant était
prêt à recevoir M. Le Planchais.

— Allez, monsieur, allez seul, dit la veuve. J'ai
hâte de connaître dans tous ses détails l'histoire
de ce complot formé par des misérables contre
M. Brévan, et monsieur, qui l'a déjoué, ne refusera pas de me les donner, ajouta-t-elle en s'adressant à Chambras. Peut-être voudra-t-il bien nous
dire aussi sur quoi il se fonde pour espérer encore
que M. de Colorado est vivant.

Chambras s'inclina pour exprimer qu'il était

prêt à répondre et Dominique sortit pour aller
tenter auprès de son ancien adversaire une démarche délicate, et sur le succès de laquelle il
n'était pas sans inquiétude, car il s'avouait bien à
lui-même qu'il ne possédait pas à fond l'art des
ménagements.

Tout à l'heure encore, il venait d'acquérir la
preuve qu'il ne suffit pas toujours, pour agréer
aux gens, d'être animé à leur endroit d'excellents
sentiments, et qu'on peut fort bien les blesser avec
les meilleures intentions du monde. Mais il n'était
pas homme à reculer devant les difficultés d'exécution d'un louable dessein, et il s'était juré de ne
pas quitter la France avant d'avoir augmenté, en
réconciliant la femme et le mari, son bagage de
bonnes actions. Il suivit donc sans hésiter le vieux
serviteur, qui l'introduisit dans la chambre du
blessé.

Dominique croyait trouver le commandant seul
et il fut assez surpris de voir madame Pouliguen
assise à son chevet. Il ne se déconcerta pas pour
cela et il alla droit à l'officier en lui tendant la
main.

— M'en voulez-vous encore? lui demanda-t-il
avec émotion.

— Pourquoi vous en voudrais-je? répondit le
marin. Vous vous êtes battu loyalement, et si ce
malheureux duel a eu lieu, je n'ai à m'en prendre
qu'à moi-même. Je vous remercie d'être venu, car
je suis bien aise de vous dire que je ne me serais
jamais consolé si j'avais eu le malheur de vous tuer.

Ce début était encourageant, et le Canadien se sentait déjà plus à l'aise ; mais il cherchait par où il allait commencer et il ne trouvait pas son exorde.

La présence de madame Pouliguen le gênait considérablement, et cependant il venait la justifier. Mais il y a des cas où l'avocat le mieux intentionné est embarrassé de plaider devant sa cliente, et si les parties adverses se trouvaient à l'audience dans certaines affaires de séparation de corps, il est probable que l'éloquence des défenfenseurs serait singulièrement entravée dans ses développements.

Il s'agissait, cette fois, d'une réconciliation ; mais Dominique n'en était pas moins empêché pour la prêcher. Il cherchait à lire sur la figure des deux conjoints les sentiments qui les animaient à l'endroit l'un de l'autre, et cet examen ne le rassurait pas du tout.

Le commandant montrait une physionomie glaciale et ses yeux n'exprimaient aucune bienveillance pour sa femme.

Quant à Clotilde, elle gardait une attitude résignée et triste, presque indifférente. L'entrée de Dominique ne l'avait pas troublée, quoiqu'elle dût bien deviner à peu près le but de sa visite. On eût dit qu'elle se savait condamnée, et qu'elle était résolue à ne rien tenter pour se soustraire au sort qui l'attendait. Elle avait l'air d'une patiente soignant le bourreau qui doit l'exécuter.

C'est que depuis la fatale journée où on avait

rapporté tout sanglant le capitaine de vaisseau, si maltraité par la carabine de Dominique, il se passait dans cette chambre un drame silencieux et terrible.

L'implacable marin n'avait pas adressé un reproche à sa femme; il avait accepté ses soins, et il avait même exigé qu'elle ne s'éloignât jamais de son lit. Mais, quand il la surprenait fondant en larmes, il la foudroyait d'un regard qui disait clairement : Épargnez-moi le dégoût d'assister à cette comédie.

La malheureuse Clotilde baissait la tête sous ce regard pour cacher ses pleurs et sa honte. Une nuit qu'elle lui donnait à boire, elle avait lu dans ses yeux un épouvantable soupçon, et elle avait bu la première pour rassurer son injuste accusateur; et elle avait souffert cette injure sans que la rougeur de l'humiliation lui vînt aux joues.

Ce supplice durait depuis quatre jours, et il menaçait de durer jusqu'à ce que, guéri de ses blessures, le mari outragé se fît justicier pour châtier la coupable.

A sa belle-mère, à Claire, à René, qui l'entouraient de soins, M. Pouliguen avait déclaré que les médecins lui défendaient de parler, et il échappait ainsi à l'obligation de s'expliquer sur la cause de son duel.

Madame Dortis n'était pas dupe de ce silence, et, quoiqu'elle ignorât ce qui s'était passé dans le ménage de son gendre, car elle n'avait pas osé interroger Clotilde, elle comprenait qu'un danger menaçait sa fille. Les mères ont un instinct qui ne les trompe jamais et la pauvre veuve avait perdu le sommeil, depuis que de poignantes inquiétudes étaient venues se joindre aux chagrins que lui causait la conduite de René.

Aussi, lorsque Dominique lui avait parlé d'une mission dont il était chargé auprès de M. Pouliguen, avait-elle pressenti qu'il s'agissait précisément de ce secret qui troublait le repos du commandant. Il ne lui avait jamais dit un mot de sa querelle avec M. de Colorado, ce terrible marin; il s'était même abstenu de lui nommer M. Le Planchais, son adversaire. Elle savait seulement qu'il y avait eu un duel, un duel à mort où le mari de sa fille avait failli succomber. Mais elle devinait que le Californien et son ami étaient mêlés à ce mystère, et, comme il lui tardait de l'éclaircir, elle ne s'était point opposée à ce que Dominique vît le blessé, parce qu'elle espérait qu'après cette visite la lumière se ferait peut-être.

Si le commandant étendu sur son lit de douleur avait pu prévoir ce que le Canadien avait à lui dire, il est probable qu'il aurait refusé de le recevoir. Heureusement, il crut qu'il venait s'acquitter d'un devoir de courtoisie, et, n'ayant contre lui ni ressentiment, ni griefs sérieux, il ne fit aucune difficulté de l'admettre. Seulement, Dominique n'en était pas plus avancé d'avoir été bien accueilli, et il restait coi sur sa chaise, cherchant une entrée en matière et ne la trouvant pas.

Enfin, après quelques instants d'un silence pénible, il fit comme ces poltrons qui se jettent tête baissée au plus fort du danger, pour s'enlever la possibilité de reculer.

— Je viens de la part de Marcel, dit-il brusquement; de la part de M. Caradoc de Colorado.

— Il n'est donc pas mort! s'écria le blessé.

Et un éclair de haine passa dans ses yeux.

— Nul ne peut dire ce que Marcel est devenu, reprit Dominique, et il n'est que trop probable qu'il a été assassiné. Mais, le jour où il a disparu, à la veille de se rencontrer avec vous, il m'a confié des choses que je crois de mon devoir de vous répéter avant de quitter la France... car je vais partir... partir pour toujours.

— Si ce que vous voulez me dire a trait à la cause de mon duel avec cet homme, il est inutile que vous preniez la peine de parler, dit sèchement M. Pouliguen.

— Il le faut cependant

— C'est bien. Je vous écoute, mais je vous avertis que vous ne changerez rien à mes résolutions.

Et, d'un geste qui en disait bien long sur les sentiments qu'il nourrissait à l'endroit de l'épouse coupable, il ordonna à Clotilde de sortir.

Elle se leva, muette et résignée, souleva une portière qui séparait la chambre de son mari de la sienne et disparut.

— J'aime mieux ça, pensa le bon Canadien. Je n'aurais jamais eu le courage de m'expliquer devant elle. Commandant, dit-il, je vous donne ma parole d'honneur que Marcel est un honnête homme et que vous l'accusez à tort.

— Epargnez-moi des protestations de ce genre et arrivez au fait. Qu'avez-vous à m'apprendre?

— La vérité, toute la vérité, rien que la vérité. Je ne vous demande que de m'entendre sans m'interrompre. Lorsque Marcel est arrivé chez vous, juste au moment où vous alliez tuer madame Pouliguen, dénoncée par un misérable, il vous a dit que c'était lui qui l'avait reconduite à la petite porte du jardin de madame Dortis, et il n'a pas menti. C'était bien lui en effet, mais madame Pouliguen n'était pas venue le chercher pour avoir de vos nouvelles. Vous voyez que je suis franc. Je vais même être brutal. Il l'avait rencontrée à la porte du cercle où elle venait attendre un M. Oscar Belamer qui lui faisait la cour et dont elle avait eu l'imprudence d'écouter les beaux discours.

— Le jour où je vous ai rencontré à Champigny, vous avez déjà essayé de me donner le change par le moyen que vous employez aujourd'hui. Je ne m'y laisserai pas prendre.

— Ecoutez-moi jusqu'au bout. Vous avez chassé le drôle qui avait calomnié votre femme, mais il ne s'est pas tenu pour battu. Il vous a écrit une lettre anonyme pour vous attirer au bal de l'Opéra, où vous avez rencontré une créature qui vous a dit que Marcel était l'amant de madame Pouliguen. Elle était payée pour cela, et je sais par qui. C'est alors que, sans autre examen, sans explication préalable, vous avez provoqué Marcel. Il s'y attendait presque, car il était au bal, il vous avait vu causer avec cette damnée femelle qui était la maîtresse d'un scélérat de *Yankee*, notre ennemi acharné, et, quand il reçut votre cartel, il venait précisément d'insulter avec intention ce Belamer qui se permettait des propos injurieux pour votre honneur et de l'appeler en duel. Il voulait le tuer et, après vous avoir débarrassé de lui, vous raconter tout, vous faire toucher du doigt tous les fils de cette trame abominable. C'est pour cela qu'il vous donnait rendez-vous à Champigny, qui est tout près de Vincennes, où il devait se battre avec Belamer. Vous savez pourquoi il n'est pas venu, et je...

— Je vous répète que vous m'avez déjà dit tout cela, interrompit le commandant, et si vous n'avez pas d'autres preuves.

— J'en ai une. Le jour où il vous a écrit qu'il vous rencontrerait à Champigny, il a écrit aussi à madame Pouliguen.

— Vous osez en convenir !

— Oui, il lui a écrit pour la supplier de ne vous rien cacher... d'avouer ses imprudences. Elle n'était pas destinée à vous être montrée, cette lettre, et vous ne pouvez pas douter qu'elle ait été écrite de bonne foi. Si, par bonheur, madame Pouliguen l'a conservée, demandez-lui de vous la montrer, demandez-lui de...

Dominique s'arrêta en voyant reparaître Clotilde, plus pâle encore que de coutume. Evidemment, elle avait tout entendu.

Elle s'avança lentement vers le lit où gisait le blessé qui la regardait avec des yeux chargés de menaces, tira de son corsage un pli carré qu'elle lui présenta et tomba à genoux.

Le commandant prit la lettre et se mit à la lire. Dominique, très-ému, suivait ses impressions sur sa figure. Il le vit pâlir, puis rougir, puis trembler, et enfin laisser tomber la lettre pour tendre à sa femme prosternée une main qu'elle couvrit de baisers et de larmes.

— Dieu soit loué! murmura le Canadien; je l'ai sauvée.

A ce moment, on entendit au dehors des pas précipités.

— On vient; relevez-vous, madame, dit vivement M. Pouliguen. Il ne faut pas qu'on voie que je vous pardonne.

La porte s'ouvrit au moment où madame Pouliguen se relevait, et on entendit la voix du vieux domestique disant :

— Oui, monsieur, M. Le Planchais est là, mais je vous répète que vous ne pouvez pas entrer. M. le commandant est très-malade et le médecin a défendu de le fatiguer.

Au lieu de lui répondre, le visiteur auquel il s'adressait l'écarta brusquement et se précipita dans la chambre.

— Marcel! s'écria Dominique.

Et les deux amis se jetèrent dans les bras l'un de l'autre.

La scène était à peindre : M. de Colorado serrant

sur sa poitrine son vieux camarade, fou de joie, qui criait à tue-tête :

— Vivant ! il est vivant !

Clotilde en pleurs, suffoquée par l'émotion ; son mari, se soulevant sur son lit de douleur et regardant Marcel avec des yeux où on lisait un soupçon. Évidemment, il se demandait si ce n'était pas une nouvelle comédie qu'on jouait là, une comédie arrangée pour le tromper encore.

— Comment as-tu fait pour échapper à ces brigands ? demandait Dominique ; et moi, qui depuis une heure avais perdu tout espoir... figure-toi que les agents de Chambras sont revenus ce matin... il les avait envoyés à ta recherche et ils lui ont appris que le bateau avait brûlé... Tu n'es pas blessé, n'est-ce pas ?

La question était bien naturelle, et le Canadien aurait pu commencer par l'adresser à son ami, car M. de Colorado, pâle, défait, les cheveux en désordre, paraissait avoir peine à se soutenir. Il était couvert d'un manteau qui laissait voir ses habits en lambeaux, ceux qu'il portait le soir de la première représentation de l'*Ile de Tohu-Bohu*, et rien n'était plus étrange que ce costume de soirée fripé, tordu, déguenillé, porté par un homme aux yeux caves, au teint livide. On aurait dit un spectre en cravate blanche.

— Non, dit Marcel, je suis seulement brisé de fatigue... j'ai failli être brûlé... puis noyé... et j'ai dû revenir à Paris à pied... Ces coquins ne m'avaient pas laissé de quoi prendre le chemin de

fer... Je suis arrivé exténué à l'hôtel... on m'a dit
que tu étais ici, et je m'y suis fait conduire... tu
comprends que j'avais hâte de t'embrasser.

— Si je le comprends ! ah ! je crois bien ! moi
qui tout à l'heure encore parlais de ta mort au
commandant... moi qui... tiens ! vois-tu, je suis si
content, que je ne sais plus ce que je dis.

La conversation aurait pu continuer longtemps
ainsi, mais M. de Colorado s'arracha aux accolades réitérées de Dominique, et s'avançant vers
le lit :

— Monsieur, dit-il à l'officier d'une voix émue,
je vous demande pardon de me présenter ainsi;
après ce qui s'est passé entre nous, j'aurais peut-
être dû m'abstenir, mais vous devez comprendre
mon impatience de revoir mon ami M. Le Planchais... et j'ajoute que sa présence dans cette maison me rassure et me fait espérer que vous avez
oublié une querelle... qu'il n'a pas dépendu de moi
d'éviter...

Le commandant laissait parler Marcel et son visage trahissait les agitations de son âme, mais il
n'articulait pas une parole.

— Vous êtes souffrant, monsieur ? lui demanda
Marcel.

— Ah ! c'est vrai ! tu ne sais pas ! s'écria le Canadien. C'est moi qui ai blessé M. Pouliguen.

— Toi !

— Oui, nous nous sommes battus... bien malgré
moi, par exemple... dans le bois de Champigny,
où tu avais donné rendez-vous au commandant...

j'ai eu le malheur de lui casser un bras... et une côte... Mais tout cela est oublié, n'est-il pas vrai, commandant ? Nous venons de nous expliquer... je t'ai justifié.

— C'est vous, monsieur, qui avez écrit cette lettre ? demanda l'officier en montrant le papier qui était resté sur son lit.

— Oui, dit Marcel qui comprit aussitôt la situation, oui, c'est moi, et je vous donne ma parole d'honneur que tout ce qu'elle contient est vrai.

Ce fut dit avec un tel accent de loyauté, que le marin tressaillit et reprit d'une voix qui tremblait un peu :

— Ainsi ce n'était pas vous que madame Pouliguen venait chercher au cercle ?

— Non, monsieur, madame Pouliguen a cédé à un moment d'entraînement qu'elle regrettait déjà quand Dieu a permis que je la rencontrasse. L'homme qui a cherché à la détourner de ses devoirs est un misérable que je me proposais de châtier et dont j'aurais déjà fait justice, si la catastrophe la plus inattendue ne m'avait empêché de me rencontrer avec lui.

Le commandant resta quelques instant sans répondre, comme un juge qui se recueille avant d'absoudre ou de condamner.

— Pourquoi m'avez-vous caché la vérité jusqu'à ce moment ? demanda-t-il en regardant fixement M. de Colorado.

— Parce que ce secret n'était pas le mien, répliqua Marcel avec fermeté, parce que je voulais vous épargner le chagrin de soupçonner une femme qui a pu être imprudente, mais qui n'a jamais été coupable. Je réponds de son honneur comme du mien. Mais n'importe, j'ai eu tort de vous tromper, même pour un tel motif, et je vous en demande pardon.

— Je lui ai déjà pardonné, à elle, murmura le blessé.

A ce mot, Clotilde s'élança pour se jeter au cou de son mari, qui ne l'aurait pas repoussée, mais elle s'arrêta court en voyant entrer sa mère. Madame Dortis aperçut M. de Colorado et resta stupéfaite.

— Vous, monsieur, s'écria-t-elle. Jean, qui vous a introduit, m'a bien dit qu'il vous avait reconnu... je n'osais pas le croire...

— Il est sauvé, madame, cria Dominique, il a échappé aux bandits qui voulaient le tuer... je ne sais pas comment il a fait, par exemple... mais ça m'est égal, puisque je le revois... je le tiens, mon Marcel, nous ne nous quitterons plus.. C'est Chambras qui va être content, ajouta-t-il pour conclure ce discours incohérent.

— Il vous attend dans la cour, monsieur, dit la veuve, et il ignore encore l'heureux événement dont je me réjouis avec vous.

— Et Savinien ! et Cécile ! quelle joie quand ils vont apprendre...

— Quoi ! ils sont ici ? demanda Marcel.

— M. Brévan vient de nous quitter, et ma fille

Claire a emmené mademoiselle Cécile dans sa chambre.

Au nom de Claire, Marcel pâlit et madame Dortis, qui s'aperçut de son trouble et qui en devinait la cause, regretta aussitôt de l'avoir prononcé. Elle s'approcha du lit et prit la main du blessé, dont les regards ardents allaient de Clotilde à M. de Colorado. On voyait bien qu'il luttait contre une pensée qui l'obsédait et que les arguments de Dominique ne l'avaient pas pleinement convaincu. Il aurait voulu croire et il ne croyait pas encore.

Alors Marcel eut une inspiration. Il regarda le commandant comme pour lui dire : Je comprends vos tourments et je vais y mettre un terme, puis se tournant vers la veuve :

— Madame, dit-il lentement, j'aime mademoiselle Claire Dortis, votre fille, et j'ai l'honneur de vous demander sa main.

Ce fut un coup de théâtre. La figure de M. Pouliguen s'éclaira, madame Dortis rougit et Clotilde pleura de joie.

— Je vous le disais bien, qu'il l'aimait ! s'écria Dominique.

— Monsieur, balbutia la mère de Claire, la démarche que vous faites en ce moment... nous honore... mais elle est si grave et... je m'y attendais si peu... il y a des obstacles... et d'ailleurs, je suis obligée de consulter ma fille.

— Je ne veux devoir mademoiselle Claire qu'à elle-même, et je serais au désespoir de contrarier sa volonté, mais je vous supplie de lui dire qu'il

15.

dépend d'elle de me rendre le plus heureux ou le plus malheureux des hommes, et que si elle veut bien agréer ma demande, je lui consacrerai ma vie.

L'émotion l'empêcha de continuer. Il vit que le blessé lui tendait la main. Il la prit et la serra cordialement.

— Vous m'avez sauvé du désespoir, et maintenant nous sommes frères. Merci ! lui dit M. Pouliguen.

Marcel répondit par une nouvelle étreinte, salua madame Dortis et sa fille, et sortit en s'appuyant sur le bras de Dominique.

— J'étouffe de bonheur, lui disait-il en descendant l'escalier.

— Et moi donc ! criait le Canadien, je te retrouve... tu épouses une fille charmante que j'aime déjà comme une sœur... Cécile et Savinien sont libres... Vive Chambras qui a fait tout ça !

— Où est-il ? il me tarde de le voir... de lui dire...

— Me voici, monsieur, dit l'organe sonore du sous-chef de la *sûreté* qui, lassé d'attendre Dominique dans la cour, venait à sa rencontre.

Il ne parut pas trop surpris en voyant M. de Colorado, qu'il avait, d'ailleurs, déjà reconnu à sa voix. Le métier qu'il exerçait si magistralement l'avait cuirassé contre les étonnements, mais il fit mieux que de s'ébahir, il s'attendrit. Marcel vit briller une larme dans cet œil clair qui dépistait si bien les coquins.

Une larme de policier, c'est presque une larme
du diable, et une vieille légende prétend que si
Satan pouvait pleurer, il serait relevé de sa chute.
Mais Chambras n'avait jamais que peu de temps à
donner aux émotions douces.

— Venez, monsieur, dit-il à Marcel après l'avoir
embrassé de bon cœur. Il est urgent que je sache
ce qui s'est passé sur le bateau, afin de poursuivre
les brigands qui vous y ont attiré, si tant est qu'ils
ne soient pas tous au fond de l'eau. Je vais donc,
si vous le permettez, vous accompagner chez vous
et nous causerons en route.

— Bien volontiers, mais Savinien et sa fiancée
sont ici, m'a-t-on dit, et je voudrais...

— Le jeune Brévan vient de partir, et quant
à mademoiselle Cécile, il vaut mieux que vous ne
la voyiez pas maintenant, dit Chambras d'un air
assez embarrassé. Tout à l'heure je vous dirai
pourquoi.

Marcel fut un peu surpris de cette réticence,
mais il ne fit pas d'objection. Il se rappelait, d'ailleurs, que la fiancée de Savinien était en conférence
avec Claire, — madame Dortis l'avait dit, — et le
moment eût été mal choisi pour la voir.

Il ne voulait infliger ni à elle, ni à la jeune fille
qu'il aimait les émotions d'une première rencontre avec lui, avant qu'elles fussent préparées à la
nouvelle de son retour miraculeux. Il trouvait plus
convenable aussi de laisser la mère de Claire lui
apprendre qu'il venait de demander sa main. Ce
Californien avait toutes les délicatesses.

La voiture attendait sur le quai, et Dominique avait eu l'heureuse idée de faire atteler un vis-à-vis à trois places, quoiqu'il ne se doutât guère que la troisième serait occupée par Marcel ressus-suscité. Ils y montèrent tous, et on roula vers l'hôtel.

Le Canadien ne se possédait plus, et, dans l'effervescence de sa joie bruyante et bavarde, il n'aurait pas laissé à son ami la possibilité de placer un mot, si Chambras ne l'eût prié poliment de permettre à M. de Colorado de parler.

— Il faut que je sache tout, et le plus tôt possible, dit-il, car si tous ces coquins-là ne sont pas morts, je n'ai pas une minute à perdre pour les rattraper. Et d'abord, comment s'y sont-ils pris pour vous attirer dans leur bateau ?

— Oh ! de la façon la plus simple, répondit Marcel, et si j'ai donné dans le piége qu'ils m'ont tendu, c'est que tout le monde à ma place s'y serait laissé prendre. J'avais vu Cécile avant d'aller au théâtre ; j'étais allé l'attendre à la sortie de son magasin, et nous avions longuement causé ensemble, assis sur un banc, à l'entrée du boulevard Magenta. Elle m'avait dit que des gens de mauvaise mine la suivaient sans cesse...

— Bon ! les émissaires de madame Alexis et de Tolbiac, soudoyés par M. de Mariposa, dit Chambras.

— Comment ! Atkins aurait payé ces misérables pour espionner Cécile ?

— Parfaitement. Il avait son plan, tout à fait

distinct de celui des scélérats qui vous ont sequestré. Je vous expliquerai cela tout à l'heure. Continuez, je vous en prie.

— Cécile craignait d'être attaquée, enlevée peut-être par ceux qui l'épiaient, et, pour la rassurer, je lui avais dit de me faire appeler sur-le-champ en cas de malheur. Nous étions convenus d'un mot de reconnaissance.

— On vous écoutait et on aura surpris le mot.

— Vous avez deviné. Une heure avant la fin du spectacle, on est venu me dire dans ma loge qu'un homme me demandait en bas. Je suis descendu et j'ai trouvé un gamin de Paris.

— Petit, maigre, blême, le nez retroussé, une blouse blanche et une casquette de soie noire...

— C'est bien cela. Vous le connaissez?

— Nous l'avons vu à la Morgue, M. Le Planchais et moi, le jour où on l'a retiré de la Seine au bas du quai Henri IV. Ses bons petits camarades ont dû l'y jeter.

— Oui... je me rappelle en effet avoir entendu des cris, puis le bruit d'un corps qui tombait dans l'eau.

— Cet affreux *voyou* vous a répété le mot dont vous étiez convenu avec la fleuriste?

— Précisément. Et il m'a raconté une histoire d'enlèvement. Cécile, prétendait-il, avait été entraînée de force sur un bateau et elle n'avait eu que le temps de lui jeter mon nom et la phrase de reconnaissance. Je n'ai pas hésité un instant, et j'ai couru avec lui à l'endroit qu'il m'indiquait.

— Dans une voiture de place que vous avez laissée au coin du boulevard Bourdon. Nous savons cela. Le cocher a été retrouvé. Mais il y a un point obscur. Si le gamin était de ceux qu'employaient Tolbiac et madame Alexis, M. de Mariposa aurait donc été mêlé aussi à l'affaire du *Barbillon*.

— En doutez-vous ? s'écria Dominique.

— Un peu. Je crois à deux complots parallèles l'un contre vos jeunes amis, tramé par l'Américain, l'autre contre la personne de M. de Colorado, et cette dernière coquinerie me fait l'effet d'être tout simplement un coup monté par l'*Époulardeur* et sa bande. Cependant c'est à vérifier. J'interrogerai ce soir la marchande à la toilette. Mais je vous demande pardon de vous avoir interrompu, dit Chambras en s'adressant à Marcel. Veuillez reprendre votre récit.

— Nous sommes descendus sur le quai Henri IV. Le gamin m'a montré un bateau amarré à la berge et m'a dit que Cécile était là. J'ai pris mon revolver d'une main, de l'autre un couteau américain que je porte toujours sur moi... heureusement, comme vous allez voir... et je me suis précipité sur le pont. Mais pendant que je courais vers la cabine d'arrière pour l'enfoncer, j'ai été précipité dans le vide et j'ai perdu connaissance.

— Les gredins avaient levé les trappes des écoutilles, parbleu !

— C'est vrai, ils l'ont dit devant moi depuis. Je suis revenu de mon évanouissement, au moment où ils avaient achevé de me fouiller, et où ils m'enlevaient pour me porter dans le lieu où ils m'ont enfermé. J'étais hors d'état de me défendre, mais le couteau que j'avais lâché se trouvait sous ma main et j'ai eu la présence d'esprit de m'en emparer. Dans l'obscurité, il avait échappé à leurs recherches, par le plus miraculeux des hasards, un hasard qui m'a sauvé la vie.

— Bon ! je commence à comprendre, murmura Chambras.

— Ils m'ont jeté dans une espèce de cage en bois placée tout au fond de la cale et ils m'y ont laissé, probablement pour partager le butin, car je me suis aperçu que je n'avais plus ni argent, ni portefeuille, ni montre. Comme je vous le disais, j'ai entendu des cris, le bruit d'une lutte. Les brigands se disputaient mes dépouilles. Puis tout s'est apaisé et quelques temps après j'ai senti que le bateau se déplaçait.

— En effet, ils ont décampé le lendemain de très-bonne heure. Maintenant, combien étaient-ils ? il m'importe beaucoup de le savoir.

— Au moment où ils m'ont pris, ils devaient être quatre, deux hommes et deux femmes, sans compter le gamin qui m'avait amené et que je n'ai plus revu. Mais je suppose que l'un d'eux a dû rester à Paris.

— Et vous ne vous trompez pas. Celui-là s'est présenté le jour même à la caisse de M. de Gondo, et il y a touché un *chèque* de sept mille neuf cents francs qu'ils avaient trouvé écrit et signé de vous dans votre portefenille.

— Oui, je me souviens... il était destiné à mon carrossier...

— Après cela, il est allé engager votre montre au mont-de-piété, où nous l'avons retrouvée, M. Le Planchais et moi. Ensuite, il a vendu la *reconnaissance*... vous ne devineriez jamais à qui.

— Non, vraiment; mais a-t-il aussi engagé la chaine... elle porte un médaillon qui contient des cheveux de ma mère?

— Il l'a gardée et j'espère qu'elle nous aidera à le pincer. Figurez-vous que cet amateur de bijoux a été vendre la *reconnaissance* à sa tante, qui n'est autre que madame Alexis, la revendeuse qui demeure dans la maison de la fleuriste.

— C'est bizarre... mais... je m'explique maintenant pourquoi cette nuit j'ai cru le reconnaître... cet homme devait être celui que j'ai rencontré une fois dans l'escalier en allant voir Cécile.

— Et le plus curieux de l'histoire, c'est qu'il est le propre frère d'une farceuse qui se fait appeler madame de Marly...

— La maîtresse du jeune Dortis?

— C'est-à-dire qu'elle l'était, mais elle l'a planté là pour un M. Jackson, qui, je crois, est de votre connaissance...

— Pierre! mon valet de chambre!... Dominique vous a dit...

— Tout. Et, à ce propos, je vous apprendrai tan-

tôt des choses curieuses. Mais, si vous le voulez
bien, revenons à notre récit.

— Oh ! il sera court. J'ai été pris lundi soir un
peu avant minuit. Mardi, mercredi, jeudi et vendredi, je suis resté prisonnier de ces scélérats qui
se conduisaient avec moi comme le font avec les
gens qu'ils enlèvent les bandits du royaume de Naples. Ils voulaient me mettre à rançon et trois ou
quatre fois par jour, celui qui était resté à bord
venait me menacer de me torturer et de me tuer
si je ne consentais pas à signer un bon de cent
mille francs sur un des feuillets de mon livret de
*chèques* sur lequel ils avaient mis la main.

— Et tu as bravement refusé ? dit le Canadien.

— Je n'ai pas même daigné répondre à ce drôle.
Mais je n'ai pas autant de mérite que tu pourrais
le croire à lui avoir résisté, car je comprenais bien
que si je signais, ce serait mon arrêt de mort. Une
fois en possession du *chèque*, le misérable m'aurait
infailliblement massacré, d'autant plus qu'il avait
à se plaindre de moi depuis le jour de cette exécution à laquelle nous avons assisté sur la place de
la Roquette. Il paraît que, ce jour-là, je l'ai rossé.
C'est lui qui voulait violenter Cécile sur le boulevard de Charonne.

— Après notre visite au cimetière ?

— Précisément ; je l'ai très-bien reconnu.

— Quel homme était-ce ? demanda Chambras.

— Une manière d'hercule, carré, trapu, velu
comme un ours.

— C'est bien le signalement de l'*Époulardeur*.

— Quoi! cet assassin que vous soupçonniez d'avoir pris part jadis au pillage du magasin de Paul Robinier?

— Lui-même. Il ne nous gênera plus et il a économisé à l'État des frais de justice. On l'a retiré ce matin de la Seine, grillé comme un jambon.

— Voilà un de tes comptes de vengeance réglé, dit le Canadien, et ce n'est pas le seul. Hier, Tolbiac, le contre-maître qui avait fait chasser Paul Robinier, Tolbiac a été pris dans un engrenage de machine et scié en deux. Je l'ai vu.

— Dieu est juste, murmura Marcel. Il a déjà puni deux de ces misérables qui persécutèrent autrefois un malheureux vieillard...

— Il punira aussi les autres, je puis vous en répondre, dit Chambras. Mais apprenez-moi donc comment le feu a pris au bateau et comment vous avez fait pour vous sauver?

— Je vous ai dit, reprit M. de Colorado, que j'avais passé quatre jours dans une espèce de cage où je ne pouvais me tenir ni debout ni couché et où je recevais plusieurs fois par jour la visite de l'*Époulardeur* et des deux femelles qui voyageaient avec lui.

— Comment étaient-elles bâties, ces deux créatures?

— Je n'ai pas pu bien voir leurs traits, car la cale était très-sombre, et elles n'y venaient guère que pour me jeter ma pitance, un morceau de pain noir dont un chien un peu difficile n'aurait pas voulu. Cependant, j'ai pu remarquer que l'une était grande et grosse, l'autre petite et mince, et c'était la plus méchante. Elle ne manquait jamais de m'injurier...

— Celle-là a été certainement rôtie avec l'*Époulardeur*. On a retiré un cadavre de femme que le feu avait racorni au point de le réduire à la dimension d'un corps d'enfant. J'espère que l'autre aura eu le même sort.

— J'en doute, et vous verrez pourquoi. Vous savez que j'avais par bonheur conservé mon couteau. C'était un instrument très-perfectionné, un chef-d'œuvre de la coutellerie américaine, que je regrette d'avoir abandonné dans la précipitation de mon évasion, car je lui dois la vie. Il avait une demi-douzaine de lames dont une très-longue et très-pointue qui m'aurait servi à éventrer l'*Époulardeur*, s'il s'était avisé d'ouvrir ma cage pour m'étrangler ou pour m'assommer. Il avait aussi une scie très-solide et très-fine dont je me suis servi pour scier les barreaux de ma prison de bois.

Malheureusement, ces barreaux étaient fort gros, et d'ailleurs, pour ne pas être surpris par ces chenapans des deux sexes, je ne pouvais travailler que la nuit, aux heures où je supposais qu'ils dormaient ou qu'ils étaient ivres, ce qui leur arrivait à peu près tous les soirs. Aussi la besogne n'avançait guère. Cependant, hier soir, elle touchait à son terme et j'espérais bien m'échapper avant le jour.

Il faut vous dire que, depuis le matin, j'avais un geôlier de plus. J'entendais une voix masculine que je reconnaissais très-bien. C'était une de celles qui avaient frappé mon oreille la première nuit et elle se taisait depuis le départ du bateau.

— J'y suis. C'était celle d'Arthur Canoche, le neveu de la revendeuse, le frère de la Marly, celui qui a touché le *chèque* et engagé votre montre. Après avoir fait son coup, il a dû s'offrir deux ou trois jours de *rigolade,* comme ils disent; ensuite, il aura pris le chemin de fer et rattrapé le *Barbillon* à Mantes dans la matinée d'hier. Tout cela est clair comme de l'eau de roche.

— Je crois même que la grosse femme avait dû être du voyage, car elle et le drôle qui venait de rejoindre ses camarades sont descendus dans la cale pour y déposer une énorme cruche de grès dont je n'ai connu la destination que plus tard.

Le bateau a navigué toute la journée et s'est arrêté à la tombée de la nuit. Les coquins ont commencé l'orgie à laquelle ils se livraient régulièrement, aussitôt qu'ils n'étaient plus obligés de s'occuper de la manœuvre.

Mon travail était presque fini. Je n'avais plus qu'un barreau à scier pour pratiquer dans la cage une ouverture suffisante. Les autres ne tenaient plus que par la surface extérieure, et, en leur donnant une forte poussée, j'étais certain de les briser facilement, quand le moment serait venu. Je me suis remis à la besogne avec d'autant plus d'ardeur qu'au roulis du bateau je sentais que le vent devait souffler avec force et que le mauvais temps favoriserait mon évasion.

Je sciais depuis plusieurs heures et j'avais presque fini de couper le dernier obstacle, lorsque j'ai entendu marcher avec précaution. J'ai cessé aussitôt et j'ai caché mon couteau. Puis je me suis mis à regarder autour de moi avec mes yeux accoutumés à l'obscurité, mais je n'ai rien vu.

La cale était encombrée de marchandises de toute espèce...

— Des marchandises volées, probablement?

— Je le crois, car plus d'une fois j'ai entendu des phrases d'argot dont je ne comprenais pas très-bien le sens, mais où il était question d'un recéleur de la rue Traversière-Saint-Antoine, qu'ils nommaient, je crois, le père Machin.

— Bon! je retiens le nom et l'adresse.

— Croyant que je m'étais trompé, ou que le bruit était produit par des rats qui venaient assez souvent me rendre visite, j'ai repris mon opération avec une nouvelle ardeur et je l'achevais quand une lueur très-vive a éclairé la cale, en même temps qu'il s'y répandait une fumée épouvantable et une odeur très-prononcée de pétrole.

Heureusement j'avais fini. Je me suis rué de toutes mes forces sur les barreaux qui ont cédé. Alors, j'ai couru à l'écoutille où je suis arrivé à demi asphyxié et je me suis hissé sur le pont qui était déjà en flammes.

Je n'ai eu que le temps d'entendre des hurlements affreux qui sortaient de la cabine d'arrière et d'entrevoir sur la berge, où ils venaient de sauter, un homme et une femme...

— Canoche et sa compagne, parbleu!

— Je ne me suis pas demandé qui c'était, mais je me suis dit qu'il valait mieux ne pas tomber entre leurs mains; je me suis jeté à l'eau du côté opposé, et j'ai traversé la rivière à la nage pour aborder sur la rive droite.

— Il était écrit là-haut que nous prendrions tous les deux un bain dans la Seine en hiver, dit en riant le Canadien.

— Et nous nous en sommes tirés tous les deux, mon vieux Dominique, reprit Marcel. Mais, en prenant terre, je me suis trouvé aussi embarrassé que toi quand tu mis le pied sur la berge devant Clichy-la-Garenne. Je ne savais pas du tout où je me trouvais. Alors, j'ai eu l'idée bien simple de suivre le cours du fleuve en remontant. J'étais sûr qu'en marchant dans cette direction je me rapprochais de Paris. Et, en effet, je suis arrivé à Mantes un peu avant le jour.

Là, je me suis avisé pour la première fois que je n'avais pas un sou pour prendre le chemin de fer. J'aurais bien pu aller conter mon cas au commissaire de police de l'endroit et lui demander de me rapatrier, mais j'ai réfléchi qu'il voudrait me garder pour me faire assister à l'enquête, et, comme j'avais bien envie de te revoir, je me suis décidé à venir à pied. C'est long cinquante-huit kilomètres, je les ai comptés. Je ne suis pas de ta force comme piéton, si bien qu'en arrivant je n'en pouvais plus. A l'hôtel, tout le monde m'a pris pour un revenant, mais on m'a dit que tu étais sorti en voiture avec M. Chambras, et le valet de pied s'est souvenu que tu avais donné au cocher l'adresse de madame Dortis. J'ai pris un fiacre, et me voilà.

— Et nous ne nous quitterons plus, j'espère, quand je devrais renoncer à tout jamais à revoir le Canada! s'écria Dominique.

— Et moi, dit Chambras, je vous réponds maintenant de retrouver Canoche et sa complice, car ils sont vivants, n'en doutez pas, et je connais l'affaire de l'incendie comme si j'avais fait partie de la bande. Le joli frère de madame de Marly voulait se débarrasser à la fois de l'*Époulardeur* et de vous, et il a eu l'idée de vous cuire tous au pétrole. C'est ingénieux, ma foi! mais ce trait d'esprit le conduira, j'espère, à *l'abbaye de Monte-à-Regret*, car il y a eu mort d'homme, mort de femme, préméditation, toutes les herbes de la Saint-Jean, et, dans une heure, mes plus fins agents seront en campagne. Je vous donne rendez-vous à la Roquette avant trois mois.

— Merci, nous n'y tenons pas, dit le Canadien. Assez d'exécutions comme ça. D'ailleurs, l'*Époulardeur* est mort, et son camarade n'a jamais, que je sache, fait de mal à Paul Robinier.

— Je ne répondrais pas qu'il n'ait pas trempé dans les vieilles affaires de son associé. Ils se connaissaient depuis fort longtemps et...

— Parlez-moi, je vous en prie, de Savinien et de Cécile, interrompit M. de Colorado. Il est donc vrai

qu'ils ont été en butte aux persécutions d'Atkins ?
Pauvres enfants ! c'est moi qui ai attiré sur eux la
haine de ce bandit.

— Tu ne sais pas jusqu'où il a poussé la mé-
chanceté... Tu ne sais pas qu'il a fait accuser Savinien d'un vol et Cécile d'être sa complice... que,
par suite de ses machinations, ils ont été arrêtés...
jetés en prison...

— Mais ils sont libres, s'écria Marcel ; leur innocence a été reconnue...

— Oui, grâce à notre ami Chambras, qui a découvert le véritable voleur et qui va nous aider à
traiter comme ils le méritent les gredins dont les
calomnies...

— Je n'ai fait que mon devoir, interrompit le
sous-chef de la *sûreté*. M. Brévan et la jeune fille
qu'il doit épouser sont irréprochables et dignes de
tout l'intérêt que vous leur portez. J'espère, comme
vous, que tous ceux qui leur ont fait du mal seront
punis, et je m'efforcerai de les démasquer tous ;
mais, avant d'expliquer à M. de Colorado les détails de cette affaire et les moyens que je compte
employer, il est bon qu'il connaisse un fait... que
j'ai appris seulement hier et qui est peut-être de
nature à modifier ses intentions à l'endroit d'une
personne...

— Voulez-vous parler de Cécile ? demanda vivement Marcel.

— Oui, malheureusement.

— De quoi s'agit-il donc ?

— J'ai l'honneur de vous répéter que cette jeune

fille est innocente et que, de plus, les renseignements que nous avons recueillis sur son passé sont
excellents. Mais... il y a un mais.

— Achevez, je vous en supplie.

— Vous n'avez certainement pas oublié l'histoire
de ce caissier qui disparut jadis, emportant les dernières ressources de Paul Robinier, et dont on retrouva le corps dans le canal Saint-Martin ?

— Non, certes. Il s'appelait Fertugues, et en se
suicidant, après avoir dissipé l'argent qu'il avait
volé au père de mon ami, il s'est rendu justice.

— Eh bien, monsieur, il m'en coûte de vous l'apprendre.... Mademoiselle Cécile est la fille de cet
homme.

— Elle !

— Pendant qu'elle était en prison, nous avons
dû rechercher son état civil, et nous avons la certitude qu'elle se nomme Cécile Fertugues. Elle se
donnait le nom de Forgeot, qui est celui de sa
mère, mais son père était le caissier infidèle qui
acheva de ruiner Paul Robinier.

Marcel, accablé par ce coup imprévu, demeura
sans voix. La voiture venait de s'arrêter devant la
porte de l'hôtel. Chambras sauta à terre et s'éloigna
en disant :

— Excusez-moi de vous quitter si vite. Je n'ai
pas une minute à perdre pour mettre mes agents
aux trousses du nommé Canoche. M. Le Planchais
voudra bien vous donner des détails sur l'arrestation de ces jeunes gens et sur ce qui s'est passé
pendant votre absence chez M. de Gondo.

IX

Minuit vient de sonner à la superbe pendule qui orne la cheminée du grand salon du cercle et la réunion des causeurs nocturnes est au complet, car les théâtres viennent de finir et la grosse partie n'est pas encore commencée.

Il est même plus animé que de coutume, ce conciliabule d'oisifs bavards et de viveurs médisants. Les tables de whist sont délaissées et tout le monde s'est groupé devant le feu.

Il y a là d'Aldrige, la Roche-Perrière, Valbourg, Belamer et bien d'autres, des gentilshommes et des boursiers, des riches et des décavés, des vieux et des jeunes; le ban et l'arrière-ban de cette société bigarrée qui se rassemble dans les grands clubs à l'heure où les paisibles bourgeois se couchent. Mais la maison de Gondo n'y est pas représentée, et cependant c'est l'heure où d'habitude le baron vient faire son *rubber* à cinq louis la fiche et Ernest tenter la fortune au baccarat.

D'ailleurs, ils ont bien fait de ne pas venir, car il est fort question d'eux, et, s'ils étaient là, ils entendraient à coup sûr des propos peu flatteurs pour leur amour-propre. On les déchire à belles dents, on les voue aux dieux infernaux et au mépris des capitalistes, et, dans ce concert de malédictions, c'est Oscar Belamer, l'ami intime d'Ernest de Gondo, qui mène le chœur.

— Oui, messieurs, dit ce beau ténébreux, *grand papa vautour* est ruiné... absolument ruiné... la Bourse d'aujourd'hui l'a achevé... trois cents francs de baisse sur le Mobilier espagnol... et il s'en était *fourré... fourré jusque là*, ajouta-t-il en chantonnant un air d'Offenbach.

— C'est bien fait, ça lui apprendra à faire des châteaux... en Espagne, s'écria d'Aldrige.

— Je le croyais plus fort, ce cher baron, reprit la Roche-Perrière. Un prince de la finance faire la culbute comme un simple coulissier, c'est bête.

— Dites que c'est ignoble, ajouta un *cocodès* très-connu pour ne jamais payer ses dettes ; car enfin il jouait avec l'argent des autres, et s'il fait faillite, il ruinera un tas d'honnêtes gens.

— Ces honnêtes gens-là n'avaient qu'à ne pas spéculer.

— On ne peut pourtant pas garder son argent dans son coffre. Ça ne se fait plus depuis le moyen âge.

— On achète de la terre.

— Qui rapporte deux et demi. Merci! Les côte-
lettes du café Anglais sont trop chères pour qu'on
puisse se payer le luxe de rester propriétaire
foncier. Il y a longtemps que j'ai *lavé* mes immeu-
bles.

— Nous connaissons les demoiselles qui se sont
chargées de ce blanchissage.

— Mais, messieurs, dit Valbourg, il n'est pas
prouvé que le baron soit si ruiné que ça. C'est un
vieux routier qui en a vu bien d'autres.

— Possible, mon cher, répliqua Belamer, mais
tant va la caisse à l'eau qu'à la fin... elle se
vide.

— Joli proverbe. Je le retiens... pour le servir
à mes créanciers.

— Cent louis que Gondo payera ses différences.

— Tenu. Tu peux préparer tes cent louis pour
le jour de la liquidation.

— Bah! son gendre le tirera de là.

— Le *Yankee?* pas si bête. Tu ne connais
pas les Américains, mon bon. Celui-là est très-fort.

— Oui, au trente-et-quarante. Nous l'avons bien
vu avant-hier chez Coralie.

— Eh bien, il *lâchera* un beau-père sans le sou
comme il nous a *lâchés* quand il a eu raflé notre
argent.

— Et comme il a *lâché* Valentine.

— Pauvre Valentine! ça nuira à son avenir dramatique.

— Pourvu qu'il ne lâche pas aussi mademoiselle de Gondo.

— Allons donc ! l'hôtel est acheté et la corbeille aussi. Il épousera pour rentrer dans ses frais.

— A propos de la petite fête de jeudi, quelle drôle de société elle reçoit cette chère Coralie. Un comte de Saint-Planchers qui a l'air d'un chef de bureau en rupture de ministère. Un monsieur qui a un nom Grec et la mine à l'avenant, un planteur de la Louisiane qui parle tout le temps à la troisième personne...

— Ne dites pas de mal de celui-là. Il a des favoris superbes, et je connais pas mal de seigneurs étrangers qui ont l'air moins distingué que lui.

— C'est de plus un homme sérieux, puisque Coralie qui s'y connaît l'a choisi pour protecteur officiel.

— Elle aurait bien mieux fait de garder ce petit qu'elle avait pris en sevrage. Il allait bien, celui-là. On dit qu'elle lui a croqué déjà une centaine de mille, tandis que cet homme du Sud me fait l'effet de savoir très-bien compter. Les femmes sont bêtes, ma parole d'honneur.

— Pas si bêtes que vous le croyez. Le jeune Dortis est complétement toqué de Coralie, et il a une belle fortune à attendre. Elle le reprendra quand il aura liquidé sa mère, et, pour passer le temps jusque-là, elle plumera son pigeon du Mississipi.

16.

— Les pigeons de ce pays-là tiennent à leurs plumes. Ce Jackson, l'autre nuit, avait l'air d'avoir envie de pleurer pour quelques malheureux billets de mille que son compatriote du Nord lui a râtissés.

— Ernest de Gondo n'a pas pleuré, lui, mais il faisait un nez !

— Ce n'était rien auprès de celui qu'il doit faire à l'heure qu'il est. Car le voilà à la côte, ce pauvre Ernest... et sans espoir de se relever après la débâcle de papa. Il n'est pas de force à donner des leçons de piano, ni de mathématiques, ni de grammaire française, ni de...

— Ni de rien du tout, parbleu !

— Bah ! il se fera remisier ou il vendra des lorgnettes.

— A moins qu'il n'épouse Coralie quand elle aura *drainé* le planteur et le fils du fabricant. C'est un avenir, ça, dit d'Aldrige.

— Jamais. Coralie ne voudrait pas d'un *panné* pour mari, riposta Valbourg qui connaissait le cœur de ces dames.

— Franchement, elle a raison. Si elle se croyait obligée d'assurer des situations ou de servir des pensions de retraite à tous ceux qu'elle a ruinés, elle se mettrait sur la paille.

— Le jeune homme qu'elle a congédié n'est-il pas le beau-frère d'un capitaine de vaisseau? demanda la Roche-Perrière.

— Du commandant Pouliguen, parbleu ! s'écria Valbourg. Demandez plutôt à Belamer.

— Mon cher, tu me feras plaisir en ne prononçant pas ce nom-là devant moi, dit gravement le beau ténébreux.

— Oh! fais donc le discret! comme si tout le monde ne savait pas que tu as été du dernier bien avec la femme de ce navigateur.

Belamer, au lieu de répondre, se posa de trois quarts et mit la main dans son gilet.

— Il est *crevant*, cet être-là, avec ses effets de barbe, grommela le *cocodès*.

— Savez-vous le bruit qui court! reprit Valbourg. On dit que le Pouliguen a été grièvement blessé dans un duel qu'il a eu avec cet enragé qui voulait se battre contre Belamer, à la place de son ami.

— Et que j'ai traité comme il le méritait, ajouta le bel Oscar.

— Pardon! c'est lui qui t'a *traité*. J'en sais quelque chose, puisque j'étais ton témoin. Si j'ai bonne mémoire, il t'a appelé « failli chien... »

— « Failli chien » me plaît, s'écria le *cocodès*. Ça sent le loup de mer. C'est une injure goudronnée.

— Je crois même qu'il t'a un peu étranglé, reprit Valbourg. J'ai eu assez de peine à t'arracher de ses mains.

— Tu comprends que je ne pouvais pas me commettre avec un crocheteur.

— Je ne dis pas le contraire, mais c'est bien heureux pour toi que nous nous soyons opposés au duel, car il t'aurait probablement arrangé comme l'officier de marine...

— C'est ce qu'il aurait fallu voir, dit vivement Belamer. Cet homme est un simple coupe-jarret qu'on devrait faire arrêter par la gendarmerie, et je suis sûr qu'il est à la solde de cet aventurier californien qui s'intitulait M. de Colorado.

— Il a bien fait de disparaître, celui-là, dit le *cocodès*, car il n'aurait plus de quoi dîner. Tout son argent était chez le baron.

— Bah! il possède là-bas une mine d'or inépuisable.

— Il sera allé l'exploiter.

— Mais non. Il paraît qu'il a été assassiné.

— Vous croyez cela, vous autres? dit dédaigneusement Belamer. Eh bien, moi, je vous dis que cet homme est un simple escroc...

— Oh! un escroc qui a un crédit de douze millions...

— Personne ne les a vus, ses douze millions. Rien ne prouve qu'il ne s'entendait pas avec le baron pour nous jeter de la poudre aux yeux.

— Vous déraisonnez, mon cher, dit d'Aldrige. Ce Californien était un galant homme et je sais ce qu'il pensait des Gondo. Il n'a tenu qu'à lui d'épouser Noémi qui lui faisait des yeux de carpe frite, et il n'en a pas voulu.

— Et moi je vous dis qu'il a filé, d'abord pour mettre en sûreté une partie de l'encaisse du baron, qui préparait déjà sa faillite; ensuite, et surtout, pour ne pas se battre avec moi.

— Vraiment? vous croyez qu'il avait peur de vous?

— Absolument.

— Vous m'étonnez, dit M. de la Roche-Perrière.

— C'est possible, reprit Belamer sans relever cette impertinence, mais je vous affirme que ce soi-disant Colorado est un lâche et qu'il ne reparaîtra jamais.

— Vous vous trompez. Me voici, dit la voix sonore de Marcel, qui, pour le malheur du bel Oscar, arrivait justement au seuil du grand salon au moment où fut lancé ce propos malsonnant.

Il y eut un cri de surprise auquel succéda presque aussitôt un grand silence.

M. de Colorado marcha droit à l'insolent.

— Vous êtes un misérable que je devrais souffleter sur-le-champ, lui dit-il, en le regardant en face. Je veux bien ne pas vous corriger ici, mais je vous ordonne de sortir.

Belamer, qui était devenu livide, fit d'abord mine de se jeter sur Marcel, mais il se ravisa et s'enfuit en criant :

— Demain, vous aurez de mes nouvelles.

M. de Colorado haussa les épaules et se mit tranquillement à serrer les mains qu'on lui tendait.

Personne ne prit le parti du beau ténébreux et tout le monde s'empressa auprès de Marcel, mais ceux qui comptaient entendre de sa bouche le récit de ses aventures furent bien désappointés, car il se borna à dire qu'il revenait de voyage et on n'osa point insister. Du reste, il ne s'attarda pas au cercle. Il n'y était venu que dans l'espoir d'y rencontrer Belamer et avec la ferme volonté d'en débarrasser pour toujours le ménage de M. Pouliguen.

L'exécution faite, il s'en alla rejoindre Dominique.

## X

— Ainsi, ce M. Belamer a pris la fuite ? disait Chambras à M. de Colorado, trois jours après la scène qui avait mis en émoi, le samedi soir, les habitués du cercle.

— Oh ! pour longtemps, je crois, répondit Marcel. Dominique s'est présenté hier chez lui de ma part et il a appris que le drôle était parti dans la matinée pour l'Italie. J'en suis charmé, car cela m'épargnera une vilaine besogne. Il est toujours désagréable de se battre avec un lâche. M. Pouliguen est débarrassé de lui ; c'est tout ce que je voulais.

— C'est fort bien, mais malheureusement il n'est pas le seul qui ait décampé à ce qu'il paraît.

— Vous voulez parler de M. de Gondo ?

— Mon Dieu, oui. Nous avons été informés à la préfecture qu'il a levé le pied et qu'il laisse un passif énorme. Cette nouvelle m'a beaucoup affligé. Je sais que vous aviez tous vos fonds chez lui et, si riche que l'on soit, une perte de quelques millions n'est pas indifférente.

— Il me reste encore ma mine de Californie, dit tranquillement Marcel, et, par bonheur j'ai, pris chez le baron, il y a peu de temps, une somme de trois cent mille francs dont je n'ai pas dépensé le tiers. J'ai donc de quoi attendre un envoi de San-Francisco.

— Je suis charmé de voir que vous acceptez ce désastre avec philosophie, reprit Chambras. Cela m'encourage à vous apprendre une chose dont je n'ai pas eu le temps de vous instruire.

— Serait-ce encore une mauvaise nouvelle ?

— Pas tout à fait, puisque le principal auteur de la ruine de Paul Robinier est puni de ses méfaits, mais vous auriez mieux aimé sans doute vous charger de la punition.

— Expliquez-vous, je vous en prie.

— Eh bien, le prétendu baron de Gondo s'appelle de son vrai nom Salomon Carpatz.

— Ce n'est pas possible !

— C'est certain. Le hasard m'a fait faire cette découverte, vendredi dernier, en allant chez lui pour éclaircir l'affaire du vol dont Savinien Brévan était accusé, et vous savez déjà que mon enquête a pleinement réussi, puisque j'ai démasqué le voleur, qui n'était autre que M. de Gondo fils.

Depuis, nous avons entrepris à la préfecture des recherches qui nous ont mis à même de reconstruire tout le passé de ce coquin. Nous avons fait jouer le télégraphe et nous avons appris qu'il y a vingt ans, après sa première faillite, Salomon Carpatz s'était réfugié dans son pays d'origine, à Jassy, en Moldavie, où il se livra à divers trafics assez lucratifs. Un peu plus tard, il passa à Constantinople, où il fit promptement une fortune considérable en volant le gouvernement turc, qui n'est pas difficile à voler.

Là, il changea de nom, il se fit baroniser et il se maria pour la seconde fois, car il était veuf et il avait deux enfants, un garçon et une fille, que vous connaissez bien. Il est revenu à Paris, il y a sept ans, et il y a pris rang de plein droit parmi les princes de la finance.

— Et son passé ne s'est pas levé contre lui! et il ne s'est trouvé personne pour le lui jeter à la face, pour s'enquérir du moins d'où venaient ces millions qu'il étalait avec tant d'impudence!

— Vous ne connaissez pas Paris. La marée de l'oubli y monte plus rapidement que le flot dans les grèves du mont Saint-Michel. Pour effacer le souvenir des turpitudes les plus abjectes, des méfaits les plus retentissants, on n'a qu'à s'expatrier. Il suffit quelquefois de changer de quartier. Et quand on revient riche, nul ne s'inquiète de savoir comment on l'est devenu. Un homme dépouille ses amis les plus intimes, met des centaines de dupes sur la paille et disparaît. Dix ans,

vingt ans s'écoulent. Le même homme rentre dans
cette ville où on n'a pas de mémoire et s'implante
dans un monde différent. Il a monté en grade. Il
était petit usurier, le voilà financier de haut vol. Il
donne des fêtes et il arrive parfois qu'il y invite
ceux qu'il a ruinés.

— Vous avez raison, murmura Marcel. J'avais
vu ce misérable dans mon enfance, et, en le retrouvant, il ne m'est pas venu à l'esprit que je
connaissais ce visage d'oiseau de proie. Mais...
la police? Comment se fait-il qu'elle soit si ou-
blieuse?

— La police a fort à faire, cher monsieur, dit
Chambras en souriant, et si elle s'attardait à fouiller le passé, elle risquerait fort de négliger le présent. Il y a la besogne quotidienne, ce qu'on pourrait appeler le crime courant, qui absorbe tous
ses instants. Savez-vous qu'à Paris elle arrête en
moyenne trente-six mille individus par an, à peu
près cent par jour ! Cela suffit à l'occuper, je vous
le jure. Aussi ne regarde-t-elle en arrière que si
une récidive lui livre un coupable d'autrefois, ou
bien quand elle reçoit une plainte.

— N'était-ce donc pas le cas pour Salomon Carpatz?

— C'est vrai, et je confesse que je le cherchais
inutilement et que, sans une rencontre fortuite,
je ne l'aurais peut-être jamais trouvé. Mais nous
avons une excuse. D'abord, il n'était pas sous le
coup d'une ancienne condamnation, et puis on ne
voit pas tous les jours des métamorphoses aussi

complètes que celle de ce juif : chenille au quartier du Temple, et, vingt ans après, papillon doré au boulevard Malesherbes. Il y a de quoi dérouter ceux qui ont le mieux étudié les mœurs de ces insectes malfaisants.

— Oh! je n'accuse pas votre zèle, et je...

— Du reste, nous avons rattrapé le temps perdu, car nous avons recueilli sur la famille de Gondo les renseignements les plus inattendus. J'ai appris, par. exemple, que la baronne est bigame. Mon Dieu, oui! elle est mariée à un mauvais garnement, nommé Georges Carinis, lequel, entre parenthèses, m'a appris, sans le vouloir, le véritable nom de M. de Gondo.

— C'est inouï. Elle est sans doute allée le rejoindre, car elle avait déjà quitté l'hôtel lorsque je m'y suis présenté pour retirer mes fonds. Ne comptez-vous pas la poursuivre? Elle a été, m'avez-vous dit, complice du vol qui a coûté si cher à Savinien?

— Oui, mais malheureusement l'acte qu'elle a commis, ou plutôt qu'elle a conseillé à son beau-fils de commettre, ne tombe pas sous l'application de la loi. Il y a un article du code qui protége les femmes volant leur mari et les fils volant leur père, de sorte que je ne vois pas de répression possible contre tous ces coquins-là.

— Comment! Atkins lui-même, Atkins, ce misérable dont la scélératesse a failli perdre à jamais deux innocents, Atkins échapperait à un châtiment légal?

— La question est plus délicate. Je ne suis pas
de première force en droit pénal et il me semble
qu'il doit exister un moyen de le traduire devant
un tribunal, mais je ne vois pas trop lequel. On ne
peut le condamner ni pour dénonciation calom-
nieuse, ni même pour diffamation. Les gens qui
de gaieté de cœur sacrifient cent mille frances pour
faire tort à leur prochain sont rares, et il est possible que le législateur n'ait pas prévu le cas de
M. de Mariposa.

— Ce sera donc moi qui me chargerai de le punir, dit à demi-voix Marcel.

— Pour la femme Alexis, qui a ouvert la porte
de sa voisine avec une fausse clef, ce sera plus facile, et je l'aurais déjà fait arrêter, si je ne jugeais
plus utile de la laisser libre en la faisant surveiller,
jusqu'à ce que nous ayons mis la main sur son neveu Canoche. S'il revient à Paris, comme je l'espère, il ne manquera pas d'aller voir sa tante ou
sa sœur. La maison de la rue Albouy et celle de la
rue Castellane nous serviront de souricières.

— Ainsi, cette créature qui se fait appeler madame de Marly a pour frère un bandit de la pire
espèce?

— Oh! il ne faut pas que cela vous étonne.
Beaucoup de ses pareilles n'ont pas des parentés
plus relevées. Celle-ci est née rue Galande, non
loin de la place Maubert. C'est une *Mauberte*,
comme nous disons à la préfecture, et les *Maubertes*
ne rompent jamais tout à fait avec leur famille, ni
avec leurs amis de jeunesse. Elles ont la nostalgie

de la boue. Mais, à propos de madame de Marly, avez-vous le projet de continuer à subventionner M. Jackson ?

— Non, je lui ai fait dire ce matin même de rentrer à mon service. Cette comédie me répugne et je crois d'ailleurs qu'elle est inutile. Il me suffira d'apprendre la vérité à M. Dortis pour le faire rougir d'une passion honteuse.

Chambras ne dit mot. Il n'était sans doute pas persuadé de l'efficacité du remède.

— Mais, reprit M. de Colorado, laissons là toutes ces fanges et parlons de Cécile. Je ne puis vous dire à quel point m'a bouleversé la confidence que vous m'avez faite. Je l'aimais comme une sœur, je l'aime encore... et, depuis que je sais qu'elle est fille de cet infâme caissier qui a volé Paul Robinier, je ne puis me défendre d'un sentiment de répulsion... que je me reproche, car, enfin, ce n'est pas la faute de cette pauvre enfant, si le hasard l'a fait naître d'un père criminel. Certes, je ne cesserai pas de m'intéresser à elle, je ne détournerai pas Savinien de l'épouser, mais je sens qu'il me serait impossible de la revoir. Et pourtant, il y a des moments où je ne puis pas croire que c'est le sang d'un voleur qui coule dans ses veines.

— Le doute n'est malheureusement pas possible. Son acte de naissance porte qu'elle est fille de Suzanne Forgeot et de père inconnu. Mais en marge de cette pièce est inscrite la mention de la reconnaissance de l'enfant par Jacques Fertugues, lieutenant retraité, employé comptable. Et, circonstance singulière, cette reconnaissance n'a précédé que de deux jours la mort du père.

J'ai dit quelques mots de cette découverte à la jeune fille, qui n'a pas cherché à nier sa filiation, et je me suis abstenu de la questionner sur ce triste passé, de peur de l'affliger ; mais j'ai fait une enquête et j'ai appris que Fertugues avait eu cette enfant lorsqu'il était encore au service. La mère était une jeune orpheline que la ruine de ses parents avait laissée sans ressources, mais qui avait été bien élevée. Fertugues, qui ne possédait que sa solde, ne pouvait pas l'épouser, puisqu'elle ne lui apportait pas en dot la somme indispensable, aux termes des règlements militaires, pour devenir la femme d'un officier, mais il ne l'abandonna point. Seulement il cacha cette liaison à tout le monde, même lorsqu'il eut pris sa retraite, et M. Robinier, dont il était devenu le caissier, l'a probablement ignorée.

— Savinien aussi l'ignorait, murmura Marcel ; tout est mystérieux dans cette étrange histoire.

— Il y a un mystère, en effet, et je vous conduis en ce moment près de la seule personne qui pourrait l'éclaircir.

— Où allons-nous donc ?

— Là, répondit Chambras en montrant un dôme octogone.

Ils causaient ainsi en remontant la contre-allée d'un large boulevard qui conduit, par une pente assez prononcée, de la gare du chemin de fer d'Orléans à l'ancienne barrière d'Italie, et qui porte le

nom de boulevard de l'Hôpital, en souvenir de
l'Hôpital-Général, qu'on appelle maintenant la
Salpêtrière.

Ils étaient sortis ensemble pour visiter la berge
du quai Henri IV où le *Barbillon* était amarré naguère, et cette inspection terminée, le sous-chef
de la *sûreté* avait proposé au Californien de l'accompagner dans une excursion intéressante. Marcel avait accepté sans s'informer du but de cette
promenade, car il avait pleine confiance dans son
guide et il savait qu'il n'entreprenait jamais que
des expéditions utiles.

Comme il faisait beau, ils avaient laissé leur voiture au bout du pont d'Austerlitz et ils cheminaient
à pied.

— Et que pouvons-nous apprendre là qui intéresse Cécile? s'écria M. de Colorado.

— Cela demande quelques explications que j'ai
le temps de vous donner avant que nous arrivions
à la grille de l'établissement, répondit Chambras.
Je devine quel est le mystère qui vous préoccupe.
Vous vous étonnez comme moi que ce Fertugues,
cet officier de fortune, honorablement retraité et
devenu un comptable modèle, car, jusqu'au jour
de sa disparition, M. Robinier n'avait jamais eu un
reproche à lui adresser, vous vous étonnez, dis-je,
que cet homme qui venait de reconnaître son enfant, ait volé son patron et se soit suicidé après
avoir dissipé le produit du vol.

— Oui, certes; et, pour le croire, il faudrait que
j'en eusse la preuve.

— C'est cette preuve que je viens chercher, et j'ai bien peur qu'on ne me la fournisse. Il faut vous dire que Fertugues menait une existence singulière. M. Robinier n'avait jamais connu le véritable domicile de son caissier, qui disait habiter un petit appartement rue des Gravilliers, et qui, en réalité, vivait, avec sa maîtresse et l'enfant qu'il avait eue d'elle, dans une maison située sur le quai de Jemmapes, presque en face de l'hôtel de madame Dortis, sur l'autre rive du canal Saint-Martin, d'où on a retiré son corps.

— C'est donc pour cela que, le jour où je l'ai rencontrée pour la première fois, Cécile n'a pas voulu passer par ce chemin... il lui rappelait de douloureux souvenirs.

— Elle a su en effet que son père était mort noyé, et je suis sûr qu'elle attribue sa triste fin à un accident. Sa mère croyait aussi sans doute à l'innocence de Fertugues, qui, paraît-il, lui avait promis de régulariser bientôt sa situation par un mariage. C'était d'ailleurs une honnête femme qui a fort bien élevé sa fille et travaillé courageusement jusqu'à sa mort.

— Oui, Savinien me l'a dit souvent, et il est bien difficile d'admettre qu'elle eût consenti à partager la fortune d'un voleur.

— Fertugues, reprit Chambras, avait gardé de sa vie de soldat l'habitude fâcheuse de fréquenter les cafés. Le jour qui précéda sa disparition, il avait été vu plusieurs fois dans des estaminets assez mal famés. Assurément, il se peut qu'en sortant d'un de ces bouges il ait été attaqué et tué par des chenapans qui le savaient porteur d'une somme importante ; il est probable aussi que ces chenapans étaient ses compagnons de débauche. Il ne faut pas songer à les retrouver après tant d'années, mais le hasard m'a mis sur la trace d'une personne dont le témoignage serait décisif. La question est de savoir si, ce témoignage, nous pourrons l'obtenir.

— De qui voulez-vous parler?

— D'une femme qui était au service de M. Robinier lorsque le caissier emporta les quinze mille francs qui lui restaient. Elle fut plus tard soupçonnée d'avoir aidé au vol commis peu de jours auparavant dans le magasin de son maître, mais quand on s'avisa d'instruire contre elle, il était trop tard. M. Robinier, n'ayant plus le moyen de garder une servante, l'avait renvoyée, et il fut impossible de savoir ce qu'elle était devenue. On crut qu'elle avait quitté Paris pour retourner dans son pays. C'était une Allemande nommée Catherine Rothacher. Les recherches ne furent pas poussées bien loin, et l'affaire en resta là. Or, je viens d'apprendre que cette femme, après beaucoup d'aventures, s'est fait, il y a deux ans, admettre à la Salpêtrière sous un faux nom et qu'elle y est encore. Elle a parfaitement connu Fertugues, ses fréquentations, ses habitudes...

— Alors elle pourra nous dire comment il est mort, s'écria Marcel.

— Je le souhaite, mais j'en doute. Elle est fort âgée et elle a l'esprit un peu dérangé. Il est très-

17.

possible qu'elle ait oublié le passé ou qu'elle ait intérêt à le cacher. Dans ce cas-là, je n'en tirerai rien ou je n'en tirerai que des mensonges. Pour l'affaire du vol auquel elle a peut-être pris part autrefois, la prescription lui est acquise, et je n'ai pas le moyen de la contraindre à parler en la menaçant de la cour d'assises. Mais j'ai pensé qu'il fallait tenter l'aventure, et j'ai vu hier le directeur, qui m'a fourni sur le caractère de sa pensionnaire des indications utiles. Catherine Rothacher, devenue Catherine Rouget, est cupide, crédule et bavarde. Il y a donc des chances pour que je réussisse à la faire parler en flattant ses défauts.

Du reste, les employés de la maison sont prévenus de ma visite et vont me faciliter ma tâche. Je vous prie seulement de me laisser diriger l'entretien, et quand je vous adresserai la parole, de répondre dans le sens que je vous indiquerai d'un signe ou d'un coup d'œil.

Nous voici arrivés, ajouta Chambras en franchissant la porte d'une vaste cour divisée en quatre parterres inégaux et entourée d'arbres.

M. de Colorado regardait avec curiosité les bâtiments qui présentent leurs hautes façades au boulevard et dont les noms se rattachent à la fondation de l'hospice. Il y a le bâtiment Mazarin et le bâtiment Lassay.

Cette vue rappelle d'assez tristes souvenirs. Là fut enfermée, en 1786, la trop célèbre madame de la Motte ou de Valois, condamnée à la suite de l'affaire du collier. Là aussi furent massacrées par

les Septembriseurs, en 1792, trente-cinq malheu-
reuses femmes détenues dans le quartier de la
grande Force.

Marcel ne songeait guère à ce passé historique,
mais, quoiqu'il n'eût pas l'esprit tourné aux idées
romanesques, il pensa malgré lui à Manon Lescaut,
et cet inimitable récit d'amour lui revint en mémoire.

C'était assez naturel, car on prétend qu'il arrive
parfois que des visiteurs demandent aux surveillants
de leur montrer la cellule où la décevante maîtresse
du chevalier Des Grieux fut enfermée. Alexandre
Dumas a eu, comme l'abbé Prévost, l'honneur de
créer une fiction plus vivante que la réalité, puisqu'il se trouve encore, dit-on, des voyageurs naïfs
qui vont au château d'If, tout exprès pour voir le
cachot de Dantès, le Dantès du roman de Monte-
Cristo, dont le très-célèbre auteur n'a du reste que
ce seul point de commun avec l'inventeur de la
plus touchante figure littéraire du dix-huitième
siècle.

L'impression sentimentale que l'ami de Dominique avait éprouvée tout d'abord se dissipa vite
quand il aperçut les vieilles femmes qui se reposaient sur les bancs dont la cour est garnie.

Il y avait là des créatures dont il était bien difficile de deviner à première vue l'ancienne condition
sociale.

Et, de fait, les pensionnaires de ce suprême asile
se recrutent dans les mondes les plus divers. On y
trouve des domestiques, des marchandes, des bour-

geoises, des ouvrières, des saltimbanques; on y
rencontre même des actrices, des courtisanes jadis
fêtées qui finissent là ravagées, hébétées, hideuses,
Manons sans poésie dont les Des Grieux sont au
dépôt de mendicité.

La Salpêtrière est le port de refuge où viennent
échouer, après avoir été longtemps battues par les
tempêtes parisiennes, ces épaves de la galanterie,
et Dieu sait dans quel état elles y arrivent quand le
vent de la misère les y pousse.

On les reconnaît pourtant à l'expression de leurs
regards où l'impudence se mêle à la tristesse. Quel-
ques-unes, plus meurtries que les autres par leur
chute, retombent dans les faiblesses de l'enfance.
Elles ont peur de tout, elles tremblent au moindre
reproche et elles pleurent quand on leur parle.

Chez presque toutes la coquetterie survit, et la
blanchisseuse de la maison, qui emploie de nombreuses ouvrières, ne suffit pas à repasser les fichus
et les bonnets de ces retraitées du beau sexe.

Marcel ne put s'empêcher de faire remarquer à
son guide les singulières recherches de toilette de
ces vieilles *sempiterneuses*, comme disait Rabelais.

— Aujourd'hui, ce n'est rien, lui dit Chambras.
Il faut les voir les jours de visite, ou bien quand
on fait venir pour les gros ouvrages les pensionnaires les moins invalides de Bicêtre. Elles les ad-
mirent, elles les couvent des yeux, elles les choient,
et je vous jure que les surveillantes ont bien de la
peine à les empêcher de donner leur ration à de
vieux gueux sans vergogne qui viennent régulière-

ment leur soutirer les quelques sous qu'elles ga-
gnent. En revanche, elles se détestent entre elles,
elles se disputent sans cesse, et, si on n'y mettait
ordre, elles se battraient à tout instant. J'aimerais
mieux conduire une escouade de forçats que d'a-
voir à mettre la paix parmi ces enragées.

Il n'y a guère que celles-là qui soient sages parce
qu'elles ont servi dans l'armée, ajouta-t-il en montrant de robustes gaillardes qui fumaient gravement leur pipe au pied d'un arbre; ce sont d'anciennes cantinières.

Puis, s'adressant à une surveillante qui passait
vêtue de gris et coiffée d'un bonnet de tulle noir
posé sur un bandeau de batiste blanche :

— Pourriez-vous me dire, demanda Chambras,
où je trouverai la nommée Catherine Rouget?

— Monsieur, répondit l'employée, voyez d'abord
à la *Hauteur*. Si elle n'y est pas, elle doit être à la
*Forêt-Noire*.

— Que signifient ces noms bizarres? demanda
M. de Colorado pendant que la surveillante passait
son chemin.

— La *Hauteur* est un immense quinconce de
grands arbres où les femmes qui ne sont pas malades passent leur temps à bavarder quand il fait
beau, répondit Chambras. La *Forêt-Noire* est un
dortoir situé sous les combles du bâtiment Mazarin que vous voyez là, devant vous.

Il y a aussi la *Chambre des Treize* dans le bâtiment Lassay, et puis le bâtiment Saint-Félix, où
les pensionnaires ont chacune un logement séparé.

C'est un monde que la Salpêtrière, et n'habite pas qui veut ces logements privilégiés. Il faut que Catherine Rouget soit bien notée à l'administration pour avoir obtenu un lit dans la *Forêt-Noire*.

Nous y grimperons tout à l'heure et je vous avertis que l'ascension est assez rude. Cent marches tout au moins. Mais voyons d'abord au quinconce. Si nous y trouvons Catherine, nous pourrons éviter l'escalade.

Les deux visiteurs traversèrent le corps de logis principal, donnèrent en passant un coup d'œil aux cuisines qui ont l'air d'être destinées à préparer les gigantesques repas de Gargantua, longèrent le bâtiment Saint-Félix, divisé en soixante-huit chambrettes dont la jouissance est toujours ardemment briguée par les pensionnaires et qu'on réserve pour celles que des malheurs imprévus ont fait déchoir d'une condition sociale relativement élevée. Il y a une aristocratie à la Salpêtrière comme ailleurs.

Sous les rameaux encore dépouillés de feuilles d'un véritable bois de haute futaie, se tenait le conciliabule habituel des femmes valides, assises sur des bancs ou se promenant par petits groupes.

Presque toutes étaient de ces édentées

> Dont la barbe fleurit et dont le nez trognonne;

mais il y en avait aussi qui paraissaient presque jeunes, tant elles s'étaient attifées avec soin et surtout avec prétention.

On voyait là s'étaler sur des épaules voûtées par l'âge des tartans quadragénaires savamment drapés et aussi fièrement portés que des cachemires de l'Inde; on voyait des robes fanées, qui avaient peut-être brillé jadis à Longchamp sur les coussins moelleux d'une calèche, balayer mélancoliquement les allées banales du bois de Boulogne des pauvresses.

Les décrépites, les résignées, celles qui avaient abdiqué tout sentiment de coquetterie, qui avaient oublié jusqu'à leur sexe, regardaient, en branlant la tête et en marmottant des sarcasmes inintelligibles, ces élégances d'hôpital. On aurait dit les ombres des courtisanes d'autrefois défilant entre deux rangées de sorcières accroupies.

Chambras s'adressa à une grande créature dégingandée qui avait dû, dans sa jeunesse, danser sur les planches des théâtres forains, et la pria de lui indiquer madame Rouget.

L'apparition de deux étrangers avait fait sensation. Les promeneuses s'étaient arrêtées net et prenaient des attitudes. Les sédentaires puisaient du tabac dans des cornets de papier et prisaient avec rage, en pensant à quelque beau tambour-major de la garde royale dont le souvenir faisait encore battre leur cœur racorni. Toutes enviaient l'ex-sauteuse à laquelle était échue la bonne fortune d'un colloque avec un représentant du sexe fort.

Cette heureuse pensionnaire salua en exécutant une glissade du pied gauche et répondit d'une voix flûtée :

— Madame Rouget n'est pas descendue de la journée. Son chat est indisposé. Si ces messieurs veulent la voir, ces messieurs la trouveront à la *Forêt-Noire*, au quinzième lit à gauche en entrant. Seulement, c'est un peu haut... au premier en descendant du ciel... et il vaudrait mieux la faire appeler par une surveillante... Ces messieurs viennent peut-être pour la succession qu'elle attend, cette bonne Catherine?

— Merci. Nous allons monter chez elle, dit Chambras sans répondre à la question.

Et il entraîna Marcel vers le bâtiment Mazarin.

On peut croire qu'après leur sortie les bavardages allèrent leur train. Avant la fin de la journée, tout le personnel de l'hospice était convaincu que madame Rouget venait de faire un héritage, et le bruit courait qu'elle allait épouser un pensionnaire de Bicêtre, qui venait assidûment la voir, le dimanche.

Après avoir franchi un interminable escalier, M. de Colorado et son guide, auquel tous les détours de la maison étaient familiers, pénétrèrent dans un long dortoir dont le plafond en brisis est soutenu par une véritable forêt d'étais et que traversent de grosses poutres noircies par le temps.

Entre les lits rangés à la file et la muraille brusquement inclinée, il reste un espace libre dont les habitantes de ce séjour ont su tirer parti. Elles y installent quelques pauvres meubles à côté de la petite armoire en bois blanc que leur concède l'administration, et elles nomment ce réduit leur salon. Leur joie suprême est de s'y retrancher comme dans une forteresse, quelquefois même de s'y barricader, pour en faire une sorte de domaine personnel.

C'est une protestation tacite contre la règle uniforme de l'hospice et une preuve de l'absurdité des théories phalanstériennes. Toute créature humaine condamnée à vivre en communauté avec ses semblables aspire passionnément à s'isoler, et il n'y a que le sentiment religieux qui puisse former des associations durables entre personnes du même sexe, entre femmes surtout.

Les deux visiteurs passèrent lentement devant ces retraits dont plusieurs étaient habités par leur propriétaire occupée à ranger dans sa baraque en sapin toutes sortes d'objets innomés, des coquetiers, des pelotes à épingle, des pots de pommade, des soupières ébréchées, des images coloriées.

Il y en avait une qui regardait en souriant tristement une couronne de mariage et un bouquet de fleurs d'oranger abrités par un globe de verre. Sous son front ridé, le souvenir du bonheur évanoui vivait encore.

Au quinzième lit, Chambras s'arrêta. La donneuse de renseignements avait dit la vérité. Catherine Rouget était dans son recoin, assise sur un escabeau et tenant sur ses genoux un chat noir qu'elle médicamentait avec ardeur et qui poussait des miaulements lamentables.

Chambras la reconnut, sans l'avoir jamais vue, à sa tête carrée, à sa face large, — deux signes caractéristiques de la race allemande, — et aussi à sa physionomie insolente et sournoise. Le passé de cette femme était écrit sur sa figure.

Elle leva la tête et se mit à regarder curieusement les messieurs bien vêtus qui faisaient mine de pénétrer dans son retranchement, mais elle ne lâcha point son chat.

— Bonjour, m'ame Rothacher, lui dit familièrement le sous-chef de la *sûreté*.

La vieille tressauta sur son tabouret et dit en bougonnant :

— Je m'appelle Rouget... Catherine Rouget... pas Rothacher... connais pas Rothacher...

— Va pour Rouget, ça m'est égal, il faudra bien que vous signiez de votre vrai nom pour toucher.

— Toucher quoi?

— L'argent du legs inscrit dans le testament d'un monsieur qui laisse une somme de six mille francs à Catherine Rothacher.

— Un monsieur!... est-ce que ça serait... non... pas possible... Jacques n'est pas un monsieur... et puis, où *qu'*il les aurait pris, les six mille francs... quoique pourtant il me les avait bien promis dans les temps...

A ce nom de Jacques, Chambras cligna de l'œil à l'adresse de M. de Colorado, qui n'avait pourtant pas besoin qu'on l'invitât à être attentif.

— Vous ne devinez donc pas de qui vous vient cet héritage? reprit le diplomate de la préfecture de police. Vous en attendez un pourtant. On me l'a dit en bas.

— Qui ça? Les pensionnaires, pas vrai? Croyez ça et buvez de l'eau. C'est des bêtises que je leur z'y conte pour les amadouer. Sans ça, elles seraient capables de flanquer une boulette à Mistigris, au *lieur* qu'*a* lui font des *mamours* pour tâcher que je les régale, quand j'aurai hérité.

— Et votre ancien maître, M. Paul Robinier, qui était établi dans le quartier Saint-Martin, vous n'y pensez donc plus?

Cette fois, la vieille fut si émue qu'elle laissa tomber Mistigris, qui disparut aussitôt sous le lit.

— M. Robinier, grommela-t-elle, qui *restait* rue des Gravilliers... ça se peut bien que j'aie été en place chez lui... Et après?

— Mais, ma brave femme, je ne viens pas vous reprocher de l'avoir servi. Au contraire, c'est bien heureux pour vous.

— Vous n'allez p't-être pas me dire que c'est lui qui m'a couchée sur son testament! Il y a beau temps qu'il n'est plus de ce monde et, quand il est mort, il n'avait plus un sou vaillant... pas seulement du pain à se mettre sous la dent.

— C'est vrai, mais il avait un fils.

— Je l'ai jamais connu, ce fils-là. On disait qu'il était parti pour la *Califournie*.

— Eh bien, il y est décédé après y avoir fait fortune, et il a légué six mille francs à la personne qui pourra donner des renseignements précis sur ce qui arriva à son père, il y a une vingtaine d'années... à l'époque où il se ruina.

— Comprends pas, dit Catherine en tâchant de prendre un air naïf. Mais *qué* que vous êtes donc, vous, dans c'te affaire-là ?

— Monsieur et moi nous sommes les exécuteurs testamentaires de Robinier fils. Nous avons pris des renseignements sur les personnes qui avaient fréquenté le père... il n'en reste plus qu'une, et c'est vous... Ah ! nous avons eu joliment du mal à vous trouver... Pourquoi, diable, aussi aviez-vous changé de nom ?

— Je vas vous dire. C'est que je suis du Luxembourg... pas Française, comme vous voyez... et pour lors j'avais peur qu'on ne me reçoive pas ici... et dites donc, sans vous commander, comment que vous avez fait pour savoir que j'y étais ?

— C'est un agent d'affaires qui s'est chargé, pour de l'argent, de vous trouver, et il y a réussi. Je ne sais pas comment il s'y est pris, par exemple. C'est un nommé Touillard.

— Touillard ! s'écria la vieille. Ah ! le gueux !

Puis, se reprenant aussitôt :

— J'ai jamais entendu parler de c't oiseau-là. Mais ça n'y fait rien. *Quoi* que c'est que vous voulez savoir ?

— Nous voudrions, dit Chambras, savoir la vérité sur deux faits qui intéressaient particulièrement le fils Robinier, puisqu'il a promis six mille francs à celui qui les éclaircirait. D'abord sur le vol qui fut commis dans le magasin de son père.

— Ah *ben!* si vous comptez sur moi pour ça, vous vous mettez joliment dedans, s'écria Catherine. J'étais cuisinière chez papa Robinier quand on *barbotta* sa boutique, mais je n'en ai jamais su plus long que les autres. On a voulu dans le temps me faire des misères à propos de ça, mais les juges ont bien vu que j'étais une honnête femme, puisqu'ils m'ont renvoyée... et Dieu merci! j'en suis quitte... il y a plus de dix ans que ça s'est passé.

— Oh! parfaitement quitte. Vous crieriez dans les rues que c'est vous qui avez volé votre maître, il n'en serait que ça. Ce n'est pas pour faire condamner ces gens-là que nous voudrions les connaître. Mais dans le temps on a accusé des innocents, et, vous comprenez, M. Robinier fils, en mourant, nous a chargés de les réhabiliter, si c'est possible. Les personnes qu'on a soupçonnées étaient des amis de son père et il tenait à rétablir leur réputation. Vous voyez donc que vous n'avez rien à craindre. C'est une affaire qui restera entre nous et, ma foi! six mille francs sont toujours bons à gagner.

La vieille réfléchit un instant, les coudes sur les genoux, son menton plissé appuyé sur ses mains décharnées. Évidemment, elle se demandait s'il valait mieux parler ou se taire, et l'appât de la récompense promise la tentait fort. Elle se voyait déjà propriétaire de quelque fonds de gargotier marchand de vin, le rêve des cuisinières en retraite, et son amoureux de Bicêtre tenait sa place dans ce château en Espagne.

— Quand c'est-il que j'aurai l'argent? demanda-t-elle tout à coup.

— Quand vous voudrez, répondit Chambras sans hésiter. La somme est déposée chez maître Pernot, le notaire de feu M. Robinier, rue Saint-Antoine, 185.

— C'est vrai que son notaire *restait* là, murmura Catherine.

— Et il ne tiendra qu'à vous de la toucher, dès que vous m'aurez donné les renseignements que je vous demande. Monsieur et moi nous vous accompagnerons chez maître Pernot, pour certifier que vous l'avez bien gagnée. Seulement, tout à l'heure, vous ne m'avez pas laissé finir. J'ai besoin aussi de connaître la vérité sur la conduite d'un employé de M. Robinier, un nommé Fertugues.

— Le caissier? ah! je la sais, la vérité, s'écria la Rouget.

Elle n'avait pas répondu aussi franchement quand on l'interrogeait sur le vol du magasin. Chambras remarqua fort bien la nuance et il se dit aussitôt :

— Elle a été complice du vol, mais elle ne s'est pas mêlée de l'affaire de Fertugues.

M. de Colorado admira la précision des informations recueillies par son habile auxiliaire et la sûreté de ses attaques.

— Alors, reprit Chambras, c'est comme si vous aviez l'argent, car l'affaire du caissier est celle qui intéressait le plus M. Robinier, et c'est surtout pour qu'elle fût tirée au clair qu'il a écrit son legs. Ainsi, marchez, ma brave femme, et n'ayez pas peur de compromettre des amis. On ne leur fera rien parce qu'on ne peut rien leur faire, vous le savez aussi bien que moi.

Catherine releva la tête et grommela en se parlant à elle-même :

— Tant pis ! je lâche tout. Fallait pas qu'ils me laissent crever de faim. Ça leur apprendra. Et ils ne pourront pas dire que je leur ai fait du tort, puisque... il y a *proscription*. Et que si j'avais pas mangé avec eux toute *ma* pauv' argent que j'avais amassée en quinze ans de temps, je *serais pas été* réduite à entrer à l'hospice... à mon âge... Et puis, bougonna-t-elle entre ses dents, pourquoi que Pierre leur a dit que j'étais ici? S'il est *servi*, ça sera de sa faute.

Ce monologue prouvait surabondamment que la vieille avait quelquefois des absences, car, si elle eût été en possession de toute sa raison, elle se serait bien gardée de faire ses réflexions tout haut.

Chambras, qui s'était renseigné sur son état mental, comptait bien sur sa faiblesse d'esprit pour tirer d'elle des aveux plus ou moins sincères, et, sur un mot que lui avait dit la pensionnaire interrogée par lui au quinconce, il avait improvisé la fable de l'héritage. Marcel, ayant promis d'écouter et de se taire, s'abstint de le démentir et attendit la suite avec une anxiété bien naturelle, puisqu'il s'agissait de savoir si Cécile était, oui ou non, la fille d'un voleur.

— Allons, ma bonne, dit le sous-chef de la *sûreté*, contez-nous votre histoire. Les six mille francs sont au bout. En les plaçant en viager, vous

vous ferez six cents francs de rente pour avoir causé pendant dix minutes.

— Dans l'affaire de la boutique, commença la Rouget, ils étaient deux et un *moucheron* de douze ans.

— Oui, le *Raton*, murmura Chambras.

— Pour lors, ils sont venus comme ça une nuit qu'il faisait mauvais temps, et ils ont fait un trou dans les volets avec un vilebrequin. Quand le trou a été assez large, ils y ont poussé le *moucheron* qui a tout râflé, les montres et les bijoux, et qui leur a fait passer le butin par la chatière... Je couchais à l'entre-sol, dans une *suspente*. Le père Robinier était allé à la campagne... J'ai entendu du bruit et j'ai regardé par la fenêtre... trop tard... ils *décanillaient* déjà... mais je les ai reconnus tout de même. Faut vous dire que, depuis un mois, ils rôdaient dans le quartier et que, des fois, ils m'accostaient quand j'allais au marché... même qu'ils me payaient des petits verres pour me faire jaser... C'est comme ça que j'ai su leurs noms... mais je ne leur ai rien dit... et pendant qu'ils *s'ensauvaient*, j'ai crié au voleur !

— Trop tard, c'est connu. Nous disons donc que les deux hommes s'appelaient...

— Crambard et Canoche, mon bon monsieur. C'est Crambard qu'a percé les volets.

Attrape, Jacques, ajouta la vieille en aparté. V'là ce que c'est que de promettre et de ne pas tenir.

— Vous ne savez pas ce qu'ils sont devenus ?

— Pas plus que je ne sais s'il pleuvra demain.

Mais, si vous les cherchiez à Cayenne, p't'-être *ben* que vous les trouveriez.

— Et le petit garçon qui les a aidés ?

— Le *moucheron ?* Il doit avoir à c'te heure dans les trente-deux ans, et, s'il ne s'est pas amendé, c'est un gueusard qui ne vaut pas la corde pour le pendre. Il avait nom Touillard, Pierre-Marie.

M. de Colorado fit un mouvement qui n'échappa point à la vieille.

— Ça serait-il lui qu'est devenu homme d'affaires ? demanda-t-elle en prenant un air malin.

— Je ne crois pas, répondit tranquillement Chambras. Nous voilà renseignés sur le vol et vous avez déjà gagné la moitié de votre argent. Maintenant, parlez-nous un peu du caissier.

— Oh ! celui-là, c'est une autre paire de manches, comme on dit. Un brave homme qu'avait été militaire et qu'aurait pas fait du mal à une mouche. Seulement, il aimait trop le pousse-café.

— Oui, il paraît qu'il fréquentait les estaminets. On l'y a vu la veille du jour où on l'a retrouvé dans le canal Saint-Martin.

— Pardine ! c'est aux *Douze-Billards*, où il faisait une poule, qu'il a rencontré ceux qui l'ont jeté à l'eau.

— Ainsi vous croyez qu'il ne s'est pas noyé volontairement ? demanda Marcel très-ému.

— Lui ! se périr ! il n'y avait pas de danger. Il aimait trop sa bonne amie et une petite fille qu'il avait d'elle. Papa Robinier ne savait pas qu'il avait un ménage. Moi, je le savais, parce que des fois

III                              18

sa femme pour rire venait l'attendre le soir quand il sortait de son bureau... et je les voyais, de la fenêtre de ma *suspente*, s'en aller bras dessus, bras dessous... C'est donc pour vous dire que le jour qu'il portait l'argent du patron pour aller prendre chez le banquier un papier pour la *Califournie*, il a fait une partie au café avec Jacques Crambard...

— Bon ! je comprends. Fertugues aura laissé voir les billets de banque enfermés dans son portefeuille. Crambard lui aura proposé de le reconduire. Ils seront sortis ensemble et, arrivés sur le bord du canal, Crambard l'aura volé, étranglé et jeté dans l'écluse d'où on l'a retiré.

— Crambard n'a pas fait le coup à lui tout seul. Canoche en était... Et puis un nommé Thiébert... un grand maigre *qu*'avait l'air d'un singe... et un autre gros, court, avec un museau d'ablette... qui s'appelait Pavard.

— Ainsi ce sont bien ces quatre individus qui ont assassiné Fertugues ?

— Oui, mon bon monsieur, et, s'ils n'ont pas encore été *fauchés*, ils crèveront chacun dans la peau d'un fameux gredin, s'écria la Rouget.

— Comment savez-vous qu'ils y étaient? lui demanda à brûle-pourpoint Chambras.

— Il y a plus de vingt ans que Jacques Crambard me l'a dit, répondit l'horrible vieille.

— C'est bon. Demain vous aurez de mes nouvelles, dit le sous-chef de la *sûreté* en faisant signe à M. de Colorado que la séance était levée.

— Et mon argent? cria Catherine.

Chambras haussa les épaules, mais Marcel fouilla dans sa poche et dit :

— Le voici.

L'affreuse créature se jeta sur les billets de banque, les fourra précipitamment sous le haillon qui lui servait de châle et croisa ses bras sur sa poitrine. Elle avait l'air d'une tigresse qui s'apprête à défendre ses petits, et on voyait bien qu'il aurait fallu la tuer pour lui reprendre la somme.

— J'espère au moins que vous répéterez au notaire... ou à d'autres... ce que vous venez de nous conter, dit Chambras en la regardant fixement.

— A un commissaire ou à un juge, si ça vous fait plaisir. Je m'en moque. Il y a plus de dix ans; on ne peut rien me faire, répliqua impudemment la Rouget.

Chambras prit le bras de Marcel, qui rayonnait de joie, et l'emmena pendant que la pensionnaire de l'Assistance publique répétait en se dandinant comme une idiote :

— Il y a plus de dix ans ! il y a plus de dix ans !

— Cette femme a été la complice de Crambard. Voilà six mille francs bien mal placés, dit le sous-chef de la *sûreté* quand ils furent sortis de la *Forêt-Noire*.

— J'en aurais donné de bon cœur dix fois autant pour avoir la preuve que le père de Cécile était innocent, répondit Marcel.

— Ma foi ! puisque vous le prenez ainsi, je n'ai rien à dire, s'écria gaiement Chambras, et je déclare que voilà une journée bien employée. Crambard est mort grillé. Je tiens ce Thiébert et ce Pavrad qui l'aidèrent à assassiner le caissier. Ce sont justement les deux brigands qui voulaient vous tuer aux carrières d'Amérique et qui ont noyé un homme, il y a deux mois... Ce crime-là n'est pas prescrit et j'espère bien qu'ils seront guillotinés. Pierre Touillard, votre ex-valet de chambre, ira au bagne. J'ai fait arrêter ce matin le recéleur de la rue Traversière-Saint-Antoine, qui était l'armateur du *Barbillon*. Il ne me manque plus que Canoche, et je vous jure que je l'aurai.

— Et moi je vais m'occuper d'Atkins, dit M. de Colorado, car je veux que Cécile soit vengée.

XI

Plusieurs jours s'étaient écoulés depuis que M. de Colorado avait demandé la main de Claire, et il attendait encore une réponse de madame Dortis.

Par un sentiment de délicatesse que Dominique trouvait exagéré, il s'était abstenu de se présenter de nouveau à l'hôtel du quai de Valmy, et il serait certainement devenu fou d'inquiétude s'il n'eût pas eu de graves distractions. Mais il s'était passé tant de choses dans ce court espace de temps, que les heures ne lui avaient pas paru trop longues.

La visite à la Salpêtrière, notamment, avait heureusement rempli une de ces journées d'incertitude, et il oubliait presque ses tourments en son-

18.

géant que sa chère protégée n'avait plus à rougir de sa naissance.

Il s'était bien gardé, du reste, de laisser voir à Cécile, et encore moins à Savinien, qu'il eût jamais cru à la culpabilité de Fertugues, et il n'avait parlé à la jeune fille de son malheureux père que pour lui exprimer ses regrets de n'avoir pas su plus tôt que ce père eût été caissier chez Paul Robinier et fût mort, pour ainsi dire, à son service.

Cécile l'ignorait et son fiancé aussi. Elle était encore tout enfant et Savinien était en pension à Londres lors du malheureux événement qui l'avait faite orpheline. Sa mère lui avait parlé souvent de cette mort tragique, jamais des circonstances qui l'avaient précédée. Elle lui avait dit seulement que Fertugues était officier quand elle l'avait connu, et elle lui avait caché l'irrégularité de ses relations avec lui. Ce fut donc une joie pour la chère enfant d'apprendre qu'elle n'était plus tout à fait une étrangère pour son protecteur, puisque son père avait été employé autrefois par le père d'un ami de M. de Colorado.

Quant au jeune Brévan, il n'entendit pas sans émotion le récit que lui fit Marcel, et on peut croire que la révélation de la vérité sur la naissance de Cécile ne refroidit pas ses sentiments. Il ne pouvait pas l'aimer plus qu'il ne l'aimait déjà, mais il continua à l'aimer d'un amour profond et passionné qu'elle lui rendait bien.

En même temps, il voua à Chambras une rceonnaissance sans bornes, et c'était justice, car sans le digne sous-chef de la *sûreté*, les pauvres fiancés auraient eu bien de la peine à prouver leur innocence.

Du reste, depuis leur sortie de prison, tout leur venait à souhait, et le spectacle de leur bonheur ne contribuait pas peu à consoler Marcel de ses peines. Ils le voyaient tous les jours, et ils lui faisaient part de leurs joies et de leurs espérances.

Madame Dortis avait tenu sa promesse. Le fonds de commerce de fleurs artificielles était acheté. Cécile avait déjà des ouvrières, et elle logeait dans la maison où était installé l'atelier qu'elle dirigeait. Le mariage était fixé aux derniers jours d'avril. C'est l'époque où les lilas commencent à fleurir. La jeune fille allait réaliser son rêve.

Marcel n'osait pas lui demander si elle n'avait rien à lui dire de la part de Claire. Il attendait qu'elle parlât, et elle se taisait. Ce silence l'inquiétait horriblement, car il était impossible de supposer que madame Dortis eût négligé de consulter sa fille sur la réponse qu'il convenait de faire à la demande de M. de Colorado. Si madame Dortis n'écrivait pas, si Cécile ne prononçait jamais le nom de Claire, c'était sans doute que Claire refusait d'agréer celui qui l'adorait, ou que tout au moins elle hésitait à prendre une résolution.

Un instant, Marcel avait cru être aimé, et maintenant il songeait tristement qu'il avait bien des années de plus que mademoiselle Dortis, et qu'un

mari de trente-cinq ans ne convenait guère à une
jeune fille de dix-huit. Il se demandait aussi si la
réconciliation avait été complète de la part de
M. Pouliguen, et si le soupçonneux marin ne gardait pas quelque arrière-pensée qui le portait à
détourner madame Dortis d'accorder la main de
Claire à un homme qu'il avait accusé d'être l'amant
de Clotilde.

Aux chagrins de M. de Colorado s'ajoutaient des
préoccupations d'une autre nature. La faillite de
M. de Gondo venait de faire une large brèche à sa
fortune, et ses intérêts le rappelaient impérieusement à San Francisco, car il avait confié en partant la direction de sa mine à un Américain qui ne
lui inspirait pas une confiance absolue.

En Californie comme ailleurs, les absents ont
souvent tort et la propriété y est moins solidement
assise qu'en France. Atkins pouvait être tenté de
recommencer la guerre en corrompant des juges,
toujours disposés à donner raison à un compatriote
contre un étranger, surtout quand ce compatriote
paye grassement. Il pouvait aussi enrôler de nouveau des gens de sac et de corde, envahir l'exploi-
tation de la Nevada, et, en l'absence du maître,
il aurait beau jeu pour s'en emparer par la force.

Or, Atkins justement semblait se préparer à
partir. Au lieu de prendre possession de l'hôtel de
l'avenue de Messine, il venait de le mettre en
vente.

Il faut dire que le mariage projeté avec mademoiselle de Gondo avait été rompu, par suite de la

ruine de son père, à ce qu'assuraient les gens bien informés.

M. de Mariposa n'était point de ceux que le malheur attache, et, depuis que le Mobilier espagnol avait dévoré les millions du baron, ce *Yankee* calculateur ne tenait plus à devenir son gendre. Il y tenait d'autant moins, qu'il s'était enrichi pendant que M. de Gondo s'appauvrissait, car il avait joué à la baisse.

Du reste, la belle Noémi elle-même avait disparu dans la débâcle, comme sa belle-mère, qui, selon toute apparence, était allée rejoindre son premier mari ; comme son frère, qui, prétendait-on, avait trouvé un asile temporaire chez une ancienne maîtresse ; comme son père, qu'on soupçonnait d'avoir repris le chemin de la Valachie. La tribu des Gondo était dispersée.

Marcel savait toutes ces nouvelles par Dominique, car, depuis son expédition à la Salpêtrière, il n'était guère sorti de son hôtel, où le retenait l'espoir de recevoir une lettre de madame Dortis.

Le Canadien, qui n'avait pas les mêmes raisons que lui pour rester inactif, se donnait, au contraire, beaucoup de mouvement. Il était allé trois ou quatre fois voir Chambras, qui s'était engagé à mener vigoureusement les coquins dont M. de Colorado et ses protégés avaient eu tant à se plaindre, et Chambras, tout en lui promettant de nouveau de les serrer de près, lui avait prêché la patience. Il avait fait dix tentatives pour rencontrer Atkins, qu'il voulait absolument contraindre à se battre avec lui, et Atkins était resté introuvable. Atkins devait se douter que son ancien ennemi le cherchait pour lui faire un mauvais parti, car il ne se montrait plus nulle part, et on ne savait pas même où il logeait.

Dominique, en dépit de son activité, n'avait réussi qu'à ramener Pierre, le valet de chambre, que Marcel l'avait chargé d'aller voir au Grand-Hôtel pour lui signifier que son maître le relevait de ses fonctions de protecteur attitré de madame de Marly.

Pierre ne s'était pas fait prier pour y renoncer. Il avait seulement demandé vingt-quatre heures pour se dépouiller de sa personnalité d'emprunt, et M. de Colorado l'attendait pour régler son compte, car il ne se souciait pas de le reprendre à son service.

Il l'attendait en se promenant tristement dans son fumoir et en rêvant aux faibles chances qui lui restaient de recevoir de madame Dortis une réponse favorable, lorsque Dominique entra brusquement.

— Je pars, dit-il sans autre préambule. Dans une heure, je prends le train du Havre.

— Pourquoi faire ? demanda Marcel, très-étonné.

— C'est vrai, tu ne sais pas... je viens de voir Chambras qui m'a dit qu'Atkins avait décampé hier soir pour s'embarquer sur le bateau de New-York, qui appareille demain, à la marée du matin. Je n'ai pas de temps à perdre si je veux le rattraper.

— Mais... quand tu le rattraperais, à quoi cela te servirait-il? Tu ne vas pas te battre avec lui sur la jetée du Havre ou sur le pont du paquebot, et, comme tu n'as pas le projet de l'assassiner...

— Sois tranquille. Je saurai bien le forcer à en découdre. J'ai mon plan.

— Mais c'est moi que ce duel regarde.

— Du tout, du tout. J'ai un vieux compte à régler avec Atkins, et il ne mourra que de ma main. D'ailleurs, il faut tout prévoir, et s'il devait arriver malheur à l'adversaire de ce gredin, il vaut mieux que ça tombe sur moi, qui ne suis pas à la veille de me marier. N'insiste pas, je t'en prie, ajouta le Canadien pour répondre à un geste de dénégation de Marcel. Ma résolution est prise et rien ne m'en fera changer.

— Je ne puis pas te laisser partir ainsi... courir seul à une rencontre dangereuse...

— Je ne serai pas seul. J'emmène le petit Charles... le fils de cette pauvre femme qui est morte à l'hôpital.

— Un enfant !

— Il est adroit et fûté comme un singe, il a du cœur et il m'est très-attaché. C'est tout ce qu'il me faut. J'ai mon plan, te dis-je. Je te l'expliquerai à mon retour... demain dans la soirée... et j'espère que d'ici là tu auras des nouvelles de madame Dortis.

— Moi, je ne l'espère plus.

— Tais-toi. Je te dis que Claire t'aime... autant que Cécile aime Savinien... et que tu l'épouseras... et que vous serez heureux, et que vous aurez beaucoup d'enfants... tâchez seulement que ce soit des garçons pour que je puisse leur apprendre à se servir d'une carabine... j'emporte la mienne, tu sais... et mon revolver retrouvé sur le pont d'Asnières... Atkins n'aura qu'à choisir. Embrasse-moi, conclut l'impétueux Canadien en se jetant sur Marcel et en le serrant à l'étouffer.

Voilà qui est fait. Adieu. Pierre est en bas... Il a déjà repris sa livrée... je vais te l'envoyer... il te racontera le bruit qui court... On dit qu'Atkins emmène la fille du baron.

Et sans laisser à son ami le temps de le retenir, ni même de placer un mot, il se précipita vers l'escalier.

Marcel n'essaya point de rattraper son ami. Il savait que Dominique était l'homme le plus entêté du nouveau monde et peut-être de l'ancien, et que ce serait peine perdue de chercher à le détourner d'un projet arrêté dans son esprit, ce projet fût-il extravagant.

D'ailleurs, l'entrée et la sortie du Canadien avaient été si brusques, ses discours si incohérents, que M. de Colorado eut un moment de stupeur, et il en était encore à tâcher de coordonner un peu ces étranges nouvelles, quand le roulement précipité d'une voiture lui annonça que son fougueux camarade était déjà en route pour la gare.

Que ce bandit d'Atkins partît pour l'Amérique

sans tambours ni trompettes, Marcel ne s'en étonnait pas, car il s'attendait à cette fugue, mais ce
qui lui paraissait plus surprenant, c'était que
Noémi de Gondo l'eût suivi. Il avait encore des
illusions sur la fille du baron, et il lui semblait
assez extraordinaire qu'elle se fût enrôlée aussi
subitement dans la grande armée des irrégulières,
et cela pour les beaux yeux de la cassette de M. de
Mariposa, car il n'était pas admissible qu'elle se
fût attachée à lui par amour.

Marcel pensa charitablement que Dominique
avait cru mal à propos à un de ces bruits qui cir-
culent si vite dans le monde parisien sur les gens
tombés. A vrai dire, du reste, la race des Gondo
ne l'intéressait guère, depuis que la Providence
s'était chargée de punir Salomon Carpatz et ses
anciens méfaits.

Sur ces entrefaites, Pierre, son valet de chambre,
entra.

Il ne restait plus trace de M. Jackson. Le planteur d'occasion avait réendossé la livrée, et comme
pour mieux marquer qu'il avait complétement renoncé à la carrière de *gentleman*, il inaugurait sa
rentrée en apportant à son maître une lettre sur un
plateau. M. de Colorado la prit, et, avant de l'ouvrir, il voulut en finir avec maître Pierre.

— Je suis content de vous, lui dit-il, vous avez
exécuté mes ordres avec intelligence, et, si je mets
fin à votre mission plus tôt que je ne pensais, ce
n'est pas votre faute. Vous avez donc parfaitement
droit à la récompense que je vous ai promise;

d'ici à très-peu de jours, je vous remettrai l'inscription de rente.

— Monsieur est bien bon, dit le valet de chambre dont la figure s'illumina.

Évidemment, il connaissait la faillite du banquier, et il n'était pas sans inquiétude sur la solvabilité présente de M. de Colorado. A Paris, les domestiques sont toujours très au courant de la situation financière de leurs maîtres, et Pierre savait à merveille que le sien avait tous ses fonds chez M. de Gondo.

Il ne pouvait pas deviner que Marcel était de ceux qui font peu de cas de l'argent et qui n'hésiteraient pas à sacrifier leurs dernières ressources, s'il le fallait, pour tenir leur parole.

Et, de fait, M. de Colorado avait bien quelque mérite à s'exécuter, car, de ses douze millions écornés par le fils et emportés par le père, il ne lui restait pas beaucoup plus de deux cent mille francs, et la rente de maître Pierre allait lui en coûter soixante-sept mille. Après lui avoir fait ce cadeau royal, il allait se trouver réduit presque à la gêne, tout au moins jusqu'à ce qu'il eût le temps de recevoir de l'argent de Californie.

Et de ce côté-là, il n'était pas entièrement rassuré, car les fonds qu'il avait apportés en France constituaient à peu près tout son avoir disponible. Pour se refaire un gros capital, il lui fallait attendre que la mine de la Nevada eût produit beaucoups de lingots, la mine que certainement ce scélérat d'Atkins convoitait toujours, et qu'il allait

peut-être tâcher de reconquérir par la ruse ou
par la force. Mais Marcel tenait moins que jamais
à la richesse. Qu'en eût-il fait? Sa tâche était
accomplie. Les ennemis de son père étaient punis
ou ils allaient l'être. Cécile n'avait pas besoin de
lui, ni Savinien, puisque, grâce à madame Dortis,
ils avaient pu s'établir. Et si Claire refusait de l'é-
pouser, comme il n'avait que trop lieu de le craindre, que lui importait d'être pauvre? Il reprit
donc :

— Vous pouvez garder aussi le reste de la somme
que je vous ai remise pour les premiers frais.

— Je remercie bien monsieur, dit le valet de
chambre, mais je suis obligé d'avouer à monsieur
que les vingt-cinq mille francs qu'il a bien voulu
me confier sont épuisés. J'ai eu à peine de quoi
régler la note du Grand-Hôtel et j'ai même dû
laisser en souffrance un compte de modiste que
j'avais promis à madame de Marly de solder. Monsieur trouvera peut-être que j'ai été un peu vite,
mais je tenais à faire honneur à monsieur, et monsieur peut-être bien sûr que je n'ai pas mis un
sou de côté. Il est vrai que j'ai perdu quelques
milliers de francs au jeu chez madame de Marly,
mais je ne pouvais pas me dispenser de risquer
deux ou trois centaines de louis, à moins de passer
pour un goujat. Et d'ailleurs, je me rappelais
parfaitement les instructions de monsieur...

— Je ne vous reproche pas de les avoir suivies
et je vous répète que vous recevrez très-prochainement le titre de rente. Vous pouvez, si cela vous

convient, rester à mon service jusqu'à ce que je vous le donne.

— Alors, monsieur ne me garde pas dans sa maison?

— Non. Je suis à la veille de retourner en Amérique et je n'emmènerai personne.

— Je me permettrai donc de faire observer à monsieur que j'aurais droit à une gratification supplémentaire.

— Pour quelle raison, s'il vous plaît? demanda sèchement Marcel, révolté de l'impudence de ce valet, qui ne se trouvait pas assez payé par une rente égale à la retraite d'un officier supérieur.

— Je vois que monsieur ignore ce qui s'est passé hier. Monsieur ne sait pas que j'ai été insulté... frappé au visage, et j'en fais juge monsieur, les soufflets doivent être payés à part, dit maître Pierre, qui était véritablement à peindre avec ses airs de laquais réclamant le prix de son honneur de gentilhomme.

— Qui vous a souffleté?

— Un jeune homme que monsieur connaît bien et que j'ai remplacé, par ordre de monsieur, dans les bonnes grâces de madame de Marly: M. René Dortis.

Marcel fit un mouvement qui n'échappa point à l'œil perspicace du valet de chambre.

— Oh! reprit le drôle, je puis assurer à monsieur que je n'ai pas provoqué M. Dortis. Je sortais tranquillement du Grand-Hôtel quand il s'est jeté sur moi. J'aurais pu riposter avec avantage, car je suis plus fort que lui, mais je n'ignore pas comment un *gentleman* doit se comporter en pareil cas... et puis je sais ce que c'est que d'être jaloux, quand on est jeune... car c'est la jalousie qui l'a poussé à cette extrémité. Je me suis contenté de lui donner ma carte et de lui dire qu'il recevrait mes témoins. C'était sans inconvénients, puisque je devais rentrer ce matin chez monsieur. C'est égal. Ce garçon-là est mal élevé, et si madame de Marly se remet avec lui, j'ose dire qu'elle perdra au change.

— Assez! dit impérieusement Marcel. Vous aurez mille francs de plus. Et maintenant, sortez.

Tout en donnant à maître Pierre ce congé très-mérité, M. de Colorado s'était mis en devoir de décacheter la lettre qu'il venait de lui apporter, et il ne remarqua point que ce trop intelligent domestique ne se pressait pas de quitter la place, car à peine eut-il jeté les yeux sur la signature, qu'il oublia tout pour lire ce billet, qui était de madame Dortis.

« Monsieur, lui écrivait la veuve, pardonnez-moi d'avoir tant tardé à vous donner une réponse. J'ai eu de grands chagrins depuis que j'ai eu l'honneur de vous voir, des chagrins dont vous connaissez la cause, car la conduite de mon malheureux fils n'est pas un secret pour vous, qui aviez bien voulu entreprendre de le ramener dans la bonne voie et à qui je garde une profonde reconnaissance. C'est là mon excuse, et j'espère que vous comprendrez les tourments d'une mère qui souffre par tous ses enfants.

» Oui, monsieur, par tous, car vous n'ignorez pas que l'existence de ma fille Clotilde vient d'être profondément troublée et je crais que désormais il n'y ait plus pour ma fille Claire de bonheur en ce monde.

» C'est vous dire que je suis obligée, quoi qu'il m'en coûte, de décliner une proposition qui nous honore infiniment. Je suis plus touchée que je ne saurais l'exprimer de la demande que vous m'avez adressée dans des circonstances qui en doublent le prix. Si je n'écoutais que mes sentiments et ceux de ma fille, j'y souscrirais de grand cœur, mais je ne puis pas ne pas tenir compte des raisons qui rendent ce mariage impossible.

» Est-il nécessaire de vous les indiquer? Vous vous appelez M. de Colorado, et Claire porte le nom très-plébéien d'un honnête homme qui a commencé par être ouvrier. Vous êtes immensément riche, et Claire n'aura qu'une fortune modeste. Elle pense comme moi que le bonheur ne peut exister en ménage que dans une suffisante égalité de condition entre les deux époux, quelle que soit d'ailleurs leur inclination réciproque.

» Souffrez donc, monsieur, que je vous supplie d'oublier un projet qui ne saurait avoir de suites. Les folies de mon fils m'ont rendu le séjour de Paris intolérable et je me propose de partir avec mes deux filles pour un voyage en Italie, aussitôt que la santé de mon gendre lui permettra de nous accompagner. Il me charge de vous présenter ses compliments affectueux et de vous dire qu'à notre retour, dans deux ou trois mois, nous serons heureux de renouer avec vous des relations que d'impérieux motifs de convenance nous forcent à interrompre momentanément.

» Recevez, monsieur, l'expression sincère de mes très-vifs regrets et l'assurance de mes sentiments les plus distingués. »

— Elle ne m'aime pas, murmura Marcel; si elle m'aimait, sa mère ne me parlerait pas de convenances sociales pour déguiser son refus...

En levant la tête, il s'aperçut que Pierre était encore là et il allait le chasser violemment, lorsque le nouveau valet de chambre entra et dit :

— Monsieur René Dortis demande si monsieur veut bien le recevoir ?

M. de Colorado ne lui répondit pas tout d'abord, mais il prit Pierre par les épaules, le poussa dans un petit salon contigu au fumoir et l'y enferma en lui jetant ces mots :

— Restez là et attendez que je vienne vous y chercher.

— Faites entrer M. Dortis, dit ensuite Marcel au domestique, dont la mine ahurie exprimait la plus profonde stupéfaction.

Il n'en revenait pas d'avoir vu son maître enfermer Pierre dans la pièce voisine, et il n'était pas éloigné de croire que le camarade avait commis quelque grave méfait, car M. de Colorado n'était point coutumier de ces façons despotiques à l'endroit de ses gens. Il s'abstint pourtant de faire ses réflexions tout haut et il s'en alla chercher le visiteur qui demandait à être introduit.

Marcel tenait toujours à la main la lettre qui venait de le mettre au désespoir, et il se promenait avec agitation en méditant sur une idée qui l'avait frappé tout à coup.

René entra presque aussitôt. Il était boutonné jusqu'au menton et Marcel fut frappé de sa pâleur et de l'altération de ses traits.

— Soyez le bienvenu, mon cher René, lui dit-il, en s'efforçant de paraître calme ; à quel heureux hasard dois-je votre visite ? Mais qu'avez-vous donc ? Vous semblez ému... Vous serait-il arrivé malheur... à vous ou aux vôtres ?

— Non, monsieur, ce n'est pas cela, répondit le jeune homme d'un air embarrassé, je viens... vous demander un service.

— Quel qu'il soit, mon cher ami, je suis tout prêt à vous le rendre. Avez-vous besoin d'argent ?

— Non, mais... j'ai... un duel, et je...

— Et vous venez me prier de vous servir de témoin, interrompit Marcel ravi d'entendre la confirmation de ses prévisions. Je vous remercie de vous être adressé à moi de préférence et je suis tout à votre disposition. Racontez-moi l'affaire.

— Mon Dieu ! elle est très-simple. Vous savez que je suis... que j'étais, veux-je dire... lié avec une personne...

— Madame de Marly, n'est-ce pas ? avec qui j'ai eu le plaisir de souper une fois en votre compagnie. Charmante femme, en vérité, et qui vaut bien qu'on fasse des folies pour elle. Serait-ce à son sujet que vous avez eu une querelle?

— Précisément.

— Avec quelque grossier personnage qui lui aura manqué de respect dans un lieu public?

— Non, avec un homme qui s'est permis de... de lui faire la cour.

— Diable! s'écria Marcel en souriant, mais ce n'est pas défendu, cela. Les jolies femmes sont fort exposées à ces inconvénients-là, surtout à Paris... et si vous vous croyiez obligé de vous couper la gorge avec tous ceux qui admireront madame de Marly et qui le lui diront, vous vous imposeriez une terrible besogne.

— Cet homme est son amant! dit René d'un ton tragique.

— En vérité?

— J'en suis sûr.

— Eh bien, cela prouve que madame de Marly a mauvais goût, car je suis convaincu que le rival qu'elle vous a donné ne vous vaut pas.

— Il n'est plus mon rival, il est mon successeur, dit amèrement le jeune Dortis. Coralie m'a chassé.

— Oh! oh! voilà un procédé bien brutal et dont je ne l'aurais pas crue capable. Généralement, ces dames aiment à avoir plusieurs cordes à leur arc.

— Oui, chassé comme un laquais. Je me suis présenté chez elle, un soir, et elle m'a fait mettre à la porte par sa femme de chambre.

19.

— Vous aviez sans doute négligé de la prévenir de votre visite.

— Oui. Elle ne m'attendait pas... elle croyait que je serais retenu toute la nuit auprès de mon beau-frère blessé et elle avait profité de la circonstance pour recevoir cet homme et ses amis... elle donnait une fête...

— Afin de se consoler de votre absence. Que voulez-vous ! elle s'ennuyait... elle a cherché à se distraire; c'est assez naturel. Je conçois votre désappointement, mais j'espère que vous n'avez pas eu la faiblesse de faire une scène?

— Non. Je suis parti... je me suis promené longtemps sous ses fenêtres... je voulais remonter... tomber au milieu de ses invités et les provoquer tous... il me semblait que de la rue je les entendais rire et se moquer de moi... mais enfin j'ai pu dominer ma colère et je me suis enfui... bien décidé à me venger dès que j'en trouverais l'occasion.

— Vous venger... de Coralie?

— Non. pas d'elle, murmura René en rougissant.

— Je comprends, dit Marcel. Vous l'aimez encore.

— C'est son amant que je voulais châtier, reprit vivement le jeune homme, sans laisser échapper l'aveu auquel M. de Colorado l'invitait.

— Permettez-moi de vous faire observer qu'il n'était pas très-juste de vous en prendre à lui, car je suppose que le préféré de madame de Marly n'est pas un de vos amis.

— Il ne me connaissait même pas.

— Alors, c'est elle qui est seule coupable, car elle savait très-bien qu'elle vous trompait, tandis que ce monsieur ignorait qu'elle vous touchait de près.

— Je ne pouvais pas m'attaquer à une femme.

— Assurément, non. Et d'ailleurs, l'amour n'a rien de commun avec la logique. Vous vous êtes donc contenté, pour punir Coralie, de rompre avec elle.

— Je lui ai écrit une lettre de reproches.

— C'est une faute. Il ne faut jamais écrire à une femme qui vient de vous quitter. Trois fois sur quatre, elle montre la lettre à son nouvel amant pour se faire un mérite de vous avoir sacrifié à lui.

— Elle ne m'a pas répondu.

— Et tout naturellement vous avez résolu de faire payer ce silence désolant à votre heureux successeur. A propos, qui est-ce donc ?

— Un étranger... un Américain fort riche... un monsieur Jackson, de la Nouvelle-Orléans.

— Peuh ! il n'y a rien là de blessant pour votre amour-propre... Vous avez été battu par les dollars... comme Napoléon à Woterloo succomba sous le nombre...

— N'importe. Ce Jackson m'a pris Coralie et je ne souffrirai pas qu'il la garde. Je me suis informé ; j'ai appris qu'il habitait le Grand-Hôtel, qu'il ne recevait personne, qu'il sortait fort peu et toujours en voiture. J'étais déterminé à le joindre. J'ai loué un appartement au même étage que le sien, et je m'y suis établi pour être à même de le rencontrer sûrement.

— Quoi ! mon cher René, vous avez abandonné la maison de votre mère... et ce pauvre commandant qui a été à deux doigts de la mort et qui n'a peut-être pas encore quitté son lit de douleur !

— Mon beau-frère va beaucoup mieux, balbutia René.

— Je sais bien qu'à votre âge la passion ne raisonne pas, mais je suis sûr que vous avez des remords d'avoir laissé votre mère qui vous aime tant se désoler de votre absence. Je suppose qu'elle en ignore la cause ?

— J'ai dit que j'allais à la chasse... loin de Paris.

— Et madame Dortis l'a cru. Et, sans doute, elle compte les heures et elle s'inquiète. Les mères s'inquiètent toujours. Avez-vous pensé... pardonnez-moi de vous demander cela, j'espère que vous reviendrez sain et sauf de ce duel, mais enfin il faut tout prévoir... avez-vous pensé au coup qu'elle recevrait si on vous rapportait chez elle sanglant, inanimé, comme on a rapporté M. Pouliguen ? Pauvre femme ! votre mort la tuerait.

René pâlit et baissa les yeux sans essayer de se justifier.

— Y a-t-il longtemps que vous avez pris domicile au Grand-Hôtel , lui demanda doucement Marcel.

— Cinq ou six jours, répondit le jeune homme.

J'ai eu beaucoup de peine à rencontrer ce Jackson. On aurait dit qu'il se cachait. Enfin, hier, je me suis trouvé en face de lui.

— Je suis curieux de savoir ce que vous avez pu lui dire, car je vous avoue qu'à votre place, j'aurais été fort embarrassé.

— Je l'étais aussi et c'est pour cela que je l'ai souffleté sans explication.

— Diable! voilà ce qui s'appelle trancher le nœud cordien. Ce pauvre planteur qui vient du fond de la Louisiane s'amuser à Paris n'a pas dû trouver ce procédé de son goût et il est probable qu'il compte vous le faire payer cher. Un soufflet, c'est grave par tout pays. Mais je connais les Américains du Sud. Ce sont des gens peu endurants et passablement vindicatifs. M. Jackson exigera un duel à mort.

— Je me suis mis immédiatement à sa disposition, et je suis prêt à me battre quand et comme il voudra, dit vivement René.

— Allons, pensa Marcel, il est brave, du moins. Cette fille n'a pas eu le temps de l'avilir tout à fait. Voulez-vous me confier la direction de l'affaire? demanda-t-il.

— C'est mon plus vif désir. J'attends d'un moment à l'autre les témoins de M. Jackson, et je serai bien heureux si vous m'autorisez à vous les adresser.

— C'est convenu. Je les recevrai et je ferai pour le mieux. Mais... je suis un peu étonné qu'ils ne se soient pas déjà présentés chez vous.

— Et moi aussi, je l'avoue.

— Est-ce que, par hasard, ce M. Jackson serait un lâche?

— Je n'ai aucun motif pour croire cela.

— Ou bien... un intrigant, un farceur qui se donnerait des airs de *gentleman* et qui ne serait qu'un chevalier d'industrie? Cela s'est vu, et plus souvent à Paris qu'ailleurs.

— C'est impossible. Coralie n'aurait pas pris pour amant un goujat, encore moins un aigrefin.

— Mon Dieu! elle a pu se tromper.

— Non, non. Elle m'a fait bien du mal, mais je lui rends justice... elle a trop de tact... trop d'habitude du monde... elle n'a jamais fréquenté et elle n'aime que les gens bien élevés.

— En êtes-vous sûr?

— Mais... oui... certainement... Pourquoi me demandez-vous cela?

Au lieu de répondre, M. de Colorado alla ouvrir la porte du salon où il avait enfermé son ancien valet de chambre.

— Pierre, s'écria-t-il, venez débarrasser M. Dortis de son chapeau et de son pardessus. Vous irez ensuite me chercher la boîte de cigares que j'ai reçue hier de la Havane.

René entendit avec indifférence Marcel donner ces ordres. Cependant, il s'étonnait un peu que M. de Colorado, qui lui témoignait tant d'amitié, songeât à fumer dans un pareil moment.

Le lendemain de la mort de Monsieur, frère de Louis XIV, le roi voulut qu'on jouât au brelan, comme de coutume, et, pour lui plaire, un courtisan affirma gravement que le brelan *était de deuil.* Le jeune Dortis se disait que le cigare *n'était pas de duel,* mais il n'osa pas exprimer sa pensée. Il fit même très-bonne contenance jusqu'au moment où Pierre entra pour obéir à son maître.

Le drôle avait probablement écouté à la porte, car il ne parut pas surpris de se trouver en face de son adversaire de la veille. Comme il était doué d'un esprit fort alerte à la compréhension, il devinait les intentions de M. Colorado, et il entrevoyait déjà une rémunération supplémentaire pour le rôle qu'il allait jouer dans la scène qui se préparait.

René, au contraire, demeura stupéfait en reconnaissant sous la livrée M. Jackson de la Nouvelle-Orléans, le planteur millionnaire, l'amant que Coralie lui avait préféré. Il se demandait si ce déguisement n'était pas le résultat d'une gageure, si Marcel s'était mis d'accord avec son rival pour se moquer de lui, ou bien si lui, René, était tout simplement dupe d'une ressemblance extraordinaire.

— Eh bien, Pierre, dit sèchement M. de Colorado, qu'attendez-vous pour débarrasser M. Dortis de son pardessus ? Dépêchez-vous et allez me chercher les cigares que je vous ai demandés.

Le docile valet se mit aussitôt en devoir de rendre au jeune homme le service commandé, mais René se déroba à ses soins en murmurant :

— Quelle est cette plaisanterie, monsieur? que me voulez-vous ?

— Qu'avez-vous donc, mon cher René ? demanda Marcel avec un superbe sang-froid.

— J'ai... que... je ne comprends pas le but de cette mascarade, balbutia le jeune Dortis.

— Quelle mascarade?

— M. Jackson a pris, probablement pour me bafouer, la livrée d'un de vos domestiques... mais je déclare que je ne supporterai pas plus longtemps cette farce déplacée, et que je vais...

— Comment! c'est ce garçon que vous avez pris pour M. Jackson?

— Et je ne me suis pas trompé. Hier encore il habitait le Grand-Hôtel.

— Alors, c'est lui que vous avez souffleté ?

— Parfaitement.

— Parbleu! voilà qui est curieux, et il faut que Pierre nous explique le quiproquo. Je lui avais donné récemment la permission d'aller passer une quinzaine de jours dans sa famille, et il est rentré ce matin à mon service. Il va nous dire pourquoi il s'est amusé à jouer au millionnaire américain. Voyons, Pierre, parlez, et surtout ne mentez pas, si vous tenez à conserver vos gages.

Pierre faisait la mine la plus curieuse du monde. Le drôle entendait à demi-mot; il avait aussitôt saisi le sens de la situation et deviné le projet de M. de Colorado. Il s'était donné tout d'abord l'air penaud d'un valet convaincu d'escapade, et il feignait maintenant d'hésiter par respect à avouer ses fredaines. Il aurait joué à merveille les Frontins de l'ancien répertoire.

— Monsieur me pardonnera, dit-il enfin ; je n'ai eu que le tort de m'adresser sans le savoir à une personne qui était en relations avec un **ami de monsieur**. D'ailleurs, j'en ai été bien puni, puisque, hier, j'ai reçu...

— Il ne s'agit pas de vous excuser, interrompit Marcel, mais de nous dire comment vous vous trouviez au Grand-Hôtel, sous un nom d'emprunt.

— Voilà ce que c'est, répondit Pierre sur un autre ton. Monsieur sait peut-être que je ne suis pas ennemi du plaisir, quand je peux le prendre sans manquer à mon service. Monsieur m'avait donné un congé et je possédais quelques économies. L'idée m'est venue de me divertir un brin, et, comme j'ai toujours eu des goûts distingués, je me suis fait Américain du Sud et je me suis mis avec madame de Marly.

Marcel ne dit rien à cette déclaration. Il regardait René, qui était rouge jusqu'aux oreilles et qui n'osait pas lever les yeux.

— Ma liaison avec elle m'a coûté un peu cher, reprit le valet de chambre encouragé par ce silence approbateur, mais je ne regrette pas mon argent. Coralie est une femme charmante... un peu mûre peut-être, mais de la dent, du cheveu et du goût dans ses toilettes. On peut affirmer hardiment qu'elle a du *cachet*... et pas bégueule avec ça...

— C'est bien. Laissez-nous, dit M. de Colorado.

Pierre salua et sortit sans ajouter un mot. Il était décidément très-fort.

René se laissa tomber sur un fauteuil, cacha sa figure dans ses mains et se mit à sangloter. Marcel vint à lui, et de sa voix la plus douce :

— Pourquoi pleurer, mon ami ? dit-il lentement. Pourquoi regretter cette femme qui vous préférait un laquais ?

— Je ne la regrette pas... je la hais... et si je pleure... c'est de honte...

— Dites-vous vrai, René ?

— Oui, je vous le jure, je rougis de l'avoir aimée... je me méprise moi-même... et je sens que vous devez me mépriser aussi.

— Moi, vous mépriser, mon enfant ! Dieu m'en garde ! J'ai été jeune comme vous, et je sais ce qu'il en coûte pour arracher de son cœur une passion indigne. Vous avez cédé à un entraînement excusable à votre âge, et moins avilissant après tout que l'ivrognerie ou le jeu. Que ceux qui n'ont jamai péché vous jettent la première pierre. Moi je vous tends la main et je vous dis : D'autres avant vous ont commis la faute de mal placer leur amour ; d'autres après vous se laisseront prendre aux piéges de créatures qui ne vaudront pas mieux que cette drôlesse. Consolez-vous donc, mon cher René ; relevez la tête, oubliez une folie passagère, et marchez d'un pas ferme dans la vie. L'avenir est à vous. Ne regardez pas en arrière. Songez que vous êtes maintenant un homme et que tout homme doit avoir un but. Soyez soldat, marin, commerçant, magistrat ou laboureur, à votre choix ; ne soyez pas oisif. Le travail, René, c'est la loi de ce monde. C'est aussi le remède aux grandes douleurs. Essayez-en et vous serez bientôt tout étonné de ne plus souffrir... car vous souffrez, je le sais, je le vois, et je vous jure que je vous plains de toute mon âme.

— Oui, je souffre et je suis honteux de souffrir pour une telle cause... Ah ! je suis bien malheureux, murmura Dortis en montrant à Marcel un visage inondé de larmes.

— Qu'importe la cause ! qu'importe que la main qui a fait la blessure soit vile ou noble, quand la blessure saigne encore ! Ne vous attardez pas à la maudire, cette main cruelle, et tâchez de vous guérir. Je vous y aiderai, si vous voulez.

— Si je le veux ! ah ! monsieur, je ne mérite pas que vous vous intéressiez à moi, mais je vous serai éternellement reconnaissant de ne pas m'abandonner, de relever mon courage, de me permettre de m'appuyer sur vous pour rentrer dans le droit chemin...

— Il vous est ouvert, ce chemin, et je suis prêt à vous y conduire. Et quand je vous y aurai ramené, quelqu'un me remplacera pour y affermir vos pas, quelqu'un que vous avez bien pu négliger, mais non pas oublier.

— Ma mère ! s'écria René.

— Oui, mon ami, votre mère, qui n'a pas cessé de pleurer depuis que vous l'avez quittée ; votre mère, qui prie Dieu de lui rendre son fils.

— Me pardonnera-t-elle ? murmura le jeune homme en se parlant à lui-même.

— Elle vous ouvrira ses bras et vous serez reçu comme l'enfant prodigue dans la maison que votre absence a mise en deuil.

— Je n'oserai jamais m'y présenter.

— Pourquoi ?

— Vous ne savez pas... vous ne pouvez pas savoir... il s'est passé dans ma famille des choses... que je ne connais qu'imparfaitement... mais qui l'ont profondément troublée... d'autres chagrins sont venus s'ajouter pour ma pauvre mère à ceux que je lui causais... elle doit être au désespoir... mon beau-frère paraît irrité... ma sœur aînée est d'une tristesse mortelle... Claire elle-même a changé de caractère, Claire si gaie, si douce, est devenue silencieuse et sombre... le jour où je suis parti, je l'ai vue qui s'essuyait les yeux...

— Et vous la laisseriez pleurer ! s'écria Marcel. Vous prolongeriez volontairement le supplice de madame Dortis ?

— Si je leur écrivais ?... dit timidement René.

— Leur écrire quand vous pouvez les embrasser ! quand il dépend de vous de leur rendre à tous d'un mot le bonheur, la vie peut-être, car si elle ne vous revoit pas bientôt, votre mère mourra de votre absence ! quand vous n'avez qu'à leur dire : Je reviens, je me repens et je ne vous quitterai plus ! S'il vous en coûte trop de le prononcer, ce mot, voulez-vous que je m'en charge ?

— Je n'osais pas vous le demander, dit vivement le jeune Dortis. Avec vous, j'aurai du courage, et ne craignez pas de répondre de moi. Je n'ai pas encore oublié celle qui m'a fait tant de mal, mais je vous donne ma parole d'honneur que je ne la reverrai jamais. M. Jackson m'a guéri, ajouta-t-il en baissant la voix.

— Soit! venez, répondit Marcel après un court silence.

Il avait hésité un instant à se présenter de nouveau devant madame Dortis. L'occasion qui s'offrait de ramener son fils à une mère désolée le décida, et refoulant ses scrupules, il résolut d'accompagner René à l'hôtel du quai Valmy et de revoir Claire une dernière fois, au risque de se briser le cœur.

XII

La nuit vient, une nuit claire et tiède, comme on en a quelquefois à Paris, à la fin de l'hiver.

Madame Dortis est assise près de la fenêtre ouverte et Claire la regarde tristement. Elle suit, sur le visage amaigri de sa mère, les progrès du mal qui la mine et elle s'efforce de cacher ses larmes. La pauvre veuve est frappée au cœur. Elle se meurt de l'absence de son fils.

C'est l'heure où Coralie s'habille pour aller dîner au café Anglais avec un boursier qui a remplacé provisoirement M. Jackson, dont l'inexplicable disparition l'a jetée dans de graves embarras, car cette nouvelle liaison n'a pas d'avenir, et la sœur de *Pain-de-Blanc* songe à renouer avec René. Le boursier ne fait que l'intérim.

Cependant, madame Dortis est délivrée des tour-

ments que lui causait le ménage de sa fille aînée.
Depuis la visite de M. de Colorado, le commandant
a rendu à Clotilde sa confiance et son affection.
Elle ne le quitte plus et il semble qu'elle prenne à
tâche, en redoublant de tendresse et d'attentions,
de lui faire oublier le passé. Lui, il se remet lentement, mais enfin sa guérison est certaine et le
médecin affirme qu'il entrera bientôt en convalescence.

La famille si cruellement éprouvée attend qu'il
soit en état de voyager pour s'en aller en Italie.
Car, en écrivant à Marcel, madame Dortis a dit la
vérité. Le séjour de Paris lui est devenu odieux.
Elle veut à tout prix partir, s'éloigner de cette ville
qui lui a volé René, et Claire n'a fait aucune opposition à ce projet.

Elle n'a manifesté ni joie, ni chagrin, quand sa
mère lui a annoncé sa décision. Elle n'a même pas
prononcé un mot de regret, après avoir lu la lettre
que madame Dortis a adressée à Marcel. Elle s'est
résignée, mais elle a beaucoup pleuré en silence,
et sa douleur muette touche profondément ceux
qui l'entourent.

Cécile seule sait ce que souffre la pauvre enfant,
Cécile qui a reçu des confidences que Claire n'a
pas osé faire à sa mère; non qu'elle craigne des
reproches, mais parce qu'elle l'aime trop, pour ne
pas redouter de lui causer un nouveau chagrin.
Elle la connaît. Elle sait que la veuve du fabricant
a les idées, les préjugés de la bourgeoisie où elle
est née, et qu'il lui répugne de s'allier à un homme

placé au--dessus d'elle dans la hiérarchie mondaine.

Madame Dortis ne veut pas descendre, mais elle n'aspire pas à monter. Elle s'est forgé une chimère d'égalité dans le mariage, et elle a toujours rêvé de donner sa fille à un commerçant ou à un industriel. Ce n'est qu'à contre-cœur qu'elle a accepté pour gendre un officier de marine, et cette union n'a pas été assez heureuse pour l'encourager à tenter une seconde expérience.

Un mariage entre Claire et Marcel lui semble encore bien plus disproportionné que celui de Clotilde avec M. Pouliguen. Marcel lui apparaît comme une sorte de nabab californien, un grand seigneur d'au delà des mers, titré comme un gentilhomme de vieille souche et possesseur de fiefs immenses dans ce nouveau monde où l'aristocratie n'est pas encore née et où les droits féodaux sont inconnus. Le nom de Colorado sonne mal à ses oreilles et les millions l'effarouchent.

C'est un sentiment louable qui l'arrête, plus louable, assurément, que ceux de ces nobles ruinés qui, sous prétexte de fusionner les races, poussent le libéralisme jusqu'à rechercher les filles des enrichis véreux. Mais Claire n'en est pas moins victime d'un respect exagéré des convenances sociales.

Madame Dortis le comprend bien et elle a presque des remords de ce qu'elle a fait. Il y a des heures de solitude et de découragement où elle descend au fond de sa conscience, qui lui reproche

d'avoir été si prompte à rejeter l'offre d'un honnête homme. Il y a même des instants où elle se
prend à souhaiter que Marcel renouvelle sa demande et lui fournisse l'occasion de revenir sur un
refus qu'elle regrette en voyant la tristesse de sa
fille.

Ce soir-là précisément, elle était dans une de
ces crises morales et physiques où la volonté se
détend, où le corps s'affaisse, où l'âme amollie par
la douleur s'ouvre aux impressions douces, à l'in-
dulgence, à l'abnégation.

— Pourquoi, pensait-elle, pourquoi faut-il que
de mes trois enfants, la seule qui n'ait pas mérité
de souffrir soit malheureuse par moi ?

Puis sa pensée s'envola vers son fils et elle
murmura :

— Où est-il?

— Il reviendra, mère, dit doucement Claire en
lui prenant les mains.

Dans la Rome païenne, les vierges qui se con-
sacraient au culte de Vesta passaient pour possé-
der le don de prophétie. A Paris, une jeune fille
pure peut bien être douée de seconde vue.

Claire avait à peine achevé de prédire le retour
de son frère, que la porte s'ouvrit et que René
tomba aux genoux de madame Dortis. Elle ne l'a-
vait pas vu traverser la cour, absorbée qu'elle était
dans son chagrin, et elle ne s'aperçut pas tout
d'abord que M. de Colorado était entré avec lui.

Ce fut alors entre la mère et le fils une explo-
sion de tendresse où les baisers étouffaient les pa-

roles, où les caresses coupaient court aux explications. Que se seraient-ils dit? Ils n'avaient pas
besoin de mots pour se comprendre. Madame Dortis pressait sur son cœur René repentant de ses
fautes, René dont les embrassements et les larmes
exprimaient mieux que toutes les protestations du
monde la ferme résolution de ne plus quitter la
maison maternelle.

Claire aussi pleurait de joie, mais elle avait bien
vu Marcel et, pour cacher son trouble, elle courut
fermer la fenêtre et allumer les flambeaux posés
sur la cheminée.

Ce fut un coup de théâtre. La veuve repoussa
doucement son fils et se leva en balbutiant :

— Excusez-moi, monsieur... j'ignorais que vous
fussiez là.

Claire, debout, une main sur son cœur, l'autre
appuyée sur un guéridon, baissait les yeux et
attendait toute tremblante. Elle pressentait que
son sort allait se décider.

— Je suis venu, madame, dit lentement Marcel,
parce que je tenais à remplir jusqu'au bout la
mission que vous m'aviez confiée. Je vous avais
promis de veiller sur votre fils...

— Et vous me le rendez! s'écria madame Dortis.

— Et si je suis guéri, bien guéri de mes erreurs,
c'est à M. de Colorado que je le dois, ajouta René,
qui alla serrer la main de l'homme dont la ferme
habileté l'avait délivré de Joséphine Canoche.

— Monsieur, reprit la veuve d'une voix émue,

je n'oublierai jamais ce que vous avez fait pour nous...

Elle s'arrêta, comme si elle eût craint de se laisser emporter par la reconnaissance, et l'ami de Dominique s'inclina sans répondre.

Il y eut un silence pénible. M. de Colorado cherchait à se dégager de l'étreinte de René qui le suppliait du regard de ne pas se retirer. Claire était tout près de défaillir. Madame Dortis hésitait.

— Monsieur, murmura-t-elle enfin, n'avez-vous rien de plus à me dire ?

Marcel aussi hésita à répondre et ce fut avec effort qu'il commença ainsi :

— Je ne viens pas me plaindre, madame, ni réclamer contre la résolution que vous m'avez signifiée. Ma vie est finie ; je n'espère plus rien ; je vais quitter la France pour toujours. Je retourne à San-Francisco, où me rappellent des nécessités pressantes, car je suis ruiné.

— Vous, monsieur ! Comment se fait-il...

— Tout ce que je possédais était chez M. de Gondo.

— En effet, j'ai appris qu'il venait de faire faillite... de disparaître...

— Il me reste, en Californie, la propriété d'une mine, propriété contestée, du reste, et je compte laisser à M. Le Planchais le soin de la défendre, car je la lui abandonne. J'ai pris en horreur les pays civilisés, et je m'en vais au désert, dans ces libres espaces du nouveau monde, où il y a place pour les désespérés. Là, je vivrai seul... et je tâcherai d'oublier.

Claire laissa échapper un sanglot, et René s'écria :

— Non, vous ne partirez pas... nous ne vous laisserons pas partir.

— Ainsi, monsieur, vous êtes pauvre, dit madame Dortis très-émue.

— Moins pauvre qu'il y a vingt ans, lorsque je mis le pied sur cette terre de Californie, où j'ai gagné ma fortune ; il me reste encore plus d'argent qu'il ne m'en faut pour achever de mourir, car je n'ai plus rien à faire en ce monde. J'étais venu en France afin de récompenser ceux qui furent bons pour mon pauvre père et de punir ceux qui l'ont persécuté. Dieu a permis que je pusse accomplir ma tâche jusqu'au bout. Je ne lui demande maintenant que de m'accorder le repos.

— Votre père, dites-vous ?

— Ah ! c'est vrai, vous ne savez pas... vous me croyez noble parce que je m'appelle M. de Colorado. Ce nom-là n'est pas à moi, madame. Je l'ai pris comme j'aurais pu prendre celui du comté de Mariposa ou de la rivière de Sacramento. Je vous supplie pourtant de ne pas croire que je m'en suis affublé pour me donner la satisfaction vaniteuse de jouer au gentilhomme. Il était d'ailleurs facile de ne pas s'y tromper, car il est connu que dans le pays où je l'ai trouvé, personne n'a d'ancêtres, parce que chacun y est fils de ses œuvres.

Non, je n'ai pas rougi du nom de mon père,

et, si j'ai cessé momentanément de le porter, c'est qu'il m'aurait gêné pour atteindre le but que je poursuivais. Si on avait su qui j'étais, j'aurais eu plus de peine à retrouver les amis et les ennemis de mon père. Je le reprends aujourd'hui que je les ai découverts, et je suis fier de m'appeler Marcel Robinier.

— Robinier ! vous vous nommez Robinier ! s'écria madame Dortis.

— Oui, madame, répondit Marcel ; je suis le fils de Paul Robinier que M. Dortis recueillit jadis, qu'un misérable contre-maître fit chasser plus tard de la fabrique et dont mademoiselle Claire Dortis a bien voulu ne pas perdre le souvenir.

Claire fit un geste de surprise, mais elle ne trouva pas une parole pour exprimer ce qu'elle éprouvait.

— Le contre-maître se nommait Tolbiac, reprit Marcel, et il a commis récemment de nouvelles infamies. Dieu s'est chargé de le punir ; il a frappé aussi d'autres scélérats qui avaient réduit mon père à la misère, et il a permis que je pusse faire un peu de bien à ceux qui l'ont secouru dans le malheur. Un hasard providentiel a mis sur mon chemin le fils de l'ami dévoué qui lui ferma les yeux, la fille du brave caissier qui périt à son service, assassiné par des misérables que la justice tient en ce moment. J'ai aidé ces jeunes gens autant que je l'ai pu, et, quoique je n'aie pas été seul à assurer leur bonheur, j'ai eu la joie d'y contribuer et j'aurai bientôt celle de les voir heureux...

20.

comme on l'est quand on s'aime éperdument et qu'on se marie.

En prononçant ces derniers mots, Marcel ne put s'empêcher de regarder Claire, qui s'écria, peut-être pour cacher son trouble :

— Ce fils de l'ami de M. Robinier... cette fille de son caissier... c'est...

— Les voici, dit Marcel en montrant Savinien et Cécile qui entraient dans le salon.

Savinien vint serrer la main de M. de Colorado, après avoir salué madame Dortis, et Cécile courut embrasser Claire. Tous deux comprirent bien vite qu'il se passait quelque chose d'extraordinaire, et leurs yeux interrogeaient déjà le visage de leur protecteur, lorsqu'il reprit :

— Oui, madame, le père de Savinien a épargné au mien les horreurs de la misère, le père de Cécile est mort victime de son devoir, puisqu'on l'a tué pour lui voler l'argent que lui avait confié Paul Robinier, mon père.

— Votre père ! s'écria le jeune Brévan. Vous seriez...

— Je suis Marcel Robinier et je vous remercie au nom du pauvre vieillard qui fut assisté jusqu'à son dernier jour par l'homme généreux dont vous êtes le fils. Je remercie Cécile Fertugues, qui sera bientôt votre femme.

— Mais c'est nous qui devons vous remercier, vous bénir ! s'écrièrent à la fois les fiancés.

— Laissez-moi achever, je vous en prie ; j'ai une grâce à vous demander.

— Une grâce !

— Oui, je vous demande, si vous avez quelque amitié pour moi, de me permettre de contribuer à votre établissement. Je sais, madame, que vous y avez pourvu, dit-il pour répondre à un mouvement de madame Dortis, mais je sais aussi que dans le commerce les commencements sont difficiles, que l'avenir est toujours incertain et qu'un petit capital placé en dehors des affaires peut devenir une ressource précieuse.

Oh ! rassurez-vous, mon cher Savinien, ajouta-t-il, il ne s'agit pas d'une grosse somme, que vous pourriez avoir quelque scrupule à accepter. J'étais riche, mais M. de Gondo y a mis bon ordre et je n'ai à vous offrir qu'une centaine de mille francs qui ne valent pas ce que votre père a dépensé pour le mien. Il m'en restera bien assez pour vivre en Californie, car j'en ai sauvé du naufrage à peu près deux cent mille, sans compter ce que produira la vente de mes chevaux et de mon mobilier. Vous voyez que je n'ai même pas le mérite de faire un sacrifice, et je compte que vous ne me refuserez pas.

Savinien regarda Cécile et lut dans sa pensée.

— J'accepte, dit-il, à une condition.

— Parlez !

— C'est que vous ne nous quitterez pas, c'est que vous resterez en France...

— Je le voudrais, mais c'est impossible, mon ami.

— Impossible ! dit doucement Cécile ; et pourquoi ? Qui vous force à nous abandonner, nous qui vous devons notre bonheur, à vous éloigner de tous ceux qui vous aiment ?

Marcel pâlit et chercha sans les rencontrer les yeux de Claire, qui baissait la tête pour cacher son émotion.

— Non, répondit-il avec fermeté. Je ne puis pas rester. Il m'en coûtera de ne plus vous voir, mais votre souvenir me suivra partout et je garderai aussi celui de votre bienfaitrice, celui de cette maison où j'ai passé les instants les plus heureux de ma vie.

— Et moi je vous jure que vous ne pouvez pas partir ainsi, s'écria René. Un médecin ne cesse pas de voir son malade avant que la cure soit achevée, et je ne suis encore qu'en convalescence.

— Vous êtes guéri, mon cher enfant, puisque vous êtes revenu à votre mère, murmura Marcel en souriant tristement.

— Monsieur, dit madame Dortis dont la voix tremblait, voulez-vous me permettre de joindre ma prière à celle de mon fils ? Je vous dois de l'avoir revu, d'avoir retrouvé son affection, et ma reconnaissance sera éternelle... je ne puis mieux vous l'exprimer qu'en vous disant que votre départ nous affligerait tous.

— Je vous remercie, madame, et je suis profondément touché du témoignage d'estime que vous me donnez, mais vous savez mieux que personne pourquoi je pars.

La mère de Claire se recueillit un instant, comme

on se recueille avant de formuler par des paroles une résolution grave.

— Monsieur, dit-elle lentement, vous m'avez fait l'honneur de me demander la main de ma fille, et je vous ai écrit pour vous expliquer les motifs qui m'empêchaient de consentir à ce mariage.

Vous étiez trop riche; vous ne l'êtes plus. Je croyais que vous vous nommiez M. de Colorado; vous êtes le fils d'un homme qui s'appelait Robinier et que mon mari tenait en grande estime. La situation n'est plus la même...

— Voulez-vous dire que vous seriez disposée à revenir sur une décision qui m'a mis au désespoir? s'écria Marcel Robinier.

— Je veux dire que, si j'avais su que, des deux obstacles qui m'arrêtaient, l'un n'existait pas et l'autre venait de disparaître, je vous aurais écrit qu'il ne me restait qu'à consulter ma fille.

Marcel voulut parler, mais l'émotion étouffa sa voix. Il regarda encore Claire, et cette fois il rencontra son regard, car la jeune fille avait relevé la tête, et ses yeux, humides de larmes, exprimaient assez ce qu'elle ressentait.

Il n'avait qu'un pas à faire pour tomber à ses pieds, pour lui jurer qu'il l'aimait et implorer un consentement qu'il était assuré d'obtenir, et il restait immobile et muet. On eût dit que le bonheur l'avait foudroyé.

Cécile laissa, pour venir à lui, la main de Claire qu'elle pressait dans les siennes.

— Avez-vous encore, lui demanda-t-elle, la rose que je vous ai donnée ?

Marcel la portait sur son cœur. Elle ne l'avait jamais quitté, depuis sa première visite à la mansarde de la rue Albouy, depuis le jour où la pauvre ouvrière l'avait créée sous ses yeux. Il la gardait comme un souvenir, comme un talisman, comme un présage. Elle lui rappelait les douces émotions du bienfait, elle l'avait préservé peut-être dans des jours d'épreuve, et il espérait que tôt ou tard la prédiction de sa chère protégée s'accomplirait.

Il la prit et la tendit à Cécile, qui courut la remettre à Claire en disant à son protecteur :

— J'ai bien retenu vos paroles. Vous m'avez dit : « Si jamais j'aime encore, je vous promets de donner à celle que j'aimerai cette fleur qui me vient de vous. » Voilà qui est fait, monsieur.

Claire accepta la fleur et la mit à son corsage.

— Et moi, reprit Cécile, je vous ai répondu : « J'espère qu'elle vous portera bonheur. » Voilà mon vœu exaucé.

Marcel la remercia d'un regard et s'avançant vers mademoiselle Dortis :

— Je vous jure de vous consacrer ma vie, dit-il en fléchissant le genou devant sa fiancée.

Elle ne put que murmurer :

— J'accepte votre serment... recevez le mien... Je suis à vous... comme vous êtes à moi.

— Et vous ne partez plus, j'espère ? s'écria Cécile en riant.

Marcel se releva et alla baiser la main de madame Dortis, qui lui dit en pleurant de joie :

— Maintenant, j'ai deux fils.

— Et celui que M. Robinier vous a rendu ne vous causera plus de chagrin, dit René, qui se jeta dans les bras de sa mère.

Savinien prenait sa part de tout ce bonheur et il n'était pas peu fier de penser que Marcel devait l'heureux dénoûment de ses perplexités à la gracieuse intervention de Cécile.

A ce moment, le commandant entra un bras en écharpe et l'autre appuyé sur celui de sa femme, qui ne fut pas moins étonnée que lui de trouver au salon M. de Colorado et René.

Madame Dortis voulut leur expliquer tout de suite la situation.

— René nous revient et ne nous quittera plus, dit-elle à son gendre et à sa fille aînée. Monsieur aussi reste avec nous, car il aime Claire, il m'a de nouveau demandé sa main, et je la lui ai accordée.

— A la bonne heure ! s'écria le commandant. Je vous disais bien que vous aviez tort de vous arrêter à des considérations d'inégalité de fortune et de naissance, que, pour ma part, je...

— Je ne suis plus riche et je m'appelle Robinier tout court, interrompit Marcel. Pardonnez-moi, mon cher commandant, de ne pas vous avoir appris plus tôt que Caradoc et Colorado étaient des noms d'emprunt. Je venais à Paris pour rechercher les amis et les ennemis de mon père... si je m'étais fait connaître...

— Vous êtes un galant homme et cela me suffit, interrompit M. Pouliguen, qui avait les explications en horreur et qui allait toujours droit au but comme les boulets tirés par les canons de sa frégate. A quand la noce ?

— Aux premiers lilas, dit Claire en embrassant Cécile.

— Alors, au diable le voyage d'Italie, s'écria le marin. Tant mieux ! je n'y allais qu'à contre-cœur.

Tout s'arrangeait à merveille, puisqu'il y aurait rencontré M. Belamer qui s'y était réfugié pour éviter de se battre avec Marcel.

Clotilde s'en doutait peut-être, car elle dit tout bas à son sauveur :

— Merci, mon frère, je vous dois mon bonheur ; Claire vous le rendra.

XIII

Pendant que le bonheur de Marcel Robinier se décidait dans le salon de madame Dortis, Dominique Le Planchais, enveloppé dans un ample caban, arpentait la jetée qui borde au nord l'entrée de l'avant-port du Havre.

Le petit Charles, qu'il avait jugé à propos d'emmener avec lui, le suivait pas à pas, affublé d'une vareuse de matelot et coiffé d'un béret de laine bleue qui lui donnait tout à fait l'air d'un mousse.

Le jour baissait rapidement et le ciel se couvrait de gros nuages chassés par le vent d'ouest. La marée commençait à descendre, et, quoique la brise fût assez fraîche, les vagues battaient avec moins de force le musoir de la jetée.

A un mille au large, la silhouette noire d'un grand navire se profilait sur l'horizon brumeux.

Quelques bateaux pêcheurs se hâtaient de regagner le port et leurs voiles blanches glissaient rapidement sur la mer grise.

Dominique regardait le bâtiment mouillé en rade et maugréait de tout son cœur, jurant, sacrant, frappant du pied, montrant le poing à la voûte céleste.

Il faut dire qu'il n'avait pas sujet d'être content. En arrivant au Havre, à quatre heures, il s'était fait conduire à l'hôtel Frascati, où il savait qu'Atkins avait dû descendre, et là il avait appris que le *Yankee* y était arrivé la veille au soir en compagnie d'une jeune dame dont le signalement répondait à celui de mademoiselle de Gondo. Mais on lui avait dit aussi que le bateau transatlantique était sorti du port pour aller jeter l'ancre à peu de distance de la terre, que le couple était déjà à bord et que le vapeur appareillerait définitivement le lendemain de grand matin. On avait avancé la mise dehors à cause des heures de marée.

M. de Mariposa avait bien annoncé qu'il reviendrait dîner à l'hôtel avec madame ; mais, comme ses bagages étaient embarqués, rien ne l'obligeait à donner suite à ce projet.

Ce départ précipité dérangeait tout le plan de Dominique. Il venait au Havre pour forcer Atkins à se battre, et il lui fallait renoncer à l'espoir d'une rencontre, car il ne pouvait pas songer à aller lui offrir le combat sur le bateau. Atkins aurait certainement refusé de débarquer pour se couper la gorge avec un homme qu'il détestait, mais qu'il redoutait aussi, et le pont d'un navire n'est point un terrain propice à un duel.

La seule chance qui restât au Canadien, c'était que l'ex-protecteur de *Galantine* revînt, comme il l'avait dit, passer la soirée à terre, et même, dans ce cas-là, s'il ramenait avec lui sa compagne, la présence de la belle Noémi devait gêner beaucoup Dominique. On ne choisit pas, pour provoquer son ennemi le plus acharné, le moment où il donne le bras à une femme. Mais le chasseur d'ours gris ne se décourageait pas pour si peu, et il avait imaginé aussitôt un nouveau plan de campagne.

C'était pour le mettre à exécution qu'il était venu sur la jetée, traînant après lui le petit Charles et portant sous son bras une boîte longue et plate.

— Ainsi, dit-il au garçonnet, tu te crois de force à tenir la barre dans une embarcation à voiles et à manœuvrer tout seul?

— Oh! oui, monsieur, répondit le fils de l'*Épou-lardeur*. Avant d'entrer à l'atelier, je servais chez un loueur de bateaux de Joinville-le-Pont, et c'était toujours moi qui conduisais les pratiques.

— Hum! la Marne et la mer, ce n'est pas tout à fait la même chose, mais tu n'auras pas longtemps à gouverner. Maintenant, as-tu du cœur, mon garçon? Es-tu capable d'assister sans avoir peur et sans rien dire à un duel?

— Un duel! vous allez vous battre?

— Ce n'est pas sûr, mais je l'espère, et, si je me bats, j'aurai besoin de toi.

— Je ferai ce que vous voudrez, monsieur, mais...
si vous alliez être tué...

— Si je suis tué, tu retourneras à Paris avec
l'argent que je t'ai donné et tu remettras à M. de
Colorado la lettre que je t'ai confiée. Cette lettre te
justifierait dans le cas où on voudrait te chercher
noise. Si, au contraire, je tue mon adversaire, tu
n'auras à t'inquiéter de rien, puisque je serai là.
Maintenant, si tu ne te sens pas le courage de me
servir de témoin, dis-le-moi franchement et je ne
t'en voudrai pas.

L'enfant réfléchit un peu et, avec une résolution
tout à fait au-dessus de son âge, il répondit :

— Sans vous, le corps de ma pauvre mère aurait
été charcuté par les carabins et je tendrais la main
dans la rue... je n'oublierai jamais ce que je vous
dois et je me jetterais à l'eau pour vous... Ainsi,
vous pouvez compter sur moi.

— Je savais bien que tu étais un brave garçon,
s'écria Dominique. Je te dirai ce que tu auras à
faire quand le moment sera venu.

Tout en causant, ils étaient arrivés à l'extrémité
de la jetée. Le Canadien s'accouda sur le parapet
et se mit à regarder dans la direction du paquebot
qui se balançait sur ses ancres.

Une barque venait de s'en détacher et cinglait
vers le port. Dominique ne la perdit pas de vue, et,
comme elle marchait vent arrière, elle arriva bientôt à l'entrée du chenal.

C'était un de ces canots de promenade qui foi-
sonnent dans les villes de bains de mer. Un seul

matelot le conduisait, une main sur la barre et l'autre à l'écoute de la voile.

Le passager qu'il ramenait se tenait assis à l'avant et tournait le dos à la terre, de sorte que Dominique ne pouvait pas voir son visage; mais quand l'embarcation eut dépassé le musoir de la jetée, la situation changea. Il se présenta de face, et l'ami de Marcel reconnut parfaitement Atkins.

— Allons, dit-il entre ses dents, je commence à croire que nous allons en découdre.

Il n'avait pas une minute à perdre et il n'en perdit pas une. Il fit signe à Charles de le suivre et se mit à courir à toutes jambes, pour arriver avant le canot au quai de débarquement qui se trouve dans l'avant-port.

Le batelier venait d'amener sa voile, qui ne recevait plus le vent depuis qu'elle se trouvait abritée par le môle, et il remontait à l'aviron contre la marée descendante. Dominique put donc sans trop de peine le gagner de vitesse.

Sur le quai, où il s'installa pour l'attendre, il y avait fort peu de monde, car la nuit tombait et le temps tournait à la pluie. Quelques vendeurs de perroquets et d'oiseaux des îles se hâtaient d'enlever les cages où ils exposent pendant le jour leur marchandise emplumée. Un douanier se promenait mélancoliquement parmi des balles de coton qu'un chaland venait de décharger.

Un homme en casquette galonnée et en paletot d'alpaga se tenait adossé à une borne d'amarrage, au haut de l'escalier du débarcadère. Il avait l'air

d'attendre aussi, et il devint aussitôt suspect au
Canadien, qui s'empressa de rabattre le capuchon
de son caban, afin de pouvoir l'examiner de près
sans lui laisser voir son visage.

Cette précaution prise, Dominique s'approcha
sournoisement et reconnut M. de Gondo.

Le baron portait un costume qui ne laissait aucun
doute sur ses projets. Il était venu au Havre dans
l'intention de s'embarquer clandestinement, et
peut-être comptait-il sur M. de Mariposa pour l'y
aider, car il suivait d'un œil attentif la manœuvre
du canot qui portait le *Yankee* et qui se disposait à
accoster.

— J'y suis, pensa Dominique en se reculant vivement; Atkins lui aura promis de le faire passer
pour son domestique et il revient le chercher.

Cela dérangeait tous ses calculs, et il se demanda
s'il n'allait pas changer de batteries en sautant tout
simplement au collet du banqueroutier pour le
faire arrêter.

Ce voleur de baron devait avoir sur lui une grosse
somme dont Marcel, indignement spolié par lui,
avait bien le droit de réclamer sa part. Mais le
Canadien, s'il se donnait le plaisir de l'empoigner,
devait renoncer à se venger d'Atkins, car le *Yankee*
ne serait certainement pas assez sot pour attendre
le résultat du conflit. Dominique pensa qu'il valait
mieux ne pas se presser et agir selon les circonstances. Au moment où il venait de prendre le parti
de temporiser, Atkins achevait de grimper l'escalier.
Il avisa aussitôt M. de Gondo, vint à lui, l'entraîna

vers les maisons qui bordent le quai, et là, dans un coin sombre, ils engagèrent une conversation très-animée.

— Ne perds pas de vue ces deux hommes, dit vivement le Canadien au petit Charles. Suis-les, s'ils s'éloignent; s'ils se séparent, emboîte le pas à celui qui reviendra au canot, et embarque avec lui.

Puis, se fiant à l'intelligence et au dévouement de son jeune protégé, il descendit précipitamment les marches au bas desquelles l'embarcation attendait.

— Veux-tu gagner cinq cents francs! demanda-t-il brusquement au marin.

— Ça dépend de ce qu'il faut faire pour ça, répondit l'homme.

— Il faut me laisser prendre ta place pour reconduire à bord le passager que tu viens d'amener.

— Vous savez manœuvrer ?

— Mieux que toi, mon gars. Dans une heure, je te rendrai ton canot. Prends les vingt-cinq louis et ne t'inquiète pas du reste.

Le Normand ne résista point à une offre si ronde. Il empocha le rouleau d'or que Dominique venait de lui mettre dans la main et sauta à terre en disant :

— Je vas vous *espérer* au café qui fait le coin. Seulement, veillez au grain. V'là la brise qui fraîchit. Si le canot *capote*, ça vous regarde ; il est payé.

Dominique ne se donna même pas la peine de

répondre au patron complaisant qui venait de lui
louer sa barque plus cher qu'elle ne lui avait
coûté. Il sauta dedans, s'assit à l'arrière et attendit, le capuchon rabattu sur les yeux, la barre sous
le bras et sa boîte à côté de lui.

La nuit était venue tout à fait et la pluie commençait à tomber par rafales. Le Canadien ne
craignait pas que personne vînt le déranger par un
temps pareil, mais il n'en était pas moins fort per-
plexe.

— Atkins va-t-il revenir seul ou en compagnie
du baron ? se demandait-il en levant la tête vers
le quai. S'il ramène cette vieille canaille de Gondo,
ça se compliquera un peu, mais ça ne m'empêchera pas d'en finir avec le borgne.

Il fut bientôt tiré d'incertitude. Au bout de dix
minutes, il vit paraître, au haut de l'escalier, le
petit Charles précédant l'Américain et le banquier.

— Il aura eu l'esprit de leur dire qu'il était mon
mousse, et ils ne se défient de rien, murmura-t-il.

Et aussitôt il se mit à dénouer l'amarre pour être
prêt à *pousser* dès que les deux passagers auraient
mis le pied sur le canot. Charles y entra avant eux
et il eut le temps de souffler à l'oreille de Dominique :

— Je viens de leur conter que j'étais votre fils
et que vous me preniez avec vous parce que le vent
est plus fort qu'en venant.

— Tu es un brave gamin, répondit tout bas Dominique.

Il était à peu près de la même taille que le patron de la barque et son caban lui cachait entièrement la figure. Ni Atkins ni le baron ne s'aperçurent de cette substitution de personnes. Ils s'assirent à l'avant. L'enfant se tint debout près du mât de façon à leur masquer le Canadien qui gouvernait à l'arrière et qui donna tout d'abord un coup de barre pour s'éloigner du débarcadère.

La marée descendait avec force et le flot les entraîna rapidement dans le chenal, sans qu'il fût besoin de recourir aux avirons.

Tant qu'on fut en dedans des jetées, personne ne prononça une parole. Dès qu'on arriva par le travers du musoir, Dominique fit signe à Charles, qui l'aida à hisser la voile, et le canot se mit à filer comme une flèche, en s'inclinant fortement sur tribord.

— Mettrons-nous longtemps à atteindre le paquebot, demanda M. de Gondo, qui ne paraissait pas très-rassuré.

— P't-être une heure, p't-être deux, répondit Dominique en déguisant sa voix ! nous avons vent debout, et il faudra courir des bordées.

— Si nous chavirons, ce sera votre faute, dit Atkins en anglais. Sans vous, baron, je serais tranquillement à bord du transatlantique.

— Vous savez bien que je ne pouvais pas embarquer en plein jour, répondit M. de Gondo dans la même langue.

— Le service que je vous rends vaut beaucoup d'argent, reprit le *Yankee*.

21.

— Aussi me le faites-vous payer cher.

— Pas assez.

— Il me semble pourtant qu'un million...

— Un million, c'est pour rien.

— Vous plaisantez, mon cher.

— Pas du tout. Vous en avez une dizaine en poche. Vous pourriez bien partager.

— Après moi, vous aurez tout, puisque vous épouserez Noémi, car je ne laisserai pas un sou à mon gredin de fils.

— Possible, mais j'aimerais mieux la moitié maintenant.

— Vous êtes fou.

— Non. C'est vous qui l'êtes. Je n'ai qu'un mot à dire pour qu'on vous arrête, et alors, adieu les millions.

— Vous ne feriez pas cela...

— Pourquoi pas? Tant que nous serons sur le paquebot, nous serons en France, et j'ai tout le temps de vous dénoncer au capitaine avant que nous arrivions à New-York.

— Vous oseriez me dénoncer, si je ne vous donne pas cinq millions ?

— Parfaitement.

— Ce serait une infamie.

— Non. C'est une affaire.

— Excellente pour vous, en effet.

— Et pour vous encore meilleure. Cinq millions valent mieux que rien, et vous n'aurez rien si je vous livre à vos créanciers, car ils vous prendront tout et ils vous feront condamner aux galères.

— Bon ! mais vous, vous y perdrez le million
que je vous ai promis et que je suis prêt à vous
donner avant que nous débarquions en Amérique.

— Je m'en consolerai. Je suis riche... trois fois
plus riche que quand je suis arrivé à Paris. J'ai
joué à la baisse sur le Mobilier espagnol et j'ai
triplé ma fortune.

Dominique ne perdit pas un mot de ce dialogue,
car il savait l'anglais, et il commençait à se dire
qu'il pourrait bien faire coup double, c'est-à-dire
se battre avec le gendre et ramener le beau-père
au Havre avec ses millions volés.

Il eût été beaucoup plus sage de se borner à signaler au commandant du paquebot le banqueroutier déguisé en domestique et de ne pas jouer
sa vie contre celle d'un scélérat. Le duel que le
Canadien méditait était insensé, car Gondo, se
voyant découvert, ne manquerait pas de se mettre
du côté d'Atkins, et, dans de telles conditions, la
partie ne serait plus égale. Mais il avait véritablement le diable au corps, ce Canadien enragé. Il
s'était juré de ne pas sortir du canot sans avoir
réglé ses comptes avec le Mariposa, et, comme il
espérait en purger définitivement le monde, il se
proposait de virer de bord après le combat et de
ramener, de gré ou de force, le baron à terre
pour le mettre entre les mains de la gendarmerie.

Il prévoyait bien que son prisonnier l'accuserait
d'avoir assassiné l'Américain, mais il se disait qu'il
aurait à lui opposer le témoignage du petit Charles

et que la justice refuserait de croire aux déclarations d'un coquin. Ce raisonnement, à vrai dire, n'avait pas le sens commun ; mais Dominique n'y regardait pas de si près.

Cependant, le canot continuait sa bordée vers la pointe de la Hève et courait parallèlement à la terre sans se rapprocher du paquebot.

— Patron, vous avez le cap trop au nord, cria M. de Mariposa, qui voyait toujours les lumières du transatlantique à la même distance.

— Tout à l'heure nous allons virer de bord, grommela le faux marin.

Le *Yankee* n'insista point et se remit à parler anglais avec son futur beau-père.

— C'est cinq millions ou rien, reprit-il.

— Si j'avais prévu vos indignes exigences, je ne serais pas venu vous rejoindre au Havre, soupira le baron.

— Et vous seriez déjà en prison, car vous n'auriez pas pu sortir de France, si je ne vous avais procuré un passe-port à la légation américaine en vous faisant passer pour mon domestique. Il vaut les cinq millions, ce passe-port.

— Et c'est mon futur gendre qui me tient ce langage ! Ah ! vous me faites amèrement regretter d'avoir donné mon consentement à Noémi.

Elle s'en serait parfaitement passée. Elle grille d'envie de voir les chutes du Niagara.

— Voyons, Atkins, s'écria le baron d'un ton pathétique, vous ne voulez pas réduire au désespoir un vieillard qui vous a accueilli comme si vous aviez été son fils. Soyez raisonnable. Acceptez le million que je vous offre et associons-nous pour le reste. Je monterai une maison de banque à Chicago ou à Cincinnati, et je ferai d'excellentes affaires, j'en suis sûr. Nous travaillerons ensemble et, plus tard, vous me succéderez.

— Je veux bien travailler avec vous et vous succéder, mais il me faut ma part d'abord. C'est dans votre intérêt, d'ailleurs, que je vous la demande ; car on mettra des *détectives* à vos trousses, et vous pouvez être arrêté ; alors, votre argent passera en partie à payer des avocats pour empêcher qu'on n'accorde l'extradition ; on l'accordera quand même et on saisira tout ce qui vous restera, tandis qu'en me remettant les cinq millions, vous assurez l'avenir. Si vous êtes pris, vous ne serez guère condamné qu'à dix ans. Quand vous aurez subi votre peine, vous viendrez nous rejoindre, Noémi et moi ; il y aura toujours à la maison une tasse de thé et un verre de *whiskey* pour le vieux *gentleman,* et, si vous n'êtes pas trop usé, je vous intéresserai dans mon commerce de lard salé.

La perspective de ce bonheur n'arracha à M. de Gondo qu'un gémissement lamentable.

— Du reste, reprit Atkins, vous avez neuf à dix jours pour vous décider, car je vous promets de ne pas vous dénoncer avant que nous soyons en vue de la côte américaine. Et maintenant, n'en parlons plus. Nous n'avons déjà que trop bavardé. Si ce matelot comprenait l'anglais, il serait déjà en mesure de vous jouer un mauvais tour.

Le baron fut sans doute de cet avis, car il n'ajouta plus un seul mot.

— Patron, cria le *Yankee* en bon français, je vous le répète, il est temps de virer, si nous voulons attraper le bateau à vapeur à la bordée prochaine.

— N'ayez pas peur, nous arriverons, dit entre ses dents Dominique.

En même temps, il tirait Charles par le bas de sa vareuse pour l'avertir de se tenir prêt à l'aider. Le moment d'en finir lui paraissait venu.

Le canot était à peu près à égale distance entre la côte et le paquebot, et, par une nuit noire, on pouvait s'y égorger et même y échanger des coups de feu, sans que personne s'en aperçût ni à bord, ni à terre.

Le Canadien ouvrit tout doucement la boîte qui contenait sa fameuse carabine et une paire de revolvers, puis il attira l'enfant près de lui, lui remit la barre, se leva et amena brusquement la voile. L'embarcation, arrêtée court, se redressa aussitôt, et n'étant plus appuyée par le vent, elle commença à danser furieusement sur les vagues.

— Qu'est-ce qu'il y a ? qu'est-ce que c'est ? demanda M. de Gondo très-effrayé.

— Faites donc attention, double brute, vociféra le *Yankee*.

— A nous deux, Atkins, répondit Dominique en se levant avec un pistolet dans chaque main.

Tu ne me reconnais pas, scélérat ? Je suis Dominique Le Planchais. Je t'ai crevé l'œil au lieu de te casser la tête, là-bas, dans la Newada. Cette fois, je te tiens et je ne te manquerai pas.

Le baron s'affaissa immédiatement et chercha à se cacher sous le banc où il était assis, mais Atkins fit bonne contenance.

— Ah ! ah ! dit-il, il paraît que vous voulez m'assassiner. Eh bien, soit ! tuez-moi, je ne me défendrai pas. Je me consolerai de mourir en pensant que vous serez guillotiné. J'ai là un ami qui témoignera contre vous... à moins que vous ne le tuïez aussi.

— Tu sais bien que je ne t'assassinerai pas, brigand. C'est un duel que je t'offre. J'ai apporté deux revolvers à six coups. Ils sont chargés. Prends-en un et sers-t'en, lui cria Dominique en avançant le bras pour lui offrir une des armes qu'il avait choisies.

Sur ce bateau, où les deux adversaires se touchaient presque, il était impossible de se servir de carabines.

— Nous ferons feu à volonté, comme si nous étions dans une rue de San Francisco, reprit le Canadien. Allons, Atkins, un peu de courage ! Tu as une chance de te débarrasser de moi. Profites-en.

— Je vous répète que je ne me battrai pas.

— Tu es donc encore plus lâche que je ne croyais.

— Je me bats quand il me plaît. Je ne me bats pas contre un homme qui m'a tendu un guet-apens.

— Soit ! je vais te ramener à terre. Là, tu n'au-

ras plus de prétexte pour refuser. J'aime autant
ça, parce que je ferai d'une pierre deux coups. Je
t'expédierai en enfer et je ferai arrêter ton voleur
de beau-père qui se cache là sous le banc du
canot.

Le baron poussa un grognement de terreur et
tira Atkins par la manche pour le supplier d'accepter la rencontre.

Il redoutait par-dessus tout le retour au Havre,
ce prudent financier, et le combat que proposait
Dominique ne l'effrayait pas beaucoup, puisqu'il
n'avait à y jouer d'autre rôle que celui de témoin.
Et si la bataille s'engageait, il n'était pas très-sur
qu'il fît des vœux pour son futur gendre.

La mort du Canadien le sauvait des gendarmes,
mais celle du *Yankee* l'exonérait de la dure nécessité de partager son trésor. Entre deux éventuali-
tés aussi désagréables l'une que l'autre, son cœur
balançait et ne penchait pas.

Au fond, ce qu'il souhaitait, c'était qu'ils s'entre-
tuassent. Mais Atkins, lui, ne désirait ni le duel ni
le retour au Havre.

— Décidément, dit Dominique, je vois bien que
tu ne veux pas en découdre. A ton aise. Je reprends la barre et je mets le cap sur les jetées.

Il l'aurait fait comme il le disait, et il avait déjà
tourné le dos à son ennemi, afin d'aller remplacer
au gouvernail le fils de *l'Epoulardeur*.

Atkins trouva l'occasion excellente pour l'attaquer par derrière. Il sauta par dessus le banc qui
les séparait, le saisit au corps, l'entoura de ses

grands bras nerveux, l'enleva, et se mit en devoir de le jeter à l'eau, à quoi il devait infailliblement réussir, car Dominique, assailli à l'improviste et embarrassé dans son caban, n'eut pas le temps de saisir un point d'appui. Mais l'abominable borgne avait pris trop d'élan, et au moment même où il poussait le Canadien pour l'envoyer par dessus bord, un violent coup de roulis lui fit perdre l'équilibre, si bien qu'ils tombèrent à la mer tous les deux.

Le rêve du baron était réalisé, ou peu s'en fallait, car les adversaires, accrochés l'un à l'autre, allaient probablement se noyer, plutôt que de se lâcher.

Le petit Charles avait vu son cher protecteur disparaître sous les vagues. Il jeta un cri, mais il ne perdit point la tête, et mettant aussitôt la barre sous le vent, il s'efforça de diriger le canot vers l'endroit où il supposait que Dominique allait revenir sur l'eau, quitte à repêcher Atkins par dessus le marché. Mais cette manœuvre intelligente et charitable ne faisait pas du tout le compte de M. de Gondo.

L'excellent baron comprit aussitôt tout le parti qu'il pouvait tirer de la situation. Il se leva, enjamba prestement les bancs et vint se placer à côté de Charles en lui criant :

— Au bateau à vapeur, petit drôle ! mène-m'y tout droit et ne t'inquiète pas de ces gens-là.

En même temps, il essayait de tirer à lui le bras qui tenait la barre et de faire que la barque changeât de direction.

— Ne me touchez pas, dit le brave garçonnet en le repoussant d'un coup de coude.

Il venait d'apercevoir sur la crête d'une vague la tête de Dominique étroitement enlacé à l'Américain.

— A moi ! hurla la voix d'Atkins. A moi, baron ! Tirez-moi de là et je vous laisse les millions.

— A moi, Charles ! dit simplement le Canadien.

L'enfant gouvernait de façon à faire passer le canot à portée des naufragés et il allait y réussir, lorsque M. de Gondo se rua sur lui pour l'arracher du gouvernail. Le banqueroutier ne se fiait nullement à la promesse que son gendre venait de lui jeter et il tenait plus que jamais à le laisser servir de pâture aux poissons de l'embouchure de la Seine.

Charles lui résista vigoureusement ; mais le pauvre petit n'était pas de force à lutter contre un grand et robuste vieillard. En se débattant de son mieux, il lâcha la barre. Le canot, abandonné brusquement à l'action du vent, fut pris en travers par une grosse lame et chavira complétement, mâture en bas, quille en l'air.

Le baron avait bien souvent nagé entre deux eaux depuis qu'il faisait des affaires, mais il était incapable de tirer seulement une brasse. Il alla droit au fond avec ses millions, et ainsi se vérifia une fois de plus le proverbe : Bien mal acquis ne profite pas.

Au contraire, en sa qualité de gamin de Paris, Charles nageait comme une anguille, et le bon-

heur voulut qu'il ne restât point accroché dans les
agrès, où vraisemblablement le Gondo se trouva
pris comme un renard au piége. Accoutumé à pi-
quer des têtes au bain à quatre sous, il donna un
vigoureux coup de pied et remonta aussitôt. Mais
l'obscurité était profonde et il ne vit rien que la
mer houleuse et le ciel noir. Entraînée rapidement
par les courants qui portent au large, la barque
chavirée avait disparu.

Il s'agissait de regagner la terre, et elle était
assez éloignée pour qu'un enfant eût bien de la
peine à y aborder. Charles y tâcha pourtant. Il
commença par s'orienter. Il aperçut devant lui les
deux phares à éclipses de la Hève, à sa gauche les
feux du transatlantique et à sa droite les lumières
du Havre, vers lesquelles il se dirigea.

Il avait commencé par appeler de toutes ses
forces, dans l'espoir que Dominique l'entendrait
et viendrait à son secours, mais sa voix était trop
faible pour dominer le bruit du vent et personne
ne lui avait répondu. Il pensa que son protecteur
s'était noyé et il continua de lutter courageusement contre la mer immense, contre les vagues
soulevées, contre le flot descendant qui le repous-
sait de la côte.

Perdu, par cette nuit sans lune, dans ces solitudes mouvantes, l'enfant sentit bientôt que les
forces allaient lui manquer. Le froid roidissait ses
bras, l'eau salée l'aveuglait, les oreilles lui tin-
taient. Il lui semblait qu'un poids énorme pesait
sur ses jambes et l'entraînait au fond de l'abîme.

Alors, il se souvint que sa mère l'avait élevé pieusement et il se recommanda à Dieu.

Dieu entendit sa prière. Une lame énorme l'emporta sur son dos et le jeta à la portée de la main de Dominique, nageant depuis qu'il s'était débarrassé d'Atkins après une lutte effroyable, et cherchant à rejoindre le canot, où il espérait trouver Charles cramponné à la quille.

Deux cris de joie partirent à la fois, mais la situation ne se prêtait ni aux explications ni aux récits.

— Mets tes mains sur mes épaules et aide-toi seulement des jambes, dit le Canadien.

Le pauvre petit ne se fit pas prier, et Dominique, chargé de ce léger fardeau, se remit à fendre vigoureusement les vagues.

Gagner la terre n'était pas une entreprise impossible pour un homme qui autrefois au Canada s'était amusé plus d'une fois à faire trois lieues à la nage dans le lac Champlain.

Après une demi-heure d'efforts, le sauveur et le sauvé prirent pied sur la grève de Sainte-Adresse et ne s'y attardèrent point. Il pleuvait à torrents et personne ne s'était trouvé là pour les voir aborder. Dominique prit l'enfant par la main et l'entraîna au pas de course vers la ville. Il avait ses raisons pour tenir à ce que leur aventure fût ignorée des Havrais, et il réussit parfaitement à la leur cacher.

Lui et son jeune ami, ils arrivèrent à la gare, exténués, trempés jusqu'aux os, et avant le départ du train-poste de dix heures, ils eurent tout le temps de se sécher et de se réconforter dans une auberge voisine où on ne leur demanda pas s'ils étaient tombés à la mer, attendu que la pluie tombait assez fort pour les avoir inondés des pieds à la tête.

A quatre heures du matin, ils arrivaient sains et saufs à Paris, et le surlendemain, à la première page du journal le *Courrier du Havre*, on lisait :

« Un déplorable accident est arrivé, avant-hier soir, sur notre rade. Un passager du transatlantique, mouillé devant les jetées, a eu la malheureuse idée de revenir à terre chercher son domestique, et s'est embarqué avec lui, vers six heures, pour rejoindre le paquebot. Pour un motif resté jusqu'à présent inconnu, le patron du canot, qui avait ramené le voyageur, a cédé sa place à un marin étranger à notre ville, à ce que l'on croit, et dont l'inexpérience a causé un triple malheur. L'embarcation a chaviré, et tous ceux qui la montaient se sont noyés. Elle a été retrouvée au large et la marée a ramené sous la Hève le corps du passager et celui de son domestique. Ce dernier était porteur de valeurs considérables renfermées dans une ceinture de cuir. Le cadavre du marin n'est pas encore venu à la côte. »

Et la feuille bien informée ajoutait, sous la rubrique *Dernières nouvelles :*

« Au moment où nous mettons sous presse, le bruit se répand que le prétendu domestique a été reconnu et n'est autre qu'un banquier, M. de G...,

dont la faillite et la disparition ont récemment occupé tout Paris. La justice informe, et elle ne tardera pas sans doute à éclaircir ce qu'il y a de
mystérieux dans ce triste événement. »

## XIV

Le mois de mai est de retour. Les lilas ont fleuri. Cécile se marie.

Claire est, depuis une semaine, la femme de Marcel Robinier, qui a renoncé pour toujours à ce nom de Colorado, sous lequel il a tant souffert.

Dominique et Savinien ont été ses témoins. Dominique n'aurait pas cédé cet honneur à un autre pour toute la fortune de sir Hugh Allan, le Rohtschild duCanada, et Savinien, fils de Michel Brévan, y avait pleinement droit.

Chambras a été de la noce, qui s'est faite chez madame Dortis. Il est aussi, et cela lui est bien dû, de celle de Cécile, qui se termine dans un grand restaurant situé tout près du bois de Boulogne.

La fière et modeste ouvrière n'a pas voulu déroger à sa pauvreté d'autrefois en empruntant, pour y inviter ses amis, le somptueux hôtel que

Marcel vient d'acheter aux Champs-Élysées avec une partie de l'argent retrouvé dans la ceinture de M. de Gondo.

Car Marcel n'a pas tenu toutes ses promesses et la veuve du fabricant aurait pu retirer sa parole pour chercher un gendre dont la fortune ne dépassât pas celle de Claire.

Marcel avait juré qu'il était pauvre, et Marcel est riche, grâce au hardi Canadien et à son aventureuse expédition du Havre, qui est restée un secret entre lui, son vieux camarade et son jeune protégé; moins riche qu'en arrivant à Paris, car il n'a eu que sa part proportionnelle des millions volés par Salomon Carpatz, soi-disant baron, à de trop nombreux créanciers, mais encore assez bien pourvu pour vivre dans la plus large aisance en attendant les revenus de la mine de Californie.

Madame Dortis aurait eu le droit de le refuser pour cause d'opulence, mais elle n'y a pas pensé un seul instant. Elle aime trop sa fille pour lui reprendre son bonheur, et elle sait qu'il y a un serment auquel Marcel ne manquera jamais, le serment d'adorer Claire et de faire d'elle la plus heureuse des femmes.

Clotilde et le commandant font un excellent ménage. René est décidé à s'engager pour rompre tout à fait avec la sotte vie des désœuvrés. Il a donné sa démission du cercle, et il ne pense pas plus à Coralie que sa sœur ne songe à M. Belamer.

Ce beau ténébreux n'est point encore revenu d'Italie et il y a apparence qu'il y restera longtemps, car il vise à y séduire à tout le moins une princesse napolitaine.

Madame de Marly a eu des malheurs. Sa liaison avec un valet de chambre déguisé en planteur lui a fait du tort dans le monde des protecteurs sérieux, car tout se sait à Paris et les petits journaux ont eu vent de cette ridicule aventure. Personne n'a ambitionné l'honneur de succéder au faux Jackson, et, faute de mieux, Joséphine Canoche pense à partir pour l'Égypte en compagnie de la pauvre Valentine, si méchamment délaissée par Atkins.

Elles espèrent attacher à leur char quelque pacha désireux de s'initier aux mystères de la galanterie occidentale, et en attendant que la terre de Cléopâtre leur soit propice, elles tripotent à la Bourse conseillées par Ernest, que la retentissante débâcle de son père n'a point empêché de se faire remisier.

Ainsi chacun a été récompensé selon ses œuvres, et si la Providence a traité comme ils le méritaient ces créatures et ces coquins, elle a comblé Marcel, Claire et tous ceux qui les aiment.

Le dîner vient de finir et la noce va se terminer bourgeoisement par un bal d'intimes, car les jeunes mariés n'ont invité que la famille Dortis et un très-petit nombre d'amis.

Cécile est charmante sous sa couronne de fleurs d'oranger et Claire ne la quitte pas, Claire toute fière d'être déjà la femme de Marcel et toute joyeuse de penser que sa chère petite amie va bientôt être aussi heureuse qu'elle.

On les admire, on les entoure. Savinien est triomphant, madame Dortis pleure de douces larmes, et pense déjà à marier René quand il aura consolidé sa guérison par trois ans de service dans un régiment de dragons ; Dominique serre à les briser les mains du commandant Pouliguen et lui jure une éternelle amitié que le marin est tout disposé à lui rendre, en dépit de son bras cassé par la balle du fameux *rifle* canadien.

Marcel et Chambras sont allés respirer à la fenêtre et causent gaiement, aux accords du piano qui prélude déjà dans le salon.

La soirée est superbe ; le soleil couchant empourpre de ses derniers rayons les pentes du mont Valérien ; le vent apporte les fraîches senteurs de la verdure nouvelle du bois de Boulogne, et les bruits de la grande ville n'arrivent dans ces régions presque champêtres que comme un murmure lointain.

C'est une nuit de printemps qui commence, une de ces nuits faites à souhait pour aimer et dont les époux se souviennent encore quand l'âge a blanchi leurs cheveux sans glacer leur cœur.

Marcel n'avait jamais été aussi heureux de vivre, et il aurait voulu répandre son bonheur sur tous les êtres qui l'entouraient, depuis Chambras, accoudé près de lui sur le balcon, jusqu'aux cochers gardant leurs équipages devant la porte du restaurant, jusqu'aux mendiants attirés par cette atmosphère de fête qui rayonne autour des privilégiés de ce monde.

Il savait bien'pourtant que le cœur a beau renfermer des trésors, il ne peut pas s'ouvrir comme une cassette où on puise l'or à pleines mains pour le jeter aux pauvres; il savait que, sur cette terre, il n'y a que les fléaux qui soient contagieux; mais, dans l'excès de sa joie, il avait oublié ces tristes vérités.

— Mon cher Chambras, dit-il tout à coup, je voudrais vous demander une grâce, et j'ai peur de vous fâcher.

— De vous, rien ne me fâchera, répondit en souriant le brave policier.

— Eh bien, promettez-moi que nous ne nous quitterons plus.

— N'est-ce que cela? Toutes les fois que je me rencontrerai avec vous, cher monsieur, ce sera pour moi un honneur et un plaisir, vous n'en pouvez pas douter.

— En effet, vous m'avez témoigné assez de sympathie, vous m'avez donné assez de preuves de dévouement pour que je ne doute pas de votre amitié, et je vous jure que je vous la rends bien. Mais quand je vous demande de ne plus me quitter, ce n'est pas ainsi que je l'entends.

— Comment donc l'entendez-vous?

— Je voudrais... vous offrir... vous prier d'habiter chez moi... de vous intéresser à mes affaires... de vous associer à mon existence...

. — Je suis profondément touché de ce témoignage

d'estime et d'affection, dit Chambras d'une voix émue, et il m'en coûte de ne pas l'accepter... mais...

— Qui vous en empêche ?

— Les fonctions que je remplis.

— Pourquoi les exerceriez-vous plus longtemps ? Oh ! ce n'est pas, croyez-le bien, que je les considère comme un obstacle aux relations amicales que je compte entretenir avec vous, quoi qu'il arrive, mais elles vous laissent si peu de liberté, que, si vous n'y renonciez pas, je ne vous verrais presque jamais.

Et, rassurez-vous, ce n'est pas une sinécure que je vous propose. J'ai de graves intérêts à surveiller en Californie. Mon ami Dominique se fait vieux et, d'ailleurs, s'il retournait là-bas, je craindrais que son tempérament fougueux ne le jetât dans des dangers de toute sorte. En France, j'aurai aussi une fortune à gérer... je compte acheter une grande terre... Dominique n'entend rien à l'agriculture... il a absolument besoin, et moi aussi, d'un ami intelligent et actif, qui nous aide, nous supplée au besoin. Soyez cet ami, donnez votre démission, et venez habiter avec nous. Si je suis heureux, c'est à vous que je le dois... complétez votre œuvre en vous attachant à moi pour toujours.

— Donner ma démission... c'est impossible, murmura Chambras.

— Encore une fois, pourquoi ?

— Parce que... parce que... Tenez ! je pourrais vous donner des raisons plus ou moins plausibles et qui ne seraient que des prétextes. J'aime mieux vous dire tout simplement la vérité. Vous voulez bien reconnaître que je vous ai rendu quelques services. Fussent-ils cent fois plus nombreux et plus importants, je serais encore trop payé par l'offre cordiale que vous me faites. Je vous en suis très-reconnaissant, et je ne puis mieux vous le prouver qu'en usant avec vous d'une franchise entière. Je ne quitterai jamais le métier que j'exerce, parce que je l'aime.

— Je ne m'étonne pas que vous l'aimiez, balbutia Marcel déconcerté ; mais...

— Je sais qu'il n'est pas brillant, que bien des gens le méprisent ; eh bien, je vous en fais l'aveu, je n'en connais pas de plus... je cherche le mot, parce que celui qui m'est venu d'abord serait peut-être déplacé... nous autres Français nous avons sur l'honneur des idées singulières... je n'en connais pas de plus respectable.

— Certes, quand on l'exerce comme vous le faites.

— Je ne sais pas si je l'exerce mieux que mes camarades, mais, à mon sens, il suffit de l'exercer honnêtement pour qu'il soit respectable. Tenez, à la guerre, on flétrit les espions et on les fusille sommairement. Eh bien, je ne connais pas de dévouement plus noble, plus sublime, que celui d'un officier ou d'un soldat qui s'en va, déguisé, reconnaître l'ennemi pour servir son pays. Il sait qu'il ne récoltera, dans cette mission périlleuse, ni croix, ni grades, ni honneur ; que, s'il est pris, il mourra

22.

obscurément, honteusement ; que personne ne le plaindra, que son nom ne sera pas même prononcé dans un rapport. Cet homme est un héros.

Mais, pardon ! je me laisse aller à un enthousiasme que vous devez trouver assez ridicule, car je ne prétends pas assimiler les espions militaires à nous autres, pauvres diables, qui n'opérons que contre des coquins de bas étage. Je voulais dire seulement qu'il y a dans Paris cinquante mille bandits en guerre ouverte avec la société, que nous sommes cent quarante-cinq agents de la *sûreté* et que nous les tenons en respect. C'est pour cela que j'aime mon métier, et que je n'y renoncerai jamais.

Marcel prit la main de Chambras et la serra en disant avec émotion :

— Le regret que j'ai de renoncer à un projet qui m'était cher n'est surpassé que par l'estime que vous m'inspirez.

— Merci, répondit simplement Chambras. Un soldat ne déserte pas. Je resterai donc ce que je suis. Mais, en toute occasion, vous pouvez disposer de moi comme du plus dévoué de vos amis.

— Je le sais. Vous m'en avez assez donné de preuves. Sans vous, je chercherais encore les misérables qui ont fait mourir de chagrin mon pauvre père.

— Le fait est, dit gaiement Chambras, que nous avons fini par les pincer tous ou peu s'en faut. Et, à ce propos, il faut que je vous parle un peu de ceux qui manquent encore à la collection que j'ai réunie à Mazas.

— Le complice de l'*Époulardeur*, celui que dans le monde des voleurs on appelait *Pain-de-Blanc*, et sa compagne ?

— Précisément. L'affaire de tous les autres est réglée. Nos deux bandits des carrières d'Amérique vont passer aux assises à la prochaine session, et j'espère bien qu'ils seront condamnés à mort. Touillard, votre ancien valet de chambre, sera jugé après eux, et il en aura pour vingt ans. J'ai découvert, sur une indication que vous m'avez donnée, le recéleur de la rue Traversière-Saint-Antoine, et je l'ai fait coffrer aussi. J'ai laissé madame Alexis en liberté pour le cas où son neveu aurait l'idée de lui faire une visite, mais je l'enverrai en prison quand il me plaira, pour lui apprendre à se servir de fausses clefs. Nous n'avons donc plus à retrouver que ce neveu, le frère de Coralie, Arthur Canoche, et sa concubine, Euphémie Gilet, dite Phémie, qui a voyagé avec vous sur le *Barbillon*.

— Et croyez-vous être sur leurs traces ?

— Malheureusement, non. Mes agents ont fouillé Rouen pendant huit jours et ne les y ont pas trouvés. J'espérais qu'ils viendraient se faire prendre chez le correspondant du père Machin, mais ils ont été plus fins que je ne pensais et, comme ils doi- être en fonds, grâce au *chèque* de sept mille neuf cents francs que *Pain-de-Blanc* a touché chez M. de Gondo, il y a apparence qu'ils auront passé à l'étranger.

Du reste, je suis bien sûr que nous les pince-
rons un jour ou l'autre. Leur argent ne durera pas
toujours, et quand ils n'en auront plus, ils re-
viendront à Paris. A moins cependant qu'ils ne
s'avisent de courir les foires. Cette Phémie s'est
exhibée jadis comme géante. Aussi ai-je envoyé
son signalement et celui de son Arthur à toutes les
brigades de gendarmerie, et j'y ai joint une recommandation particulière. Donc, ceux-là non
plus ne nous échapperont pas, et, quand on les
tiendra, leur compte sera bon : escroquerie, vol
qualifié, incendie, séquestration avec tortures cor-
porelles, assassinat. Ils seront fort heureux s'ils
s'en tirent avec les travaux forcés à perpétuité.
Après cela, le jury est si mou. Il leur accordera
peut-être les circonstances atténuantes, sous prétexte qu'il n'ont tué en définitive que l'*Époulardeur*
et sa femelle, deux victimes peu intéressantes assurément.

— Avez-vous eu des nouvelles de madame de
Gondo? demanda Marcel que la poursuite de
tous ces coquins intéressait un peu moins, depuis
que son mariage avait fait de lui l'homme le plus
heureux de la terre,

— C'est vrai. J'oubliais de vous parler d'elle. Vous
savez qu'au moment de la catastrophe du baron,
elle s'est réfugiée chez son premier mari, qui s'est
fait beaucoup prier pour la recevoir. Comme elle
avait sauvé quelques bijoux du naufrage, le Carinis a fini cependant par consentir à la reprendre.
Ils sont partis ensemble pour Monaco, où on n'a pas

voulu de lui comme croupier, et de là ils sont allés s'établir au Caire, où ils tiennent une maison de jeu. La baronne a encore de beaux restes. Il ne serait pas impossible qu'elle entrât dans le harem de quelque pacha.

Mais à propos de ce vieux filou de Salomon Carpatz qui l'avait épousée, connaissez-vous rien de plus miraculeux que la pêche des millions qu'il emportait ? Il glisse dans les doigts de ses créanciers, il file sur le Havre, où il allait rejoindre cette canaille d'Américain dont il voulait faire son gendre et probablement son associé ; ils se noient tous les deux en s'embarquant ; le hasard fait que la mer rapporte leurs cadavres, et on trouve celui du baron cuirassé d'une ceinture imperméable toute bourrée de billets de banque.

— Dieu est juste, murmura Marcel.

— Et ce qu'il y a de plus fort, reprit Chambras, c'est qu'on n'a jamais pu savoir comment l'accident était arrivé. Le corps du marin ou soi-disant tel, qui les menait à bord, n'est pas venu à la côte, pas plus que celui du mousse, et personne n'a su qui étaient ces gens-là.

Marcel aurait pu éclaircir ce mystère, car, sur ce point, il en savait plus que tous les agents de police du monde ; mais il tenait fort à ne pas compromettre Dominique, et il se borna à demander d'un air assez distrait :

— Sait-on ce qu'est devenue la fille du baron ?

— Elle chante l'opéra à Philadelphie, répondit Chambras. Vous savez qu'après l'accident arrivé à son père et à son futur époux, elle est bravement partie toute seule. Oh ! c'est une gaillarde qui se tirera d'affaire en Amérique, car...

Chambras s'interrompit tout à coup et se mit à regarder attentivement un individu qui venait de s'arrêter sous la fenêtre.

C'était un pauvre diable de chanteur ambulant qui s'était faufilé parmi les cochers et les badauds rassemblés devant la façade du restaurant, et qui commençait à tirer d'un accordéon dont il était porteur des sons mélancoliques.

Maigre, blême et piètrement vêtu, il ne payait pas de mine et on lui aurait fait l'aumône à première vue, alors même qu'il n'eût pas exercé la mendicité musicale que tolèrent les règlements de police. Mais il n'en cultivait pas moins le genre gai, car aussitôt qu'il se vit suffisamment pourvu d'auditeurs, tant aux fenêtres que dans la cour, il tira de sa poche un bonnet de coton, s'en coiffa, releva d'une façon grotesque le collet de sa veste et, donnant à sa face blafarde une expression comique, il entonna une chanson accompagnée de grimaces et de gambades qui mirent bientôt l'assistance en liesse.

— Q'avez-vous donc ? demanda Marcel à son voisin.

— J'ai... que je crois reconnaître ce joli farceur qui nous donne un concert gratis.

— Serait-ce...

— Si ce n'est pas le drôle dont je vous parlais

tout à l'heure, c'est quelqu'un qui lui ressemble singulièrement.

— Quoi ! *Pain-de-Blanc* oserait... Mais, attendez donc... moi aussi, j'ai vu cette figure-là quelque part.

— Rue Albouy... dans l'escalier de la mère Alexis, parbleu !

— En effet... cette bouche tordue, cette mèche de cheveux plats collée sur la tempe... c'est bien lui... et cependant... la physionomie n'est plus la même.

— Parce qu'en ce moment il joue la comédie. Du reste, je vais examiner notre homme de plus près, conclut Chambras en s'éloignant vivement de la fenêtre.

L'artiste en plein vent attaquait en ce moment le refrain de sa chansonnette, qu'il scandait de la façon la plus bizarre, traînant la voix sur certaines syllabes et accélérant la mesure sur d'autres :

> J' m'en vas retrouver mon Adèle,
> Mon épous*eu* qui m'attend...
> J' sais bien qu'ell' n'est pas belle...
> Mais comm' c'te femme-là me comprend !

beuglait ce drôle, en se livrant à des pantomimes expressives et inconvenantes.

L'exécution de ce morceau choisi ne l'empêchait pas, d'ailleurs, d'avoir l'œil à tout, et peut-être s'était-il aperçu que les deux personnages qui le regardaient d'en haut parlaient de lui, car il cessa brusquement de roucouler, ramassa quelques sous jetés par ses auditeurs de la rue et s'éloigna au pas accéléré.

Lorsque Chambras déboucha du restaurant, le virtuose avait disparu.

Cette éclipse ne fit que confirmer les soupçons que le sous-chef de la sûreté avait conçus à première vue. Il s'informa et un cocher complaisant lui dit que l'homme à l'accordéon venait de tourner le coin d'une petite rue perpendiculaire à l'avenue de Neuilly. Il y courut, mais il ne vit qu'une femme, coiffée d'un bonnet et munie d'un ample cabas, une cuisinière, selon toute apparence, qui s'en allait aux provisions et qui marchait comme un grenadier montant à l'assaut.

Ce n'était pas l'heure où les bonnes vont au marché, et tout d'abord cette personne si pressée lui parut suspecte. Il courut pour la rattraper, et il la dépassa au moment où elle entrait dans l'avenue.

Il vit une figure de femme entre deux âges, une figure ridée, contractée, ratatinée, sans expression, sans traits saillants. Impossible de reconnaître la physionomie de *Pain-de-Blanc* sous ce masque vieillot. Pour la première fois peut-être, la sagacité de Chambras était en défaut.

Cependant, l'allure de la ménagère ne lui semblait pas naturelle, et il remarqua aussi que son cabas, quoique très-gonflé, ne laissait passer, par son orifice, ni choux, ni carottes, ni bottes de radis.

D'autre part, si le chanteur avait pris ce chemin,

il n'avait eu ni le temps, ni la possibilité de disparaître, car la ruelle était assez longue et bordée des deux côtés par des murs sans portes.

Avait-il exécuté, en marchant, un changement de costume, à l'instar des acteurs de féeries qui se transforment instantanément en seigneur espagnol, en sorcière ou en potiron ? Chambras commençait à le soupçonner, et, à tout hasard, il emboita le pas.

Naturellement, il n'avait pas invité ses agents à la noce de Savinien, et il ne pouvait compter que sur sa propre habileté, mais il n'était pas homme à lâcher une piste avant de l'avoir menée jusqu'au bout.

Il eut bientôt la satisfaction de voir la femme au cabas enfiler l'allée d'une maison d'apparence assez convenable et grimper un escalier dont on apercevait du dehors les premières marches.

Il lui laissa prendre un peu d'avance, pour ne pas l'effaroucher, et il monta derrière elle.

Arrivé au quatrième, il entendit à l'étage supérieur le bruit d'une porte qui s'ouvrait et se refermait doucement. Le giber était remisé.

Il enjamba les degrés quatre à quatre. Il n'y avait sur le palier du cinquième qu'une seule porte et la clef était restée sur la serrure. Il frappa sans hésiter.

— Entrez ! dit une voix cassée.

Chambras entra et se trouva vis-à-vis d'un lit immense, un lit qui remplissait la moitié de la chambre et où reposait, le menton caché sous d'am-

III                                           23

ples couvertures, un vieillard d'aspect cacochyme.
Un bonnet de coton enfoncé jusqu'aux yeux lui
couvrait le front, de sorte que, de son visage, on
n'apercevait guère que le nez, un nez camard qui
reniflait avec un bruit de trompette.

— C'est-il vous, mon bon monsieur, qu'êtes le
médecin du bureau de bienfaisance? demanda ce
barbon d'une voix lamentable.

Chambras, interloqué, commençait à croire qu'il
s'était trompé. Il avait, d'un coup d'œil, inventorié
le maigre mobilier qui garnissait le local et il n'y
avait rien vu de suspect. Quelques chaises de paille,
une malle en bois, une commode branlante, une
table de nuit boiteuse, des pots de tisane et trois
chandeliers dépareillés complétaient avec l'énorme
lit l'ameublement de ce grabataire.

A coup sûr, ce n'était pas chez lui que la bonne
était entrée. Peut-être avait-elle continué son chemin jusqu'à l'étage supérieur.

— Pardon, mon brave, dit Chambras, j'ai pris
une porte pour une autre.

Et, sans s'attarder à de plus longues explications, il sortit pour continuer son inspection au
sixième étage. Seulement, il eut soin de tourner sans
bruit la clef dans la serrure, de l'enlever et de la
mettre dans sa poche. De cette façon, il était bien
sûr que le paralytique ne se sauverait pas, si, par
hasard, sa maladie n'était qu'une feinte.

Puis, il reprit son ascension dans l'escalier, et il
reconnut qu'il aboutissait à des galetas accessibles
à tout venant, car ils n'étaient point fermés.

Il les parcourut rapidement, s'assura, en regardant par la lucarne, que la fenêtre de la chambre du vieillard infirme donnait sur une cour sans issue, et redescendit au rez-de-chaussée de toute la vitesse de ses jambes.

Ses soupçons s'étaient changés en certitude. La fausse cuisinière n'avait pu se réfugier que chez le paralytique du cinquième, et elle devait être cachée sous le lit. Il s'agissait de la dénicher et, pour cette opération, Chambras avait besoin d'aide, car il était en grande tenue de soirée, habit noir, cravate blanche et le reste, fort mal équipé par conséquent pour procéder à une arrestation difficile.

Le malade l'avait pris pour le médecin des pauvres. Les habitants de la maison auraient eu bien de la peine à le prendre pour un agent de police, s'il eût été obligé de réclamer leur assistance. Et il n'était pas impossible qu'elle devînt nécessaire, car *Pain-de-Blanc*, si c'était lui, était bien homme à se défendre, ou tout au moins à passer un croc-en-jambe au premier qui le prendrait au collet, et à décamper.

Heureusement, Chambras, en mettant le pied dans la rue, avisa deux sergents de ville arpentant la contre-allée de l'avenue de Neuilly. Il courut à eux, se fit reconnaître en exhibant sa carte délivrée par la préfecture de police, et il allait les requérir pour pénétrer dans la maison et lui prêter main-forte au besoin, lorsqu'il aperçut un objet qui le fit changer d'avis.

Cet objet était un tableau de dimensions colossales placé au-dessus de la porte d'une espèce de tente dressée sur un terrain vague à côté de l'immeuble habité par le malade équivoque.

Sur cette toile, un artiste forain avait représenté une femme énorme contemplée par des messieurs décorés et par un tambour-major dont le bonnet à poil n'arrivait qu'à la hauteur de sa poitrine rebondie. Plus bas s'étalait cette inscription touchante :

*Jeune Alsacienne ayant opté pour la nationalité française.*

*Mademoiselle Euphémie a six pieds de haut et pèse six cent vingt livres.*

Chambras, aussitôt, recommanda aux sergents de ville de ne pas perdre de vue la porte de l'allée et d'arrêter tout individu qui se présenterait pour sortir.

— Si vous me voyez revenir tout à l'heure avec une femme et entrer avec elle dans la maison, leur dit-il, n'ayez pas l'air de me connaître, laissez-moi passer, montez l'escalier derrière moi et attendez sur le palier du quatrième jusqu'à ce que je vous appelle.

Et, sans perdre de temps, il courut à la tente et souleva le vieux rideau de calicot jaune qui cachait aux profanes les mystères de ce théâtre en plein vent. Il vit la jeune Alsacienne assise par terre dans un négligé peu galant et occupée à coudre un fond à un pantalon à carreaux qui avait bien la mine d'appartenir à *Pain-de-Blanc*

A l'apparition d'un monsieur si bien vêtu, cette puissante beauté se leva, non sans efforts, et porta la main à son front comme un troupier qui salue son supérieur.

— Je suis médecin, dit Chambras sans lui laisser le temps de se reconnaître ; votre homme vient de se casser la jambe, on l'a rapporté chez lui et il vous demande tout de suite.

— Arthur! mon pauvre Arthur! cria Phémie.

Ce cri parti du cœur apprit à Chambras tout ce qu'il voulait savoir. Arthur, c'était assurément Canoche, autrement dit *Pain-de-Blanc*, et la jeune Alsacienne n'était autre que sa douce compagne.

Chambras la reconnut parfaitement, quoiqu'il ne l'eût vue qu'une seule fois à la *bibine du père Pernette*, où, déguisé en musicien, il chantait si bien *le bal de l'Élysée*. Ce soir-là, il avait manqué à la sortie les quatre coquins des deux sexes dont l'*Époulardeur* était le chef, et il tenait essentiellement à ne pas se laisser jouer une seconde fois par les deux qui restaient de cette bande infernale.

— Venez! dit-il brusquement. Il souffre beaucoup, et il ne veut pas que je l'examine sans que vous soyez là.

— Ah! mon Dieu! est-ce qu'il faudra lui couper une *quille?* geignit la géante. Un si bel homme ! Ah! *qué* malheur !

— J'espère que l'amputation ne sera pas nécessaire, répondit gravement le docteur de contrebande. Mais, dépêchons-nous.

Phémie se précipita hors de sa tente et courut droit à l'allée de la maison voisine. Chambras n'avait plus qu'à la suivre et à se laisser conduire. La pauvre géante allait sans le vouloir lui rendre le même office que cet oiseau des forêts africaines qui mène les chercheurs de miel à l'arbre où un essaim d'abeilles sauvages a fait son nid. Elle jouait, à son insu, le rôle du coucou indicateur.

L'habile *detective* qui lui avait tendu ce piége n'avait plus le moindre doute sur le résultat final de sa chasse à l'homme, mais sa curiosité était vivement excitée par les ruses du gibier qu'il poursuivait.

Chambras se piquait d'être passé maître en travestissements, transfigurations, changements à vue et autres tours de passe-passe à l'usage des policiers et des voleurs. Aussi, en sa qualité de connaisseur et d'amateur, prenait-il un vif intérêt aux métamorphoses de Canoche. Il tenait particulièrement à étudier ses procédés, afin d'en faire son profit, car il professait ce principe qu'il y a toujours à apprendre avec les gens de la *pègre* et que la police leur doit ses recettes les plus efficaces.

Il fit signe en passant aux deux sergents de ville qui faisaient semblant de flâner tranquillement sur le trottoir, et il se précipita dans l'escalier sur les traces de la trop confiante Phémie.

Elle grimpa, en soufflant comme une baleine, jusqu'au cinquième étage, et elle allait frapper à la porte de la chambre, mais Chambras lui tendit la clef en lui disant :

— Votre homme me l'a confiée pour qu'on ne vînt pas le déranger pendant que j'allais vous chercher.

La sotte créature donna encore dans le panneau. Elle ouvrit; le sous-chef de la *sûreté*, qui entra sur ses talons, la vit se jeter sur le prétendu malade qui n'avait pas quitté son grabat, et l'accoler en poussant des gémissements lamentables.

Le tour était joué. Chambras était fixé. Le paralytique ne pouvait être que *Pain-de-Blanc*. Seulement, pour l'amour de l'art, Chambras tenait à voir comment le drôle avait exécuté sa transformation instantanée.

— Allons, Canoche, dit-il de sa voix officielle, allons, mon bonhomme, levons-nous. La farce est jouée.

Ce discours produisit sur le frère de Coralie l'effet que produira sur les morts de la vallée de Josaphat la trompette du jugement dernier. Il se leva sur son séant, repoussa d'un coup de poing la tendre Phémie qui l'enlaçait dans ses robustes bras, et se mit à dévisager l'homme cravaté de blanc qui lui tenait ce langage.

— *Caoutchouc!* s'écria-t-il. Je suis *servi*.

Chambras courut à la porte, appela les deux sergents de ville qui, suivant ses instructions, s'étaient arrêtés à l'étage inférieur et leur dit de garder les issues, y compris la fenêtre. Puis, revenant au lit, il enleva brusquement la couverture.

C'était la cuisinière qui reposait sur ce grabat, son cabas à côté d'elle. Pour jouer le vieillard perclus, Arthur n'avait eu qu'à se coiffer du fameux bonnet de coton et à changer l'expression de sa physionomie.

Arthur était né comédien et, en se voyant pris, il aurait pu dire, comme Néron : « Quel grand artiste va finir en ma personne ! » mais il n'avait pas fait ses classes et il se contenta de grommeler, en lançant à Phémie un regard chargé de mépris :

— Ça m'apprendra à fréquenter les femmes.

Cependant, Chambras l'avait pris par le bras pour le forcer à sortir de sa couche, et en tirant, il accrocha, sans le vouloir, un cordon passé autour du corps de la prétendue cuisinière.

Les jupes et le corsage tombèrent comme par enchantement. *Pain-de-Blanc* reparut, costumé en virtuose des rues et, en se débattant, il fit sortir l'accordéon du cabas où il l'avait caché

— Très-joli, le *camouflage*, dit Chambras. Malheureusement, tu ne pourras plus le recommencer, car ton compte est bon, et celui de ta *largue* aussi.

— J'ai *grinché*, c'est vrai, mais je n'ai *buté* personne, s'écria Canoche.

— Excepté l'*Époulardeur* et la blonde, que tu as fait cuire au pétrole, reprit le sous-chef de la *sûreté*. La manie du pétrole, vois-tu, mon garçon, ça conduit tôt ou tard à la Roquette, et te voilà en route. Allons, vous autres, dit-il aux sergents de ville, empoignez-moi ça.

## ÉPILOGUE

— Que lis-tu donc là? demandait Dominique à
Marcel Robinier, trois mois après le mariage de
Cécile et de Savinien, un soir d'été, sous les grands
arbres du jardin de l'hôtel acheté dans les Champs-
Élysées par l'heureux époux de Claire Dortis.

— PARIS, de Maxime du Camp, répondit celui
qui s'était appelé M. de Colorado.

— Et que t'apprend-il, ce gros bouquin?

— Il m'apprend que tu avais raison le jour où,
au Père-Lachaise, tu prenais la défense de la ville
où je suis né.

— Hum ! j'en suis un peu revenu de l'opinion
que j'avais dans ce temps-là, et je commence à
croire qu'il y a plus de coquins que de braves gens
dans ta cité natale.

— En es-tu sûr ?

— Comptons, si tu veux. Le Gondo et toute son
engeance, la baronne, le Belamer, le Tolbiac, la

bande de l'*Époulardeur*, pour ne citer que ceux que nous connaissons. Je ne parle pas d'Atkins, qui était un bandit d'Amérique.

— Je pourrais te répondre qu'à côté de la famille du baron nous avons rencontré à Paris la famille Dortis, que, si on y trouve des Oscar Belamer et des Coralie Canoche, on y trouve aussi des Savinien Brévan et des Cécile Fertugues, que les voleurs et les assassins comme Crambard et *Pain-de-Blanc* y sont matés par d'honnêtes agents comme notre ami Chambras. J'aime mieux prendre la question de plus haut et faire, avec Maxime du Camp, un peu de statistique. D'abord, sais-tu combien de vrais Parisiens, j'entends de Parisiens nés à Paris, on compte ici sur deux millions d'habitants en chiffre rond ?

— Ma foi, non.

— Six cent quarante-deux mille, c'est-à-dire un tiers, et sur ce tiers, sais-tu quelle a été la proportion à peu près invariable de ceux qui, depuis quarante ans, se sont mêlés de faire des émeutes, y compris la Commune ? A peu près cinq Parisiens contre quatre-vingt-quinze provinciaux et étrangers. Et ç'a été de tout temps la même chose, même pendant la première révolution, même pendant la Ligue. Tu chercherais inutilement un Parisien parmi les assassins politiques, depuis Ravaillac, qui était d'Angoulême, jusqu'à Orsini, qui était des États romains, en passant par Louvel, qui était de Versailles, par Fieschi, né en Corse, et par Alibaud, qui était de Nîmes.

Venons maintenant aux malfaiteurs vulgaires. Sur trente-trois mille quatre cent quatre-vingt-cinq individus arrêtés à Paris l'an dernier, veux-tu que que je te dise combien il y avait de gens nés dans le département de la Seine? Neuf mille trois cent trente-quatre, mon cher. Le reste se composait de vingt et un mille sept cent trente-trois provinciaux et de deux mille quatre cent dix-huit étrangers. Parmi ces derniers, il y avait jusqu'à des Persans et des Chinois.

— Et on y aurait compté un Américain de plus, si on avait empoigné Atkins comme il méritait de l'être, ajouta Dominique. Il est très-intéressant, ton livre, mais il a beau dire, ton Paris est plein de riches dépravés, d'oisifs dangereux, de spéculateurs éhontés et de créatures sans vergogne.

— Encore une erreur. Je vais te répondre par des chiffres. Sans doute, il y a ici bien des gens qui pourchassent la fortune, sans se soucier le moins du monde de cette grande parole de Francklin : « Si quelqu'un vient vous dire qu'il est d'autres moyens de s'enrichir que le travail et l'économie, chassez-le, c'est un imposteur ; » sans doute il y a de sottes et viles créatures qui se font des rentes avec la bêtise et la vanité des désœuvrés qui se ruinent pour elles ; il y a aussi deux cent mille individus qui se lèvent chaque jour,—quand ils se sont couchés,—fermement résolus à ne rien faire et ne sachant comment ils vivront.

Mais, dans ce même Paris, l'industrie nourrit huit cent mille personnes, le commerce quatre cent mille, les opérations financières cent mille, les professions libérales près de deux cent mille, dont mille huit cent soixante-dix-huit savants et lettrés. Et, sur ceux-ci, veux-tu un détail touchant ?. Ces mille huit cent soixante-dix-huit lettrés n'ont à eux tous que huit cent huit domestiques ; en revanche, ils soutiennent de leur travail deux mille deux cent cinquante-huit parents.

— A la bonne heure ! Voilà qui me réconcilie avec tes compatriotes ; s'ils n'étaient pas si vaniteux, si flâneurs et si débauchés, je les aimerais presque autant que mes chers frères du Canada.

— Vaniteux, oui, ils le sont, et beaucoup ; ils aiment les galons et les phrases sonores ; ici, les marchands s'intitulent négociants, appellent leurs garçons des commis et leurs pratiques des clients ; les portiers se décorent du nom de concierges et les perruquiers se disent artistes capillaires ; on s'y occupe trop des charlatans, des cabotins et des drôlesses à la mode. Mais ce n'est là qu'un travers, et, si les Parisiens s'engouent facilement d'un refrain idiot ou d'une sauteuse, ils sont miséricordieux aux pauvres et respectueux pour les morts.

Débauchés, ils le sont moins qu'on ne l'est à Londres et à Berlin ; seulement, ils le sont ouvertement et sans hypocrisie. Ils boivent, au grand jour, dans leurs vingt-cinq mille cabarets, tandis que là-bas on ferme les portes, on s'enivre à huis clos, et ainsi du reste. Question de climat.

Flâneurs, ils ne le sont qu'en apparence. Pen-

dant que la foule se promène aux Champs-Élysées, s'entasse dans les théâtres ou devant les cafés, des centaines de mille travailleurs sont courbés
sur le labeur incessant qui les fait vivre, depuis
l'ouvrier qui bat le fer sur l'enclume, jusqu'à l'écrivain qui forge des phrases avec des idées.

— Allons, dit le Canadien après une pause, me
voilà presque converti. Mais je serais curieux de
connaître la conclusion de ton auteur.

— Écoute les dernières lignes de son livre, celles
qui terminent un passage où il prévoit que Paris,
comme toutes les grandes villes du passé, peut
périr de mort violente :

« Il y a, dit-il, des villes qui ont une âme impé-
rissable. On dirait que cette âme se diffuse dans
l'univers entier, qu'elle se transmet au genre hu-
main... L'âme d'Athènes est dans le goût, dans les
mœurs, dans la science, dans le langage de tous
les hommes, comme l'âme de la Rome antique est
dans le droit et dans la jurisprudence, comme
l'âme de la Rome catholique est dans la morale.
C'est le destin de certaines agglomérations hu-
maines, d'où se dégagent des courants pénétrants
d'intelligence et de vérité... Leur expansion semble indéfinie et se prolonge à travers les temps,
malgré leur mort apparente.

« Quel que soit le sort qui attend Paris, lorsque
les âges mystérieux et lointains auront clos ses
destinées; qu'il soit, comme la Thèbes aux cent
portes, couché le long de son fleuve, jonchant la
terre de ses immenses ossements ; qu'il soit,

comme Athènes, un fantôme d'une grâce incomparable, touchante ; qu'il ait, comme Rome, des fortunes successives ; que, comme Constantinople, il voie dormir un peuple de barbares ; qu'il meure demain, qu'il meure dans vingt siècles ; qu'il s'éteigne dans sa propre indolence ; qu'il continue sa vie de crimes et de hauts faits, de vices et de vertus, qu'importe ! son âme est immortelle, car elle appartient à l'humanité, »

— C'est très-beau, sa conclusion, mais... la morale, où est-elle ?

— Elle est tout entière dans un mot, le dernier qu'ait prononcé Septime Sévère, un empereur romain : *Laboremus*, travaillons. Oui, mon ami, c'est pour travailler que Dieu nous a mis sur cette terre.

— Et pour faire le bien, ajouta Dominique.

— Tu as raison, répondit Marcel Robinier, et je suis sûr qu'à cette heure tu est revenu à l'avis de Babouc, ce sage qui, tout compte fait, trouva que, dans la grande ville, le bien compensait le mal, et supplia l'ange Ituriel de l'épargner.

Et, à ce propos, j'ai relu le conte que tu m'as si souvent cité, et j'ai vu que tes souvenirs étaient inexacts en un point. Ce n'était pas Babylone que Babouc voulait détruire ; c'était Persépolis.

— Moi, je n'ai jamais voulu détruire Paris, dit le Canadien, et je lui pardonne ses vices à cause de ses vertus.

F. Aureau. — Imprimerie de Lagny.

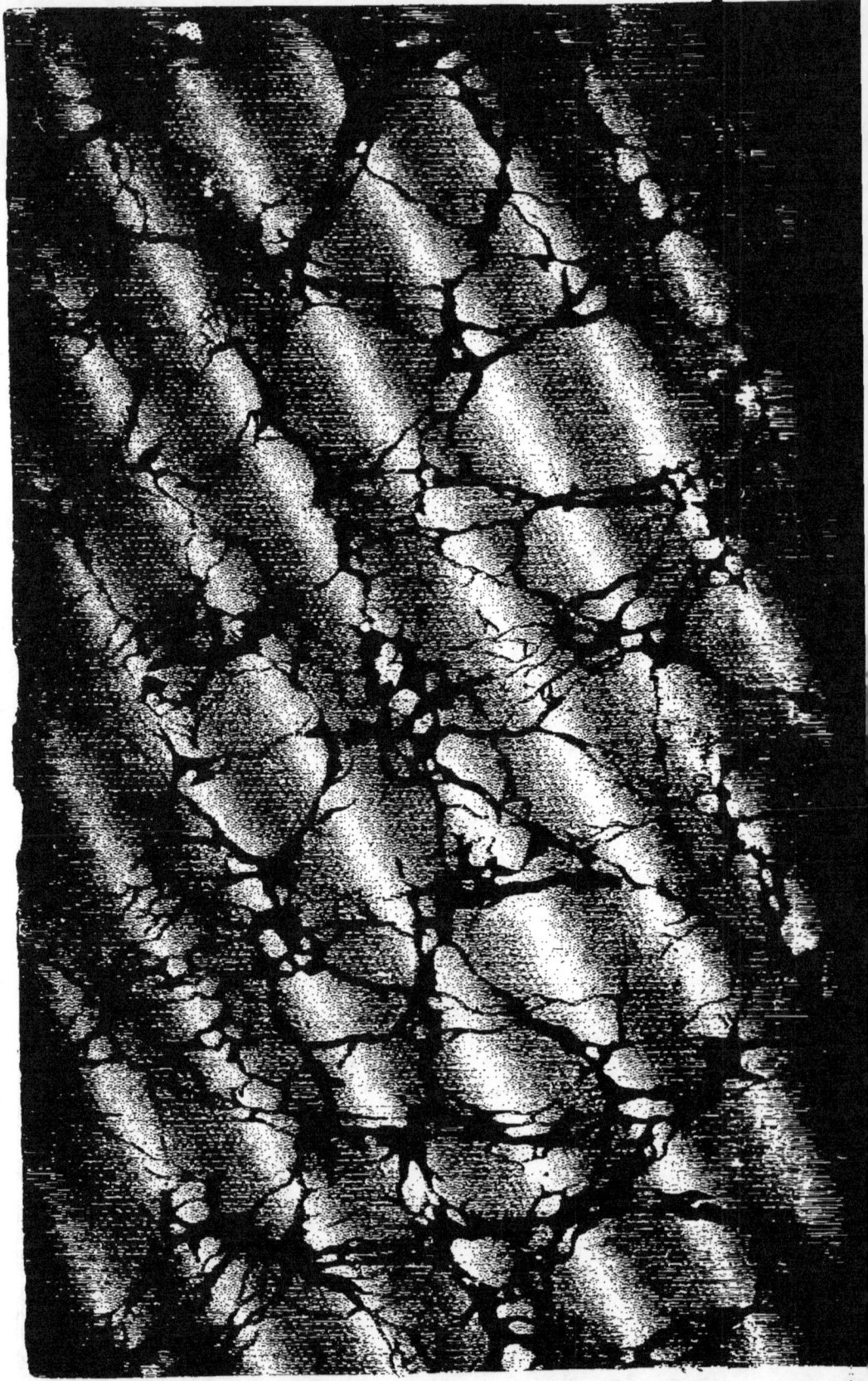

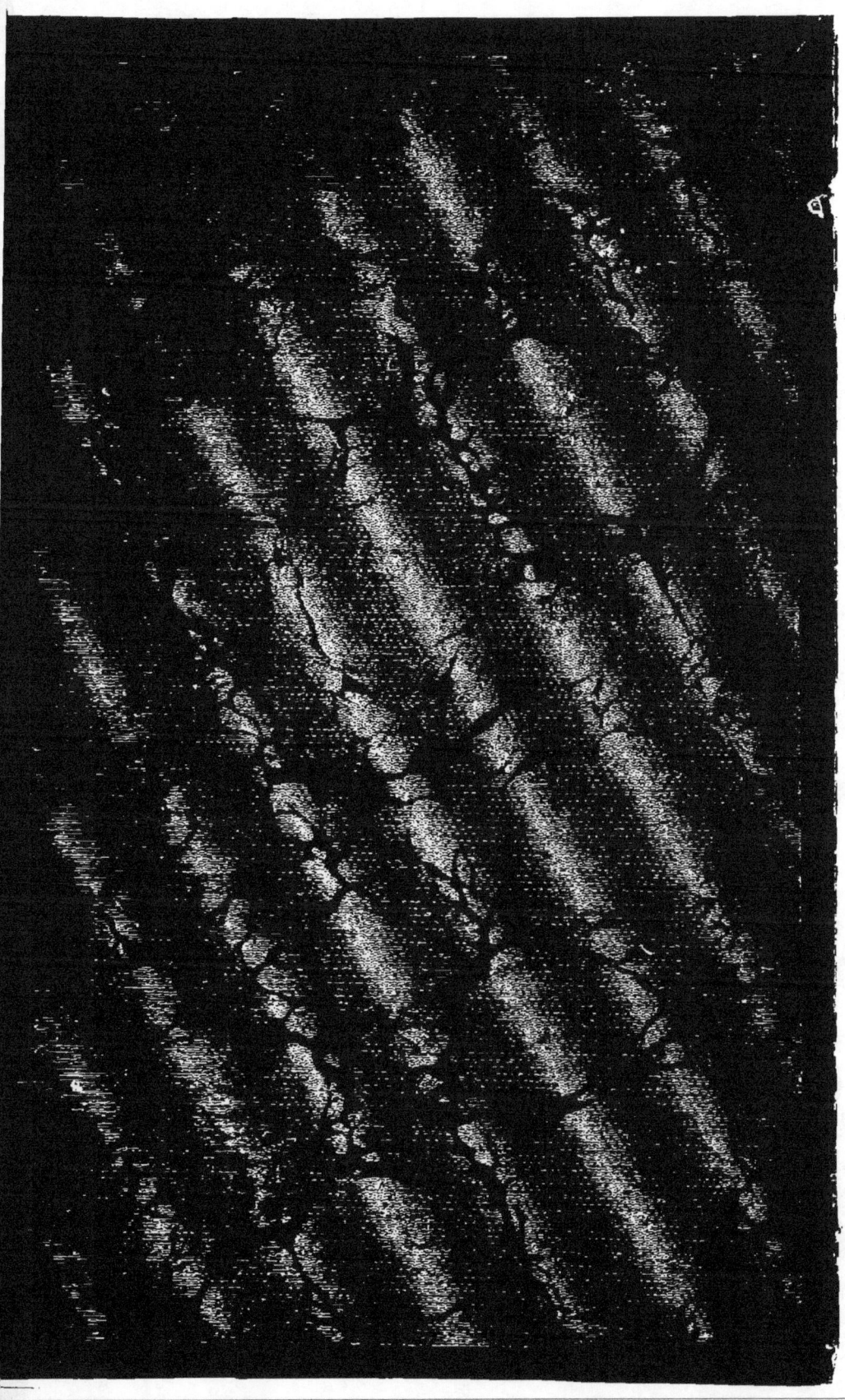

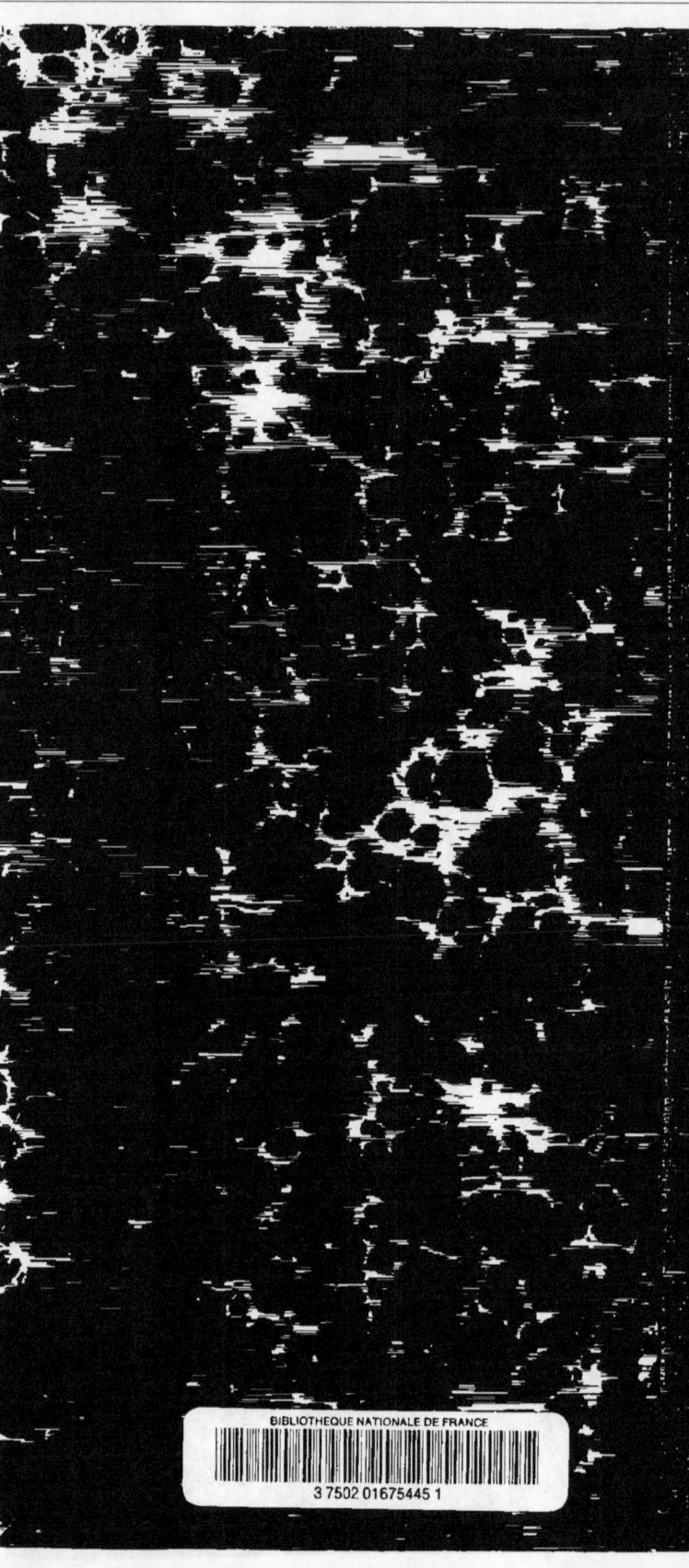